1

3

4

La línea púrpura

WOLFRAM FLEISCHHAUER

La línea púrpura

Traducción de
Jakob Gramss

CÍRCULO de LECTORES

Prólogo

Ayer volví a ver su imagen.

En la penumbra, débilmente iluminada por la luz tamizada del museo, su mirada me esquiva para dirigirse a la sala que se extiende a mis espaldas.

Se sitúa a mi derecha y parece incluso más quieta que el cuadro inmóvil. Por encima de su desnudo cuerpo blanquecino y resaltado por una fuerte luz lateral porta bien alta la cabeza. Debajo del alto peinado al estilo de una peluca, su cara muestra sorpresa y da la sensación de que al cabo de un instante va a aflorar en ella la expresión de un sentimiento. Pero el pintor no ha querido mostrárnosla.

Su pequeña boca hace un mohín de beso –aunque esto también sea sólo efecto de nuestro deseo de completar con la imaginación lo que vemos– y es del mismo color rojo que las pesadas cortinas, dispuestas en voluminosos pliegues en los márgenes del cuadro como si de un telón de teatro recién descorrido se tratara. Una perla en forma de lágrima adorna el arete de oro que pende de su oreja, y desde allí una larga sombra se proyecta por el hombro y el brazo hasta la mano izquierda. El antebrazo, flexionado a la altura del ombligo, descansa sobre el borde de la bañera de piedra, cubierto de tela, en la que se sitúa la mujer. Más en primer término, la mano izquierda suspendida en el aire hace un gesto de aparente rechazo que en realidad quiere mostrarnos algo: entre el pulgar y el índice descubrimos una sortija de oro con un zafiro engarzado. Pero ¡qué manera tan peculiar de sujetarla! Apenas en contacto con las yemas de los dedos, la sortija se sostiene solamente gracias a las uñas, como si el metal estuviera al rojo vivo o el zafiro envenenado. Buscamos una explicación. ¿Quizás en la mano derecha? No, ésta cuelga inerme por el borde de la bañera, con el dedo meñique despuntando de forma extraña.

Justo encima de los dedos que sujetan la sortija, nuestro ojo topa con el pezón color avellana de la dama en el baño. En este momento creemos comprender su semblante de esfinge. Una primera corazonada recorre nuestra alma, pues el pulgar y el índice de una mano ajena prenden el pezón como si fueran a extraer un aguijón. Largos y finos son estos dedos; sin embargo, su colorido, de un rojo tirando a marrón, es mucho más cálido que el blanco apagado de la dama que sostiene la sortija. Nos vuelve a asaltar ese presentimiento que nos acecha como una idea que rehúye las palabras. ¿O es mera ilusión?

Ante nosotros, dos mujeres. Prescindiendo de las cabezas, las dos figuras son prácticamente idénticas: con los torsos desnudos se encuentran de pie en una bañera, unidas a través del juego de las manos, las derechas descansando en el borde de la pila, las izquierdas sujetando con las yemas de los dedos la sortija en un caso y el pezón en el otro. Mas la expresión de la dama a la izquierda es triunfante y taimada. Además, su piel está cubierta de un halo rojo lleno de vida.

Poco a poco se nos revela el interior de la pieza, el elocuente fondo del cuadro donde, entre las cortinas de rojo oscuro a medio descorrer, nuestra mirada encuentra a otra mujer, quizás una criada, sentada junto a la chimenea. Se inclina sobre su labor, un fajín blanco que cae por ambos lados de su regazo. Detrás de ella, en la pared, un espejo con marco dorado nos envía un reflejo negro en vez de plateado. Junto a la mujer, en el centro de la pintura y encima del juego enigmático de las manos, una mesa cubierta por un terciopelo verde penetra en la pieza por la derecha. Se pueden ver los pliegues alargados en la tela que –intuimos– acaba de ser arrojada sobre la superficie del mueble. De repente, entramos en el transcurso del tiempo. El despliegue paulatino del tejido sobre la tabla que quizá corresponda a un catafalco y el brillo débil del fuego casi apagado en la chimenea convierten a la criada en una parca que urde y devana los hilos del destino bajo un espejo negro donde habita la muerte. Pero ¿por qué? Y ¿por qué tan pronto? ¿Acaso conoce la respuesta el hombre cuyo vientre prácticamente desnudo apenas conseguimos distinguir encima de la chimenea? Sin embargo, él tampoco es más que una imagen, un cuadro dentro del cuadro, que parece tender un puente entre la pintura propiamente dicha y la realidad. No sabemos de quién se trata. El pintor no le ha dado un rostro. Está echado en el suelo como si estuviera agotado después de una noche de amor, sus entrañas envueltas por las olas de una magnífica tela púrpura. El hombre desconocido domina toda la escena: el fuego agonizante, la mesa con su mantel verde, la parca y las dos damas en primer plano con sus gestos misteriosos.

Y es ahora cuando intuimos que la mirada de la dama a la derecha ya no percibe este mundo. Casi podemos notar el pequeño armazón de madera que la mantiene de pie en la bañera para crear la ficción de que aún está con vida. Apagada la luz de sus ojos, inerte el cuerpo bajo la piel cérea y rígidos los gestos de manos y dedos entre los que alguien, como en una vil burla, insertó una sortija.

La segunda dama nos mira con artería y triunfo. Por sus manos aún corre la sangre, en ella se mantiene viva la voluntad, mientras que en la otra sólo queda un último rescoldo del mundo, un ínfimo punto de luz blanca sobre la perla con forma de lágrima que adorna su lóbulo, la única salida, así al menos parece, para alcanzar el mundo delante del lienzo, el de las velas que arden en el taller del pintor, un cochambroso cobertizo, donde se mezclan los olores de los cirios humeantes con el aroma penetrante de los óleos y barnices, una noche silenciosa del año 1600. Y casi creemos oír el suave raspear de un pincel que cuidadosamente va dando los últimos toques a los personajes para encerrar para siempre jamás el secreto de su historia.

Primera parte

La mano de la hermana

UNO

En aquel entonces, por supuesto que no imaginaba que el descubrimiento hecho por Koszinski me proporcionaría la clave de acceso al cuadro. Él mismo tampoco se había dado cuenta del verdadero alcance de su hallazgo, de lo contrario su voz no habría sonado tan tranquila cuando hablamos por teléfono. El comentario un tanto casual de que si me apetecía hacerle una visita antes de mi partida, tal vez tendría una interesante novedad para mí, quedó marginado por las explicaciones de cómo llegar hasta su hotel y su petición de que le trajera algunos periódicos extranjeros que allí no podía conseguir.

Nuestro último encuentro se remontaba a más de tres años atrás. Pese a todo, nuestra relación no se resentía por los largos períodos en los que sólo manteníamos contacto por carta. De todos modos, me hubiera resultado difícil cultivar otro tipo de amistad, puesto que ejercía de docente interino de literatura americana y llevaba una vida bastante nómada. Había pasado la mayor parte de los últimos quince años en Canadá y en Estados Unidos, país del que hacía poco incluso había obtenido la nacionalidad. Sin embargo, esa circunstancia sólo quedaba patente en mi nuevo pasaporte y en el hecho de haber cambiado mi nombre, Andreas, por el de Andrew Michelis. A principios de los años ochenta, una beca de promoción me llevó a Chicago. Una vez allí, muy pronto me dejé seducir por las tentadoras oportunidades del sistema americano de investigación y docencia, de modo que el año y medio de estudios se convirtió en una estancia de ocho años. Después, ya me resultaba inconcebible volver a Alemania, porque a la larga no habría soportado el sistema universitario masificado, aparte de que, debido a mi prolongada ausencia, había perdido desde hacía mucho tiempo los imprescindibles contactos en los círculos académicos. Durante los cada vez más escasos lectorados que me llevaban a Alemania de tanto en tanto, experimentaba también la sensación de que con los años me había convertido en un extraño en mi propio país. El pasado común que me unía a los amigos de antes se había ido agotando y nuestro presente era tan distinto que costaba mucho esfuerzo volver a vincular nuestras biografías ahora tan divergentes.

En este sentido, Nicolas Koszinski constituía una excepción. Hay que decir que, al contrario que yo, él era una persona sedentaria y llevaba muchos años viviendo en Stuttgart, donde trabajaba en los archivos de la biblioteca del gobierno regional. Pero por dentro él también era del género nómada, un infatigable e inquieto trashumante de universos de letra impresa. Cultivaba una extraña predilección por los formalismos, por lo que, a pesar de los largos años de amistad, seguíamos tratándonos de usted.

En una de mis últimas cartas le había mencionado mi lectorado en Friburgo. Lo único sorprendente de su llamada fue el hecho de que hubiera tardado tanto en dar señales de vida. Su invitación se presentaba ante mí como un agradable entretenimiento antes de emprender viaje hacia mi próximo domicilio provisional y por eso la acepté sin pensármelo dos veces. Claro que podría haber pasado el verano restableciendo mis contactos en Europa. También sonaba atractiva una conferencia que se celebraba en Amsterdam y, seguramente, contaban conmigo en las jornadas de estudios americanos en Zúrich, aunque por el momento ni siquiera me había inscrito. A lo mejor, guardaba de una manera instintiva la esperanza de zafarme de tales obligaciones. Sí, me resistía a reconocerlo, pero los indicios eran tan claros que hacía ya mucho que debería haberlo admitido: la fascinación por la literatura me había abandonado bastante tiempo atrás. No sólo se trataba de que hubiera empezado a evitar las conferencias de literatura, sino que con los años mis seminarios también se habían hecho más técnicos y abstractos. Había obligado a mis estudiantes a realizar minuciosos estudios formalistas y yo mismo me había involucrado en el estrambótico debate teórico de aquellos años. Al final, empecé a darme cuenta de que con todos esos análisis microscópicos esperaba vanamente descubrir un último destello de la magia que en su día me animó a hacer de los estudios literarios mi profesión. Pero, en el momento de cobrar conciencia de lo que me pasaba, esa interesante maquinaria de textos cuyos mecanismos creía conocer de memoria ya me resultaba extraña e incluso indiferente. Enseñaba mecánicamente los más novedosos descubrimientos de mi materia, los absorbía y transmitía con rutina, como un médico que administra nuevos fármacos. Podía tratar cualquier cosa, pero hacía mucho que había perdido la capacidad de maravillarme.

¿Acaso fue también por ello que en mi vida profesional no mostraba esa impertérrita ambición que normalmente se ve compensada con una cátedra? Empecé a divagar demasiado pronto, interesándome por la música, pero sin llegar a descifrar sus leyes. En otro momento huí de los libros a la pintura, aunque todo quedó en un interludio, pues los temas de la pintura se parecían demasiado a aquello que quería dejar atrás. Estudiando a los maestros antiguos me encontré con contenidos y motivos que me resultaban familiares: leyendas de la antigüedad, representaciones históricas, los puntos clave de la tradición cristiana, etc. Mi mirada se deslizaba sin calado por ese universo a mi modo de ver demasiado conocido y sólo una vez se detuvo en un cuadro cuya inquietante extrañeza se resistía a mi observación distante y cuya capacidad de fascinación reavivó aquello que creía haber perdido.

Ya no recuerdo dónde vi por primera vez a las dos damas en el baño. Con los años, su imagen representada en libros de arte, catálogos, portadas de libros e incluso utilizada como decorado de un programa de televisión se me hizo tan familiar que me parecía que formaba parte integrante, casi sin origen propio, de la avalancha de imágenes de nuestros tiempos. En repetidas ocasiones, cuando volvía a toparme con el cuadro, trataba de averiguar algo sobre sus antecedentes. ¿Quién lo había pintado y qué era lo que había movido a un pintor del siglo XVI a mostrar a dos damas de la nobleza en una bañera? En todo caso, la obra era relativamente conocida, pero mis incursiones en la historia del arte revelaron solamente que en los cuatrocientos años de su existencia nadie había conseguido interpretarlo en términos histórico-artísticos.

Databa aproximadamente de 1590 y se atribuía al entorno de la escuela de Fontainebleau. Además, una de las damas retratadas era la amante de Enrique IV de Francia, y eso era todo lo que se sabía. Ni se había logrado identificar al pintor ni los estudiosos del tema estaban en condiciones de explicar convincentemente los extraños gestos de las dos damas en su bañera. El hecho de que una de ellas tocara el pezón de la otra –después de todo, una duquesa– al parecer debía interpretarse como un precioso gesto que simbolizaba el embarazo; gesto en definitiva acorde con los gustos manieristas de la época y que además se encontraba de forma similar en otras representaciones pictóricas. Para el aspecto cuando menos singular, si no incluso misterioso e indecente, de este tocamiento de la punta del seno no había por supuesto lugar en la interpretación simbólica. Porque a todas luces existía una gran diferencia entre que el personaje de un cuadro sostuviera entre las yemas de los dedos un anillo, un clavel o unos anteojos y el hecho de que una doncella tocara de tal modo el pezón de otra. Sea como fuere, la erudición histórico-artística no era capaz de proporcionarme respuestas a preguntas de esta índole. Como no había fuentes históricas unívocas, lo más probable era que el cuadro guardara para siempre su secreto.

¿Sería por eso que me llamaba tanto la atención? ¿Quizás algo en su singular composición había tocado una fibra que echaba de menos en mis estudios profesionales? Comentaba el tema con mis amigos y durante algún tiempo incluso llevaba siempre una pequeña reproducción del cuadro conmigo, esperando encontrar algún día a alguien que supiera más sobre él. Es posible que le hablara de la pintura también a Koszinski –en todo caso, haría muchos años de ello– y que me contestara lo mismo que tantos otros: que sí, que conocía el cuadro y que de acuerdo, era extraño, al igual que muchos otros lienzos de la misma época.

Me quedé dos días más en Friburgo y los dediqué a vaciar mi piso en la residencia de profesores invitados. Con el calor del mes de julio, empaquetar se convirtió en un infierno y me quité un peso de encima cuando la empresa de mudanzas hubo cargado mis enseres en una furgoneta verde que ya se dirigía a Bruselas, donde por mediación de un colega iba a impartir un seminario y una clase magistral durante el otoño. Pero eso no sería hasta mediados de septiembre. Los dos meses sin obligaciones que tenía por delante me parecían un regalo caído del cielo. Como decía, no tenía planes. El texto de un ensayo destinado a un compendio sobre naturalismo americano se encontraba listo para imprimir encima de mi escritorio por lo demás ya vacío, y sólo faltaban algunas correcciones en las notas a pie de página. Después de dudar un momento, metí el manuscrito en la bolsa de lona que pensaba dejar al bedel durante el fin de semana. De todos modos, mientras estuviera visitando a Koszinski no me quedaría tiempo para otra cosa. En ese momento aún no podía prever cuánta razón tenía con esta suposición...

El hotel de Koszinski estaba a una hora de coche de Friburgo, en un valle de montaña. En el asiento del copiloto del Fiat que alquilé para el fin de semana estaban la última edición de *The Economist*, el *Financial Times* del día anterior y un ejemplar del *Scientific American* con un artículo sobre jeroglíficos que sin duda interesaría a Koszinski. El sol ya había pasado del cenit cuando entré en el aparcamiento del hotel. En la recepción de aquel edificio majestuoso, pero adaptado con buen gusto al entrañable paisaje, me dijeron que el señor Koszinski se había permitido reservarme una habitación y que me esperaría hacia las cuatro y media de la tarde en la terraza, adonde acudiría después de un tratamiento sanatorio imposible de postergar.

Me instalé en la habitación y tomé una ducha. Luego me puse un traje de verano ligero y me dirigí a la terraza con los periódicos para Koszinski bajo el brazo. A pesar de que había mucha gente, encontré una mesa libre y me acomodé en uno de los sillones de mimbre calentados por el sol. Ante mí se extendía un paisaje en el que se encontraba cualquier tono de verde que pudiera imaginarse. El césped claro recorría una suave pendiente hacia abajo y rodeaba, ya con tonos más oscuros, los primeros pinos y abetos. Cuanto más lejos, más se juntaban los árboles alcanzando el horizonte en olas de distintas tonalidades. Allí, el atardecer ya había dispuesto una fina bruma por encima del bosque, difuminando el verde oscuro con un tenue y fresco azul, de modo que los árboles parecían tocar con delicadeza las nubes que se estaban oscureciendo a ojos vista. Era aquel momento en el que la tarde se convierte en crepúsculo, aquel cambio insignificante pero conspicuo de la luz, cuando de repente los objetos parecen como asustados. Las líneas suaves y redondeadas se hicieron súbitamente duras y frías. Un ligero escalofrío recorría allá a lo lejos el mundo y se estaba produciendo ya un fuerte movimiento de succión en ese punto del horizonte en el que al cabo de pocas horas se hundiría el gran disco rojo.

–Preciosa vista, ¿verdad?

De repente Koszinski estaba sentado frente a mí, con la cara enrojecida y acusando los evidentes efectos de un baño de fango.

Me levanté y nos abrazamos efusivamente. Su pequeña cara redonda irradiaba la misma simpatía de siempre. Me preguntó si me gustaba mi habitación y si tomaba café o té. Al ver las revistas se le encendieron los ojos.

En breves palabras lo puse al corriente sobre los puntos más importantes de mi vida profesional en los últimos años. Cuando mencioné Bruselas hizo una mueca.

–Una ciudad feísima. ¿Sabe cuál es el insulto preferido de los taxistas de allí?

Entre intrigado y divertido, negué con la cabeza.

–¡Arquitecto! Esto ya lo dice todo. La ciudad está hecha una birria.

Se secó la frente y llamó a la camarera. Mientras hablaba con ella no pude menos que mirar con intriga un fajo de papeles que había dejado sobre la mesa. Los folios estaban amarillentos y tenían aspecto de ser muy antiguos. En la primera página se apreciaban unas manchas de humedad y en el centro de la hoja se encontraba una marca cuadrada, medio oculta bajo el llavero de madera de caoba de la habitación de mi amigo.

Cuando hubo pedido y se volvió hacia mí, se percató de mi mirada llena de curiosidad.

–En un principio, quería esperar hasta mañana para hablarle de esto, pero estaba demasiado intrigado por ver cómo reaccionaría.

Se guardó el pañuelo con gran parsimonia, mientras yo le observaba lleno de expectación.

–Conque viejos papeles, ¿eh? –acabé por preguntar, no sin un dejo burlón en mi voz.

Frunció el ceño como si reflexionara sobre si realmente merecía la pena hacerme partícipe de su secreto. Rechacé el cigarrillo que me ofreció, dándole, sin embargo, fuego a él.

–Depende de cómo se mire. En principio, diría más bien que un asunto de familia.

Siguió con la mirada la estela rutilante de un avión que pasaba por encima de nosotros hacia el oeste y dibujaba una raya plateada en el cielo. Escrutó a la gente que estaba sentada a nuestro alrededor y se recostó como para disfrutar del final de la tarde soleada. Luego su expresión se hizo sombría y pareció que sus ojos me atravesaran para perderse en una época remota. Aguardé educadamente a que terminara su excursión hacia la inasible noche de los tiempos. Aunque en realidad era al revés. A veces tenía la sensación de que no era tanto el pasado lo que para Koszinski constituía un pandemónium impenetrable, sino más bien el presente, que a todas luces sólo visitaba con fines turísticos. Lo veía como un caminante entre los mundos, un alma vieja y desconcertada.

Dos horas más tarde ya quedaban muchos menos clientes en la terraza. En nuestra mesa había algunas tazas de café vacías y dos vasos de mosto recién servidos. Mi interlocutor estaba sumido en una de esas largas pausas reflexivas con las que solía interrumpir su discurso.

Hice memoria de los diferentes lugares de paso que había mencionado. Primero Londres, adonde fue para asistir a una subasta de incunables. Según Koszinski, el ambiente solemne pero al mismo tiempo obsceno de una venta pública casi podía compararse al de una ejecución. Ni él ni su colega de la biblioteca regional consiguieron adjudicarse ningún lote. Como era habitual, los japoneses fueron más rápidos. Mi amigo sospechaba incluso que los pujadores suizos no eran más que intermediarios de algún consorcio con sede en Kioto. Aunque, en realidad, había dicho que deberíamos estar contentos de que esos valiosos manuscritos medievales se vendieran a un país extranjero civilizado, pues en Europa no siempre los cuidábamos como se merecían. Después de Londres, se trasladaron a París para negociar con la Bibliothèque Nationale sobre la edición de una serie de facsímiles.

A pesar de que no se tratara de un asunto demasiado trascendental, tuvieron que quedarse cuatro días en la ciudad. Luego, en el viaje de regreso hacia Stuttgart, Koszinski hizo un alto en Kehl para visitar a unos familiares. A su pregunta de si conocía la ciudad yo le había contestado que no, aunque enseguida precisé que había pasado por ella algunas veces, pero sin detenerme nunca para visitarla. Por el contrario, él sí paraba allí cada vez que regresaba de un viaje a París, cosa que ocurría aproximadamente cada dos años. Unos familiares lejanos tenían una editorial en la ciudad y como, por así decirlo, estaban en el mismo gremio, había adquirido la costumbre de interrumpir el viaje para saludarlos.

Como siempre, lo recibieron calurosamente, a pesar de

que, por encontrarse en aquellos momentos en plena mudanza, todo estuviera patas arriba. Cajas por todas partes. Empaquetadores malhumorados vestidos con sus monos azules. Nubes de polvo. Teléfonos que, enterrados bajo montones de papeles, sonaban sin que nadie les hiciera caso. Justo lo contrario de las salas climatizadas de las bibliotecas estatales en que Koszinski se pasaba la vida y donde últimamente el zumbido de los ordenadores se sobreponía al mecánico tictac de los sismógrafos. Resulta difícil imaginar un contraste mayor: por un lado, el impetuoso ir y venir en una editorial, similar a la actividad frenética en una sala de partos; y por el otro, la fría cientificidad conservadora y la diligente momificación en archivos asépticos de algunos pensamientos olvidados hace ya mucho tiempo.

Los familiares de Koszinski estaban desbordados por la mudanza. Revisar los fondos antiguos hubiera costado meses y meses. Al fin y al cabo, la fundación de la editorial databa de principios de siglo y, al parecer, sus antecedentes históricos se remontaban hasta los tiempos de la expulsión de los hugonotes. Su historia podía documentarse hasta 1800; antes de ese año, no obstante, las pistas se perdían por todas direcciones en el terreno de la leyenda. Era de suponer que los fundadores de la editorial eran descendientes de aquellos hugonotes que, tras la caída de La Rochelle en 1628, como muchos de sus correligionarios, emprendieron el éxodo hacia el este para asentarse finalmente en el sur de Alemania. No se sabía más.

En vez de clasificar concienzudamente los documentos, los habían distribuido con un orden somero en cajas que esperaban el traslado en los sótanos del edificio. Koszinski no pudo resistir la tentación de pedir a su primo que le dejara echar un último vistazo a su contenido. Éste le dio incluso las gracias, advirtiéndole, sin embargo, que no se hiciera ilusiones, pues en principio allí sólo había restos de ediciones carentes de valor y vieja correspondencia.

Deambuló por las salas en cuyas paredes desnudas aún se podía ver el dibujo dejado por las filas de los estantes ya desmontados. A pesar de la advertencia de su primo, se quedó varias horas, sólo para comprobar que lo que le había dicho era cierto. Libros de cuentas, almanaques, calendarios para elevar la virtud de las jóvenes, biblias de pésima calidad tipográfica, libros de recetas, dietarios, cancioneros, novelas descatalogadas, poemarios impresos en almibarada cuatricromía, algunos anuarios de periódicos encuadernados en hule que originalmente debió de ser verde, una partitura de *El holandés errante*, una guía de viajes de Alsacia, un diccionario español-alemán, montones de correspondencia comercial... Dicho de otro modo: nada de nada. No le quedaban muchas ganas de seguir rebuscando en otras cajas e interrumpir el sueño de descomposición de restos de serie de manuales de uso, guías prácticas y almanaques de clubes deportivos. Todas las salas ofrecían la misma estampa: el laberinto geométrico que las estanterías habían dibujado sobre las paredes y, en el centro, las cajas de cartón marcadas con una cruz azul o roja, según el destino que les esperaba.

Koszinski tenía una sensación extraña en la boca del estómago, como un superviviente que se estremece ante la muerte. Sin importarle lo que había en esas cajas, ni que los papeles carecieran de valor, de importancia y de sentido, lo que vio le afectó de un modo dulcemente triste. No podía evitarlo. No era porque fuera coleccionista; para eso le faltaban la disciplina y avaricia necesarias. Se veía más bien como un observador, una especie de geólogo de las ideas que se entusiasma al descubrir cómo éstas se encuentran dispuestas capa sobre capa, cómo se entrelazan, bifurcan o paran en seco ante un filón de roca más duro para volver a aparecer de forma inesperada en otro lugar. Para esa labor exploratoria no contaba con ningún método y naturalmente era consciente de que se trataba de una actividad totalmente subjetiva e incluso descabellada. Pero era su forma de ser. Se concebía a sí mismo como una persona adepta a los mitos, no a los cuentos de hadas.

El suelo estaba cubierto de periódicos despedazados y papel de embalar arrugado. Los rayos del sol trataban de atravesar los ventanucos pegados al techo y el cristal lechoso los convertía en una masa blanquecina y sin fuerza. Los muros se estremecieron con el ruido del motor de un camión que arrancaba y una araña indignada se escurrió por el techo del sótano sobre sus largas patas.

Al final, Koszinski encontró en el suelo, junto a una de las cajas, un trozo de cartón con un dibujo peculiar. Lo que inicialmente le llamó la atención fue más la calidad del material que el ornamento. Sólo al observarlo más detenidamente se dio cuenta de que no se trataba de un cartón común medio descompuesto, sino de un trozo de lienzo, tan sucio que resultaba difícil descubrirlo a primera vista. Examinó a contraluz la pieza, del tamaño de una caja de cerillas, y constató con bastante asombro que el lienzo no había sido tejido en un telar mecánico. Con un poco de práctica, incluso un profano en la materia es capaz de distinguir entre textiles hechos a mano e industriales y él, acostumbrado por su trabajo a estudiar todos los días pergaminos a trasluz, reconoció enseguida la trama de hilo fino al tiempo que basta del lienzo. Es de sobra sabido que el telar mecánico se inventó en Francia en 1745. Cuarenta años después, un tal Cartwright probó por primera vez con éxito la utilización de un procedimiento mecánico para tejer en Inglaterra. Pero hasta que se comercializaron los textiles obtenidos por ese método pasaron casi otros sesenta años. En Alemania, el primer telar mecánico fue instalado en 1845 por Schönherr en la ciudad de Chemnitz. Y más o menos en la misma época debieron de aparecer los primeros lienzos industriales para su uso en pintura.

Koszinski vertió un poco de azúcar en su platillo, lo alisó y con un mondadientes dibujó algunas líneas sobre los cristales blancos. Al terminar, giró el dibujo hacia mí y reconocí una ese estilizada, atravesada de abajo arriba por una flecha. Me lo quedé mirando un rato y me encogí de hombros.

–¿Habla usted francés? –preguntó.

–Me defiendo.

–¿Cómo traduciría: «Una ese atravesada por una flecha»?

–*Un s percé d'un trait?* –propuse.

En la mesa vecina, un grupo de clientes se estaba levantando. Cogían las chaquetas de los respaldos de los asientos. Sus zapatos crujían en la gravilla. La cara adormilada de un niño asomaba sobre el hombro de su padre, quien negaba con la cabeza cuando su mujer le ofreció la chaqueta.

Koszinski observó al niño dormido. Después continuó:

–Lo que está viendo es un jeroglífico típico. Hay que pasar del sentido abstracto del símbolo al sonido onomatopéyico original de las letras o de los signos. Los niños lo captan en un santiamén.

En los sótanos de la editorial de su primo, Koszinski había apartado las cajas junto a las que había encontrado el trozo de lienzo. Todas estaban marcadas con una cruz azul, lo que significaba que iban a la trituradora de documentos. Así que no había tenido remilgos en vaciarlas. Al parecer, se trataba de restos descartados de una biblioteca que habían ido a parar allí por no se sabía qué caminos. Tal vez a consecuencia de una inundación, pues tenían manchas de humedad.

Rebuscó un poco sin ton ni son en las cajas que olían a papel viejo. Hojeó arbitrariamente unas cuantas carpetas y archivadores sin descubrir nada que guardara relación con el extraño dibujo. Sin embargo, siguió buscando, pues le parecía extraño que un viejo trozo de tela apareciera así como así en el suelo de los archivos de una editorial.

Las primeras cinco o seis cajas contenían anuarios encuadernados de revistas publicadas a principios de siglo que, no obstante, carecían de valor bibliófilo, por lo que era comprensible que quisieran destinar al reciclaje esos cuadernillos anodinos, lo mismo que ocurría con el contenido de las siguientes cajas: se trataba sólo de correspondencia comercial. A lo mejor, algún avispado filatelista hubiera podido hacer un hallazgo interesante, pero a Koszinski los sellos le traían tan sin cuidado como si de noticias procedentes de rincones inexplorados de la Vía Láctea se tratara.

Y de repente tenía el legajo entre manos. Era un sobre marrón oscuro hecho de papel parafinado. En el dorso había cuatro botones forrados de cuero. Un hilo rojiblanco que hacía ochos entre los respectivos pares de botones mantenía cerrado el paquete. En algunas partes, los bordes estaban rotos y dejaban entrever una pila de folios.

Dio la vuelta a una de las cajas vacías y colocó el fajo sobre la improvisada mesa. Quitó el hilo, lo que no resultó muy difícil, pues el material se había resquebrajado con el paso del tiempo. Al tratar de deshacer los nudos, se le desintegraban entre los dedos como celdillas de un nido de avispas abandonado. Abrió con cuidado las tapas de cartón parafinado y observó satisfecho la primera hoja que se le ofrecía a la vista. No cabía ninguna duda. El folio estaba prácticamente vacío, pero en el centro se apreciaban las huellas de una estampación. Cogió el trozo de lienzo con el extraño dibujo y lo colocó sobre el papel. Encajaba perfectamente. La decoloración marrón sobre el lienzo casaba sin fisuras con las finamente veteadas manchas de agua en el pergamino.

–¿Los papeles de que me habla son los que tenemos delante?

Asintió.

–Son sólo las transcripciones de los interrogatorios. El dibujo y los demás textos están en mi habitación.

–¿Interrogatorios?

–Sí. Esto, por ejemplo –me alcanzó algunas hojas–, el interrogatorio de un ciudadano de París, fechado el 12 de abril de 1599. Se refiere a un incendio en la Rue de Deux Portes que al parecer destruyó parte de una casa en la noche del 10 al 11 de abril de 1599. Encontraron un cadáver entre los escombros. Yo creo que es pura invención, pero está bastante logrado.

Empecé a leer una de las hojas: «El testigo se llama Gaston Bartholomé. Tiene treinta y siete años, es comerciante de maderas y vecino de la Rue de Deux Portes en París». La letra era redondeada, pero relativamente fácil de descifrar. Las hojas estaban escritas por ambas caras y llevaban el número de página arriba a la izquierda.

–¿Inventado, le parece?

–Pues sí. Todo el conjunto de papeles es una mezcla de hechos históricos y elementos que son pura imaginación. Hay unas doscientas hojas repletas de una letra pequeña y densa. Sin duda, el resultado de largos años de estudio y dedicación. Yo creo que han pasado a limpio unos cuantos capítulos de una novela o algo por el estilo. No hay correcciones ni tachaduras. Las diferentes partes no guardan mucha relación entre sí. Después de haberlo estudiado todo con un poco más de detenimiento, empecé a darme cuenta de por dónde iban los tiros, pero al principio pensé que me había topado con un montón de añicos o, mejor dicho, bocetos.

Le devolví los papeles.

–Y ¿por qué no habrán querido conservar esos documentos? No es algo que se eche a la basura así como así.

–Yo también lo pensé. Saqué los papeles del sótano y se los mostré a mi primo. Se sorprendió al ver lo que había desenterrado; sin embargo, no parecía interesarle lo más mínimo. Le pregunté si algún antepasado suyo se había dedicado a la literatura y me contestó que en su gremio seguramente no había nadie que no tuviera alguna obra en el cajón. Mi primo echó un vistazo rápido a los papeles y cogió el trozo de lienzo entre las puntas de los dedos para observarlo al trasluz, pero enseguida entraron los de la mudanza con las manos llenas de rollos de lámina plástica acolchada para embalar las copiadoras. Y con ello mi primo se olvidó del tema. Me devolvió los papeles diciendo que si descubría algo interesante, se lo hiciera saber. Huyendo del lío general me recluí en la pequeña cocina para hojear los documentos con un poco más de calma. Quería averiguar si merecía la pena llevármelos a Stuttgart. De repente, un nombre captó mi atención y comprendí el porqué de ese jeroglífico en la portada.

Pensativo, Koszinski observó las líneas que había trazado ante mí sobre el azúcar del platillo. Después me miró como si esperara una reacción a lo que me había contado, pero al parecer mi cara expresaba incomprensión total.

–No lo entiende, ¿verdad?

Me encogí de hombros.

–Entender, ¿qué?

Esbozó una sonrisa misteriosa.

–Sin usted y la ayuda del manuscrito yo tampoco habría caído.

–¿Sin mí?

–Sí. Observe este jeroglífico. *Un s percé d'un trait.*

–Sí. ¿Y?

–Ahora deje de lado todo lo superfluo. Los elementos esenciales son la ese y la flecha.

Cogió el mondadientes, alisó el azúcar y escribió ESS.

–¿Y ahora?

–Ahora añadimos la segunda parte.

Hizo unos cuantos trazos más y volvió a girar el platillo hacia mí.

–¿*ESS... trait?*

Me guiñó el ojo como si yo fuera un colegial que estaba a punto de resolver un gran problema matemático.

Por mucho que lo intentaba, no tenía ni idea de adónde quería llegar.

–*Estrait...* –dije, inseguro.

Me miró como si tuviera que explicarme que la tierra es redonda.

Y, de repente, caí en la cuenta.

–No me diga...

Le brillaban los ojos de puro contento.

–Pues sí. La duquesa de Beaufort. Amante de Enrique IV. La muerte más enigmática del siglo XVI. Su dama en el baño. Gabrielle d'Estrées.

Desde el hotel sonó la campana que llamaba a la cena.

DOS

A la mañana siguiente, nos encontramos en la fuente del parque. El cielo estaba nublado y los pocos transeúntes iban pertrechados de paraguas y gabardina. Koszinski parecía conocer mejor que ellos la climatología local pues, como el día anterior, llevaba ropa veraniega.

Bajamos por el camino de la entrada al balneario que llevaba hasta la carretera, enfilamos un sendero estrecho hacia el bosque y seguimos la señalización en dirección a la senda alta.

–Estamos de suerte. La mayoría de los turistas no darán largos paseos por culpa de ese puñado de nubes. No saben que de aquí a dos horas hará sol y buen tiempo. Pero así estamos solos y disfrutaremos más del paisaje.

La noche anterior, después de la cena, había sido Koszinski quien propuso que por la mañana diéramos un paseo. Yo, desde luego, estaba muy intrigado por conocer enseguida más detalles sobre los documentos y el extraño dibujo que me había mostrado en la terraza, pero su programa de balneario le exigía acostarse pronto. Además, ante el apremio de mis preguntas, me explicó que la historia era demasiado larga y complicada, y que prefería contármela al día siguiente de un tirón. Para sacar a colación el tema, cuando ya llevábamos un rato caminando en silencio le dije:

–Lo que me contó ayer sobre Gabrielle d'Estrées me despertó la curiosidad. Después de la cena consulté las enciclopedias de la sala de lectura.

–¿Y? ¿Qué es lo que ha encontrado?

–«Estragón» y «Extremadura».

Sacudió la cabeza.

–Mejor no tener mención alguna que venir después de una especia.

Del bolsillo interior de su chaqueta sacó un pequeño estuche que contenía el trozo de lienzo del que me había hablado la tarde anterior. Estaba conservado como era debido, prensado entre dos placas de cristal cuyos bordes estaban cubiertos de gasa negra.

–Si lo mira al trasluz, verá la trama irregular de la tela. También se la mostré a un restaurador amigo mío. Según sus estimaciones, se tejió alrededor de 1800. Si quisiéramos saber más, habría que hacer un análisis químico, pero eso es bastante complicado. En todo caso, este pequeño cuadro es mucho más viejo que el autor de los papeles que he encontrado. O bien halló el jeroglífico en alguna parte y éste realmente data de finales del siglo XVIII o principios del XIX, o bien el autor se trasladó personalmente a Fontainebleau para copiar el emblema sobre un lienzo viejo. ¿Ha estado usted en Fontainebleau?

Contesté que no.

–El jeroglífico figura en la marquetería del gabinete real: lo que hoy es el *Salon Louis XIII.* En el centro hay una gran eme rodeada de lirios. Tanto a su izquierda como a su derecha se encuentra esta ese atravesada por una flecha que hacia arriba y hacia abajo se convierte otra vez en un lirio, al igual que puede ver aquí en este dibujo. Las banderas blancas de los Borbones siempre estaban adornadas con tres lirios. Seguramente la eme signifique «Su Majestad, el rey de Francia», que es quien ideó este juego de signos.

Observé el dibujo. La ese estaba curvada y rematada en sus extremos con una luna creciente. Vista de lejos, la flecha que atravesaba la letra le daba un aire al símbolo del dólar americano. Los lirios estaban apenas insinuados, pero se podían reconocer fácilmente como tales.

–¿Y el manuscrito? –pregunté–. Me temo que no entiendo qué tiene que ver.

Volvió a tomar en sus manos el ornamento y lo guardó cuidadosamente en el estuche.

–Sí. ¿Qué tiene que ver? Pues ahí está lo extraño: hasta ahora nadie parece haber visto la conexión. El retrato de las dos damas en el baño ya es lo suficientemente peculiar, pero el misterio que rodea la vida de la retratada, la tal Gabrielle d'Estrées, no lo es menos. Su muerte repentina, pocos días antes de su boda con Enrique IV, nunca se aclaró. Lo lógico hubiera sido que los historiadores en general o los historiadores del arte en particular se ocuparan del asunto. Pero a mí solo tampoco se me hubiera ocurrido establecer una conexión entre la historia de Gabrielle d'Estrées y el cuadro en cuestión. Si lo ponemos en el contexto de los acontecimientos históricos de aquel entonces, todo se hace bastante enigmático. Se ve que a ese lejano familiar mío el cuadro le impresionó tanto como a usted y que dejó algunas notas al respecto. Me resulta bastante comprensible que ese señor mayor no pudiera soltar la presa. Pero al mismo tiempo entiendo perfectamente que no consiguiera terminar la tarea.

–¿Qué señor mayor?

Se disculpó con un movimiento de la cabeza.

–Tiene razón. Tal vez sea mejor que vayamos por partes, pues la historia en sí misma ya es bastante confusa. Después de haber terminado de leer el manuscrito en casa, llamé a Kehl para ver si me podían averiguar quién era el autor de los papeles. Por supuesto que no les dije que me parecía haber descubierto algo de cierta trascendencia. A lo mejor mi primo, temiendo perderse un negocio, me habría pedido devolverle los documentos, sólo para archivarlos de nuevo y luego olvidarlos entre otros cientos de proyectos suyos. Así que le mentí, diciendo que se trataba de una especie de ensayo sobre las guerras de religión en Francia, lo cual, bien mirado, tampoco era faltar a la verdad. Al parecer, alguien había intentado escribir una novela histórica y, como era comprensible, había tirado la toalla a mitad del recorrido. Al otro lado del teléfono, mi primo aventuró que en tal caso los papeles seguramente correspondían a notas para las conferencias que su bisabuelo, que en paz descanse, solía pronunciar en Basilea. Se llamaba Jonathan Morstadt. Pero, aparte de que había muerto en 1912, no se sabía mucho sobre él. Las dos guerras mundiales no sólo diezmaron a sus descendientes, sino que además también destruyeron la casa matriz de la familia, con lo que desapareció prácticamente todo lo que pudiera haber existido en cuanto a documentos o fotografías de la época. De los bombardeos sólo se salvaron algunas cajas.

»Mi primo recordó que a finales de los años cincuenta un doctorando de Basilea se había puesto en contacto con ellos porque estaba haciendo su tesis sobre sociedades históricas y quería saber si los descendientes de Jonathan Morstadt conservaban documentos suyos y si los podía consultar. Le respondieron que todo su patrimonio había desaparecido, por lo que le estarían muy agradecidos si pudiera facilitarles algún dato acerca de lo que hubiera averiguado sobre el bisabuelo. El doctorando contestó que simplemente había visto su nombre en las actas de las reuniones de los Amigos de la Historia del Protestantismo, pero que no sabía nada más. Dio las gracias y no se volvió a saber de él. Hasta aquí lo que me comentó mi primo.

Mientras seguíamos caminando por el bosque, Koszinski permaneció callado durante un buen rato. Yo aguardaba con impaciencia a que retomara su narración.

Finalmente continuó.

–No he averiguado mucho, pero por lo menos ya tengo el nombre del supuesto autor del manuscrito. Que yo sepa, nunca publicó nada. Después de algunas pesquisas, me hice con los anuarios de la Sociedad Histórica de Basilea, que entre 1889 y 1906 se dedicaba a investigar la historia del protestantismo, antes de que la liquidaran por falta de dinero o porque poco a poco sus miembros habían ido muriendo. No encontré, sin embargo, ningún artículo u otro escrito cuyo autor fuera ese lejano familiar mío. Pero, bien pensado, ¿qué sentido tenía seguir rebuscando en las bibliotecas cuando ya tenía el hallazgo más interesante en mi mesa? Me refiero a los escritos completos e inéditos de Jonathan Morstadt, en su día editor en Kehl sobre el Rin y en sus ratos libres investigador de la historia del protestantismo francés. No obstante, cuanto más avanzaba en la lectura del manuscrito, más tenía la sensación de que en realidad no era la obra de un historiador propiamente dicho. Puesto que las páginas representaban el ejercicio de pasar a limpio partes de un libro inconcluso, al principio intenté ordenar los diferentes capítulos. Me imaginé que el viejo Morstadt aún no tenía claro qué lagunas iba a tener que rellenar y cuál iba a ser el orden final de los capítulos. La numeración de las páginas sólo era consecutiva en cada uno de los diferentes apartados del manuscrito y empezaba de cero con cada nueva parte. Después de la primera lectura, establecí un índice de contenidos y puse título a los capítulos que no lo tenían. Morstadt había empleado cuatro tipos de textos. Por una parte estaban los interrogatorios, de los que ayer le mostré un ejemplo. Después había una serie de copias de cartas que en parte parecen proceder del archivo de los Médicis en Florencia y que podrían ser auténticas. En todo caso, llevan números de referencia de archivos reales y como indicación consta *Mediceo Filza*. Algunos capítulos están contados desde la perspectiva de un narrador omnisciente. Y, finalmente, están los extractos del diario de un pintor que se trasladó a París en 1598 para convertirse en pintor de la corte.

–Si lo he entendido bien, ¿se trata de varias historias?

–Bueno, se puede decir así. Aunque una de ellas realmente ocurrió tal como el autor del manuscrito la relata en algunas partes del mismo, por lo que no sería del todo correcto referirse a ella como una «historia». En todo caso, he de admitir que, después de todo lo que he leído sobre los acontecimientos de aquella época, ya no sabría decir qué es lo que tiene un fundamento histórico y qué es inventado. ¿Quién sabe lo que realmente ocurrió en París en la primavera de 1599? Si uno se ocupa con un poco más de detenimiento del asunto, se topa con el problema de que muchos de los documentos supuestamente históricos son en parte falsificaciones demostradas. Pensemos, por ejemplo, en las memorias del marqués de Rosny, después duque de Sully, en las que cita cartas que con toda probabilidad son pura invención. El caso Estrées sigue sin aclararse hasta hoy en día y dudo de que algún día la verdad salga a la luz. Pero Morstadt parece haber descubierto algo en el cuadro. Algo así como que el pintor dejó una pista en esa pintura tan extraña. Disculpe, me estoy adelantando otra vez, cuando me había propuesto ir por partes.

De nuevo se interrumpió, pero esta vez sólo por un momento. Parecía querer ordenar sus ideas. Yo esperaba un breve informe. En su lugar, se lanzó de improviso a desplegar toda una panorámica histórica ante mí.

TRES

Estamos en 1590. Después de treinta años de guerras de religión, Francia está en ruinas. Hace un año que Enrique IV de Navarra accedió al trono del país galo, pero su reinado no es muy brillante: su capital está ocupada por los españoles y la Liga Católica, para los que él no es más un hereje protestante que muy a su pesar sobrevivió a la noche de San Bartolomé. No pasa ningún día sin que en algún lugar de su reino quemen una efigie suya. Por todas partes hace estragos la guerra civil, atizada por la intervención de las demás potencias europeas. La supremacía católica es aplastante. Al este, en Lorena, se encuentran los duques de Guisa, líderes de la Liga Católica, que también se han hecho fuertes en París y que pretenden proclamar como rey a Carlos de Borbón, pero éste fallece ese mismo año. Al nordeste están los Países Bajos, ocupados por los españoles. Y España misma se encuentra en la frontera meridional del reino como núcleo duro de la Contrarreforma. Felipe II de España no desaprovecha ninguna ocasión para ahondar la división interna de Francia mediante acciones militares puntuales. Enrique, que ha vuelto a abrazar su fe protestante original, ha sido excomulgado, por lo que legalmente no puede ser rey. Cambiará de fe hasta cinco veces a lo largo de su vida. Es casi imposible separar la religión de la política. Montaigne escribe que en una ocasión se encontraba a orillas del mar contemplando la puesta del sol junto a Enrique. A la pregunta de cuál era la verdadera fe, el rey guardó un largo silencio con la vista puesta en el océano. Al final se volvió hacia él y pronunció las famosas palabras de «¿Y yo qué sé?». Era un escéptico, como la mayoría de las personas inteligentes.

El 9 de noviembre de 1590, el ejército real se encuentra

acampado en Soissons. Enrique de Navarra tiene treinta y siete años y cuenta entre sus posesiones con una camisa y un pantalón. No lleva ropa interior, pero posee un reino que medio mundo le disputa. *De iure* está casado con una mujer que ha levantado tropas contra él en varias ocasiones y a la que finalmente ha internado en el castillo de Uisson, cerca de donde hoy se encuentra la ciudad de Clermont-Ferrand. Seguro que conoce al personaje. Se trata de Margarita, la hija de Catalina de Médicis, *La Reine Margot*, como la llaman los franceses. Nunca resulta fácil hacerse una idea medianamente realista de los personajes de aquella época. En algunos casos es prácticamente imposible. La persona de Margarita ha quedado sepultada bajo todos los escándalos que se le atribuyen, pues pasa por haber tenido las entrañas más voraces de la historia mundial.

París sigue siendo inexpugnable. En otoño, durante el último sitio, cincuenta mil personas han muerto de hambre y aun así la ciudad no cae. Cuando Mayenne, el caudillo de la Liga, recibe el apoyo del duque de Parma, Enrique se ve obligado a abandonar el sitio. Se retira a Soissons para pasar el invierno.

Entre los acompañantes de Enrique se encuentra Roger de Saint-Larry, duque de Bellegarde, de veintisiete años y uno de los nobles más cortejados del momento. Durante una cacería comienza a cantarle al rey las maravillas de su última conquista. Enrique siente curiosidad y pide ver a la bella dama con sus propios ojos. De modo que el 10 de noviembre recorren a caballo los quince kilómetros que los separan del castillo de Cœuvres.

«Cœuvres –piensa el rey para sus adentros–; entonces es de la familia de los Estrées. Retoño de los siete pecados capitales. Menuda familia.» El patriarca lleva unos cuernos de macho cabrío, legado que le dejó su mujer cuando años atrás se fugó a Issoire con el marqués D'Allègre. Pero el cornudo de Antoine d'Estrées ni siquiera estaba cuando llegaron a Cœuvres. Desde la distancia vislumbraron el brillo húmedo en los tejados de pizarra de los torreones. Mientras se acercaban al puente levadizo, Bellegarde alabó alegremente las virtudes de su amada e hizo una señal enérgica a los lacayos cuando hubieron pasado el portón. Por poco los sirvientes se rompen el pescuezo, debatiéndose entre la veneración debida y la curiosidad por echar una ojeada al rey. Bellegarde le hizo esperar en el vestíbulo y volvió al poco rato con Diana, la hermana mayor. De Gabrielle, ni rastro, y tampoco había nadie más en el castillo.

Diana hizo una reverencia perfecta y sumisa, pero sin humillarse. Desde abajo, sus bonitos ojos algo rasgados lanzaron una mirada brillante al rey sabiendo que no estaba haciendo una genuflexión, sino que daba condescendientemente las gracias a un admirador entregado. Enrique le concedió ese triunfo y la recompensó con una larga mirada sobre las muy aclamadas riquezas de la familia que se le ofrecían en el amplio escote de un vestido amarillo.

Pero enseguida le distrajo la figura que apareció en lo alto de la escalera. Pobre Bellegarde. No tuvo que mirarlo dos veces para comprender que había cometido un error imperdonable. El rey tenía el aspecto de haberse cruzado con una aparición. Diana, convertida repentinamente en cenicienta, sonrió haciéndose cargo de la situación y corrió hacia la escalera al encuentro de su hermana.

«Dios mío», piensa el rey, y ya está buscando las palabras para las cartas que va a escribir. Pero sólo le vienen a la mente vocablos vacíos y apagados junto con comparaciones simples como mármol, lirios, rosas y púrpura. Se gira hacia otro lado y deja el campo libre a Bellegarde. Mientras éste saluda a Gabrielle, el rey deambula por el patio. Da unos pasos y pasea la mirada sobre las dependencias del castillo. A sus espaldas, los dos amantes cuchichean mientras el rey trata de mantener la compostura. Sin embargo, él ya ha ido mucho más allá con sus pensamientos. Está considerando las otras personas que debe tener en cuenta. En primer lugar, el padre, Antoine d'Estrées, uno de los que quieren mucho, pero pueden poco. A continuación, la tía, madame de Sourdis, la hermana de la madre fugada. Su esposo, monsieur de Sourdis, fue gobernador de Chartres, ahora en manos de la Liga. Lo que ocurre es que madame de Sourdis comparte cama con el depuesto canciller, monsieur de Chiverny. Todos unos muertos de hambre, un pozo sin fondo. En su imaginación Enrique ya puede ver la cara pálida y severa de su tesorero Rosny haciéndole los cálculos de lo que le va a costar este amorío. ¿Y qué? Él es el rey, ¿no? No se hable más.

Gira sobre sí mismo, se dirige hacia la pareja y manda a Bellegarde a dar una vuelta. La reverencia de Gabrielle es mucho menos refinada que la de su hermana. En cambio, es más auténtica, casi ingenua, si es que aún no sabe que el hombre que tiene delante está encandilado y no cejará hasta hacerla suya. Con educación recibe sus adulaciones al uso y responde como es debido. «Es como si el conejo charlara sobre el tiempo con la serpiente», piensa, divertida, la hermana, y anticipa la cara que va a poner su tía cuando se entere.

El rey ha recuperado sus sentidos y observa con un ligero estremecimiento la belleza perfecta de su Gabrielle. Pues suya será, de ello no le cabe la menor duda y, al tiempo que la distrae con palabras galantes, sus miradas la recorren como veloces ladrones, robando aquí una sonrisa, allí el reflejo de la luz sobre la piel blanca como las plumas de un cisne y más allá la suave curva de unos labios finos.

Tal vez fue ése el único momento en que se encontraron frente a frente, sin tapujos. Ambos eran poco menos que nada. Ella, una belleza de diecisiete años procedente de una familia con una reputación impresentable; él, un rey marcado por la bula excomulgadora del Papa y sin reino ni capital. Si durante aquellos años alguno de los muchos puñales que le rondaban con intención de acabar con su vida hubiera dado en el blanco, hoy apenas conoceríamos su nombre. Y Gabrielle hubiera cumplido como mucho los veinte años antes de que un marido celoso la estrangulara. Aquel rey con los dientes podridos y el cuello sucio no hace muy buena figura al lado del elegante amante actual, que ya está dando su tercera vuelta al pozo en el centro del patio, mirando de reojo de vez en cuando. Si fuera ella quien decidiera, el juego terminaría allí mismo. Pero, cuando el rey se despide, le oye decir como a través de una densa niebla: «Volveré».

Puede que sí, pero a ella no le importa. A la que sí le importa es a su tía. En su imaginación, madame de Sourdis concibe a cada hora nuevos y audaces planes, de repente posibles dones a esta noticia inaudita. Probablemente, con algunas palabras cortantes le habrá señalado a su sobrina que para comer la manzana no es preciso talar el árbol, pero que sería una estupidez imperdonable no dejar que el rey de Francia se sentara en el borde de su cama. Gabrielle protesta. Pero la mirada severa de su tía la hace callar. Después escucha sus órdenes. No ceder a los avances hasta que el rey arda en deseos de ella. Cumplir esta orden no le costará. Piensa en la cara barbuda y llena de arrugas del casi cuarentón y en su olor a soldado. Luego, madame de Sourdis establece el precio. Cargos públicos para su marido y para Chiverny, su amante, y, por supuesto, para el viejo Estrées. Y puestos a conquistar una ciudad en primavera, ¿por qué no Chartres? Así quedaría vacante la plaza de gobernador, que le vendría muy bien a su marido.

Gabrielle apenas escucha y recuerda una noche de septiembre, cuando Bellegarde subió la escalera de la torre para acostarse junto a ella. Llevaba por única vestimenta la luz de la luna y se entregó como nieve recién caída a ese hombre cariñoso y bien formado. «Es a él a quien amo –piensa–, y siempre lo amaré. Tal vez aprenda a hacer feliz al otro por el bien de la familia. Pero mi corazón no está en venta. Id con Dios, Roger de Saint-Larry. No me dejéis, rey de mi corazón. Ahora comienza la mala vida.»

En la primavera de 1591 el rey y los suyos estaban atrincherados en los alrededores de Chartres, que se resistía a caer. Aun así, Enrique estaba lleno de energía y optimismo. Durante el día se ocupaba del avance del sitio en los bastiones y en las trincheras. Por la noche se dedicaba a otra conquista que le habían traído al campamento. El consejo familiar de Gabrielle ya las tenía todas consigo. En cuanto cayera la ciudad, él pagaría el precio convenido.

Los católicos que aún eran leales a Enrique no escondían su profundo disgusto por estos tejemanejes baratos. También los protestantes reaccionaron con rechazo y enfado apenas disimulados. Y es que la decisión de sitiar Chartres, una plaza de poca trascendencia estratégica, en vez de la mucho más importante Rouen había sido tomada por culpa de Gabrielle y los suyos.

No obstante, cuando Chartres cayó el 20 de abril de 1591, los cálculos de madame de Sourdis dieron sus frutos. Enrique nombró gobernador a monsieur de Sourdis y convirtió a Chiverny en canciller. Pero, en lugar de atacar por fin Rouen, se perdió un tiempo precioso en Noyon. Al fin y al cabo, el viejo Estrées aún no tenía su cargo y había de convertirse en gobernador de esa ciudad, que seguía ofreciendo una tenaz resistencia. En fin, no existía mejor manera de crearse enemigos.

Mientras tanto, Gabrielle mantuvo bien separados los negocios de los sentimientos. En cuanto las circunstancias lo permitían, se escapaba a Cœuvres, donde Bellegarde la esperaba por las noches. Se rumorea que una vez Enrique pilló a su desobediente amante en una de sus escapadas nocturnas. Al otro le quedó apenas tiempo para esconderse bajo la cama. En una muestra de humanidad, el rey, después de retozar con su bella amada, dejó caer al suelo algunos trozos de los bombones que degustaba junto a ella para que el que estaba debajo también tuviera su parte, pero sobre todo para hacerle ver que no tenía mucha salida. Éste captó el mensaje e inició pronto la retirada para hacerle la corte a mademoiselle de Guise, así como a la madre de la misma.

Poco a poco, el padre de Gabrielle empezó a estar hasta la coronilla de los chismorreos que circulaban sobre su familia. Tal vez motivado por el hecho de que su esposa adúltera hubiera encontrado su merecido y yaciera con el cuello cortado en los vertederos de Issoire junto al marqués D'Allègre, el ladrón de corazones, Antoine d'Estrées casó a Gabrielle sin más demora con el viudo Nicolas d'Amerval, monsieur de Liancourt.

A éste, el asunto le olía a gato encerrado, pero al final aceptó aunque, como no tardó en comprobarse, había sobreestimado sus capacidades. Seguramente fue por temor a tocar de forma ilegal las posesiones reales que en la noche de bodas a este padre de catorce hijos le falló la virilidad. Así por lo menos lo hizo saber humildemente después de recibir la visita malhumorada de Enrique de Navarra. Una coz, según se supo después, le había privado de sus facultades sexuales, por lo que sólo a regañadientes y bajo muchas reservas había cedido ante las presiones de su suegro, casándose finalmente con Gabrielle. El matrimonio no se había consumado. Unos meses más tarde, ella dejó para siempre el castillo de Liancourt para unirse definitivamente a Enrique.

Gabrielle le trajo suerte a Enrique. Y la necesitaba. Eran tiempos difíciles para él. Siendo protestante, por ley nunca alcanzaría el trono. La Liga era demasiado poderosa. A su capital, París, podría matarla de hambre hasta el último hombre. Pero ¿qué ganaría con eso? Masacres sin fin y una ciudad llena de muertos. El bando contrario, la Asamblea de los Estamentos de la Liga en París, tampoco sabía qué hacer y no conseguía ponerse de acuerdo sobre un candidato alternativo. Si Enrique se convirtiera al catolicismo, al día siguiente sería coronado. Pero dar ese paso era muy arriesgado. Sus fieles hugonotes se sentirían traicionados. Y ¿podía permitirse una afrenta a Inglaterra, su única aliada? La reina Isabel preferiría verlo doblegar su capital a que pasara por el aro de la Iglesia católica. Por otro lado, ella era demasiado buena política como para no reconocer las ventajas que traería una conversión. Enrique prefería comprar con oro que con sangre. En general, era un rey poco dado a la violencia e incluso había recortado de tres a un día el derecho al pillaje de sus soldados.

Felipe de España, quien dominaba el mundo, ya no entendía nada. Él, que era el más cristiano de todos los reyes, estaba obligado a observar de brazos cruzados cómo la aguja de la balanza empezaba a inclinarse cada vez más a favor de ese hereje francés. Los comunicados que le llegaban desde París hasta su monumental mausoleo en El Escorial le enfriaban el ánimo. Lo único que sus embajadores pudieron asegurarle fue que su plan de colocar a la infanta en el trono francés nunca obtendría la aprobación del parlamento. Ningún príncipe o princesa extranjeros podía convertirse en rey o reina de Francia, pues contravenía la ley sálica y por ende el fundamento de la monarquía francesa. Si, por el contrario, Enrique cambiaba de confesión, era de temer que París se le rindiese.

Se acercaba el verano de 1593. Mientras en la Asamblea de los Estamentos de París el desacuerdo aumentaba de reunión en reunión, Enrique daba vueltas a las consecuencias de su conversión o del salto al vacío, como decía él. Debatió con los prelados sobre el purgatorio, la absolución y la jerarquía de los ángeles. Sus compañeros de batallas tenían miedo al futuro, pero él los tranquilizó con palabras claras: él, rey de los franceses, de católicos y protestantes por igual, no se dejaría partir por la mitad. El que creyera lo contrario pronto iba a enterarse de quién era él realmente. Su raciocinio le dictaba lo que debía hacer, y los hechos marcaban el camino. Los católicos que aún le eran leales porque ponían por encima de su fe la integridad del reino no tolerarían eternamente a un hereje excomulgado como rey. En cuanto la Asamblea de París se pusiera de acuerdo sobre un nuevo rey, él estaría perdido. De su corazón se hizo cargo Gabrielle. Se decía que fue su tía quien se lo puso claro: sólo su santidad el Papa podía concederle el divorcio al rey. Entre Gabrielle y el trono se interponían únicamente el Papa y la fe equivocada de Enrique.

–Negadle vuestros favores –le susurraba al oído la taimada tía a su bella sobrina–; llorar y rogar harán el resto.

El 25 de julio de 1593 Enrique traspasó la puerta de

Saint-Denis y, rodeado de curiosos, se acercó al altar donde lo recibió el arzobispo de Bourges.

–¿Quién sois?

–Soy el rey.

–¿Qué deseáis?

–Deseo ser acogido en el seno de la santa Iglesia católica, apostólica y romana.

A continuación pronunció el credo acordado previamente.

El golpe de efecto salió bien. Ya no había nada que impidiese la coronación. Como Reims estaba en manos de la Liga, se eligió Chartres para celebrar la ceremonia. De alguna parte salió también el aceite que se utilizaría para la unción. Estas pequeñas incoherencias fueron nimiedades en comparación con los rumores que llegaban desde España. Felipe, decían, se había infectado. Una deshonra embarazosa que, por mucho que pusieran el grito en el cielo, hizo perder fuelle a los españoles que aún estaban en París. Sin prisa pero sin pausa, se extendió la opinión de que más valía un rey converso, hijo de Francia, que el retoño sifilítico de un fanático extranjero.

En marzo de 1594 llegó por fin la hora. La entrada en París se había preparado de antemano. En la madrugada, el rey se adentró en su ciudad por la Porte Neuve. La sorpresa fue tal que casi no hubo resistencia; sólo tuvieron que acabar con unos cuantos lansquenetes. Y a los guardias que se opusieron los tiraron al río sin más miramientos. El duque de Feria recibió orden de concentrar a sus tropas a lo largo de la mañana y evacuar la ciudad a más tardar a las tres de la tarde. Si no, lo echarían por la fuerza. No obstante, el ejército español de ocupación estaba tan desmoralizado que no ofreció resistencia. A la hora convenida y bajo una lluvia intensa abandonó la ciudad por la puerta de Saint-Denis. Desde lo alto del arco, Enrique los vio partir. No se disparó ni un solo tiro. El ruido de las botas en el barro y el chirriar de las ruedas de los carros constituían el único acompañamiento sonoro de la retirada. Con el rabo entre las piernas y sin rechistar, un imperio se iba.

Era la derrota de España. Sin embargo, aún quedaba mucho camino por recorrer antes de alcanzar la paz. La Liga estaba dividida, pero no acabada. Por fin, el rey era dueño y amo de su ciudad, pero aún le faltaba la absolución del Papa. Poco después, la suerte bélica se mostró favorable a Enrique. Lyon tuvo que rendirse. Cayeron Poitiers, Quimper, Cambrai y Amiens. Les siguieron Beauvais, Péronne, Doullens y Saint-Malo. A Enrique le pareció que había llegado el momento de tomar posesión de su capital como rey soberano y de forma oficial y solemne. A última hora de la tarde del 15 de septiembre de 1594, entró en la ciudad iluminada por las antorchas. Le acompañaban aristócratas, oficiales y funcionarios de la casa real así como algunas tropas y una festiva muchedumbre de curiosos.

Todo ese espectáculo, hay que decirlo, también estaba dedicado a su amada que, sentada en un suntuoso palanquín, encabezaba la comitiva. Gabrielle llevaba su color favorito: un vestido de terciopelo verde oscuro bordado con un sinfín de apliques de perlas y piedras preciosas que reflejaban la luz de las antorchas. ¿Qué habrá pensado en su fuero interno mientras la portaban a la capital con el barro a poca distancia debajo de ella? Tan sólo cuatro años antes, cuando contaba dieciséis años de edad, se hallaba en el castillo de Cœuvres en el seno de su mal afamada familia, insignificante e inútil, dedicando su tiempo a hacer que sus sirvientes ahuyentaran las moscas que daban vueltas alrededor de su bella cabeza. Y en este día lideraba el paseo triunfal del rey, que había recuperado su ciudad y había humillado a España.

Intrigados, los curiosos se frotaban los ojos. ¿Quién era esa mujer que entraba en la ciudad como si fuese la reina? Había que admitir que era muy bella. Pero ¿formaba parte de las costumbres de un rey católico que en su toma de posesión ocupara un lugar tan destacado su concubina y que, además, la exhibiera como una muñeca engalanada? Los espías del Papa que también estaban entre la multitud observaron atentamente el espectáculo. Uno de ellos, de nombre

Bonciani, se abría camino entre panaderos y verduleras para ver mejor. Cuando por fin hubo conseguido deslizar su enclenque figura de diplomático entre los cuerpos más macizos del resto y alcanzar la primera fila, la distinguida dama ya había pasado y lo único que alcanzó a ver de ella fue el cabello recogido por encima del terciopelo verde. Mientras se mezclaba de nuevo con el gentío, empezó a formular algunas frases para el informe que esa noche enviaría a Roma, donde los acontecimientos de París se seguían con bastante interés.

De momento, Clemente VIII, Papa desde 1592, estaba más preocupado por el rey que por su amante. Se encontraba entre la espada y la pared. Por supuesto que veía las intenciones detrás de las políticas promovidas por España y por la Liga. Pese a todo, Francia representaba un serio contrapeso a las monstruosas garras de la casa de los Habsburgo. Si Roma pudiera contar con un firme aliado católico en la figura de Enrique de Navarra, podría neutralizar la supremacía de Felipe. En el entorno de Clemente los enviados de Felipe de España no paraban de sembrar cizaña contra el rey francés. Unos años atrás, como Clemente bien recordaba, su predecesor Sixto V se había declarado neutral en la cuestión francesa. Entonces, Felipe envió al conde Olivares a Roma y, como por arte de magia, Sixto V enfermó un par de días después de haber mantenido un duro enfrentamiento verbal con éste y acabó por fallecer a los pocos días. Cinco años más tarde, la situación era mucho peor para España y para la Liga, y Clemente se cuidaba muy mucho de probar las viandas que se servían en el transcurso de conversaciones importantes.

Pero, al mismo tiempo, desconfiaba de ese converso que cambiaba de religión como otros de camisa. Había rectificado para hacerse con París. Sin embargo, su fe era tan falsa como las pelucas de sus sirvientes. Otorgar la absolución a Enrique de Navarra sería equivalente a celebrar la eucaristía con el anticristo. Por otro lado, ¿se podía confiar en España? Un razonamiento parecido se seguía también en Florencia y en Venecia. Sin Francia, toda la cristiandad estaba vendida irremediablemente a los Habsburgo. Y ¿qué pasaría si el excomulgado Enrique instaurase una iglesia estatal francesa? ¿Habría un segundo cisma? En el horizonte aparecía la sombra amenazante de otro Enrique.

Entonces sucedió que un joven jesuita atentó contra la vida de Enrique. Durante una recepción en el Louvre salió de la muchedumbre para lanzarse contra el rey, no le alcanzó en el cuello de puro milagro y sólo consiguió partirle el labio. Tres días después, fue ajusticiado y la orden jesuita expulsada del país. La cosa estaba que ardía y por primera vez en años Roma recibía a un enviado del rey de Francia.

Se había llegado a un punto de inflexión. Mientras los ejércitos de Felipe se batían en retirada, los enviados de Enrique consiguieron que Roma lo absolviese. Uno tras otro, los caudillos de la Liga depusieron su resistencia. En el mes de enero de 1596, Gabrielle, convertida entretanto en marquesa de Monceaux, recibió en su castillo al poderoso mariscal Mayenne. Comieron al aire libre y disfrutaron de un espectáculo bucólico representado por encargo de la anfitriona. «Uno menos que me envía asesinos», debió de pensar Enrique, mientras brindaba con el gordo de Mayenne en los jardines adornados para la ocasión.

En ese momento, sólo dos años lo separaban de la paz. No había ninguna duda de que tendría que usar la fuerza para alcanzarla. Pero, en el fondo, ya lo tenía todo decidido. Él era el rey, católico para más señas, y mandatario legítimo en el seno de la Iglesia católica. Ningún soldado español podía ya arrogarse el derecho de asolar ciudades y de masacrar a campesinos en Francia bajo el pretexto de estar defendiendo la cristiandad contra los herejes. Y, además, todos sabían que esto último sólo era un subterfugio para perseguir otros fines. Sin embargo, aún habría que verter mucha sangre antes de que llegase la paz.

Algunos, no obstante, ya estaban pensando más allá. Uno

de ellos era Maximilien de Béthune, marqués de Rosny y posteriormente duque de Sully. Había pocos que en sus años de juventud hubieran servido al rey con tanta lealtad como él y había sido recompensado ampliamente por sus servicios. Y asimismo eran pocos los que le igualaran en inteligencia y capacidad. Mientras las tropas de diferentes banderas aún se disputaban el control de varias ciudades, en el escritorio de Rosny se encontraban ya listos para ser aplicados los planes para la administración del reino. En ellos se detallaba lo que debía hacerse para sanear las finanzas del Estado en quiebra, sangrado por funcionarios corruptos y aristócratas oportunistas. Sin dinero no se podían reparar carreteras ni puentes. Sin vías de comunicación no habría comercio. Y sin comercio no se podrían recaudar tributos. El impuesto sobre la sal se encontraba arrendado a terceros. Los arrendatarios, si es que llegaban a recaudar, desviaban un determinado porcentaje a Florencia, pues al gran duque Fernando de Médicis se le había otorgado el derecho de servirse de dicho impuesto como contrapartida a sus créditos para la guerra. Después de que los arrendatarios hubieran descontado su parte, sólo una mísera porción de todos los impuestos llegaba al erario público. En sus columnas de cifras, Rosny tenía hechos cálculos exactos acerca de las ingentes cantidades que el Estado perdía por esas prácticas. Los funcionarios en el consejo financiero ya temblaban ante ese hombre implacable, hugonote hasta la médula, a quien el sentido del deber y del honor habían convertido en un ser tan rígido y pálido que no parecía humano.

Rosny no malgastó ninguno de sus pensamientos en los bien cebados y corruptos funcionarios. Había reunido pruebas documentales contra todos ellos. El rey no tenía más que hacer la suma para acabar con todos ellos: un procedimiento tan sobrio, inexorable y elegante como una demostración aritmética.

Lo que más quebraderos de cabeza le provocaba era el corazón tan poco aritmético de su señor. Ya llevaba ocho años con esa Gabrielle que con cada parto añadía otro título a los que ya tenía. Desde el principio, la mujer había intentado ponerse a bien con él, Rosny, seguramente aconsejada por madame de Sourdis, que de todos modos movía los hilos detrás de la bonita fachada. Sí que recordaba que fue Gabrielle quien aconsejó al rey incluirlo en el consejo financiero. «No está mal –se dijo el marqués en su momento–. Pero yo no estoy en venta. Accedo al consejo por mi propio pie, sin necesidad de vuestra intercesión meliflua ante el rey. Vos, sin embargo, nunca seréis reina. Vanos son todos vuestros esfuerzos.»

La lluvia, que desde el día de Todos los Santos había convertido la ciudad de París en un frío y húmedo barrizal, tampoco paró en los últimos días del año 1598. El sarampión y la varicela hacían estragos en prácticamente todos los barrios y a todas horas se veía el tránsito de ataúdes de niños por las desangeladas callejuelas. Casi todos los habitantes padecían tos y fiebre. Las malas cosechas y la consiguiente subida vertiginosa de los precios de los cereales tampoco fueron precisamente un alivio. Y los que creyeron que con la guerra y el sitio lo peor había pasado tuvieron que resignarse ante ese nuevo enemigo invisible que se cobraba un alma tras otra. La gente rezaba sin parar. Por doquier se celebraban misas y los únicos que sacaban provecho de la situación fueron los médicos, que se encontraban ante un vasto campo de acción donde probar sus siempre cambiantes mixturas que en la mayoría de los casos no surtían ningún efecto.

El 13 de diciembre de 1598 fue bautizado en Saint-Germain el hijo menor del rey con el nombre de Alejandro. A pesar del mal tiempo, se congregó muchísima gente y se diría que esperaban de ese feliz acontecimiento algún alivio para sus penurias. Tal vez les parecía que ese rey estaba tocado por la mano benévola de Dios. Una grave enfermedad, que pocas semanas antes lo había llevado al borde de la tumba, al final no pudo con él. Y ahí estaba, avanzando lentamente hacia el cardenal junto a Gabrielle, convertida en duquesa de Beaufort, y los ilustres padrinos Diane de France, la duquesa de Angoulême, y el conde de Soissons, con el fin de pedir los sacramentos de la santa Iglesia católica romana para su hijo.

Se rumoreaba que el rey no deseaba una celebración tan ostentosa, puesto que al fin y al cabo no se trataba de un hijo de Francia. Otro rumor decía que el marqués de Rosny, desde hacía poco consejero superior de finanzas, se había negado a pagar a los músicos la tarifa habitual para los bautizos, aduciendo que no había tal hijo de Francia y por lo tanto no había tal bautizo.

Asimismo se comentaba que cuando el rey se enteró, para curarse en salud, mandó al marqués a hacer las paces con la duquesa. No obstante, los músicos ya la habían informado de todo y ella no lo dejó hablar, echándolo de su casa sin contemplaciones. Al parecer, más tarde, el propio rey se presentó ante ella para hacerla entrar en cintura, con el único resultado de que la duquesa mortalmente ofendida rompiera a llorar y exclamara que más valía morir que tener que sufrir semejante humillación. Rogó al rey que reflexionara sobre si estaba del lado de ella, querida por todos, o del lado de su marqués de Rosny, del que se quejaba medio reino. A lo que el rey supuestamente respondió que antes se separaría de diez amantes de su calaña que de un servidor como el marqués de Rosny. Siempre según los rumores, la duquesa sacó una navaja afirmando que aparentemente no había lugar para ella al lado del rey. Continuó diciendo que con el metal se iba a atravesar el corazón en el que sólo había lugar para el rey y otras cosas por estilo. Pero nadie sabía a ciencia cierta cómo acabó el asunto. La apariencia pacífica y solemne que pretendía transmitir el fabuloso Ballet de las Cinco Naciones que se representó por la tarde era sólo eso, una apariencia. En sus fueros internos ambos seguían corroídos por su enfrentamiento.

Los ciudadanos marcados, por el hambre y la enfermedad, no dejaban pasar ninguna oportunidad de asistir a las encarnizadas disputas sobre el Edicto de Tolerancia de Nantes que se podían escuchar casi todos los días en plazas y calles. Jaleados por los gritos de aprobación o indignación de la muchedumbre, los teólogos libraban discusiones interminables y, así, la gente enflaquecida, que no tenía mucho que llevarse a la boca, por lo menos podía tragar esas palabras llenas de fastuosa sonoridad.

Ni siquiera el día de Navidad, cuando después de la cuarta misa aún había tanta gente esperando delante de las iglesias que hubo que celebrar misas y eucaristías durante otros tres días, se aflojó la tensión. Por eso, tal vez fue una suerte que el frío y la lluvia mantuvieran a los habitantes en sus casas, donde se reunían alrededor de las chimeneas, si es que tenían algo que quemar.

De este modo, los últimos días de ese año lleno de acontecimientos que finalmente había traído la paz se difuminaron detrás de un velo de lluvia fina, pero incesante. Aquí y allá se celebraba alguna fiesta, aunque el resplandor de las antorchas en las calles vacías hacía pensar más bien en capillas ardientes y, además, en la mayoría de las casas se rezaba a santos diferentes de los que figuraban en el santoral.

Enero empezó con días de un gris pálido. Una ceremonia para elevar a rango de caballeros a unos ciudadanos, aplazada cuatro veces por la lluvia, finalmente se celebró el tercer día del año en el monasterio de los agustinos. Al término del acto, el rey aprovechó la ocasión para informar a los invitados de que a finales del mes su hermana, madame Catherine, se casaría con el duque de Bar, el marqués de Pont.

La noticia causó sorpresa, aunque en general se estaba hablando mucho de bodas en esos tiempos. Nadie se llamaba a engaño sobre las intenciones que estaban tras esa política de enlaces matrimoniales. Si no, ¿qué opinión podía merecer el hecho de que una princesa protestante se uniera en matrimonio a un príncipe católico de Lorena? Lo único que podía significar era que el bando loreno había dejado de ser hostil a Enrique. La enemistad de antes se diluía con una boda. Pero también era obvio que constituía una afrenta para Roma. ¿Cómo pudo el rey permitir ese matrimonio mixto, prohibido por las leyes de la iglesia? Según las mentes más simples era un tremendo error. Los más avispados, sin embargo, pensaban que a los enemigos poderosos de vez en cuando hay que ponerlos en su sitio; si no, le aplastan a uno. La pura verdad era que Enrique siempre daba preferencia a los intereses del reino sobre los de la religión. Y, si podía obtener Lorena a un precio tan bajo, los aspectos formales carecían de importancia. Más valía una boda ilegal que una guerra de religión legal.

Al tiempo que, gracias a esas alianzas, las aguas revueltas de los últimos años volvieron a su cauce, por lo menos en apariencia, porque en el clero y en el parlamento la agitación era cada vez más acusada. El parlamento de París seguía negándose a ratificar el Edicto de Nantes. Todos los días se producían detenciones de conspiradores que, movidos por el fanatismo religioso, intentaban asesinar al rey. La herejía se extendía y por cada persona que con la lengua perforada y los labios cercenados era expulsada de la ciudad, aparecían otros diez que invocaban el castigo divino para el edicto y para la cabeza del rey.

En la medida de lo posible, Enrique trataba de ignorar a los fanáticos. Por él, que siguieran gritando y tirándose de los pelos. Todo aquel que ha visto demasiada locura, o bien se vuelve loco, o bien se hace inmune. ¿No bastaban treinta años de guerra? ¿Qué clase de ideas descabelladas rondaban por la cabeza de esa gente? Decían, por ejemplo, que antes que dejar con vida a un solo hereje era mejor quemar entera la ciudad de París con todos sus habitantes dentro. Enrique movió la cabeza, se acercó a la ventana de su aposento en el palacio del Louvre y echó una mirada a la ciudad. Nunca permitiría que los demagogos y provocadores volvieran a sembrar la cizaña autodestructiva entre sus ya suficientemente castigados súbditos. Costara lo que costase, había que ratificar y respetar el edicto. ¡Ojalá tuviera a alguien en quien confiar! Incluso sus más estrechos consejeros estaban divididos. De todas partes llegaban rumores sobre intrigas y traiciones, todos acusaban a todos y, de haber hecho caso a todas las acusaciones, estaría ante un buen montón de traidores ajusticiados.

Durante el otoño del año anterior, cuando guardaba cama en Monceaux rodeado de los médicos que luchaban por su vida, de repente había visto claro lo que ocurriría después de su muerte. Todo habría sido en vano. La mera posibilidad de que falleciera había provocado inquietud en todo el reino e incluso alguna revuelta. Pues bien, Dios había decidido curar su enfermedad. Y era de suponer que no lo había hecho por él, mal siervo que era de Su Señor y asaltado por las dudas sobre la verdadera fe. Pero el reino no debía perderse y por eso –así lo creía Enrique– Dios lo había protegido. Y si fuera cierto, debía hacer todo lo que estuviera en sus manos para asegurar la continuidad del reino. ¿No era acaso ése su deber primordial?

Como si fuera una respuesta a una pregunta no formulada, entraron en la habitación Gabrielle y los niños. Llevaba en brazos al pequeño Alejandro. César y Catherine-Henriette estaban a uno y otro lado de ella. Se precipitó hacia ellos, besó efusivamente a los niños y tomó en sus manos el pequeño hatillo caliente.

Se dio cuenta de que ella temblaba de agitación interior.

–Langlois ha vuelto –dijo–. Margarita ha dado su acuerdo al divorcio. Ha firmado el poder.

El rey ya lo sabía.

Echó una mirada amorosa al rostro de ella, encendido por la alegría apenas disimulada, la tomó de la mano y la condujo a la gran ventana que daba sobre la ciudad y los campos aledaños.

–Allá, en la puerta de Saint-Denis vi pasar a las tropas españolas. ¿Os acordáis? Llovía igual que hoy y aun así, en mi recuerdo, es el día más feliz de mi vida. Hace casi cinco años de eso.

–Y el que mandó esas tropas ya no está con vida.

Enrique asintió con satisfacción. Felipe, su gran contrincante, había muerto el otoño anterior. Cuando llegó la noticia nadie daba crédito, tantas veces en los últimos años se le había dado por muerto.

–Dejemos que sean los muertos los que hablen de los muertos.

Descansó la cabeza en el hombro de él y acarició el pelo suave de su hija que cansinamente se apoyaba contra sus piernas.

En voz baja, Enrique continuó:

–Hace tres semanas que Sillery se fue a Roma. El poder le facilitará las cosas. Le mandaré un correo.

Gabrielle guardó silencio y miró a través de los cristales verdosos. Escuchaba la respiración pesada del hombre que estaba junto a ella y sintió su fuerte mano en el hombro. Si estuvieran todo el tiempo aquí en la ventana, muy por encima de todas las cosas que ocurrían allá abajo a sus pies, se sentiría segura y protegida a su lado. No obstante, adivinaba los pensamientos del rey, y lo que no adivinaba se lo soplaba la tía, quien le servía las noticias cotidianas como si de un menú de platos repugnantes se tratara.

Decían que pocos días después llegó al Louvre otra carta de la reina desde Usson, en la que revocaba su acuerdo para el divorcio agradeciendo la oferta magnánima del rey de permitirle la vuelta del exilio y afirmando que, después de largas conversaciones con sus consejeros, aceptaba las condiciones relacionadas. Se hacía cargo de lo importante que era para el rey contraer otro matrimonio a fin de alcanzar por esa vía el objetivo que Dios no había tenido a bien concederle a ella, es decir, darle a la corona y al reino unos herederos legítimos. Ahora bien, con un acuerdo de ese tipo temía por el bien del reino y de su alma, pues había oído que el rey tenía intención de desposar a su concubina Gabrielle d'Estrées. Si una mujer de tan baja estofa y cuya vida licenciosa había dado lugar a un sinfín de chismorreos debía sustituirla como esposa del rey, ella nunca cedería su lugar para una unión tan deshonrosa y haría todo lo posible para evitar semejante humillación al rey, a sí misma y a toda Francia.

Entretanto, las negociaciones siguieron su curso como si nada. En breve, Sillery llegaría a Roma. El Papa estaría informado de antemano e increparía al enviado con la pregunta de si el rey de Francia lo tomaba por tonto.

Sillery ya se imaginaba esa escena cuando su carruaje ni siquiera había llegado a los Alpes. Dejó pasar el primer ataque de ira de su santidad para luego decirle con palabras comedidas lo siguiente:

–Mi señor y rey os asegura en todo sus más leales servicios. No sé qué rumores os habrán llegado por diferentes cauces, pero vistas desde la distancia pueden parecer amenazantes y distorsionadas muchas cosas que en la proximidad resultan familiares y sencillas. Más que nada es el tiempo que apremia. Dios ha hecho un milagro curando la grave enfermedad de mi rey porque no ha querido permitir que una paz tan difícilmente alcanzada se echara a perder antes de tiempo por culpa de luchas de poder internas.

–Me alegra que seáis capaz de interpretar de forma tan acertada los designios divinos. –Sillery no se dejó impresionar–. Francia cuenta con un gran rey, pero éste carece de herederos. No os cuento ningún secreto si os digo que el matrimonio auspiciado por Catalina entre el rey y Margarita no ha dado lugar a descendencia en los casi veintisiete años de duración. Además, la reina se ha hecho culpable de traición a la corona y de adulterio. Esto por sí mismo ya sería razón suficiente, sin mencionar la ilegítima consanguinidad entre los dos cónyuges. Por ello, el rey os ruega encarecidamente que anuléis su matrimonio. Mientras una nueva reina no dé herederos legítimos al rey de Francia, corremos el riesgo de discordia, de grandes calamidades y de una nueva guerra civil.

–Conozco muy bien la situación de la casa Borbón. ¿Acaso creéis que no rezo todos los días al Señor para que obre una solución? Pero ¿qué es lo que queréis de mí? ¿Debo permitir, por evitar el incesto, que en el palacio del Louvre se instale un nido de rameras y bastardos?

Al escuchar esto, su rostro se turbó y miró al suelo. No había contado con un ataque tan directo. Debía de estar muy desconcertado Aldobrandini si se veía obligado a utilizar un lenguaje tan crudo. Cuanto más fuertes las palabras, más débiles los argumentos.

–El rey nunca intentó engañaros. Es uno de vuestros más fieles aliados. Pero no puede acercarse a vos si no le quitáis las cadenas.

–¿Como en Nantes?

–Desde Nantes la paz reina en Francia. El país está floreciendo. La sombra negra de la guerra ha desaparecido. El edicto parece un pequeño precio para semejante liberación.

El Papa respiró hondo y dio bruscamente la espalda al enviado. ¡Cómo se atrevía! No se hacen tratos con el Anticristo. O se le aniquila o uno sucumbe ante él, si es que los designios inescrutables del Señor así lo han decidido. Lo que percibía de boca del enviado no eran más que subversivos aires de compromiso y rendición.

–Os voy a decir algo, monsieur de Sillery...

Pero éste ya no le estaba escuchando y trataba de ahuyentar la desagradable visión contemplando el paisaje por la ventana del carruaje. De todos modos, no había ninguna esperanza y, conforme avanzaban las horas, al enviado se le encogía el corazón ante la misión imposible que se le había encomendado. Tapado con gruesas mantas y con la cabeza hundida entre los hombros, observaba distraídamente los campos abandonados cubiertos de escarcha y escuchaba el trotar monótono de los caballos y el tintineo gélido del carruaje: un escarabajo con muchas patas que se acercaba lentamente a los Alpes.

CUATRO

Koszinski interrumpió sus explicaciones y se sentó en la hierba. Me costó unos instantes volver al presente. Habíamos llegado a una pequeña meseta desde la que se tenía una vista espléndida sobre el valle del Rin. Allá abajo estaba Friburgo. La torre de la catedral se elevaba, visible desde muy lejos, por encima de la campana de bruma que flotaba sobre la ciudad. En el horizonte se perfilaba tenuemente la silueta de los Vosgos y no me resultó difícil imaginar cómo cuatrocientos años antes, en algún lugar de la planicie, allá abajo, por caminos llenos de baches y piedras, un coche tirado por cuatro caballos avanzaba a trompicones hacia el sur.

Koszinski apoyó los codos en sus rodillas flexionadas y se dejó impregnar por el panorama. Yo hice igual, de modo que nos quedamos un rato sentados en silencio, mirando el paisaje. La cabeza me zumbaba por la cantidad de nombres que Koszinski había mencionado.

Le pregunté si todo lo que acababa de contarme lo había leído en el manuscrito.

–No, no. Todos estos antecedentes el autor los daba por sentados. Después de todo, era miembro de una sociedad historiográfica y trataba con interlocutores que probablemente se sabían de memoria los artículos del Edicto de Nantes. Hay muchos libros sobre el reinado de Enrique IV. Su amor por Gabrielle d'Estrées causó un gran revuelo, sobre todo por la extraña muerte que acabó con la infausta duquesa pocos días antes de su boda ya apalabrada con el rey. Los principales estudios históricos sobre el caso Gabrielle d'Estrées ya se habían publicado en los años ochenta del siglo pasado.

–¿El rey quería casarse con Gabrielle y Roma trataba de impedirlo?

–Sí. Ésa es la versión oficial.

–¿Y por qué?

–¿Que por qué Roma estaba en contra de esa boda?

–Sí.

–Hay varias razones para ello. El papa Clemente era reacio a pactar con Enrique IV. Desconfiaba de la fe del rey. El Edicto de Nantes supuso más que una bofetada en toda la cara de la Santa Sede. Desde el punto de vista político el Edicto resultaba comprensible; mirándolo desde la perspectiva actual incluso fue una hazaña diplomática, pero en aquel entonces se pensaba de otra manera. De algún modo, estaba en juego la suerte de toda la cristiandad. Es difícil imaginar lo importante que era la cuestión de la fe verdadera para las mentes de la época. Cuando se firmó el Edicto de Nantes, Descartes sólo tenía dos años y en Roma se estaba celebrando el juicio contra Giordano Bruno. Claro que también era un asunto político. Francia debía actuar como baluarte frente a los Habsburgo. Una alianza fuerte entre París y Roma hubiera contrarrestado el cerco instaurado por Felipe y hubiera debilitado su supremacía. Había que conseguir que Enrique se divorciara de Margarita y volviera a casarse; en eso todos estaban de acuerdo. En aquella época, en 1599, la muerte de Enrique hubiera avivado inmediatamente las luchas entre los príncipes franceses de cierto abolengo. Las demás casas nobles hubieran reivindicado el trono. La cuestión de la fe religiosa hubiera reactivado la maquinaria de guerra y hubiera atraído al campo de batalla francés a los demás potentados extranjeros. Todo hubiera vuelto a empezar y seguramente Francia hubiera desaparecido del mapa o hubiera corrido la misma suerte que Alemania. En virtud de su orientación religiosa, los ducados se hubieran independizado, expulsando o asesinando a todos los heterodoxos. Era algo que había que evitar a toda costa. Lo que se necesitaba eran herederos legítimos; hablando en términos históricos: hacía falta una madre para Luis XIII. Y ya había una aspirante: una sobrina de Fernando de Médicis, el gran duque toscano. Pero el rey estaba perdidamente enamorado de Gabrielle.

–¿Es decir, que ella constituía un obstáculo para la alta política? –pregunté.

–Tampoco es tan sencillo. Lo único que sí es cierto es que, pocos días antes de su enlace matrimonial con Enrique IV de Navarra, Gabrielle sucumbió a una misteriosa enfermedad. El rey la mandó a París durante los días de la Semana Santa, mientras que él se quedó en Fontainebleau. Se dice que no quería correr el riesgo de un escándalo tan poco tiempo antes de la boda. Gabrielle estaba en su sexto mes de embarazo y, vista su condición, bastante débil. Además, sufría por oscuros presagios y por las predicciones pesimistas de sus astrólogos. No obstante, a partir de aquí no se puede establecer con certeza lo que ocurrió de verdad. Los testimonios se contradicen. Después de una comida en la mansión de un italiano en París, la duquesa sufrió un colapso y fue presa de horribles convulsiones que no cesaron hasta su muerte, la víspera de la Pascua. La impresión que ese acontecimiento causó en las personas de su entorno más allegado debió de ser tan fuerte que ninguno de los presentes estaba en condiciones de ofrecer una versión coherente de lo ocurrido entre el miércoles de Semana Santa y el día de su muerte, la víspera del domingo de Resurrección. Gabrielle murió entre sufrimientos espantosos la mañana del 10 de abril de 1599, a pocos días de su boda con el rey. A Enrique no lo volvió a ver. Gabrielle lo reclamaba constantemente e incluso le escribió algunas cartas mientras agonizaba. Cuando el Viernes Santo entró en coma, el rey salió de Fontainebleau para dirigirse a París y estar al lado de su amada en sus últimas horas. Pero lo interceptaron antes de que llegara a la ciudad y lo engañaron diciéndole que la duquesa ya había muerto, ante lo que él dio media vuelta.

Koszinski hizo una pausa muy elocuente. Lo miré con curiosidad.

–Sí, sé lo que va a pensar. Todo parece indicar que alguien tuvo algo que ver con la repentina muerte de Gabrielle. Nunca se dejó de especular con esa posibilidad. Al año, Enrique se casó con María de Médicis. Con lo que la sobrina del gran duque toscano accedió al trono francés. Hasta aquí todo son hechos incontestables. –Poco después añadió–: Lo que hace el asunto tan extraño son esos cuadros.

–¿La pintura de la que le hablé?

–Sí, es decir, en realidad no. El manuscrito habla de otros ocho cuadros que parecen guardar alguna relación con el retrato de las dos damas en el baño que usted me enseñó en su día. ¿Ha seguido investigando?

Negué con la cabeza.

–He intentado varias veces averiguar algo, aunque parece ser que no hay nada seguro sobre el cuadro. El original está en el Louvre, pero según el catálogo apenas se sabe nada.

–Extraño, ¿no le parece? –Era evidente que Koszinski disfrutaba teniéndome en vilo.

–Entonces, ¿qué? –pregunté.

–¿Por qué no seguimos caminando? No me gusta contar las cosas sentado.

Nos levantamos y reemprendimos la marcha.

–Cuando terminé de leer todo lo que acabo de resumirle ya tuve una idea más clara acerca de lo que trataba el manuscrito. Creo que ya le he dicho que una parte considerable de los folios cuenta la vida de un pintor. En varios momentos habla de una serie de pinturas que parecen guardar relación con los misteriosos acontecimientos que rodearon la muerte de la duquesa. Copié las partes correspondientes para mostrárselas a un historiador del arte amigo mío. Me llamó la misma noche y me dijo que los cuadros eran fáciles de identificar, que algunos pertenecían al entorno de la escuela de Fontainebleau y, en particular, que los cuadros descritos representaban diferentes versiones de un retrato expuesto en el Louvre, que si bien era anónimo no dejaba de ser bastante conocido. Me informó de que las distintas versiones se encontraban dispersas por media Europa, en Montpellier, Florencia y en el castillo de Chantilly. Además, me dijo que había un ejemplar en Basilea. Y este último dato fue lo que menos me sorprendió.

–¿Quiere decir que los documentos no hacen mención del cuadro que está en el Louvre? –quise saber.

–Como decía: sí y no. El hilo narrativo parece conducir hasta él pero, en un momento dado, el manuscrito para en seco. De alguna manera el relato es incompleto. Pero ¡escuche esto! Varios meses después, pasé unos días en París y aproveché la ocasión para examinar el original del retrato del Louvre. Aún no se había llevado a cabo la remodelación del museo, la pirámide en el patio interior todavía no existía y se accedía al museo por la puerta, hoy cerrada al público, enfrente de la iglesia de Saint-Germain-l'Auxerrois. Me puse a la cola de los visitantes, compré la entrada y pasé por debajo de los enormes colosos de piedra egipcios, dirigiéndome hacia la escalera que lleva a la colección de pinturas.

»Había poca gente. Algún que otro grupo de escolares. Parejas cogidas del brazo deambulando por las amplias salas. Turistas que consultaban sus guías en varios idiomas o escuchaban con veneración las explicaciones grabadas con voz de mujer en una cinta. Cuando encontré la sala, el cuadro me saltó inmediatamente a la vista. Después he estado reflexionando a menudo sobre por qué antes nunca me había llamado la atención. Al fin y al cabo, no era la primera vez que visitaba el Louvre. Lo más probable es que simplemente no me hubiera interesado. Como se suele decir: el ojo duerme hasta que la mente lo despierta con una pregunta. Y con los libros pasa lo mismo; uno comienza a leer y devuelve el libro al estante sin haber comprendido nada, hasta que un día uno lo saca de nuevo y entonces es cuando lo devora de una sentada.

»Al principio, observé desde una distancia prudencial cómo reaccionaban los demás visitantes ante el cuadro. La mayoría de ellos parecían desconcertados: se paraban sólo un momento para echarle una mirada circunspecta. Otros volvían la vista por encima del hombro como si temieran ser sorprendidos en plena observación del cuadro. Pero nadie parecía tener muchas ganas de detenerse por más tiempo. Se encogían de hombros, esbozaban una sonrisa o meneaban la cabeza. A diferencia de otros cuadros, éste parece irradiar una extraña fuerza que atrae a los curiosos, pero solamente para acto seguido repelerlos y empujarlos con la misma intensidad a seguir el camino. Sigo sin saber cómo se produce este efecto.

De nuevo hizo una pausa. Caminamos por el bosque en silencio mientras Koszinski parecía sumirse en sus pensamientos, que por lo visto no quería compartir conmigo. Finalmente retomó su discurso:

–Nuestros hábitos visuales están atrofiados. Es más, se nos educa incluso para no ver. De no ser así, no podríamos pasear por una animada calle comercial sin perder la razón ante la profusión de impulsos ópticos. Quizá por ello nos encanta el orden depurado de los cuadros antiguos, aunque en el fondo no sepamos nada acerca de ellos. Nos parecen relativamente abarcables, comparados con el mundo que nos rodea. A lo mejor, el disfrute que experimentamos al mirarlos radica precisamente en esa ignorancia. Esos cuadros no pretenden vendernos un producto ni ilustrarnos sobre lo mal que está nuestro entorno inmediato o algún país lejano. Su contenido religioso no nos afecta realmente. Y ya no nos importa quién era el rey representado por Júpiter ni quién la duquesa que aparece retratada como Diana. Los paisajes que vemos no son alegorías de la destrucción ni sofisticadas trampas ópticas tendidas para atrapar nuestros deseos turísticos. No, en el mejor de los casos, esa escena de caza nos recuerda una narración de Ovidio. No se nos pide que nos formemos un juicio, no tenemos que emitir un voto ni tampoco modificar nuestra conducta. Se nos informa amablemente sobre el cuadro, leemos el texto explicativo, asentimos con la cabeza, echamos una última mirada de satisfacción al magnífico lienzo y seguimos nuestro recorrido. Nos bastan las pocas explicaciones reunidas por los historiadores del arte porque confiamos en que antaño la gente sí sabría qué era lo que representaban esas pinturas. Baco, Ceres, Proteo, Circe, Dafne... leemos y observamos. *Sibila de Tibur. David vence a Goliat. El rapto de Proserpina. El incendio de Troya.* No necesitamos más que estos títulos. Y eso que no dicen mucho más que el epitafio en una lápida...

–O el registro en un catálogo...

–¿Verdad que sí? Bueno, finalmente me acerqué al lienzo. «Escuela de Fontainebleau. Anónimo. *Gabrielle d'Estrées junto a una de sus hermanas.* Aprox. 1600.» La verdad es que es la pintura más singular que haya visto jamás. Usted sí que la conoce bien. Dos damas posan desnudas en una bañera de piedra cuyo borde está cubierto por una tela. La dama que desde el punto de vista del observador se encuentra a la derecha se supone que representa a Gabrielle. En la mano izquierda sujeta con la punta de los dedos un anillo, mientras que la derecha descansa flácida sobre el borde de la pila. Junto a ella, su hermana apoya igualmente la mano derecha en la bañera, pero con el pulgar y el índice de la izquierda pellizca el pezón derecho de Gabrielle.

–Además, el cuadro está enmarcado por unas espléndidas cortinas de color púrpura. Uno se creería delante de un escenario y por la expresión de las caras parece como si tuvieran que soportar las miradas de un público numeroso.

Koszinski asintió.

–Sí, pero en el momento en que tuve el original ante mis ojos, descubrí otros detalles en los que no había reparado cuando usted me mostró su pequeña reproducción. Porque la verdad es que había más cosas extrañas que descubrir.

–¿Se refiere a la mujer del fondo?

–No sólo eso. En el plano medio una mesa o un arcón cubierto con una tela verde impone su presencia en la estancia. Además, tapa la chimenea que constituye el fondo de la pieza. Un fuego a punto de apagarse refleja su débil brillo sobre el verde oscuro del tejido. Junto a la chimenea vemos a una mujer ocupándose de su labor. En la pared entre ella y la chimenea cuelga un espejo negro. ¿Recuerda lo que hay encima de la chimenea?

La pregunta me cogió por sorpresa. Había observado el cuadro un sinfín de veces, pero la respuesta no se me ocurrió enseguida.

En fin, Koszinski ya seguía con su relato.

–Un detalle que es fácil pasar por alto y que de todos

modos sólo se aprecia bien en el original. Encima de la chimenea se puede ver otra pintura, un cuadro dentro del cuadro, por así decirlo. Muestra el bajo vientre desnudo de un hombre. Tiene las partes cubiertas por una tela roja, como si, agotado, acabara de deslizarse de la cama al suelo.

–Ahora sí recuerdo. Pensé que se trataba de un adorno sin importancia. Tal vez un detalle de una escena mitológica.

–Todo es posible. Pero ¿por qué la duquesa iba a querer verse retratada así? ¿Qué significan esos gestos tan extraños? ¿Quién es la mujer que, al fondo, se inclina sobre su labor? ¿Una criada? Y ¿qué pensar de los demás objetos? Un espejo negro. Una mesa o un arcón cubierto por una tela verde. Un fuego casi apagado y, encima de él, la mitad de otro cuadro en el que se ve el bajo vientre medio desnudo de un hombre.

La descripción de Koszinski me contagió y se me encendió de nuevo la fascinación que había sentido años atrás al ver esa escena extraordinaria.

–Pero el gran enigma –dije– me parece que está en las manos de las dos damas. ¿A santo de qué le toca el pezón?

–Naturalmente me he hecho la misma pregunta. Tal vez sea un gesto alegórico que indica un embarazo. Y los dedos apuntan de forma simbólica al período que sigue al parto, tratando de sacar del pezón una imaginaria gota de leche. Aunque una interpretación de esta índole no debería distraernos del hecho de que en realidad el gesto tiene algo de inaudito, incluso de obsceno.

Sabía que a falta de otras posibilidades interpretativas los historiadores del arte habían optado por esta explicación no del todo convincente, pero al menos lógica en apariencia.

–Leí que la duquesa estaba embarazada en el momento en que se supone que se pintó el cuadro –dije–. Es probable que el gesto de la hermana nos indique la llegada de un niño. Con ello, también tendríamos la explicación de la criada del fondo: está cosiendo el vestido bautismal para el niño.

–Y el cuadro situado encima de la chimenea con la representación del bajo vientre de un hombre hace referencia al padre de la criatura.

Vacilé un momento. No se me había ocurrido esa posibilidad.

–Sí, ¿por qué no?

–De acuerdo, pero ¿por qué no nos muestra la cara? No creo que la duquesa tuviera algún interés en difundir dudas sobre la paternidad de su hijo. Al fin y al cabo, era la amante oficial del rey de Francia, una *maîtresse en titre* con muchas posibilidades de convertirse en reina. Y ¿por qué es tan deprimente el plano medio, con la mesa cubierta por la tela verde, el fuego que se apaga y la criada con los hombros caídos?

Recordaba muy bien la inmovilidad oscura y melancólica del cuadro. Pero había otro detalle que Koszinski ni siquiera había mencionado, y cuando lo saqué a colación asintió con la cabeza.

–La sortija que la duquesa sujeta con las yemas de los dedos como si estuviera ardiendo es algo que se me escapa totalmente. La tiene entre el pulgar y el índice de la izquierda, del mismo modo en que uno agarraría una espina sacada de la piel. Casi podríamos pensar que ni siquiera la está sujetando.

–Es cierto –terció Koszinski–. Casi da la sensación de que la incluyeran en el cuadro más tarde.

–¿Qué? –Me detuve sin querer–. ¿Qué le hace pensar eso?

–Simples conjeturas. Pero entiendo su sorpresa. Yo me asombré igual que usted cuando, medio año después, en el Palazzo Vecchio de Florencia volví a toparme con las dos damas en un cuadro parecido. Se trataba de la misma escena: dos mujeres en el baño. Lo que ocurre es que había desaparecido el fondo; las cortinas rojas se encontraban cerradas. Pero era la misma pareja en la bañera, Gabrielle y su hermana, enlazadas por los gestos enigmáticos de sus manos, con una ligera diferencia: la dama de la izquierda no tocaba el pezón de la duquesa sino que le ofrecía el dedo anular de la mano izquierda. La duquesa, por su parte, realizaba un movimiento como si fuera a colocar un anillo en el dedo de su hermana, quien se lo acercaba en ademán de esposa expectante. Aunque imagino que ya lo habrá adivinado: entre las yemas de los dedos de la duquesa, el lugar en el que tendría que estar el anillo, no había nada. No había ningún anillo.

Lo miré con incredulidad.

–O sea, ¿el mismo cuadro?

–Está claramente inspirado por la pintura del Louvre. La composición es un poco diferente, pero sin duda es del mismo pintor.

–Y ¿quién es?

–No se sabe. Igual que en el caso del cuadro del Louvre.

–Es decir, ¿ambos son anónimos?

–Sí. Resulta que sobre el cuadro de Florencia tampoco se sabe más que acerca de su doble en el Louvre. Pero al menos había un poco más de documentación sobre la historia reciente de la versión florentina. Su último propietario fue el mismísimo Göring. En 1941, y a través de un testaferro, el mariscal del Tercer Reich trasladó a Italia los cuadros impresionistas que había robado en Francia a los coleccionistas judíos. Allí los cambió por obras de los maestros italianos y de este modo se apropió de la pintura que nos ocupa.

Antes de que pudiera procesar esos datos, Koszinski tiró otro registro de su asombrosa memoria y me presentó más nombres y hechos.

–No fue hasta 1948 que volvieron a encontrar el cuadro, momento en que se devolvió a Florencia. Dicho sea de paso, la pintura del Louvre es mencionada por primera vez en una anécdota que data de mediados del siglo XIX. Un cuadro que por la descripción es idéntico al del Louvre se encontraba durante años en la prefectura de policía de la Rue Jerusalem. Según un relato oral, con ocasión de una visita de inspección, el rey Luis Felipe criticó el cuadro y ordenó que lo cubrieran. Cuando unos años después quitaron la cobertura, el cuadro había desaparecido. Medio siglo más tarde, volvió a aparecer, exactamente el 29 de marzo de 1897, en la subasta de la colección de un tal barón Jerôme Pichon celebrada en París. Supongo que fue la ocasión en la que el autor del manuscrito vio por primera vez el cuadro. De acuerdo con el catálogo, fue adquirido por madame Guibert de Guestre. Al menos fue ella quien se lo vendió al Louvre en 1937. Desde entonces forma parte de los fondos del museo.

–¿Y usted cree que ese familiar suyo, el tal Morstadt, vio los cuadros y quiso escribir un libro sobre ellos?

–No sabría decir si lo que quería escribir era un libro o un ensayo. Las notas que he encontrado son toda una panoplia de textos. Pero después de ver los cuadros, empecé a comprender lo que tanto debió de fascinar al viejo Morstadt. Inicié una investigación un poco más enfocada. Sin embargo, lo que descubrí sólo aumentó mi confusión. Por ejemplo, me enteré de que existían aún más versiones del mismo cuadro. Al parecer hubo toda una serie de artistas que en aquel entonces y en los siglos posteriores retomaron la extraña escena. Pero por mucho que diera alas a la imaginación de los pintores, poco se sabe sobre el origen y el sentido de esos cuadros. Una de las cosas que hice fue pedir catálogos de subastas. En 1917, se subastó otra parte de la colección Pichon. En el correspondiente catálogo encontré la reproducción de un cuadro que añade aún más misterio a los enigmas ya de por sí numerosos de las dos primeras pinturas.

»En primer plano se ve, como es habitual, a las dos damas en la bañera. A la izquierda, la hermana; a la derecha, la duquesa con un collar de perlas. Su mano izquierda juega con él. Por lo demás, en esta ocasión las manos de las dos damas no realizan ningún gesto particular. En el plano medio, entre las dos damas, se halla una nodriza que amamanta a un bebé. En el fondo hay una sirvienta que está depositando una jarra en una mesa. A diferencia de lo que ocurre con los otros dos cuadros, en éste las dos protagonistas están designadas con grandes letras doradas. Esto fue muy interesante, pues me dio la clave de quién creía tener delante el pintor al realizar el cuadro. Digo expresamente "creía", pues es casi seguro que el cuadro no se pintó hasta muchos años después de la muerte de Gabrielle d'Estrées. Lo deduzco, entre otros indicios, por el hecho de que a la dama de la izquierda se la denomina "Duchesse de Villars".

–No comprendo.

–Veamos, a la derecha tenemos a la duquesa, Gabrielle d'Estrées. La de la izquierda se supone que es Juliette-Hyppolite, aunque en el cuadro se la identifica como duquesa de Villars. Gabrielle murió en 1599. En ese momento, su hermana no podía haber sido duquesa, pues entonces Villars no era más que un condado. No fue ducado hasta 1627.

–Tal vez el cuadro sí que date de la época de Gabrielle y las denominaciones se añadieron después de 1627.

–Por supuesto que es posible que así sea. Pero el estilo de pintura es completamente diferente. Si comparamos los cuadros, la versión de 1917 parece una mera copia bastante mala de la versión que está en el Louvre. En fin, ya veo que estoy forzando su imaginación. Comprendo que le cueste distinguir todos estos cuadros que le estoy describiendo con sólo un par de palabras. Le aseguro que me pasaba lo mismo. Aunque ya tenía delante las reproducciones de los diferentes cuadros, los extraños cambios que se operaban en las distintas versiones se solapaban de tal manera que apenas podía observar uno de los cuadros sin tener que pensar en los otros. Y si usted cree que el asunto acaba allí, he de decepcionarle.

Antes de continuar, Koszinski se deleitó por un momento con mi expectación ansiosa.

–Como por arte de magia, tres días después descubrí la reproducción de otro cuadro perteneciente al Musée de Fabre de Montpellier. Era casi calcado al que acabo de describirle; la única diferencia estaba en que una mano anónima no solamente había quitado las letras doradas, sino también había cubierto las dos damas de forma pudorosa con un velo blanco semitransparente. ¿Podría tratarse de aquel tercer cuadro cuya reproducción encontré en uno de los catálogos de la subasta de 1917? ¿Alguien lo había modificado siguiendo el gusto más puritano de la época y, aprovechando la coyuntura, había eliminado las molestas letras doradas?

Dos cuadros habían sido los responsables de que fuera a la biblioteca, el del Louvre y el de Florencia. Cuando me marché, llevaba en la cartera las reproducciones de otros tres cuadros sin que hubiera averiguado nada acerca de su origen o sentido.

–Pero ¿los documentos redactados por su familiar dan alguna clave, supongo?

–Si Morstadt tiene razón con su historia, los cuadros guardan relación directa con la misteriosa muerte de la duquesa. Parece ser que el pintor estuvo de alguna forma implicado en una conspiración contra la vida de Gabrielle. Y eso que los cuadros en sí mismos ya son bastante extraños. En todo caso se trata de elaboradas pinturas al óleo; trabajos de encargo, sin duda. Pero ¿quién los encargó? Y ¿por qué? Los documentos tampoco aclaran mucho el asunto. En fin, el manuscrito se quedó en un fragmento. Morstadt no consiguió terminar la historia. Aunque a veces tengo la sensación de que el final está a la vista. Lo que ocurre es que para poder juzgarlo primero debería conocer el comienzo, que trata de un pintor llamado Vignac que en 1598 se trasladó a París para convertirse en pintor de la corte y cuya historia quedaría vinculada de forma totalmente imprevisible al destino de Gabrielle d'Estrées.

–Vignac, ¿eh?

–Sí, se supone que ése fue su nombre.

Habíamos llegado de nuevo cerca del hotel. Las copas de los abetos se mecían majestuosamente por encima de nuestras cabezas al paso de una brisa ligera. El relato de Koszinski me había puesto en un estado de agitación interior que me hacía recordar aquellos meses en los que estuve bajo el influjo de ese extraño cuadro.

–Ahora que ya conoce los antecedentes –me dijo finalmente–, si quiere, le dejo los documentos hasta mañana. Pero le advierto: el manuscrito tiene enormes lagunas y no es fácil de entender. No se haga demasiadas ilusiones. Desde luego que yo tengo mi teoría acerca de toda esta historia. Por eso me interesa su opinión. Y en el fondo, es *su* cuadro, ¿no es cierto?

–¿Mi cuadro?

Me miró con amabilidad y dijo simplemente:

–Nunca le había oído hablar de nada con tanto entusiasmo. Recuerdo que ese cuadro lo tenía a usted realmente hechizado.

Hechizado. Sí, ésa era la palabra. Había intuido un secreto, le había dado vueltas y vueltas y finalmente lo había olvidado. Y ahí estaba de nuevo, reclamando mi atención, pero de otra forma: más insistente y más exigente.

Por la tarde, cuando volví de nadar y pedí la llave de mi habitación, el recepcionista me entregó un sobre acolchado.

Una vez en la habitación lo abrí y coloqué los documentos encima de la cama. La hoja de cobertura con la huella de estampación estaba vacía. La segunda hoja contenía un índice elaborado por Koszinski. Repasé los dieciocho epígrafes de capítulos. A continuación, puse los papeles en el escritorio, pasé con cuidado unas cuantas páginas y observé las hojas con detenimiento. La letra era admirablemente clara y homogénea. Los renglones negros sobre el papel amarillento no revelaban ninguna labor de edición. En ningún lugar había signos de corrección o tachaduras. Leí el primer párrafo del primer capítulo y sentí cómo mi corazón comenzó a acelerarse. Era como si alguien hubiera abierto la ventana hacia una habitación oculta. Empujado por una curiosidad impaciente salté algunas páginas y miré por encima algunos apartados de los siguientes capítulos. No existía ningún tipo de transición entre las diferentes partes. Koszinski ya me lo había advertido: una panoplia de descripciones, de cartas y de interrogatorios. Las anotaciones en el diario del pintor databan incluso de 1628, es decir, muchos años después de los acontecimientos que se relataban en los capítulos iniciales. ¿Y qué más me había dicho Koszinski? ¿Que el final de la historia podía, por así decirlo, vislumbrarse?

Cogí un lápiz y el papel de carta que estaba encima de la cómoda junto al televisor. El sobre acolchado seguía sobre la cama. Metí la mano dentro, pero no quedaba nada en su interior. Cuando lo deposité en la cómoda vi la inscripción en el dorso. «El manuscrito de Kehl», ponía, escrito con rotulador negro y en mayúscula. Debajo había una gran «ese» atravesada por una flecha.

Apagué la luz del techo, tomé entre mis manos la primera parte del manuscrito, acerqué la lámpara del escritorio y comencé a leer.

SEGUNDA PARTE

La mano de Dios

UNO

Manus Dei

En la madrugada del 10 de abril de 1599, el médico de cabecera del rey entra en la habitación. La Rivière aparta a los curiosos, se acerca a la cama y observa el cuerpo que yace en ella. Los ojos de la muerta están completamente entornados hacia atrás; pies y manos siguen atados a los postes de la cama con pringosas sábanas hechas jirones a toda prisa. La cara tiene un tono negruzco y está marcada por las secuelas de espantosas convulsiones. En el suelo hay trozos de madera partidos a bocados y dientes rotos. La sala está impregnada por un penetrante hedor a orina y vómitos. La primavera inusualmente calurosa ha provocado una invasión de moscas que, a pesar del aleteo incansable de los abanicos, se han colado a través de las rendijas de las ventanas durante las últimas setenta y dos horas. Y como moscas son también los curiosos ávidos de espectáculo a los que –circunstancia que al médico le resulta inexplicable– han permitido el acceso para que desfilen delante del cuerpo agonizante de la pobre mujer. Hay decenas de ellos y el médico nota cómo la muchedumbre sigue atentamente cada uno de sus movimientos y vigila incluso los más imperceptibles cambios en su expresión. Es consciente de los muchos ojos y oídos que a su alrededor esperan intrigados, desconfiados y temerosos su veredicto. Siente el peso del momento y lo inconcebible de lo ocurrido. En un segundo plano se está atendiendo a la desmayada mademoiselle de Guise y a madame de Sourdis, que también ha sufrido un colapso. Nervioso, La Rivière ojea las caras de los que lo rodean: en ellas se suceden incredulidad y pavor, lástima y malicia, dolor y desesperación.

Desde la calle se escucha el amortiguado rumor del día naciente. Ruidos de carros y coches de caballos que atraviesan el basto adoquinado, el griterío de los comerciantes, de tanto en tanto el ladrido de un perro o el relincho de un caballo. Como si llegara del infinito se oye también la llamada solitaria de una campana. Y aun así, finalmente se ha hecho el silencio en ese aposento en el que poco antes se creería que todos los diablos del universo se hubieran dado cita para celebrar un aquelarre de destrucción en la persona de Gabrielle d'Estrées, la duquesa de apenas veintiséis años, el cuerpo más amado de todo el reino.

La Rivière repasa por enésima vez el historial de la enfermedad y no encuentra explicación ni precedente. Se le ha informado sobre la partida de la duquesa de Fontainebleau y acerca de su estado de ánimo irritable. Sólo faltaban unos días para que Roma declarara nulo el matrimonio del rey, dejándole vía libre para casarse en segundas nupcias. Pasadas las pascuas, los tres hijos de Gabrielle dejarían de ser bastardos para convertirse en descendientes legítimos del rey. No obstante, según coincidían todos los videntes, el cuarto hijo, el que llevaba en el vientre, iba a desbaratar sus grandes planes. De modo que duerme mal, y cada vez peor conforme se va acercando la fecha. Sueña con enormes fuegos que la devoran al tiempo que evoca en su mente las imágenes tranquilizadoras del vestido de boda que desde hace semanas se exhibe en París. Siempre está junto a Enrique de Navarra, que a su vez pretende que ella pase la Semana Santa con él en Fontainebleau a la espera de las noticias que tienen que llegar de Roma. Gabrielle sabe que allí sus intereses están en buenas manos, pues le ha prometido al intermediario de Enrique, Brulart de Sillery, nombrarle guardián de los sellos[1]. Y éste, a fin de conseguir ese honor, no escatimará esfuerzos para hacer mella en la actitud de la Santa Sede y obtener la anulación del matrimonio. Después del domingo de Cuasimodo[2], el rey

1. Cargo equivalente al de ministro de Justicia. *(N. del T.)*
2. Segundo domingo de Pascua. *(N. del T.)*

se casará con ella. Y, en el peor de los casos, siempre se encontrará en Francia algún obispo dispuesto a concederle el divorcio al rey, y si no, los preparativos bélicos de los turcos en Hungría y el comportamiento irreverente de los españoles ya recordarán al papa Clemente lo mucho que necesita al rey de Francia.

Pero ojalá no se le hubieran hecho esas profecías. Pensar en ellas le corta la respiración, como ya ocurriera pocas semanas antes en su casa de la Rue Froidmanteau de París, cuando todos y cada uno de los cartománticos ponían cara sombría y no lograban descubrir signos reales en las líneas de sus manos. Y este Bizacasser, o Rizacazza, como lo llamaban otros, al parecer predijo en enero que ella no llegaría a vivir hasta las pascuas. Los vaticinios astrológicos pronosticaban la muerte de una gran dama. El rey, escéptico, tampoco la consolaba mucho: según él, los videntes mentían hasta que todos los creyeran para así convertir sus mentiras en verdades de pacotilla. Y, además, ¡que alguien se atreva...! Ella va a pasar las fiestas con el rey, que ha dispensado a todos para que puedan dedicarse a la salvación de sus almas.

A todo esto llega Benoit, el padre confesor del rey, para preguntar cuál es la intención del rey con respecto a las leyes eclesiásticas. Afirma que no es agradar a Dios pasar la Semana Santa en pecado junto a la concubina y sugiere que ella debería dar ejemplo y atender sus obligaciones religiosas en París, alejada del rey. El pueblo aprobaría esa conducta y se respetarían las costumbres para mayor gloria del rey católico.

Cuando alguien le lleva la noticia, Gabrielle se desmorona, llora e implora aun a sabiendas de que oponerse no le va a servir de nada. Han informado al médico de lo que los oídos indiscretos pegados a la puerta presumen haber escuchado durante la noche del domingo al lunes, la penúltima que los dos pasaron juntos: que lo lamenta mucho, pero que el deber religioso lo exige, oyen decir al rey, y entre los sollozos de la duquesa se mezcla de modo cada vez más insistente el timbre cariñoso y tranquilizador de aquél hasta que la excitación interior de su amante cede ante el sueño.

Por la mañana, se muestra serena cuando el séquito se pone en marcha en dirección al río. El rey está junto a ella en todo momento y así llegan a Melun, donde paran para cenar, y después a Savigny, donde pasan una noche tranquila. Cuando el rey entra en sus aposentos, se miran, pero salvo el piar de los pájaros y el soplar del viento ningún otro sonido interfiere en esos últimos momentos; no han vuelto a encontrarse en la intimidad el rey y Gabrielle, quien aparta la cara.

No pierde la compostura hasta la mañana siguiente, junto al río. Allí se agarra a él y con un hablar entrecortado le dice que no volverán a verse. Su hermoso rostro está blanco como la muerte y los rayos del sol sólo parecen alcanzar las caras de los que la rodean, haciéndole el vacío a ella, como si ya no mereciera la pena iluminarla. Él está a punto de ceder, la abraza con fuerza y ya se ve de vuelta en Fontainebleau junto a ella, donde cogerá su mano para llevársela a los labios y cubrirá su delicioso cuerpo de besos, de millones de besos, igual que en la fórmula con la que suele terminar sus cartas. ¿Canta alguien su canción? *«Cruelle départie, malheureux jour! Que ne suis-je sans vie ou sans amour?»* (Partida cruel, día infeliz. ¿Qué soy sin vida o sin amor?)

La bonita imagen se deshace y ella camina hacia la barca entre Bassompierre y el duque de Montbazon sintiendo aún la suave impronta de las manos del rey en las muñecas. Después gira la cabeza y le encomienda a sus hijos. Una y otra vez, mientras los caballos tiran de la embarcación río abajo, sus deseos vuelan hacia la figura en la orilla, que la ve partir y que finalmente se diluye detrás de un velo de lágrimas.

Desembarcó en el arsenal. La esperaban su cuñado, el mariscal Baligny, y su hermana Diane, que vivía cerca. Su hermano, el marqués de Cœuvres, la ayudó a saltar de la embarcación y enseguida la rodearon las damas de Guise y de Retz, así como las hijas de éstas. Nada más llegar a casa de su hermana corrió como la pólvora por calles y callejuelas la noticia de que la duquesa estaba en la ciudad y la gente acudió en masa para ver a la futura reina. Ésta prefirió retirarse ante la avalancha de curiosos y fue La Varaine quien propuso cenar en el apartado palacete del financiero italiano Zamet. Fue allí adonde trasladaron a la duquesa que, aliviada, se recluyó en sus aposentos mientras en las salas de abajo las doncellas ya se peleaban por el honor de servirle los platos durante la cena.

El martes pasó sin más novedad. Sólo se permitió pasar a la esposa del señor marqués de Rosny a quien, además, se le concedió el honor de poder asistir de ahí en adelante a la ceremonia del levantarse y acostarse de la duquesa. La severa Rachel de Cochefilet asintió sumisamente y de pura rabia se mordió el labio, que apenas ofrecía anchura suficiente para tal menester. Después regresó a su casa a toda prisa para lamentarse ante su marido de que o bien la puta del rey había perdido el juicio o bien, en el caso de no ser así, ella misma corría peligro de perder el suyo propio. Por supuesto que de todo eso el señor marqués de Rosny no dijo palabra cuando él a su vez visitó a Gabrielle, antes de viajar al campo con su esposa esa misma tarde. Solamente dijo que ya se vería si finalmente la cuerda no iba a acabar por romperse. Más adelante, este comentario será recordado.

Entretanto, en casa de Zamet se estaba sirviendo la sopa. La duquesa comió lo habitual. Un limón, una pera o una naranja fue lo que le sentó mal, se diría después. Pero ninguno de los asistentes observó nada anormal.

El miércoles comenzó a asistir a los oficios religiosos que la habían traído a París. Por la mañana, fue a confesarse y después se dirigió a la iglesia del Petit-Saint-Antoine, a la que volvió por la tarde. Se estaba celebrando el *tenebrae* y mucha gente acudió para escuchar la bella música y también para ver a la bella duquesa. Ella se trasladaba en un palanquín, mientras que Montbazon caminaba a su lado y detrás venían las princesas de Lorena y otras damas de la sociedad en sus carruajes. La primavera estaba bastante avanzada y en los bordes del camino la vid estaba en flor. Cualquier amenaza de calamidad parecía haberse disipado en esa jornada espléndida.

Dentro de la iglesia el calor era aún más acusado. Se había construido una tribuna para la duquesa y, aunque de este modo se encontraba separada de la masa asfixiante de personas, no tardó en quejarse de un malestar. Mademoiselle de Guise, que la acompañaba, le mostró cartas con buenas noticias de Roma por medio de las que pensaba no sólo levantar el ánimo de la duquesa, sino también el suyo propio. Muy poco después de que comenzara la misa, no obstante, los astros de ambos empezaron a declinar, pues Gabrielle empezó a lamentarse de fuertes dolores de cabeza.

La llevaron de regreso a casa de Zamet. Durante un paseo por los jardines, de repente se sintió indispuesta. Fue presa de un fuerte espasmo que la postró en el suelo. Cuando se hubo recuperado pidió que la llevaran sin demora a casa de su tía, madame de Sourdis. Ésta, sin embargo, no se encontraba en París en esos días. El mensajero que fue enviado inmediatamente pasó media noche buscándola en el condado de Chartres antes de encontrarla en Alluye. Una revuelta que había estallado en Chartres le impidió viajar, de modo que no llegó a París hasta el sábado.

Sea como fuere, intentaron darse prisa en trasladar a la duquesa a casa de su tía. Mademoiselle de Guise fue la primera en observar la extraña palidez de su rostro. El doctor La Rivière aún recuerda la voz nerviosa de la mujer cuando, todavía bajo la impresión que le había causado el primer ataque de la duquesa, le relataba lo sucedido:

–Tuvimos que abandonar la iglesia antes de que concluyera la misa, pues la duquesa estaba aquejada de dolores de cabeza y le faltaba el aire. Volvimos a casa de Zamet. Allí dio unos cuantos pasos en el jardín y de repente tuvo un colapso. Cuando volvió en sí rogó encarecidamente a monsieur de La Varaine que la trasladara lo antes posible a casa de su tía. De modo que la llevamos al decanato. Nada más llegar y acostarla en la cama una fuerza desconocida y descomunal arqueó todo su cuerpo hacia arriba. Así se quedó durante unos segundos, antes de que con un grito terrible volviera a caer sobre la cama, sólo para que a continuación otro espasmo la inmovilizara de nuevo por un tiempo parecido. En un santiamén todo su cuerpo se cubrió de sudores fríos. Cuando el espasmo abandonaba el cuerpo, hacía inmediatamente acto de presencia en la cara desfigurándola en una mueca espantosa. Oí cómo entrechocaron sus dientes y con qué fuerza impactó el mentón en el pecho. Con cada nuevo ataque, su respiración se hacía entrecortada como si le estuvieran dando violentos puñetazos y poco después comenzó a echar espuma por la boca. Nos las vimos y nos las deseamos para mantener a la pobre en la cama y finalmente conseguimos aliviar su sufrimiento mediante compresas frías.

Sin embargo, ése fue sólo el preludio. El jueves aún se la vio tomando la comunión en Saint-Germain-l'Auxerrois, a corta distancia del Louvre, donde todo estaba preparado ya para que, en breve, ella pudiera empezar a colocar sus muebles. El sacerdote que la confesó seguramente la siguió con la mirada triste y con malos presagios cuando dio los pocos pasos desde la iglesia hasta la casa de su tía. Fueron sus últimos pasos. ¿Fue un presentimiento lo que la motivó a escribir ya en ese momento una primera carta al rey pidiéndole que la dejara volver a Fontainebleau? Esa carta aún fue enviada. Las otras dos, escritas con un esfuerzo casi sobrehumano, nunca le llegarían. También se encontraba demasiado débil como para volver una vez más a casa del italiano, donde estaba previsto ofrecerle otra comida. De todas formas, ya no hacía falta.

Hacia las dos se fue a la cama. Poco después llegó la hora. El ataque fue tan violento que los sirvientes huyeron espantados. La Varaine, que no debía perder la cabeza porque se la cortarían si algo le pasaba a la duquesa, mandó buscar a la comadrona, madame Dupuy, al tiempo que gritó al paje la orden de traer también al médico del rey. La Rivière encontró el mensaje cuando volvió a casa a las cuatro y se dirigió inmediatamente al decanato.

Cuando entró, no estaba seguro de haber llegado a casa de los vivos o de los muertos, tan vacío y abandonado parecía el edificio. En la planta baja pasó por delante de los muebles de la duquesa que esperaban el traslado hacia el Louvre. A media escalera llegó a sus oídos un grito tan estridente que le hizo subir los últimos escalones de un salto. Y antes de que pudiera darse cuenta se retorcía entre sus manos una posesa que ni siquiera la fuerza de dos personas era capaz de mantener a raya.

–¡Traed leche caliente! –espetó a la cara de mademoiselle de Guise, que miraba al médico pasmada de terror.

En ese momento la cabeza de la enferma golpeó violentamente la cabecera de la cama y volvió a caer sobre la almohada, que comenzó a teñirse de rojo. Sus manos corrieron hacia el vientre, duro como una piedra a causa de las convulsiones. Pero como allí no había nada que hacer, volaron a la cara hechas puños como tratando de alcanzar la fuente de tanto dolor. Inmediatamente volvieron a golpear el abdomen en un vano intento de arrancar el sufrimiento de sus entrañas. El rostro ya no parecía tal. Sólo se veía el blanco de los ojos y con cada sacudida de la cabeza los dientes se hundían más en los labios completamente mordidos. Con rapidez taimada el médico agarró una punta de la almohada para colocarla en la boca de la mujer. Justo a tiempo, porque en la siguiente mordida los dientes hubieran partido la lengua.

Cuando llega mademoiselle de Guise con la leche, el médico ni siquiera levanta la mirada. Sólo unos pocos minutos de enfrentamiento con esta enfermedad han agotado las fuerzas de un hombre hecho y derecho. Jadeando da algunas órdenes. Atan la paciente a la cama. Su cuerpo tiembla y aguarda como si se preparara y reuniera fuerzas. No tiene pulso; sólo se detecta una especie de vibración en las arterias. La primera remisión de las convulsiones permite abrir una vena en el brazo derecho. Mientras el recipiente se llena de sangre, la respiración se hace más pausada y los músculos se relajan.

La Varaine, que acaba de entrar, no cree lo que está viendo. ¿Qué es lo que pretende hacer el médico con la leche? Como si hubiera esperado su llegada, ella, que hace un momento parecía medio muerta, abre los ojos y los fija en La Varaine. Éste se aparta con rapidez y se santigua, tratando de que nadie se dé cuenta. El médico también está desconcertado. Ha visto a mucha gente debatirse entre la vida y la muerte, pero nunca a nadie que transite entre ambos mundos sin término medio.

–Traedme papel y pluma –dice con voz débil.

Y no es hasta unos momentos después que los presentes captan el significado de las palabras que han salido con tanto esfuerzo de los labios hinchados. La desatan y La Varaine se precipita escalera abajo para traer lo pedido. Al volver la encuentra sentada en la cama con la mirada perdida en la distancia. Mademoiselle de Guise le habla con suavidad, pero uno tiene la sensación de que su propósito es más bien consolarse a sí misma que a la otra, que está abandonando este mundo a ojos vista.

Son las cinco y media cuando consigue terminar la carta y fuera cae un suave atardecer. No tiene fuerza para doblar y sellar la carta y La Varaine, que va a entregársela al correo, repasa las líneas en las que ella le ruega insistentemente al rey que la deje volver a Fontainebleau, pues teme por su vida. La frente de La Varaine se llena de sudor y en su desesperación, o engañado por la breve recuperación, añade de su propio puño y letra que tampoco corre tanta prisa.

Cuando al volver a los aposentos se da cuenta de que se ha equivocado, el correo ya está en camino. Pero en esta ocasión la duquesa se encuentra atada a la cama y la cólera del cuerpo se ensaña con las articulaciones que, bajo los violentos espasmos, crujen cual ramas secas. Durante segundos el tronco se arquea hacia arriba como si en su interior llevara preso un animal salvaje. En otro momento la cabeza se vuelve hacia atrás en un intento aparente de arrancar a bocados el mal que parece anidar en la espalda. El médico nunca ha visto nada igual, pero es algo que se prohíbe pensar a sí mismo. A no ser que admita que todo aquello no es obra de las malas savias sino de un espíritu maligno, asunto este último que no es de su competencia. Al final, sí que lo achacará al demonio, porque nunca se sabe, y hasta entonces al menos intenta, ya que no puede curar la enfermedad, no interponerse en el curso natural de las cosas. Un paciente normal hace tiempo que habría perdido el conocimiento y no se resistiría con terca lucidez a lo inevitable. Pero ella aguarda cada nuevo ataque, se lanza en contra con una fuerza inexplicable y lo acaba venciendo, hora tras hora, hasta que la bestia salvaje ha gastado sus fuerzas en ella. Eso sucedió a las ocho y poco después la paciente se durmió.

En sus sueños recorría pasillos interminables con un sinfín de puertas cerradas. Al llegar al final de los pasillos también había una puerta que se abrió de golpe al tiempo que se rompía en mil pedazos. Detrás de la puerta todo era negro y más allá de lo negro había una oscuridad aún más profunda en la que el rey daba vueltas de ciego. Pero ella no lo encontraba por ninguna parte por mucho que supiera que estaba allí, confundido entre los pliegues de esa noche que la rodeaba. Después, la oscuridad se deshilachaba y ofrecía la visión de una habitación vacía donde la primera luz de la mañana empezaba a acariciar los objetos.

Así la encontró madame Dupuy cuando llegó el viernes por la mañana. Entretanto París entera hablaba sobre el acontecimiento inaudito y a lo largo del día media ciudad se iba agolpando delante del decanato. Como suele ocurrir, el pueblo presentía antes que los que deberían de estar enterados por dónde iban los tiros. ¿La futura reina se está muriendo y el rey en Fontainebleau sopesa indeciso los comunicados que le envían? Y eso que por regla general acudía rápido y veloz a la mínima señal, y por su amorcito del momento, quien quiera que fuera, dejaba atrás batallas a medio ganar para correr detrás de unas faldas. Y, además, ¿en dónde habían hospedado a la señorita de alta alcurnia? En casa de Zamet, en ese lupanar de la nobleza. Y todo eso cuando supuestamente debía pasar las pascuas alejada de Fontainebleau para evitar un escándalo. La noticia corre de boca en boca y conforme avanza el día adopta la forma de vitriólicas rimas que resuenan en las calles bajo la ventana de la agonizante. Tampoco se pasa por alto la trascendencia del momento. Si es que es sabido que el diablo tiene preferencia por llevarse a las parturientas en viernes, y si es Viernes Santo, mejor que mejor. Así nadie se asombra y todos tienen la conciencia tranquila. Los criados ya dieron su veredicto de que no podía tratarse de un mal común al huir de la casa presas del pánico cuando el día anterior se produjeron los primeros ataques. ¿Y hay algo que corra más deprisa que un rumor? En las tabernas la gente escucha con intriga y temor los relatos de los sirvientes y pajes, y todos comprenden que nadie quiera permanecer en donde el diablo opera sus tenebrosos negocios. Uno podría contagiarse, y ¿quién puede estar seguro de que no figura ya en la lista del príncipe de las tinieblas? En casos así poner tierra de por medio y rezar son los mejores remedios. Y a estas alturas, ¿qué es lo que pretende conseguir la comadrona? El médico le ha administrado leche caliente. Cualquier barbero o boticario de la ciudad sabe que ése es el tratamiento habitual para un envenenamiento.

Mientras, en el decanato se hacía todo lo posible por controlar los ataques. Las convulsiones habían remitido y esperaban poder evitar su regreso con un baño caliente. No obstante, cuando colocaron a la duquesa en la bañera el agua se tiñó de rojo oscuro y luego de marrón. Gabrielle gimió, respiraba débilmente y apenas si conservaba el conocimiento. Una vez de vuelta en la cama, las convulsiones empezaron de nuevo. Fue sangrada y se le aplicaron tres lavativas y cuatro supositorios de hierbas prensadas que debían inducir al cuerpo a expulsar el fruto que aún no estaba maduro. Como eso no ocurría, se consideró la posibilidad de sacarlo a la fuerza, pero vista la violenta agitación del cuerpo quedaba excluida cualquier operación. De nuevo ataron a la duquesa a los postes de la cama e intentaron aliviar aunque fuera momentáneamente sus males haciéndole tragar diversos mejunjes. Hecho aquello, el arte médico había agotado sus recursos. La Rivière rechazó cualquier responsabilidad ulterior, pues según él un cuerpo que se resistía con tal terquedad a los oficios de la medicina pertenecía a otro orden de cosas. Por la tarde, la paciente perdió la vista. Después dejó de oír. Los espasmos adquirían un carácter mecánico, como si la enfermedad ya sólo se ensañara porque sí.

En ese estado la vieron los curiosos que entraban en el decanato sin que nadie se lo impidiera. Eran cientos los que deambulaban por la casa y decenas los que llegaban hasta la misma habitación de la moribunda. Marie Hermant, la pelirroja ama de llaves de la duquesa, se tiró al suelo delante de la cama dando grandes alaridos y, a continuación, se abrazó a la figura desmayada para lamentarse y verter amargas lágrimas sobre su cuello. Tan grande era su duelo que de pura tristeza libró a la duquesa de las joyas que llevaba puestas. Su marido, el capitán de la guardia Mainville, se acercó, consoló a su compungida esposa con un fuerte abrazo y se embolsó los collares y pendientes. También llegó hasta el lugar madame de Martigues, postrándose igualmente desconsolada junto a la cama para besar las preciosas manos de la agonizante. Más tarde, los anillos de ésta se hallaron entrelazados en el rosario de la deudora.

Nadie se explicaba por qué el rey no estaba ya allí. En fin, había uno que tal vez hubiera podido dar una explicación, pero se había quedado sin aliento por la conmoción del momento. Y eso que Fouquet de La Varaine era un hombre con agallas. Durante la guerra contra la Liga, incluso se infiltró como agente secreto en la corte española cuando se había interceptado un mensaje de la Liga dirigido al rey de España y se había decidido que un espía protestante debía entregar el mensaje para poder conocer la respuesta española. Él no sólo ideó el plan, sino que también lo llevó a la práctica. Viajó hasta Madrid, fue recibido por Felipe y volvió a cruzar la frontera francesa sólo pocas horas antes de que los españoles ordenaran su detención.

Pero los acontecimientos del día en París le infundieron miedo. Después de todo, el rey le había dicho que él, La Varaine, respondía con su cabeza por la seguridad de la duquesa. Entonces, ¿por qué la envió a la capital cuando toda la corte se había ausentado? ¿Y hospedarla en casa de Zamet? Precisamente en casa de Zamet, esa creación de los Médicis, ese zapatero de Lucca que era la cabeza de puente de los italianos en la capital. Todos sabían lo mucho que a los italianos convenía la muerte de su amada. Sobre todo al gran duque Fernando, que pretendía colocar a su sobrina en el trono de Francia. Pero La Varaine apartó ese pensamiento. Precisamente porque todos lo sabían, quedaba excluida la posibilidad de elegir un lugar italiano para servir una mala comida a la contrincante. Y el propio Zamet no haría una cosa semejante: asesinar a la persona que le debía setenta mil doblones, pues ésa era la suma que había prestado a la duquesa para que pudiera comprar Beaufort. Y ahora ésta yacía en la habitación de arriba, expulsando la vida de su cuerpo entre terribles espasmos, y se suponía que él, La Varaine, tenía que saber qué debía hacerse. ¿Qué es lo que quería el rey? ¿En dónde estaban sus intereses? La Varaine conocía las debilidades del monarca, pues le había organizado todas sus aventuras amorosas, desde la búsqueda de nuevas bellezas hasta el soborno de los lacayos. La lista era interminable. A esta de aquí le había prometido el matrimonio. No era nada nuevo. Ya lo había hecho antes para obtener a cambio una noche de amor y luego no había cumplido su palabra. Después de ésta vendrían otras. No era un hombre que sentía amor. Simplemente no podía resistirse a las mujeres y eso sí que era un peligro para el Estado.

Todo eso le pasaba por la cabeza mientras la mujer a la que tenía que proteger iba a menos de ataque en ataque y los ciudadanos de París rondaban su cama como moscas. Durante la víspera, después de enviar el correo y al comprobar a continuación que el estado de salud de la duquesa volvía a empeorar, había montado su caballo para seguir al mensajero e informar personalmente al rey. Éste se había mostrado incrédulo y prefería esperar. La Varaine notó claramente que el rey estaba vacilante. «Irá a París –pensó–, verá a la duquesa en su estado lamentable, cederá ante las súplicas de ella y la desposará in extremis.» La Varaine regresó a París esa misma noche y la pasó junto a la cama de la moribunda, que no quería morir antes de haber vuelto a ver al rey. Incluso había sacado la fuerza sobrehumana de escribirle otras dos cartas, que finalmente no se enviaron.

La Varaine no se había equivocado. Al alba, el rey envió un mensajero con el encargo de conseguirle una barca en las Tullerías para que pudiera entrar en París de incógnito. Pero el mensajero no se dio suficiente prisa, de modo que el propio rey lo alcanzó antes de que llegara a París y le recriminó severamente por su lentitud.

Entretanto, bajo la presión de tener que tomar una decisión, La Varaine casi perdió el juicio. Al final redactó la nota que podría llegar a costarle la cabeza. Mientras que ante sus ojos Gabrielle luchaba contra la enfermedad con la esperanza de ver llegar al rey, escribió unas pocas líneas: «La duquesa ha muerto. Majestad, os ruego que no vengáis». Hecho lo cual, hizo llegar la misiva al señor Bassompierre y al mariscal D'Ornano, que partieron inmediatamente para alcanzar al rey antes de que éste llegara a la ciudad.

Lo esperaron en Villeneuf-Saint-Georges delante de la casa de Bellièvre, quien se unió a ellos. El rey se asombró ante tal comité. ¿Qué significaba eso? ¿Le querían impedir el acceso a su ciudad? Él tenía que ver a la duquesa. Con malos modales les ordenó que le franquearan el paso. En ese momento, Bellièvre dio un paso adelante y le entregó la nota de La Varaine.

–La duquesa ha muerto, majestad –y añadió–: No debéis ir a verla. Nadie entendería que actuaseis de este modo. Sería malo para vuestra reputación.

Pero la reputación era lo último que preocupaba al rey en ese momento. La noticia era aún demasiado reciente, demasiado fresca. A su alrededor piaban los pájaros, el sol brillaba en lo alto de un cielo despejado y en la lejanía se erguía su ciudad. No lo entendía. Como a través de la niebla escuchó por boca de Bassompierre el relato de las últimas horas de la duquesa: las terribles convulsiones, su rostro espantosamente desfigurado...

–Con una visita, su majestad estropearía para siempre jamás el recuerdo de la belleza de la duquesa. No ha quedado nada de lo que vos amabais en ella. La enfermedad se lo ha arrebatado todo. Ahorraos ese sufrimiento.

Y en la misma medida en que la verdad ganaba su conciencia, su corazón se encogía. Desmontó, anduvo unos pasos a izquierda y derecha, se apartó y se echó en la hierba para llorar como un niño. Diferentes pensamientos pasaron por su mente, pero ninguno le pareció lo suficientemente sencillo como para corresponder a su puro y duro dolor. Y sintió un inmenso asombro al comprobar que la imagen de ella ya se estaba desdibujando en su recuerdo. ¿Acaso era la tristeza que le llenaba los ojos de lágrimas o la vergüenza ante el alivio que sentía? «La raíz de mi corazón ha muerto. Nunca más brotará.» Son las palabras que por la tarde escribirá a su hermana Catherine. Queda por ver a qué nueva amante prometerá unas semanas más tarde el matrimonio, esta vez por escrito. Aunque tampoco cumplirá con lo prometido, pues un rey está casado en primer lugar con su Estado, eso lo sabe hasta él. Y si algún día realmente corre peligro de olvidarlo, siempre habrá alguien para recordárselo.

Finalmente se levantó. Bassompierre le sujetaba las riendas. Los otros dos se encontraban un poco más lejos. El mensajero Puipeyroux hizo ademán de ayudar al rey a montar, pero éste rechazó cansinamente la ayuda. Abrió el jubón y se frotó la cara con un faldón de su camisa. Nadie pronunció palabra alguna. Cruzaron unas miradas y todos comprendieron: asunto concluido. El rey miró al cielo; allí, la vista podía perderse en el azul infinito. «Dios ama este reino», pensó, y no quería perderlo por nada del mundo. Dirigió sus pasos hacia Fontainebleau, hizo una señal a Puipeyroux, que tomó las riendas de su caballo de manos de Bassompierre y siguió al rey. ¿Acaso alguien cantaba su canción? «Partida cruel, día infeliz. ¿Qué soy sin vida o sin amor?» Después montaron y se alejaron.

Gabrielle aún permaneció viva un día y una noche enteros, tanto esperaba la llegada del rey. El sábado de madrugada, hacia las cinco, finalmente murió. Cuando poco después llegó su tía, la casa estaba de nuevo llena de curiosos. Después vino el médico. La gente le abrió un pasillo para permitirle avanzar hasta la cama de la difunta. Las huellas de la agonía eran más que evidentes y la cara ennegrecida y horriblemente desfigurada destacaba de forma funesta entre las fundas blancas recién cambiadas de los almohadones.

Sin decir nada, La Rivière estudió la escena. Se apartó de la cama y se encaró con la multitud. En una de las esquinas alguien se ocupaba de madame de Sourdis, que se había desmayado. Cada vez más personas se agolpaban en la habitación. De repente se hizo el silencio. La Rivière observó las caras de los congregados. Todos lo miraban fijamente. ¿Qué querían de él? Dirigió una última mirada a la muerta y por fin pronunció las palabras liberadoras:

–*Hic est manus Dei.*

Un murmullo recorrió la sala. Algunos se santiguaron y se oía el entrechocar de los rosarios que la gente había sacado para rezar. La Rivière salió de la casa seguido de los curiosos a los que el miedo y la necesidad de difundir la noticia por la ciudad empujaban a la calle.

Pocas horas más tarde, en la mañana del 10 de abril de 1599, el papa Clemente abandonó sin previo aviso su capilla privada después de haber estado varios días meditando y declaró que su diálogo con el Señor había concluido. Un testimonio histórico nos lega sus palabras: «Dios ha dispuesto».

DOS

Una carta

Claude Dembourg a la duquesa de Toscana, Archivo de los Médicis, Mediceo Filza n.º 5948

Mi Señora:

El miércoles llegó a Roma un correo con la noticia de que madame de Monceaux había muerto la víspera de la Pascua... En ese momento, el rey se hallaba en Fontainebleau. Cuando tuvo conocimiento de la enfermedad de la duquesa se encaminó inmediatamente hacia París, pero ella ya había muerto, según le aseguraba el mariscal D'Ornano que fue a su encuentro.

Que yo sepa, el rey no volvió a ver a la difunta. No dejó de celebrar la Pascua del día siguiente y de imponer la mano a los enfermos sin que el fallecimiento le conmoviera demasiado. Parece ser que el Señor lo guía con su mano evitándole cualquier mal o penuria, pues en opinión de todos en verdad quedaba sólo ese obstáculo que se interponía en su camino.

El duque de Saboya lamentará mucho esta novedad, ya que la duquesa era su mayor sostén para recuperar el marquesado de Saluzzo.

Le hizo grandes y bellos regalos con la esperanza de que de este modo pudiera volver a hacerse con dicha provincia. El embajador y los agentes del duque de Saboya están ahora haciendo intensos esfuerzos para ser recibidos por monsieur de Sillery con vistas a tratar con él del asunto.

El Papa, por su parte, no baja la guardia. Ayer recibió a monsieur de Sillery para una audiencia de dos horas. Dios inspiró al rey para que enviara a este embajador que aquí tienen en muy buena estima y que es versado en representar los intereses del rey y de Francia. Parto ahora para acompañar a monsieur de Sillery en su reunión.

Dado en Roma, a 2 de mayo de 1599

Su más fiel servidor
CLAUDE DEMBOURG

TRES

12 de abril de 1599

El testigo se llama Gaston Bartholomé. Tiene treinta y siete años de edad, es comerciante de maderas y vecino de la Rue de Deux Portes en París.

Entonces, ¿forzaron la puerta?

Sí, necesitamos algunos hachazos, pero al final cedió. Esperábamos que hubiera llamas al otro lado de la puerta y vacilamos un instante antes de entrar, pues la casa estaba completamente a oscuras.

¿No había luz? ¿En ninguna parte?

No. Dentro de la casa la oscuridad era total. Algunos de nosotros entramos rápidamente; no recuerdo en qué orden, y desde la calle también pasó algún que otro curioso, pero la entrada estrecha y más aún el miedo mantuvieron fuera a la mayoría.

Describa el interior.

Al principio no se veía gran cosa. La luz de las antorchas sólo alcanzaba para iluminar en el radio de una braza. Pero enseguida falcamos algunas de ellas en las paredes. El aire era caluroso y asfixiante y olía a quemado. Por lo demás no había nada que me llamara la atención. La pieza parecía deshabitada y abandonada. Había polvo en el aire que seguramente se habría levantado cuando echamos la puerta abajo.

Continuemos, pues.

Después todo se precipitó. Queríamos averiguar de dónde procedía el olor a quemado. En la casa no conseguimos detectar ningún fuego. Aun así, fuera había cada vez más humo por todas partes. Yo mismo tuve la idea de que el foco se podía hallar en la parte trasera de la casa. Cuando encontré y abrí la puerta del patio se confirmó mi suposición porque allí había una densa humareda. En un principio, ni siquiera pudimos descubrir de dónde procedía. Nos lloraban los ojos y el humo nos impidió respirar. Al final, averiguamos que éste salía de una caseta adyacente a la casa principal. Se trataba de un cobertizo hecho con tablones bastos y sin ventanas que tal vez se utilizaba como establo o pajar. Por entre las rendijas brotaba humo a montones. Algunos de los hombres volvieron corriendo a la casa para pedir agua, pero las campanas de incendio ya estaban sonando y por doquier aparecía gente con recipientes llenos de agua. Antes de que pudiéramos darnos cuenta alguien empezó a emprenderla a hachazos con los tablones del cobertizo, pues si bien las numerosas antorchas alumbraban en la oscuridad, no conseguían hacernos ver a través de la asfixiante humareda que se hacía cada vez más densa. De modo que no había tiempo para buscar una puerta. El aire apenas bastaba para acercarse al cobertizo con los ojos cerrados, asestarle unos cuantos hachazos, regresar a grandes pasos hasta la calle y recuperar el aliento. Por suerte, los tablones cedieron pronto, pero con las prisas no habíamos pensado en las consecuencias de lo que hacíamos. Nada más caer algunas de las maderas, de improviso se nos echaron encima unas llamas de color amarillo. Independientemente del tamaño anterior del fuego, gracias al aire que llegó al interior de la caseta a través de la brecha que habíamos abierto éste se hizo enorme y sin duda habría destruido el patio, la casa y quizás incluso toda la calle de no ser por la providencial intervención divina.

¿Consiguió ver el interior del cobertizo al abrir una brecha en el cerramiento?

Volví al patio en el momento en que las primeras llamas despuntaron a través del humo. Sabíamos que teníamos que echar agua por la abertura sin demora si no queríamos morir todos en el intento. Más ciego que viendo me precipité hacia el agujero en la pared del cobertizo y eché como pude mi cubo de agua hacia el interior.

En ese momento, ¿pudo ver algo dentro del cobertizo?

Fue horrible. En el breve instante en que estuve delante del agujero vi a una persona que se encontraba en el interior. Desde luego creí que me engañaban mis sentidos. Envuelto en una nube de humo e iluminado de forma intermitente por las llamas había un hombre que lentamente, como si fuera un espíritu, se giraba hacia donde estaba yo. Les digo que lo vi, pero eso es casi decir demasiado. Más bien fue como la visión fugaz de una cara en medio de una densa niebla. Acto seguido, me empujaron a un lado los demás que también querían echar agua al fuego y cuando me tocó de nuevo todo ardía tan vivamente que ya no pude reconocer nada. Conseguimos mantener el fuego a raya hasta que, Dios mediante, cayó la tormenta que, como sin duda saben, apagó el incendio e impidió que todos perdiéramos nuestros hogares, pues ése hubiera sido nuestro destino, y demos gracias a Dios, quien gustó de salvarnos aunque no lo mereciéramos.

¿Usted sabe qué fue de la aparición que le dio semejante susto?

Me dijeron que encontraron un cadáver entre los restos del cobertizo.

¿Se le ocurre alguna explicación de por qué esa persona no intentó escapar de las llamas? Al fin y al cabo, dentro de la casa, debajo de la escalera, había una pequeña puerta de acceso al cobertizo. ¿Por qué razón había de permanecer en medio del fuego? Porque fue allí donde usted la vio, ¿verdad?

No lo podría jurar. Vi una figura fantasmagórica que se giraba lentamente hacia la brecha que habíamos conseguido abrir en la pared exterior.

¿Le vio la cara?

No.

¿La ropa?

No sabría describirla. Fue todo tan rápido.

¿De modo que no nos puede decir si la persona era un vecino?

No, señor.

Pero ¿conocía a los que vivían en la casa?

Sí, de vista.

¿Lo suficiente como para reconocerlos incluso si se los encontraba en una situación tan extraordinaria como la que nos ocupa?

Si es que a la persona la vi durante muy poco tiempo y sólo de lado, en medio de las llamas y el humo.

¿Qué ropa llevaba la persona?

Una camisa, tal vez un jubón. Todo se me deshacía delante de los ojos. Hasta los sueños son más nítidos que esa imagen fugaz.

Pero ¿había alguien en la caseta y se giró lentamente hacia usted?

Sí, muy lentamente. Como alguien que va hacia la puerta, cambia de idea y vuelve sobre sus pasos.

¿Y el fuego no parecía causarle impresión alguna?

La persona que yo vi se movía como alguien que está totalmente sumido en sus pensamientos.

¿Pudo reconocer el color de su cabello?

No, tampoco vi bien la cabeza, pues estaba envuelta en humo. Lo que vi fue el contorno de una figura que se giraba hacia mí.

¿Y a continuación le apartaron y al poco rato volvió con más agua?

Así es.

¿Qué fue lo que vio entonces?

Nada. Llamas.

¿La figura había desaparecido?

Al menos ya no la veía. Las llamas ocupaban todo el interior de la caseta.

¿Usted cree que hubiera sido posible salir de la caseta sin que nadie lo advirtiera?

La puerta de acceso al cobertizo, y eso ya lo ha dicho usted, se encontraba debajo de la escalera que lleva al primer piso de la casa. Alguien había clavado unos listones en la entrada original desde el patio, de modo que solamente se podía entrar y salir del cobertizo a través de la puerta escondida debajo de la escalera. Las contraventanas estaban cerradas. Si hubiera habido alguien en la caseta y ese alguien hubiera querido escapar sin que nadie lo viera, la única posibilidad hubiera sido pasar por el tejado. De haber pasado por la puerta hacia la casa seguramente se habría notado, pues allí había mucha gente yendo de un lado para otro.

¿Habló a alguien de lo que vio?

Sí, por supuesto. Di voces, por lo que más tarde la gente se burló de mí. Pues al que encontraron entre los escombros seguro que no deambuló pensativamente por el interior mientras a su alrededor todo ardía.

En fin, recapitulemos lo que nos ha contado hasta ahora. El 10 de abril, víspera del domingo de Pascua, por razones desconocidas, se declara un incendio en casa de Perrault. Hacia la medianoche, los vecinos advierten una fuerte humareda y llegan a la conclusión de que el foco del incendio sólo puede hallarse en la casa deshabitada de Perrault. Echan la puerta abajo y constatan que no es la casa principal la que arde. Usted mismo descubre que el incendio se halla en el patio trasero de la casa. Abren una brecha en la pared de la caseta por lo que el fuego se aviva peligrosamente. Antes de que la construcción sea totalmente pasto de las llamas, usted ve en su interior la figura de una persona viva que se mueve entre el fuego. No se sabe si esa persona logró escapar de las llamas. Ningún testigo ha visto a nadie salir del cobertizo y por tanto es lícito suponer que la persona que usted vio es idéntica al cadáver que se encontró más tarde entre los escombros. No ha observado nada más y sólo gracias a la Divina Providencia se evitaron daños más graves. ¿Está conforme?

Sí, exactamente así fue.

¿Decía usted que la casa de Perrault estaba deshabitada?

Sí. Perrault dejó la casa después de los infelices acontecimientos del verano pasado. Su mujer murió en el parto y él...

Eso no viene al caso. ¿Desde entonces la casa estaba vacía?

No, no inmediatamente. Los señores Lussac y Vignac vivieron en ella durante el invierno. Perrault se la dejó, Dios sabe por qué.

¿Usted conocía bien a Perrault?

Como quien dice, sí. Aunque fuera uno de la religión, era un hombre honrado. El destino lo puso a prueba más de la cuenta. Era de Picardía y parece que es allí adonde volvió al morir su mujer. Pero tampoco teníamos mucho trato.

¿Y los señores Vignac y Lussac?

Llegaron aquí en junio del año pasado, justo en el momento en que se desarrollaba la tragedia.

Volvamos a la noche en la que entró en la casa. Usted nos ha dicho que la puerta estaba cerrada. El portón del patio también se encontraba cerrado y las contraventanas atrancadas desde dentro. ¿De modo que no había ningún acceso abierto a la casa?

Correcto.

¿La casa se encontraba en ese estado desde que los señores Lussac y Vignac la abandonaron en marzo o abril?

Sí.

¿De modo que los dos cerraron la casa a cal y canto y desde entonces ya no vivía nadie en ella?

Así es.

¿Y eso fue en marzo?

Fue hace unas semanas. No estoy seguro de la fecha exacta.

Y desde entonces, ¿nadie ha vuelto a pasar por la casa?

No, señor.

¿Qué sabe del paradero del otro hombre?

¿Lussac?

Sí.

Desapareció junto con Vignac. No lo he vuelto a ver.

Antes decía que, en la tarde anterior a la noche en que ustedes entraron en la casa, se habían escuchado ruidos en ella.

Sí, es cierto.

Pero si la casa estaba deshabitada, ¿cómo se explica eso?

Para mí que allí vive alguien que no necesita puertas.

¿Usted mismo oyó algo?

Toda la tarde había como un zumbido en el aire. Por la noche se escuchaba un ruido como si alguien estuviera desgarrando tela y rompiendo ramas. Y también unos golpes amortiguados e indefinibles que cesaron después de la campanada de la noche.

¿Se está burlando de mí?

Pregunte a cualquier ciudadano de la calle y le confirmará lo que digo.

¿Y aun así a nadie se le ocurrió mirar lo que estaba pasando?

No.

¿Es posible que esos ruidos correspondieran a que alguien estaba destrozando el taller?

Tal vez.

Volvamos a las personas y lo que usted sabe sobre ellas. ¿Vignac y Lussac llegaron a París durante el último verano?

Así es.

¿De dónde venían?

Del sur. De La Rochelle, que yo sepa. Al parecer después del edicto se sintieron lo suficientemente seguros como para emprender tan largo viaje.

¿Sabe por qué vinieron a París? Si al fin y al cabo el edicto prohibía ejercer la religión dentro de la ciudad.

Con el debido respeto, no creo que ninguno de los dos diera mucha importancia a la religión.

¿Cuándo los vio por primera vez?

En junio, el día del parto de la mujer de Perrault. Los vi por la mañana, cuando doblaron la esquina entre la Rue de Haute Fuelle y la Rue de Deux Portes.

Entonces, ¿debieron de entrar en la ciudad por Saint-Germain?

Es probable. Los habrán anotado en la puerta.

¿Llegaron a pie?

Sí, pero acompañados de un caballerizo que les mostró el camino.

¿Y éste los acompañó hasta la casa?

Sí.

¿Habló usted con ellos?

No, para nada. Era por la mañana temprano y tenía asuntos urgentes que atender en el muelle. Además, ni siquiera los conocía.

¿Y ese mismo día la mujer de Perrault murió a consecuencia del parto?

Sí, por la noche. Los gritos no cesaron hasta que la mañana se disponía a iluminar la desgracia. Por la tarde fue el entierro de la madre y de su hijo. Al día siguiente, Perrault dejó la ciudad y no ha vuelto desde entonces.

No obstante, ¿los dos señores se quedaron?

Sí. Pasaron todo el invierno en la casa.

¿Entró usted en la casa durante ese período?

Sí, en algunas ocasiones. Los visité a causa del dinero

para las velas. Tuve que explicarles que cada habitante tenía que pagar su parte de la iluminación de las calles. Después hablamos de un pedido de leña. Los jóvenes me pidieron que hiciera una estimación de la leña que había almacenada y que en caso necesario añadiera la que hiciera falta. Así que eché un vistazo al patio interior, donde había abundantes pilas de troncos. Mientras tomaba medida de las mismas Vignac entró al patio acompañado de una joven y me preguntó si la leña me parecía suficiente. Le dije que sí, a lo que él me explicó que en mis cálculos tuviera en cuenta no sólo la casa sino también el cobertizo.

¿Pretendía caldear el cobertizo?

A mí me sorprendió tanto como a usted y le pregunté si éste contaba con una chimenea. Su acompañante se echó a reír y abrió mucho los ojos para burlarse de mi asombro. El señor Vignac me indicó que aumentara las reservas de leña en un tercio y me despidió sin ofrecer más explicaciones.

¿Cuándo fue eso?

Pues, el dinero para las velas siempre se recauda alrededor de San Miguel.

¿Sabe algo de la chica?

No mucho. Se comentaba que los dos hombres se la encontraron en alguna parte y se hicieron cargo de ella. Era tan bella como maleducada y según decía la gente era italiana, lo cual, teniendo en cuenta su aspecto y sus malos modales, podía ser cierto. Pero hablaba como nosotros. Apareció sólo después de que Perrault hubiera abandonado París y no creo que hubiera permitido que una mujer así frecuentara su casa. Al parecer se alojaba en casa de un familiar cerca del arsenal, aunque sólo sé lo que comentaba la gente.

¿Sabe qué ha sido de ella?

No. Desde que desaparecieron los dos señores no se la ha vuelto a ver en el barrio. Supongo que se habrá ido con ellos. De todos modos, ya no venía nadie.

¿Cómo «nadie»? ¿Qué quiere decir?

Pues, una vez vino alguien que quería saber dónde vivían los señores que habían venido de La Rochelle. Me parece que fue en diciembre, hacia las cinco de la tarde, y ya había empezado a oscurecer. Lo recuerdo perfectamente: fue el día en que exhibieron al hombre lobo de Angers en el puente de Saint-Michel antes de llevarlo a la Conciergerie. Había ido a ver a ese diablo y traía el corazón lleno de temor y el alma entregada a los rezos. Justo cuando entraba en mi casa, alguien se acercó y me preguntó si le podía indicar la casa de Perrault. Me llevé un buen susto ya que tenía la mente sumida en el sombrío pensamiento de que hombres y animales podían cambiar de forma y que con la nueva religión todo el orden se había trastocado. La persona que se dirigió a mí era de estatura baja, pero llevaba buena ropa. Le dije lo que quería saber y él volvió al otro lado de la calle donde lo estaban esperando. Habló con una señora, mientras que repetidas veces hacía gestos en mi dirección. La dama inclinó la cabeza hacia mí, lo que interpreté como un gesto de agradecimiento y le correspondí con una reverencia. Después se encaminaron hacia la casa que les había indicado y entraron en ella. Aún recuerdo a la dama, pues aunque estaba anocheciendo vi su cabello bajo la amplia capucha de su capa negra. El pelo tenía un candente brillo rojizo como si llevara el crepúsculo nocturno en las ropas y el alba en la cabeza.

¿Sabe cuánto tiempo duró esa visita?

No. No los vi partir.

¿Sabe cómo se llamaba la dama?

No, señor.

¿Siempre venía acompañada?

No volví a ver a quien la acompañaba en esa ocasión, lo cual me alegra, pues la verdad es que me asustó un poco aquella tarde y no sólo porque yo de todas formas llevara el miedo en el cuerpo por culpa del hombre lobo aquel. En un primer momento incluso llegué a pensar que me había seguido y que lo tenía delante de mí en persona. Pocas veces vi a un hombre tan feo. Su ropa elegante constituía un contraste llamativo con lo que le había dado la naturaleza, cosa que espero no reflejara el estado de su alma. Me llegaba apenas hasta el pecho y a todas luces le costaba gran esfuerzo levantar la cabeza. Su postura normal debía de ser la encorvada y el caminar erguido no era su preferida. Hablaba con un acento extranjero y pronunciaba las erres como si tuviera más de una lengua en la boca y no las controlara muy bien.

¿Español?

Es posible.

¿Sabe cómo se llama?

No, señor.

¿Y esas visitas se repitieron?

Ella volvió en otra ocasión. En enero.

¿Acompañada de su sirviente?

No, al sirviente no lo volví a ver y no me gustaría que eso cambiara. La dama vino sola, pues ya conocía el camino. Me extrañó un poco que viniera a pie porque, como sin duda recordará, en invierno era difícil desplazarse por las calles llenas de barro. Sí que estaba la paja que los vecinos echaron abundantemente en los charcos más profundos por delante de ella para que pudiera alcanzar la casa sin mojarse demasiado los pies. No ocurre a menudo que una señora de su clase pase por nuestra calle. Y por eso fue aún más llamativo el hecho de que viniera sin acompañante, pues a todas luces la mandaban a los señores de la casa de Perrault con algún encargo.

¿Qué le hace suponer eso?

Es sólo una conjetura, señor. Pero ¿por qué una señora cuya apariencia tiene tan poco que ver con la vida de la gente de este barrio vendría aquí por voluntad propia?

¿Qué más sabe sobre los dos señores? ¿A qué se dedicaban?

Nadie sabía nada concreto acerca de ellos. Cuando alguien les preguntaba, contestaban que tenían en perspectiva ocupar una posición en la corte y que por ello habían venido a París. Añadían que el trámite se estaba alargando, por lo que habían acordado con Perrault, que era familiar suyo, poder quedarse en su casa hasta que el asunto se resolviera.

¿Y? ¿Era eso cierto?

Lo ignoro. Pero si quiere mi opinión, de cierto no tenía ni jota.

Y a su modo de ver, ¿qué era lo cierto?

Nunca me preocupé mucho de lo que la gente contaba por la calle. En el vecindario circulaban varios rumores. ¿Por qué no pregunta a Allheboust?

¿Allheboust?

Es el boticario. Los dos señores acudían con frecuencia a él y en una ocasión vi a los tres entregados a unas prácticas que preferiría no describirle porque no me inspiran ninguna confianza. Lo que ocurría en esa casa estaba rodeado de un cierto secretismo. ¡Sabe Dios lo que esos señores tramaban con sus tarros y sacos, sus telas y sus maderas!

¿Qué es lo que le contó Allheboust?

Nunca me contó nada. Habla menos que un pez. Cuando recorre las calles con su carro es su ayudante, un tal Sébastien, quien le hace de vocero. La mayor parte del tiempo anda por los bosques, los campos y las canteras, cuando no está en su tienda dedicado a sus mezcolanzas. Tampoco sé cómo esos señores consiguieron entablar contacto con ese viejo loco. En nuestra calle se contaba que en varias ocasiones habían comprado diferentes medicinas a Allheboust preguntándole también por otros comerciantes y mercados en la ciudad donde pudieran hacerse con diversos aceites y otras tinturas. Allheboust había mostrado curiosidad y había querido saber para qué necesitaban todas esas cosas. Vignac le contestó que un familiar suyo en La Rochelle, que pertenecía al gremio de los boticarios, les había pedido que buscaran en la capital, que estaba mucho mejor surtida por el comercio, algunas sustancias que necesitaba para ensayar con nuevas recetas. Era muy extraño el interés que mostraba Vignac por los quehaceres de Allheboust y hablaba con él sobre la reacción entre diferentes sustancias y elementos de la naturaleza, mostrando unos conocimientos por encima de lo habitual. Al parecer, incluso conocía las denominaciones en latín de varias piedras de procedencia foránea, así como los nombres de plantas y minerales, además de los de los extractos, sustancias y compuestos que de ellos podían derivarse.

¿Cómo sabía la gente todo eso que me está contando?

Fue Sébastien, el vocinglero, quien se lo contó a todo el mundo.

¿Y esas prácticas de las que acaba de hablar? ¿De qué se trata?

Fue a finales de octubre. Tenía negocios a un día de viaje de París y estaba en el camino de regreso. Llovía mucho y la carretera estaba en tan mal estado que tenía dificultades para avanzar. Para colmo de males, mi caballo cojeaba y me vi obligado a hacer una parada. Debido al mal tiempo no había casi nadie en la carretera. Pasé un rato tratando de limpiar como podía mi ropa completamente mojada y de vez en cuando echaba un vistazo a mi alrededor para ver si en alguna parte del horizonte se mostraba un trozo de cielo azul. De repente me di cuenta de que en uno de los campos que se extendían entre la ciudad y yo había unas cuantas personas.

Al principio no pensé nada raro, pero luego me extrañó que en un día tan desapacible hubiera campesinos trabajando las tierras. También pensé que conversar con ellos me haría más corta la espera. Así que me adentré en el campo, siguiendo una zanja, pero pronto empecé a quedarme atrapado en el barro y estaba a punto de dar la vuelta cuando vi que súbitamente los campesinos se apresuraron a tapar algo que se encontraba en el suelo. En ese momento también me di cuenta de que no se trataba de campesinos, sino de gente de la ciudad. No sé si me habían visto y huían por eso o porque de alguna otra parte se aproximaba alguna amenaza que los impulsaba a intentar abandonar el campo a toda prisa. Su conducta, al menos, indicaba que había peligro, de modo que me escondí por un momento en la zanja.

Cuando me incorporé para ver qué ocurría, el grupo ya estaba a un tiro de piedra de donde me encontraba yo. Me llevé un buen susto, pues no solamente me pareció que habían aparecido delante de mí como salidos de la nada, sino que también reconocí que era Allheboust quien en compañía de los dos forasteros avanzaba por el campo. Llovía a cántaros y los tres habían agachado la cabeza para vigilar sus pasos sobre la tierra reblandecida y así pasaron a mi lado sin haberme visto. Estuve a punto de llamarlos, pero algo en su comportamiento me pareció sospechoso y temí que verme allí les pudiera contrariar. Visto así, todo les haría pensar que les estaba espiando. Mientras yo permanecía algo indeciso en la zanja, los tres se alejaron hacia la ciudad.

Pretendía volver a donde estaba mi caballo y regresar a casa, pero me venció la curiosidad. Esperé unos minutos más para estar seguro de que no había nadie en los alrededores y me dirigí al punto en el que antes había visto a los tres hombres. Cuando, después de haberme abierto a duras penas camino por el barro y de haberme ensuciado de arriba abajo, llegué, me llevé una gran decepción: sólo había un montón de estiércol de caballo mezclado con otros desperdicios. Encontré, además, unos cuantos palos con los que seguramente Allheboust había removido el estercolero. Sabe Dios para qué. Quizá buscaba un tesoro o escondía allí a soldados extranjeros. Tomé uno de los palos y lo pinché varias veces en diferentes lugares del montón, sólo para no irme sin haber hecho nada. El palo se hundía cada vez muy adentro del estercolero y naturalmente no topaba ni con un pedazo de oro ni con un alemán atemorizado. De todos modos no habría encontrado nada y me habría ido pronto de no ser por ese olor acre que de repente percibí. Di varias vueltas al lugar y traté de averiguar de dónde venía. Pero no lo conseguí. Me quité las gotas de lluvia de la cara y al hacerlo me di cuenta con aprensión de que el olor repugnante se me había pegado a las manos. Al final descubrí por qué: el palo que había recogido del suelo y seguía llevando en la mano estaba embebido en vinagre.

Se puede imaginar cómo me sentí. ¡Allheboust y sus experimentos diabólicos! ¿Qué era lo que se me había perdido en ese campo dejado de la mano de Dios donde no había nada más que un estercolero y un tonto dando vueltas a su alrededor? Ya me estaba yendo, pero volví a introducir el palo unas cuantas veces más en ese montón. A una vara de profundidad la punta dio con algo duro. Tanteé el objeto como pude y después empecé a quitar las capas de estiércol que lo cubrían. Saqué un recipiente de arcilla, del tamaño de un cáliz para la eucaristía, cuyas paredes se estrechaban hacia abajo. Para ser más exactos, constaba de una parte superior y otra inferior, atadas entre sí con hilo gordo. Eso de por sí ya era bastante extraño, pero más sorprendente fue lo que encontré en su interior después de haber depositado el recipiente en el suelo y haber soltado el nudo. Nada más quitar la parte superior, di un buen brinco hacia atrás, pues no pensaba otra cosa que lo que tenía delante era una serpiente que podía saltar del tarro en cualquier momento. Era una cinta ancha dispuesta en espiral y suspendida de varios salientes en la cara interior del tarro. Tenía el grosor de mi dedo meñique y medía medio palmo. No me atreví a sacarla del recipiente. Sin duda, se trataba de magia negra o de cualquier artificio diabólico y ya había pasado demasiado tiempo en el lugar. Aún logré averiguar el porqué del olor a vinagre, pues debajo de la espiral el tarro estaba lleno de ese líquido. Pero no seguí con el examen del objeto, sino que volví a cerrar el recipiente lo más rápido que pude y dejé el lugar tal como lo había encontrado. Después me apresuré para regresar junto a mi caballo y dirigirme a la ciudad.

¿Cuándo ocurrió todo eso?

Como le he dicho, a finales de octubre...

¿Se acuerda de la fecha exacta?

No, no consigo acordarme.

¿Qué día de la semana era?

Espere un momento. Recuerdo que fue en la época en que toda la ciudad hablaba de la enfermedad del rey. La corte había abandonado París y se encontraba en el castillo de Monceaux. Fue el día en que las puertas de la ciudad permanecieron cerradas hasta bien entrada la mañana. Por todas partes se respiraba la agitación y tanto dentro como fuera de las puertas se agolpaba la gente que quería salir o entrar. Había rumores de que el rey estaba grave y que sólo era cuestión de tiempo que las luchas volvieran a empezar.

Eso fue el 30 de octubre, un viernes. Las puertas quedaban cerradas para poder detener al gobernador de Cran. Ésa fue la razón.

Entonces sería viernes.

¿Y fue ese día el que observó a Allheboust y a los otros dos en el campo?

No. Ese día salí de la ciudad, con bastante retraso, he de decirlo. De este modo me vi obligado a pasar la noche fuera y no pude volver hasta el día siguiente. Según las explicaciones que usted acaba de dar, el asunto en cuestión sucedió el sábado, 31 de octubre.

¿Habló con Allheboust sobre lo que vio?

No.

Volvamos un momento al recipiente de arcilla que encontró en el campo. Estaba lleno de vinagre y dentro había una cinta enrollada como una espiral, ¿no es cierto?

Sí, así es.

¿Tocó usted la cinta?

Por Dios, ¡no!

¿Pudo ver si era de origen orgánico?

No entiendo.

Usted ha dicho que parecía una serpiente. ¿Lo era realmente? ¿Procedía de un animal o de una persona? ¿O puede que sólo fuera una rama enrollada y usted se equivocara?

No, tenía realmente el aspecto de una serpiente. Aunque lo cierto es que no vi ninguna cabeza. Sabe Dios lo que era. Tal vez uno de esos remedios descabellados que Allheboust administra al imbécil de Sébastien. De todos modos a él ya no le pueden hacer daño.

¿Y está usted seguro de que era vinagre lo que había en el recipiente?

Apestaba a vinagre, pero también es cierto que volví a cerrarlo inmediatamente.

¿Consiguió ver si los tres hombres se llevaron algo cuando dejaron el lugar?

Uno de los dos señores llevaba una bolsa y Allheboust cargaba con el saco que siempre lleva cuando anda merodeando por ahí. Pero no podría decir si habían ido a recoger algo en ese lugar. ¿Quién sabe? Tal vez habían ido a ese sitio precisamente para enterrar el recipiente que encontré.

¿Se le ocurre alguna cosa más que pueda tener algún interés en este asunto?

No, señor, Dios mediante, no consigo recordar nada más. También ha pasado mucho tiempo desde entonces.

¿Jura usted por Dios, nuestro Señor, que ha dicho la verdad, toda la verdad y nada más que la verdad?

Juro que todo ocurrió tal como se lo he referido. Además declaro que se me leyeron estas actas en voz alta y que no tengo nada que objetar dado que es correcto todo lo que en ellas se declara. Dios es mi testigo. Amén.

Acta levantada y firmada en París,
a este lunes, 12 de abril de 1599

CUATRO

Post scríptum

Charles Lefebre a su excelencia...
Mediceo Filza n.º 5963

Vuestra excelencia:

Habéis hecho bien en encargarme sin demora la investigación del incendio en la Rue de Deux Portes, pues como veréis vuestros temores estaban más que justificados. Desafortunadamente llegamos demasiado tarde y, en mi insignificante opinión, si hemos de contentarnos con interrogar a los vecinos, no averiguaremos gran cosa acerca del muerto ni de la persona desaparecida.

Como podéis inferir de las actas adjuntas, las personas en cuestión no tenían trato con los vecinos. Los testimonios de éstos revelan que engañaban a su entorno con datos falsos. Los pocos hechos que habéis tenido la amabilidad de facilitarme acerca de los dos sujetos interfectos no coinciden de ninguna manera con la información de la que el testigo disponía sobre ellos.

En el mismo día también interrogué al médico que examinó el cadáver. Se trata de un tal Giaccomo Ballerini, natural de Padua, que sólo lleva unos meses afincado en París. Fue el primero en ver el cuerpo una vez que lo habían sacado de debajo de los restos del cobertizo. Declaró haberse dirigido al lugar de los hechos a la mañana siguiente al incendio. El guardia anotó su llegada sobre las ocho y media. Dijo que era médico y por eso le abrieron un pasillo para dejarlo entrar. Lo condujeron a través de la casa hasta el patio donde se encontraban los restos carbonizados del cobertizo.

El médico me dijo que vio a unas cuantas personas que se dedicaban a sacar vigas aún humeantes de los escombros. Después de rociarlas con agua, las apilaban contra el muro.

A mi pregunta de si conocía a los que vivían en la casa, contestó que la persona llamada Vignac había trabajado años atrás como ayudante suyo. Preguntado sobre el segundo sujeto, de nombre Lussac, indicó que no lo conocía. Le pedí que me dijera dónde se encontraba el tal Vignac, a lo que me miró asombrado diciendo que le parecía extraña la pregunta cuando sus restos mortales acababan de encontrarse entre las ruinas carbonizadas del cobertizo. Le señalé que el muerto hallado en el lugar estaba irreconocible a consecuencia del fuego y que por ello era probable, pero de ninguna manera seguro, que el cadáver fuera la persona interfecta.

A mi pregunta de si había estado antes en aquella casa, el interrogado declaró que jamás había puesto los pies en ella.

Entonces, ¿cómo sabía que Vignac vivía allí?

Me explicó que tres meses antes se había encontrado con Vignac por pura coincidencia en el mercado de Les Halles. Hacía muchos años que no se veían y no sabían nada el uno del otro. Vignac le contó que se alojaba en casa de un amigo en la Rue de Deux Portes y trabajaba fuera de la ciudad para un artista flamenco. Más tarde, él, Ballerini, había pasado por esa calle de casualidad, pero no había entrado en la casa.

A continuación, le pedí que me describiera el estado del cadáver.

El interrogado declaró lo siguiente: «El cuerpo está carbonizado en sus tres cuartas partes. El rostro resulta irreconocible. Tanto el cabello como las cejas y las pestañas han sido pasto de las llamas. Además, la piel ha quedado tan pegada a la cabeza que, en realidad, sólo cabe hablar de un cráneo forrado de piel».

A continuación, habló también de las dificultades de sacar el cadáver de los escombros.

En ese momento tuve que interrumpir al testigo, pues el escribano se sintió indispuesto. Rogué al interrogado que nos ahorrara esos detalles y que se limitara a describirnos lo esencial en pocas palabras. A lo que el médico indicó que había encontrado el cadáver tumbado en una mesa que debió de ceder al caerse el techo encima. A su juicio, la persona ya estaba muerta cuando se declaró el incendio. Pues, en un examen más concienzudo, había descubierto que el cadáver llevaba una soga alrededor del cuello. Por medio de una cuerda de tres pies de largo la soga había estado atada a la viga maestra que cayó al suelo a pocos palmos del muerto cuando todo el techo se vino abajo. De esta circunstancia el médico dedujo que el muerto se había ahorcado antes de quedar carbonizado por las llamas. Era de suponer que él mismo había provocado el incendio antes de, Dios lo perdone, elegir esa muerte rápida.

Esta conclusión ofrece la ventaja de que podría explicar la afirmación un tanto enigmática de Bartholomé, el testigo que, como leerá vuestra excelencia, declaró haber visto a alguien entre las llamas. Debemos suponer que lo que vio fue el cuerpo del muerto colgado de la cuerda. Debido al resplandor del fuego, el humo y los nervios del momento tuvo la alucinación de que en el interior del cobertizo había una persona como «sumida en sus pensamientos». Ésas, al menos, fueron las palabras del testigo.

Después de dejar marchar al médico se me ocurrieron algunas preguntas más. Sobre todo se me olvidó preguntarle por el nombre del flamenco para quien trabajó el tal Vignac. Pero cuando mandé a un guardia a casa del médico, éste no estaba. Se le dejó la orden de que volviera cuanto antes para continuar el interrogatorio. Hizo caso omiso y no se le ha vuelto a ver desde entonces. Según ulteriores pesquisas abandonó la ciudad inmediatamente después de nuestra conversación, lo cual puede ser mera coincidencia o bien un indicio de que someterse a más preguntas le hubiera resultado cuando menos incómodo.

Estoy seguro de que no se os ha escapado el detalle de que sólo una persona podría contribuir a aclarar el asunto. Por tanto, estimo imprescindible hallar a Perrault, el dueño de la casa, para interrogarlo sobre las dos personas interfectas. Ni que decir tiene que en el desarrollo de mis pesquisas procederé con la discreción que exigen las circunstancias.

Calculo que encontrar a la segunda persona huida será sólo cuestión de unos pocos días. Dios nos proteja de los males que se están obrando a nuestro alrededor.

Dado en París, a este 12 de abril de 1599

Vuestro más fiel servidor
CHARLES LEFEBRE

CINCO

Las notas de Vignac

La Rochelle, a 18 de octubre de 1628

Acabo de volver de dar un paseo por la ciudad que ya parece una morgue. Por las calles, en las que la hierba está invadiendo el adoquinado, vagan espectros de personas que han perdido el dominio sobre sus voces y sus gestos. Durante los últimos seis meses han muerto ocho mil, dos mil de ellos solamente en las últimas dos semanas. Ya no nos quedan fuerzas para enterrar a los muertos. Con Dios y ayuda se les lleva al cementerio o se les descuelga con cuerdas por fuera de las murallas, donde luego yacen sin recibir sepultura. Muchos mueren en sus casas sin que nadie se dé cuenta y ni siquiera se descomponen; tan secos están sus cuerpos debido a las penurias que han pasado. Algunos infelices que ya no pueden echar mano de ningún acopio almacenado en el pasado comen cualquier hierba que encuentran por allí, desde beleño hasta belladona. Luego se ponen enfermos o pierden el juicio, se arrastran desnudos por las calles o caen presas de ataques de rabia. Se habla incluso de horrendos episodios en que algunas personas han llegado a cometer actos de canibalismo.

Hace semanas que se agotaron las últimas reservas de alimentos y la gente ha empezado a cocinar pieles de animales. Hay que chamuscar los pelos, raspar bien el cuero y después lavar y hervirlo. Y si se espera suficiente tiempo, su sabor se nos antoja tan delicioso como si de la carne de caza más fresca se tratara. Los que pertenecen al grupo de afortunados que aún tienen guardada un poco de grasa incluso pueden hacer albóndigas con estos ingredientes. En principio, yo creí que comer las pieles de burros y caballos era lo máximo que el hambre nos haría considerar como apetecible, pero desde que de las calles de nuestra ciudad desapareciera hasta el último perro algunos despabilados han descubierto el pergamino y se han puesto a probar con él. No sólo comen el pergamino en blanco, sino también el que ya está cubierto de letras. La gente ni siquiera tiene reparos en ingerir libros antiguos. Los ponen en remojo con agua durante uno o dos días hasta que se hinchan. A continuación, los hierven durante un día entero hasta que se hacen blandos y tiernos y, mezclándolos con hierbas y especias, los transforman en fricasé o pelotillas. Como el pergamino empieza a escasear, ahora ya nos comemos los parches de los tambores convenientemente hervidos. De igual modo se procede con los fondos de tamices y coladores. Y cuando se haya agotado incluso esta fuente de alimentos y no se encuentre en toda la ciudad realmente nada para llevarse a la boca, sin duda la gente volverá a inspeccionar los estercoleros para ver si por las prisas y la despreocupación en tiempos de bonanza se arrojó algo que ahora pueda aprovecharse. He oído decir que algunos ya van en busca de las pezuñas de los caballos y puesto que hemos empezado a moler y comer astas están desapareciendo las farolas; como éstas llevan pantallas hechas de esta materia la gente las derriba para asar y comer los trozos de asta. No existe apenas nada que no comamos. Hasta los objetos dejados de lado por perros y cerdos se juntan, se muelen, se hierven, se asan y se comen. Así, incluso cabestros, ronzales, monturas y arreos, por muy viejos que sean, se cortan en trozos para su posterior consumición. Cuando uno acude a los tajos de los carniceros donde se oferta a precio de oro esta mercancía –para la que hay una fuerte demanda– aún pueden apreciarse en ella los agujeros de las antiguas costuras.

Hoy se ha descubierto un artefacto explosivo junto a la casa del alcalde. Los conspiradores, por muy increíble que esto pueda sonar, al parecer ni siquiera tenían fuerzas suficientes para hacerlo estallar, lo que da una idea del estado en que están la ciudad y la población encerrada entre sus murallas. En los recuentos matutinos la tropa es cada vez más exigua y viendo a esas figuras famélicas, algunas de las cuales ya ni siquiera están en condiciones de portar sus armas, uno piensa inevitablemente en un ejército de fantasmas. Apenas queda nadie que pueda dar cien pasos seguidos sin caer al suelo de puro agotamiento. Tampoco se encuentran ya voluntarios dispuestos o capaces de voltear las grandes campanas durante el servicio religioso.

Ante esta situación desesperada no me parece que las presentes notas tengan mucho sentido; es como si las escribiera en hojas de haya ya marchitas por el avance del otoño. El cerco alrededor de la ciudad es infranqueable y es sólo cuestión de tiempo que ésta caiga. Es muy poco probable que algo de lo que estoy anotando aquí sobreviva al gran incendio que en breve asolará los muros de esta ciudad. No creo que el Rey y su estricto cardenal desaprovechen la oportunidad para borrar de una vez por todas cualquier recuerdo de nosotros. Dios nos ha abandonado. Sólo acude de tanto en tanto para cerrarle los ojos a algún que otro moribundo. Por lo demás, parece pensar que nuestros enemigos son servidores más fieles que nosotros.

Cansado estoy después del ajetreo de todos estos años. Al final de mi existencia me veo rodeado de enigmas que arrojan una luz macilenta sobre la vida que se me está yendo. Tengo cincuenta y seis años de edad y me siento dividido por estos dos siglos entre los que ha transcurrido mi estancia en esta tierra. Todo a mi alrededor parece orientarse hacia algo para lo cual aún no hay nombre. Una y otra vez echo mano del libro del filósofo donde encuentro expresado en el más bello lenguaje todo lo que pienso y siento. Pero al mismo tiempo me asalta el miedo ante una época en la que solamente queramos leer acerca de ideas que al final acaban en un gran interrogante. Es más, a veces sospecho que las religiones y filosofías constituyen el lugar al que acuden las verdades para morir. Allí siguen existiendo por un tiempo en forma de libros sabios y ritos hasta que caen en el olvido más absoluto porque ya nadie las entiende.

A mí ya no me queda mucho que hacer. La gota me paraliza las manos. Mis ojos dejan de ver a las pocas horas de levantarme y paso las noches escuchando los silenciosos procesos de mi cuerpo. A menudo me pregunto por lo que está ocurriendo en las oscuras tinieblas de mi pecho y de vez en cuando me extraño de que hace años dejara de esforzarme por conocer mejor esa parte tan peculiar de mí mismo. Observo mis manos y mis uñas con sus pequeñas medias lunas en el nacimiento y probablemente sea la certeza de que pronto voy a dejar de habitar este cuerpo la que me embarga de una curiosidad insaciable por su naturaleza.

El cardenal Richelieu ha mandado construir un muro para bloquear el puerto de la ciudad. De vez en cuando aparecen en la costa barcos ingleses, pero no están en condiciones o no tienen ni siquiera la intención –y tiendo más a creer lo último– de atacar la flota francesa para romper el cerco y liberar el puerto. El rey ha dejado de negociar, lo que es mala señal y confirma mi suposición de que está muy seguro de lo que hace. ¿Por qué negociar algo que de todas las maneras va a obtener tarde o temprano? Esta vez no nos volverá a salvar la elección del rey de Polonia.

Allí están de nuevo ante las puertas de nuestra ciudad, pertrechados con sus rutilantes armaduras. ¡Qué extraña ironía del destino la de pasar mis últimos días en el mismo lugar donde comenzó mi pecaminosa vida! Nadie va a entender los pocos testimonios que deje escritos. Es más, casi temo no entenderlos ni yo mismo.

Es por eso que pretendo aprovechar el poco tiempo que me quede para dejar constancia de los antecedentes de mi obra sobre cuyo paradero no sé nada y acerca de cuyo valor tengo serias dudas. Dios mediante resistiré la tentación de aplacar mi hambre con estas mismas hojas una vez las haya cubierto de letras, esperando que Él me envíe una muerte rápida. Sin embargo, a veces creo que nos curaría la soberbia si al final de nuestros días estuviéramos obligados a tragarnos todo cuanto hayamos escrito a lo largo de nuestra vida.

Soy Vignac. Exhalé mi primer quejido en 1570, dos años antes de la matanza de los que profesaban la otra fe. Mi padre estuvo con ellos en París cuando Catalina sacó la guadaña en la noche de San Bartolomé. Mi madre casi perdió el juicio cuando recibió la noticia. Huimos a La Rochelle, el lugar más seguro y protegido de los sanguinarios católicos. Los reformados, no obstante, no les iban a la zaga. Nunca comprendí cuál era la diferencia entre una espada católica y otra protestante cuando ambas no hacen más que reventarle las entrañas a algún pobre diablo. Asesinar y robar parecen ser las únicas actividades que son sagradas para todas las religiones. Estuve a punto de perder la vida en el primer sitio de La Rochelle que comenzó en 1573. A mi madre le costó Dios y ayuda alimentarme durante los cuatro meses que se prolongó el cerco y cuando las tropas finalmente se marcharon porque se reclamaba la presencia del rey en Polonia ella estaba tan extenuada que murió a las pocas semanas. Como era indigente fue enterrada junto con otros cien en una gran fosa común en las afueras de la ciudad. He aquí mi primer y más vivo recuerdo: la imagen de esa fosa en la que se apilaban los muertos metidos en sacos y después la blanca cal viva que se arrojaba encima de ellos antes de taparlo todo con tierra.

Al igual que al resto de los huérfanos me llevaron a la iglesia donde esperábamos que alguien se quisiera hacer cargo de nosotros. Al cabo de unos días aparecieron un hombre y una mujer ya entrados en años y examinaron con mirada escrutadora a los chicos y chicas acurrucados en el suelo del templo. Me escogieron para llevarme con ellos, dieron sus nombres en la salida donde el sacristán los anotó con grandes letras negras en un libro de registro y después caminamos en silencio por las calles hasta su casa.

Nada más llegar me llevaron a un taller que formaba parte del hogar, me indicaron mi sitio, donde había toda clase de artilugios, y me explicaron lo que debía hacer. Me dieron un mortero de piedra y un instrumento, también de piedra, del tamaño de una mano y con forma de badajo. Después fueron a por un saquito, lo colocaron en la mesa ante mí, lo abrieron y sacaron algunas nueces moscadas. El señor del que ni siquiera conocía el nombre me mostró cómo machacar y moler las nueces con la mano de almirez. Una vez convencido de que me las arreglaba con el manejo de los utensilios se limitó a indicarme «cuando hayas molido todas las nueces te daré algo de comer» para, acto seguido, dejarme solo.

Ya no recuerdo cuántos huesos, nueces, pepitas, trozos de carbón, piedras, semillas y demás molí en los primeros diez años de mi vida. Me despertaban temprano por la mañana, me daban un tazón de leche caliente y un pedazo de pan, y después me pasaba todo el día en el taller del boticario moliendo lo que fuera. A medida que me iba haciendo mayor, Bollier –así es como se llamaba– me insistía en que nunca dijera a nadie qué sustancias y materiales me daba para moler. Naturalmente me atuve a esa advertencia. Más adelante, sin embargo, utilicé mi memoria para tomar notas sobre diferentes recetas y técnicas que después me sirvieron mucho para mi propio trabajo.

Bollier debió de pensar que eligiéndome a mí en la iglesia había hecho un buen negocio. Yo era habilidoso y aparte de la onerosa preparación de polvos y aceites me mandaba dibujar toda clase de herramientas y utensilios que se le ocurrían durante el trabajo, pero que él mismo no era capaz de traducir a líneas y trazos sobre el papel. En ocasiones venía corriendo desde la tienda y me dictaba sus inventos directamente al pergamino; me describía el funcionamiento y la forma del instrumento que necesitaba y yo, acompañado por sus impacientes exclamaciones del tipo «¡más largo!», «¡más ancho!», «¡más curvo!», trasladaba la idea al dibujo que a continuación llevaba al herrero para comentar los detalles y los costes de su realización.

Bollier era conocido en toda la ciudad por sus herramientas y de tanto en tanto también se hacía mención de su ayudante, tan hábil a la hora de plasmar las ideas de su patrón en los dibujos, que sólo hacía falta un diestro herrero o carpintero para fabricar las pinzas y virolas que brotaban de la incansable imaginación del boticario. La Rochelle, que debía su nombre al hecho de estar situada encima de una gigantesca formación de roca mineral, era el centro de una floreciente industria carbonera y calera. A lo largo de las murallas no paraban de excavarse nuevos yacimientos de carbón y de cal, que allí mismo era transformada mediante calcinación. Bollier mostraba mucho interés por la técnica de obtener cal, es decir, tenía interés por todo lo que –aunque fuera de lejos– tuviera visos de proporcionarle algún beneficio. Estudiaba todas las manipulaciones y pasos del proceso de calcinación y, cuando se le ocurría algo que permitiera simplificarlo o mejorarlo, acudía corriendo al taller para que yo fijara sus ideas en papel.

Por lo que a mí se refiere, pronto me harté de estar limitado a dibujar herramientas y dispositivos de fundición. Notaba que los dibujos habían desatado en mí una pasión que sentía crecer con cada latido de mi corazón. Cada vez más a menudo aprovechaba los momentos en los que estaba solo para dejar de lado los odiosos morteros y dedicarme a dibujar. Con tan sólo empezar a medir con el ojo una forma que se hallara ante mí para ver cómo podía reproducirla en el papel, olvidaba todo cuanto me rodeaba. Nada me resultaba más misterioso que rastrear con el lápiz todos los matices de los pliegues de un abrigo echado encima de una silla junto a la puerta. ¡Qué infinidad de detalles se ocultaba en esa sencilla prenda! El intenso azul añil que se convertía en negro cuando se hundía en los surcos más profundos, el delicado veteado de la tela, el doblez que tenía apariencia de estar hecho con cincel y la forma en que el cuello asomaba por la solapa, que a su vez desaparecía debajo de un aplique de pieles que no me cansaba de observar. Dibujaba todo lo que veía. ¡Cuán somera había sido mi visión del mundo hasta ese momento! Todo lo que me rodeaba había merecido solamente una mirada superficial. Pero después sólo establecía un verdadero contacto con las cosas cuando rastreaba sus formas y colores y las dibujaba.

Era inevitable que Bollier se enterara de mis nuevos quehaceres y se produjo un primer gran enfrentamiento cuando descubrió mis dibujos. La suya era un alma de mercachifle y por eso no veía ningún sentido en dibujar abrigos y hierbas si delineando una buena herramienta se podían ganar unas monedas. Simplemente no conseguí explicarle por qué no podía dejar de realizar esos dibujos y por consiguiente los arrojó al fuego de la chimenea sin más miramientos. Asimismo me advirtió que en el futuro me abstuviera de ese tipo de actividades. No me inmuté, aunque en mi fuero interno estuve luchando contra el impulso de empujar a Bollier a las llamas.

Después de bastante tiempo mi rabia se calmó. No abandoné mi lugar en casa de Bollier por la sencilla razón de que tampoco sabía adónde podría haber ido. Tan sólo la idea de cruzar la ciénaga que rodeaba La Rochelle por todas partes me aterraba. Francia entera estaba en guerra. Por doquier marchaban las tropas y las atrocidades que estaban en boca de todos quitaban hasta al más valiente las ganas de abandonar la ciudad. Mis únicas posesiones eran las ropas que llevaba encima, pues del dinero que Bollier ganaba con mis dibujos no me llegaba ni un céntimo. Al parecer consideraba esos ingresos como una justa recompensa por haberme acogido en su casa. Cuanto más lo pensaba más rabia me daba mi destino. No era que le envidiara el dinero a mi patrón. Al fin y al cabo, tenía que estarle agradecido y estaba de acuerdo en que se hiciera pagar de ese modo todos los esfuerzos que había hecho por mí. Pero intuía que quería retenerme en su taller para que durante años y años siguiera dibujándole las herramientas. Dentro de mí, sin embargo, se acrecentaba una enorme e imparable necesidad de ser creativo. Todo lo que veía, lo convertía inmediatamente en un conjunto de líneas, curvas y distancias. Si un objeto atraía mi mirada, era únicamente para ser deconstruido y, acto seguido, recompuesto en mi mente. Para mí, las cosas revestían interés solamente en la medida en que podía recrearlas en papel con mi lápiz bajo la perspectiva de darles una nueva forma tanto a ellas como al secreto de su belleza.

Así que seguía con mi pasión en secreto. Como en cualquier momento Bollier podía aparecer, me acostumbré a dibujar a toda prisa. Cuando lo escuchaba trajinar en el exterior o comentar una mixtura con un cliente sacaba rápidamente mi cuaderno para dibujar con trazos seguros y veloces la primera cosa en que se posaban mis ojos. Podía tratarse de un zapato, de mi propia mano o bien de la cara de un transeúnte de la calle. Nada más hacerse el silencio en la tienda escondía el dibujo.

Fue gracias a esta habilidad de dibujar con rapidez y precisión que finalmente pude escapar de la casa de Bollier. Todo lo que allí aprendí ha sido de un valor incalculable para mí y me entristece que tuviera que abandonarlo de un modo tan indigno. Pero en el fondo él no hacía más que explotarme. Me sacó de la iglesia porque necesitaba un ayudante barato. Me eligió a mí porque era el mayor de los huérfanos; así no tuvo que malgastar tiempo en enseñarme a andar. Pudo meterme directamente en su taller y allí estaría aún hoy día, machacando semillas de linaza y ocasionalmente dibujando la sección de una rosca, de no haber aparecido un día en la ciudad un tal Ballerini.

Escuché su nombre por vez primera en boca de Bollier cuando acababa de volver del puerto completamente exaltado y comentando que había llegado a la ciudad uno de los más famosos cirujanos del mundo. Nadie sabía muy bien de dónde era originario, si de Padua o de Oriente. En todo caso, había estudiado en esa ciudad donde en su día ganó rápidamente reputación y honores por sus conocimientos y su habilidad. Nada más llegar a nuestra ciudad cortó las apostemas a algunos ciudadanos con tanta maestría que, según confirmaban de forma unánime todos los espectadores, no se vertió ni una gota de sangre. A continuación, sirviéndose de unas tenazas novedosas, extrajo dos dientes infectados de la boca de un capitán y procedió con tanto arte que el paciente siguió esperando con la boca abierta cuando Ballerini había terminado con la operación hacía ya un buen rato. Era difícil saber si las risas de los congregados fueron provocadas por la cara del capitán que miraba embobado al médico o por la alegría de contar en la ciudad con la presencia de un curandero tan hábil. Desde todas partes la gente acudía para someterse a sus tratamientos y con cada día que pasaba crecían las leyendas más inverosímiles alrededor de ese gran discípulo de Hipócrates, de modo que al final parecía que el Padre divino en persona había desembarcado en el puerto de La Rochelle para iniciar desde allí la curación del mundo entero.

Por nada del mundo Bollier quiso dejar pasar la ocasión de agasajar en su casa a ese genio de la medicina y así fue que un día del mes de junio del año 1586 el gran Giaccomo Ballerini vino a sentarse a comer en nuestra mesa, mientras que fuera, delante de la casa, se congregaban los vecinos para echar un vistazo al hombre famoso. Henchido de orgullo, Bollier le enseñó su botica y ambos intercambiaron gran cantidad de palabras en latín que no entendía nadie más que ellos. Ballerini mostró especial interés por las herramientas que había fabricado Bollier y cuando éste le enseñó los correspondientes dibujos, el italiano de repente me miró a mí y dijo:

–He oído que eres un dibujante con talento. Lo que aquí veo me satisface sobremanera. Ejercita tu arte, pues no hay muchos que sepan observar con tanta agudeza y que, además, tengan el don de representar de forma tan acertada sus observaciones.

Con esas palabras se disponía a dirigir su atención a otros asuntos cuando de golpe y porrazo tuve la impresión de hallarme ante la diosa de la fortuna que se me había aparecido bajo el disfraz de ese hombre alto y noble. Y sin saber de qué profundidades de mi alma procedía la frase, exclamé:

–¡Señor, os ruego que me llevéis con vos para que pueda serviros con mi arte!

El vuelo de un halcón que se lanza desde lo alto del cielo es lento en comparación con la velocidad con que la mano de Bollier cayó sobre mí. Cuando me hube recuperado de la bofetada, todos habían vuelto ya a entrar en la casa. Estaba como paralizado por la ira que sentí, pero tuve que emplear todas mis fuerzas para luchar contra la querencia de precipitarme hacia la casa, abalanzarme sobre Bollier y arrancarle su cruel corazón con mis propias manos. Más que el dolor lacerante en mi mejilla fue la humillación sufrida a la vista de todos los presentes la que me llenaba de una furia al tiempo candente y gélida. Sea como fuere, algún instinto me mandó no hacer nada de lo que me pedía el corazón, sino utilizar la cabeza. Todo ese rencor y furor ciegos de repente dieron paso a una idea. Tomé una hoja de papel y, mientras que los demás degustaban la comida y el famoso Ballerini se dejaba agasajar por Bollier, el miserable y pequeño boticario, dibujé con urgencia febril el retrato del cirujano basándome en el recuerdo del breve momento en que se había dirigido a mí.

No necesité más que una media hora para completar el dibujo y yo mismo quedé sorprendido por el resultado. Sólo en muy contadas ocasiones volví a lograr semejantes retratos en tan poco tiempo y parece ser cierto que gracias al fuego entusiasta de los ingenuos comienzos pueden crearse cosas que un maestro no vuelve a conseguir ni después de años de perfeccionamiento y dominio. Hasta el gran Miguel Ángel, al retratar en una de sus primeras obras al pueblo que, cogido por sorpresa, salta del baño en el río Arno a las armas, logró una fuerza representativa que no supo igualar después. Y si bien no hay nada más lejos de mi intención que compararme con el artista más grande de entre los mortales, sí me une a él el convencimiento de que por mucho que con los años podamos adquirir más sabiduría y habilidad, ni los estudios más prolongados ni el más intenso esfuerzo logran devolvernos la gracia que la inconsciente juventud alcanza con los ojos cerrados.

Cuando oí que el médico se disponía a partir me colé entre los que lo rodeaban, me arrodillé ante él y, antes de que Bollier pudiera interferir, le entregué el dibujo. Todos alabaron su buena calidad. Bollier se debatía entre la alegría que le producían los comentarios halagadores del médico y el enfado por el hecho de que hubiera importunado a su huésped con mis garabatos. De todos modos tenía claro lo que yo pretendía con esa forma de comportarme y sólo esperaba a que la gente se dispersara para decirme a su manera lo que pensaba de mi conducta. Me temo que me habría matado a palos o me habría roto las dos piernas para impedir que me marchara con Ballerini si éste no hubiera terminado por devolverme el retrato advirtiéndome:

–Quédate con los instrumentos. Este tipo de dibujos en el mejor de los casos alimenta la fama, pero no llena el estómago.

Y en el mismo momento en que abandonó la casa una mano fría y firme me agarró de la nuca y me arrastró a una habitación apartada.

Las semanas que siguieron a este incidente fueron las peores de mi vida. Bollier me propinó tal paliza que las pocas personas que me vieron después me confundieron con un fantasma. Terminó de castigarme sólo cuando empezó a ocurrírsele que un ayudante de taller medio muerto no sirve para gran cosa. Así que me encerró en su taller proporcionándome únicamente el mínimo alimento que necesitaba para sobrevivir. A tan sólo un tiro de piedra de donde estoy sentado ahora para describir esos acontecimientos lejanos en el tiempo me encontraba a la edad de dieciséis años, apaleado y encerrado como un perro, con la vista clavada en la ventana y en la fuente de la plaza que puedo ver también desde aquí. Pasé los meses de julio y agosto sin salir de la casa, vegetando en el taller asfixiante y penumbroso, mientras que fuera las callejuelas desiertas hervían con el calor del verano.

Reflexioné sobre la triste suerte que me había deparado el destino y me acordé de mi pobre padre a quien nunca conocí y cuyas cenizas el viento debía de estar arrastrando por los arrabales de París. Pensé en mi madre que a pocos pasos de la ciudad compartía su fosa con los gusanos y que en realidad podía esperar más calor y tranquilidad de la tierra fría que la envolvía que de este mundo sacudido por epidemias y guerras en el que los vivos nos movemos sin ton ni son y nos diferenciamos de los insectos sólo en la medida en que podemos alzar la cabeza para implorar la clemencia del cielo. Cada movimiento que hiciera con mi cuerpo me hacía daño. Y pasar tanto tiempo sentado en la penumbra dormía mis sentidos. Mis esperanzas de conseguir escapar algún día de esta maldita casa parecían vanas ilusiones. No era nadie y no tenía nada.

¡Oh, Señor! Si al menos el destino me hubiera dado un nombre y un trozo de tierra bajo mis pies, nunca habría caído en ese engranaje al que me empujó mi ambición.

Un día del mes de septiembre, un chico de la calle llamó a la ventana del taller. Apenas había abierto, lanzó su mano hacia delante y me agarró el pecho. Del susto me eché hacia atrás y no paré de insultarlo hasta que me di cuenta de que me había dejado caer un trozo de papel en el bolsillo de la camisa. Aún le grité algunos improperios más para no levantar sospechas, cerré la ventana y esperé hasta la noche para poder leer la nota sin que nadie me descubriera. Esta medida de precaución casi me costó la posibilidad de escapar. Ya eran las nueve cuando desplegué el papelito y leí lo que ponía: «La ciencia no descansa y sigue al féretro lleno de agua de Saint-Severin».

Comprendí enseguida lo que significaba. Mi decisión era firme. Más valía morir que contraer la tisis en este taller o pasar mis días moliendo semillas de linaza. Me quité los zapatos y sin hacer ruido los introduje en un bolso de cuero que Bollier utilizaba para recoger hierbas y que había dejado encima de una silla. Fue el único objeto que sustraje de la casa y que años más tarde incluso habría de restituir.

El tiempo era suave, de modo que no tenía que llevarme ropa de abrigo. Sea como fuere, no hubiera sido posible rebuscar en los armarios sin llamar la atención. Bollier no estaba. Lo más seguro era que estuviera en la taberna de la esquina contando por enésima vez la historia de cuando había agasajado al gran Ballerini en su casa. Su mujer estaba durmiendo y los criados habían salido al anochecer. Ya había alcanzado la puerta del taller que daba al patio cuando decidí volver a la alcoba donde colgué un pantalón y una camisa encima de la silla, puse mis zapatos junto a ella, enrollé una tela negra hasta darle más o menos la forma de una cabeza y arreglé la cama de tal suerte que a cierta distancia diera la impresión de que había una persona durmiendo. Después volví abajo a hurtadillas.

Las habitaciones estaban completamente a oscuras, pero yo conocía cada palmo de mi prisión. En un santiamén pasé por el lado de la mesa del comedor, me deslicé por la puerta del despacho y, rodeando el mostrador, entré al taller. Allí tenía que tener más cuidado, pues por doquier había herramientas y recipientes que habrían ocasionado un tremendo estrépito si hubiera chocado contra ellos. Con las manos adelantadas como si pudiera ver a través de ellas, avancé tanteando el frío suelo de tierra batida con los dedos de los pies y creí que se me paraba el corazón cuando mi mano topó con algo blando en la oscuridad. Inmediatamente una mano extraña agarró la mía. Antes de que pudiera gritar por el susto otra mano me selló los labios y con un impacto casi maternal el cuerpo desconocido me rodeó y me impidió cualquier movimiento. Sin embargo, no eran las manos de Bollier las que me sujetaban en la oscuridad del taller. Aunque estaba pasmado por el susto y el pánico no me sentí en peligro y, cuando las manos me soltaron y un instante después la estancia se iluminó gracias a un quinqué de aceite, tenía ante mí la cara cansada y consumida de la mujer de Bollier.

No dijo palabra, sólo me miró. Yo tampoco estaba en condiciones de balbucear siquiera. Con un sentido que sólo poseen las mujeres debió de haber notado que quería huir. Pero no había dado la voz de alarma, sino que me había atrapado a oscuras en el taller. ¿Por qué? No tuve tiempo de reflexionar largamente sobre esta cuestión y en este texto sólo puedo dejar constancia de que, si ella me hubiera dado el más mínimo indicio de querer delatarme o detenerme, la habría estrangulado sin dudarlo un instante. Algún día Dios me castigará por este pensamiento, pues ella, cual ángel salido de detrás de la máscara de una vieja mezquina, sólo me abrazó, me entregó una pequeña bolsa y me condujo hasta la puerta que descerrajó sin hacer ruido. «Que Dios te acompañe», me dijo en voz baja y con un gesto suave me empujó afuera, a la noche iluminada por la luna, mientras mis ojos se llenaron de lágrimas de vergüenza.

Me apresuré por las estrechas callejuelas para llegar cuanto antes al puerto. No podía pasar por el ayuntamiento ni por la plaza del mercado aunque ése hubiera sido el camino más rápido. Las puertas que daban al puerto, fortificado cara a la ciudad con una muralla, de todos modos se encontraban cerradas. Pero, hacia el norte, la muralla aún no estaba terminada y en ese lugar sólo tendría que pasar una valla que a esa hora no habría nadie vigilando. Bajo el manto protector de la noche llegué hasta aquel lugar y vi ante mí el molino de viento que se recortaba contra el cielo nocturno. No lejos de allí estaba también el faro que indicaba la ubicación del puerto. Y en la cara ya sentía el soplo de aire fresco procedente del océano. Era noche de luna llena. La marea estaba alta y llenaba el puerto de agua. Los barcos se mecían con expectación en la marejadilla.

No fue hasta ese momento que cobré conciencia de que estaba a punto de embarcar en una nave que se iba a hacer a la mar y me embargó un sentimiento de pánico atroz. ¿Me iba a adentrar en esa inmensa tierra líquida de nadie a bordo de uno de esos minúsculos vehículos hechos de madera? La perspectiva casi me hizo desistir de mi empresa en esa fase tan temprana, pero pensar en volver al taller de Bollier me causaba un miedo aún mayor, de modo que pregunté por los barcos que zarpaban hacia Burdeos, pues leyendo la nota de Ballerini había comprendido enseguida que ése era el destino del viaje.

El velero de dos palos que me habían indicado estaba amarrado en el muelle vacío. Al parecer la carga ya estaba a bordo y el barco holandés sólo esperaba el punto más alto de la pleamar para zarpar con el comienzo de la marea baja.

Probablemente Ballerini ya había subido a bordo. Sin embargo, no pude ver si la tripulación estaba en sus puestos. La pasarela de madera que unía el muelle con el barco estaba vacía y sin vigilancia. Con dos saltos rápidos la atravesé y, antes de que dos olas chocaran contra la escollera, yo ya estaba acurrucado detrás de unos barriles situados a babor y cerca de la proa.

No sé qué es lo que me movió a proceder con esas maneras de clandestino. Al fin y al cabo, Ballerini me había hecho saber que pensaba llevarme consigo. Pero estaba tan nervioso por miedo de que en el último momento algo pudiera torcerse que tomé la firme decisión de no salir de mi escondite hasta que hubiera desaparecido de vista la ciudad en la que había pasado casi toda mi vida como prisionero. Así, escondido y en cuclillas, esperé a que comenzaran los preparativos para soltar amarras. Pero nada ocurrió. Me esforcé por captar cualquier ruido o movimiento que pudiera oír o ver desde donde estaba; sin embargo, el tiempo pasó sin que se produjera novedad alguna. Al final me venció el sueño y, envuelto por el olor a madera embebida en vino que procedía de los barriles, me quedé dormido.

Tan agradable fue dormirme acompañado del perfume de uvas fermentadas como desagradable mi despertar, mojado por agua fría y salada que cayó sobre mí desde todos los lados. Por el susto me levanté de un salto y sin duda habría caído por la borda a una muerte segura de no ser porque una mano me agarró y arrastró desde detrás de los barriles y por las tablas de la cubierta hacia el centro de la nave. Antes de que pudiera darme cuenta estaba rodeado por un grupo de marineros que, gritando en una jerigonza incomprensible, la emprendieron a puntapiés conmigo y me hicieron ver las estrellas. Al final me dejaron en paz, me incorporaron y, cuando abrí los ojos, me vi ante el rostro iracundo de un hombre con barba de cuya boca no solamente salía un aliento pestilente, sino también una retahíla de furiosos sonidos guturales. A cada gárgara indignada que emergía de la cloaca de su garganta, y que me producía tanto asombro incrédulo como sumo asco, seguía una sonora bofetada bajo cuyo impacto mi cabeza giraba ora a la izquierda, ora a la derecha. Esa descarga física de agresividad no parecía ni mucho menos aplacar la ira del hombre, sino que hizo que reventaran aún más pústulas verbales e invectivas en su laringe infecta desde donde se lanzaban sobre mí acompañadas de olores inmundos. Creí que había llegado el día del juicio final y que me encontraba delante del príncipe de las tinieblas declamando mi catálogo de pecados y penitencias. En realidad se trataba solamente de un maloliente marinero holandés de primera que por suerte me dio un respiro cuando se acercaron otras dos personas para redimirme de mi perdición anticipada.

Escuché a Ballerini dirigirse al capitán, que a su vez paró el brazo al marinero de primera y ahuyentó a los demás con un par de voces broncas. Decepcionados por el fin precipitado del bonito espectáculo se dispersaron por el barco. Ballerini y el capitán intercambiaron algunas palabras que no entendí. A continuación, este último se fue y me llevaron bajo cubierta donde el cirujano tenía su camarote.

Cuando me hube sentado me alcanzó una tela para que pudiera secarme, tras lo que me dio un trozo de pan y vino en un cubilete de arcilla. Parecía divertirle mi repentina aparición en la nave. Seguramente ya no había contado conmigo al no presentarme en el puerto por la noche, por lo que estaba tanto más sorprendido por encontrarme finalmente en su camino de forma tan inesperada. También se le veía contento por el hecho de haber conseguido mantener a bordo al polizón que normalmente acaba haciendo compañía a los peces. Me observó mientras masticaba el pan, escanció un poco más de vino y me indicó que no abandonara el camarote. Después salió para abonar mi pasaje al capitán.

Durante el breve trayecto hasta Burdeos me quedé en el camarote. Sentía poca inclinación por volver a ver a los miembros de la tripulación que me habían gastado tan pesada broma y fue para mí un gran alivio desembarcar en el puerto de destino y dejar atrás esas criaturas de habla tan extraña. Nada más pisar tierra nos rodeaba el abigarrado ajetreo del puerto. Gentes de todas partes del mundo poblaban las calles de la ciudad que, según decían, albergaba a más de treinta mil almas. Incluso sus callejas eran más anchas que las calles principales de mi ciudad natal y atravesamos una serie de plazas magníficas hasta que llegamos al albergue en el que Ballerini planeaba hospedarse. Como tenía algunos asuntos que atender, me dio libre hasta última hora de la tarde y así deambulé por Burdeos aún bajo la impresión de que mi huida había llegado a buen puerto y que había escapado a la triste suerte que me parecía destinada. Pero eso era antes de saber con qué fin Ballerini me había llevado consigo, por lo que pude disfrutar despreocupadamente de las estampas que la ciudad me ofrecía.

Subí a la plaza fortificada y paseé por entre las imponentes columnas romanas, testigos del enorme edificio que antaño se levantaba en ese lugar. Incluso ascendí hasta el jardín que se encontraba en lo alto de las columnas y realicé algunos bosquejos de los estucados. Al dirigir la mirada hacia el este descubrí en la distancia la iglesia de Saint-Severin. Me vino a la mente la nota de Ballerini y decidí visitar el huerto parroquial para seguir las huellas de la leyenda. Decían que en Saint-Severin el mismísimo Jesucristo se había aparecido personificándose en un obispo. En el campo santo de esa iglesia hay un buen número de sarcófagos de piedra, apilados unos sobre otros y unidos entre sí por medio de grapas metálicas. Al parecer, uno de ellos se llena de agua durante las noches de luna llena para después secarse paulatinamente y quedar otra vez vacío con la luna nueva. Lo extraordinario del asunto es que el sarcófago descansa sobre otro a cuatro pies del suelo.

Cuando llegué al cementerio, el cielo hacia poniente ya había adquirido un color naranja. En los prados de los alrededores resonaba el múltiple croar de las ranas y el zumbar y cantar de insectos invisibles. Las golondrinas volaban de un lado a otro entre los muros para luego alzarse como flechas hacia el cielo. Desde todos los lados llegaba el olor a hierbas y flores que se desprendía de las plantas junto con la humedad del atardecer e impregnaba el aire de un profundo aroma otoñal. En el recinto del campo santo reinaba un silencio absoluto y pasé lentamente por delante de los sarcófagos de piedra apilados sin orden ni concierto. Se trataba de simples sillares vaciados. Todavía podían apreciarse las marcas de los cinceles, pues los canteros no se habían tomado la molestia de pulir la piedra. No había nadie a quien preguntar cómo habían llegado hasta allí.

Trepé por encima de los sarcófagos que se encontraban arriba del todo y para mi gran asombro encontré uno que realmente estaba lleno de agua hasta un palmo por debajo del borde. Metí las manos en el líquido y observé cómo mi reflejo se deshacía con las olitas para después recomponerse poco a poco. Así estuve sentado un buen rato junto a ese sarcófago en Saint-Severin, rezando en silencio y dando gracias a Dios por haberme salvado.

Al volver a la ciudad encontré a Ballerini en el albergue negociando con unos carreteros que nos acompañarían en la continuación de nuestro viaje. De sus palabras se desprendía que íbamos a ir con ellos hasta Toulouse. Allí descansaríamos unos días antes de seguir camino a través de la región de la Rouergue y llegar finalmente a Montpellier. Hablaron mucho de los peligros del viaje y de las bandas que merodeaban por el país robando impunemente a los viajeros, de modo que equivalía a un suicidio emprender un viaje tan largo sin una escolta armada. A los carreteros, que se dirigían al mercado de Toulouse, les convenía que se les fuera a juntar un viajero con posibles, ya que de esta manera podían reunir una suma considerable y pagar a cuatro gascones armados que nos protegerían de los asaltos y de otros peligros.

Estos cuatro hermanos en armas, no obstante, se mostraron totalmente a la altura de la mala fama de la que gozaban los habitantes de la Gascuña, pues llevábamos sólo unas horas en camino cuando nos hicieron parar indicándonos que esperáramos un momento mientras que ellos avanzarían un trecho para comprobar que el bosque que estábamos a punto de atravesar era seguro. Una hora más tarde aún no habían regresado y, como pensábamos que nos esperarían a la entrada del bosque, nuestra comitiva se puso en marcha. Pero no nos los encontramos ni junto a los primeros árboles ni a la salida del tramo boscoso. Durante un tiempo pudimos seguir sus huellas en el camino antes de que a la altura de un claro se perdieran en el bajo monte.

A consecuencia de eso se levantó un gran griterío en nuestro grupo. Presa de la ira y de la desesperación un español incluso llegó a desgarrarse la camisa y, como ocurre tan a menudo cuando los verdaderos malhechores están ausentes, se acabó echando la culpa al primer venido. Antes de que pudiéramos reaccionar, unos comerciantes exaltados rodearon al tratante de especias que había hecho de contacto con la escolta y amenazaron con colgarlo del próximo árbol si no los indemnizaba en el acto. Después de largas disputas en el transcurso de las que le partieron la boca al pobre especiero, los ánimos volvieron a calmarse y nos apresuramos por llegar a Cadillac donde, escarmentados por la experiencia anterior, conseguimos una escolta fiable por mediación del capitán de la guardia local. Ballerini, que tomó parte activa en la resolución del conflicto, afirmó que podíamos considerarnos afortunados por que los cuatro bandidos se hubieran conformado con el dinero que les habíamos pagado para nuestra protección y no se les hubiera ocurrido robarnos todo lo que teníamos. En su opinión, al fin y al cabo, el mundo y sus habitantes estaban constituidos de tal forma que uno no debía extrañarse tanto por una desgracia sino más bien ante el hecho de que las cosas no hubieran ido peor. Si uno había superado un percance sin daños demasiado graves, dijo, no debía estar airado con Dios, sino dar gracias a Él por haber evitado males mayores.

Las ciudades y los paisajes que recorrimos me parecieron como las páginas de un enigmático libro en las que un escritor con una imaginación desbordante había plasmado los más extraños fenómenos y criaturas. En cada pueblo y en cada ciudad había diferentes ropas, edificios y costumbres que admirar. Pero a ambos lados de nuestro camino también nos topamos con hechos de lo más curioso. Así, un día vimos una manada de bueyes que llevaban una gran rueda de madera alrededor del cuello. Cuando preguntamos a un campesino para qué servían esos extraños collares y si tal vez se trataba de bueyes distinguidos con títulos nobiliarios adeptos a la última moda de las cortes europeas, nos explicó que las ruedas impedían a los bueyes lamerse por lo que su carne salía especialmente tierna. Oída la respuesta, algunos de los que viajaban con nosotros comentaron que seguramente el asunto era al revés: con sus valonas, los cortesanos imitaban a los bueyes con la esperanza de mantener ágiles sus pálidos cuerpos.

En el duodécimo día del viaje llegamos a Toulouse. Bajo la luz del atardecer se veían ya desde muy lejos las fortificaciones de ladrillo rojo que son tan imponentes que uno tiene la impresión de estar cabalgando hacia la inexpugnable Troya en las filas del ejército de Agamenón. Las murallas son tan sólidas que incluso los más contundentes proyectiles no consiguen dejar en ellas mucho más que la impronta de su propio tamaño. La ciudad está cercada por grandes bastiones, terraplenes y baluartes y, además, la rodea un profundo foso. Los adoquines de las callejas que pisamos poco después eran de una piedra basta y áspera, y afortunado aquel que no iba descalzo.

Hay gran número de cosas singulares que destacar, en particular el mercado de la ciudad en el que se podía adquirir de todo, especialmente el famoso glasto de los tintoreros al que esta provincia debía gran parte de su riqueza y que en aquellos años todavía no había sido sustituido por el índigo. En los molinos de pastel aún se amasaban y molían las hojas de ísatis. El producto de este proceso eran unas bolitas muy duras que servían para obtener un precioso color azul. Ya había visto este tipo de bolitas en el taller de Bollier, pero hasta ese momento nunca había visto una cantidad tan ingente de ese colorante tan solicitado en aquella época y hoy casi olvidado.

Sin embargo, lo más destacable de nuestra estancia fue lo que ocurrió al día siguiente. Era la hora de comer y estábamos sentados en nuestro albergue cuando desde la calle se empezó a escuchar un fuerte griterío. En un abrir y cerrar de ojos se formó una gran turba de gente desde cuyo centro procedían unos gritos tan estridentes que se imponían al vocerío general. Ballerini se levantó de un salto y se abrió rápidamente paso por entre el gentío. Le seguí y, cuando hube logrado escurrirme por medio de los cuerpos agolpados, lo vi agachado junto a una niña a la que un inmenso tonel había aplastado las piernas. A su lado se encontraba el carro del que éste había caído y en su pescante el carretero que observaba la escena con cara triste. Unos hombres forzudos intentaron levantar el tonel, pero pesaba demasiado. Hicieron ademán de hacerlo rodar para apartarlo del cuerpo de la niña ante lo que Ballerini los increpó furioso:

–¿Acaso pretendían aplastar también los pies de la pobre criatura?

Les ordenó conseguir dos cuñas, que fueron colocadas en el suelo a izquierda y derecha de las piernas de la niña. Hicieron rodar el tonel unas cuantas pulgadas de modo que subiera por las cuñas y pudieran retirar a la pequeña.

Ballerini la tomó en sus brazos. Yo fui por delante para apartar a la gente y Ballerini me siguió cargando con la niña cuyas piernas colgaban del cuerpo como los miembros inertes de un ahorcado. Se escuchó otro grito colectivo cuando entramos al comedor del albergue. Los comensales saltaron de las mesas, las despojaron de platos y vasos y Ballerini depositó a la niña en una de ellas.

Su cara estaba blanca como una sábana. Miraba fijamente al médico que trataba de tranquilizarla asegurándole que todo iría bien. Ballerini agarró una tela blanca y mandó a dos personas sujetarla en cada lado de la mesa a la altura del vientre de la pequeña de modo que ésta no pudiera ver sus piernas. Y mientras que en la cabecera de la mesa se hacía todo lo posible para preparar a la infeliz física y anímicamente ante lo que la esperaba, Ballerini me envió a traer sus instrumentos.

Cuando volví, se había organizado un nuevo tumulto delante del albergue. La madre de la accidentada había llegado y se comportaba como una posesa para que le dejaran ver a su hija. Al final le abrieron paso y milagrosamente entró en razón al ver el alcance de lo ocurrido. En un gesto protector tomó la cabeza de la pequeña en sus manos y empezó a cantarle en voz baja. A los presentes se les llenaron los ojos de lágrimas de tristeza y compasión.

Entretanto Ballerini había palpado las piernas destrozadas que comenzaban a adquirir las coloraciones más repulsivas. Al caer, el tonel había aterrizado primero con uno de sus cantos haciendo papilla ambas extremidades por encima de las rodillas. Después, se había caído de lado y aplastado también las tibias. De la amalgama de piel, músculos y huesos fracturados brotaba la sangre y manchaba la mesa. A ésta habían atado los brazos y muslos de la niña, con lo cual los gritos de dolor que articulaba cada vez que Ballerini la tocaba eran acompañados sólo por un espantoso estremecimiento de todo el cuerpo. Me entró miedo cuando Ballerini tomó unas tijeras para cortar la ropa hasta la altura del ombligo. Hecho esto, limpió las evacuaciones del pequeño cuerpo aterrorizado. Acercó una segunda mesa y mandó soltar las ataduras para colocar a la niña, que en todo este tiempo no paraba de retorcerse de dolor, encima de las dos mesas de tal modo que sus muslos estuvieran en el aire. En esta posición la volvieron a atar. Ballerini abrió su maletín de instrumentos y mandó buscar al cura.

Llamó a la madre para hablar con ella. No pude entender lo que se estaban diciendo. Al parecer el médico le hizo algunas preguntas. Como respuesta, la asustada mujer negó con la cabeza. De repente se apartó y dirigió una mirada llena de espanto a Ballerini. Éste le dio bruscamente la espalda, se encogió de hombros y se disponía a volver a cerrar su maletín. La mujer se tiró al suelo, se abrazó a sus rodillas y le imploró hacer todo lo que estuviera en sus manos para salvar a su pobre hija. De un gesto rudo Ballerini la levantó y le espetó unas palabras al oído, a lo que la mujer desesperada asentía una y otra vez jurando que le daba todo lo que quisiera siempre y cuando ejerciera rápidamente su oficio para que, Dios mediante, su hija pudiera vivir.

Esa escena no duró más de un minuto y no logré entender lo que había sucedido. Tampoco tuve mucho tiempo para pensarlo, pues en ese momento un murmullo recorrió la congregación: Ballerini abrió su maletín y comenzó a ordenar sus instrumentos encima de la mesa. Mientras colocaba el escalpelo, las correas de cuero y el cauterizador al alcance de su mano, mandó traer un brasero con ascuas de carbón para calentar el cauterizador. Con gran extrañeza observé esos útiles que parecían instrumentos de tortura otomanos. Los cuchillos terminaban en mangos de madera tallada con un remate más grueso para que se acoplaran bien a la mano. Las hojas eran de diferentes longitudes: algunas finas y curvadas, otras se ensanchaban debajo de la punta como un sable doble con filo. Los cauterizadores, que medían una braza y cuyos mangos Ballerini envolvía en un trapo, tenían machos de diversas formas. Uno era redondo y ancho, como una moneda grande, y al parecer servía para cauterizar los vasos sanguíneos seccionados; el otro cauterizador, con el que se obliteraba el hueso, terminaba en forma de corazón por lo que podía penetrar en el muñón óseo y sellarlo mediante el calor candente. Después había unas tenazas que gracias al ingenio del herrero que las había fabricado podían servir como pinzas ajustables. Sin embargo, lo que más impresión me causó fue un instrumento que brillaba de forma funesta y que salió de un estuche forrado de terciopelo rojo. Dos aves rapaces de mirada siniestra sujetaban entre sí un cuadro de hierro colado que tensaba una larga cuchilla finamente dentada. Durante bastante tiempo no conseguí despegar los ojos de las dos bestias de cuyos afilados picos pendían unas lenguas semejantes a las de los reptiles. Las cabezas adornaban el tensor de la sierra, en el que se leía en grandes letras PATERE UT SALVERIS.

El cura llegó acompañado de dos ciudadanos que apartaron a Ballerini de la mesa y le increparon con preguntas: ¿Cómo se le ocurría organizar una operación en este lugar? ¿Quién era y dónde estaba la cualificación para el oficio que se disponía a ejercer? Ballerini les dijo su nombre y su título y apostilló que estaba de camino a Montpellier donde, invitado por el conocido galeno Saporta, iba a enseñar el arte de la cirugía. Por casualidad estaba presente cuando había ocurrido el accidente, continuó y pidió que no demoraran más aquella triste y lamentable operación, pero necesaria, pues sin ella a la infeliz niña le quedarían pocas horas de vida. Le preguntaron si podía demostrar sus palabras, a lo que Ballerini les mostró un escrito que se dispusieron a estudiar mientras alguien trajo el brasero con el carbón al rojo vivo. El cirujano colocó los cauterizadores en las brasas y se dirigió hacia la niña que medio inconsciente repetía las palabras en latín que el cura le recitaba. La cara de la pequeña estaba lívida. Su pelo negro empapado en sudor caía sobre los brazos de su madre que, como tratando de protegerla, le sostenía la cabeza. A medida que se aproximaba la operación, el ambiente en la estancia se hacía más silencioso y solemne. El cura murmuraba sus oraciones, los dos ciudadanos examinaban el escrito de Ballerini y el carbón crepitaba en el brasero enviando al aire finas volutas de humo.

Terminada la lectura, los dos ciudadanos se dirigieron una mirada grave y devolvieron el documento a Ballerini. Éste no se demoró un segundo más. Tomó un cuchillo y practicó unos cortes rápidos. Sólo se oyó un breve y apagado chasquido que quedó ahogado de inmediato por un agudo chillido de la niña. Acto seguido Ballerini se giró para agarrar con las manos llenas de sangre la sierra. La criatura, presa del dolor y del sufrimiento, se retorcía como una furia entre sus ataduras y cada vez que respiraba entre grito y grito se escuchaba el raspar desgarrador del acero dentado. Ballerini trabajó con rapidez y aparentemente sin que le impresionaran los espantosos gritos de la niña. Apenas había amputado la pierna izquierda hizo traer los cauterizadores y presionó el metal al rojo vivo sobre los numerosos puntos de los que manaba sangre a borbotones y los fue sellando uno a uno. El ambiente se impregnó del olor entre dulce y podrido de la carne quemada y cuando el cirujano se dispuso a seccionar la segunda pierna, la niña de repente dejó de chillar y su cabeza recayó en los brazos de su madre. Durante unos minutos no se escuchaba otra cosa que el ir y venir de la sierra y poco después el siseo del metal candente que con un beso al rojo vivo cerraba para siempre los vasos sanguíneos reventados.

Media hora después todo había terminado. Los muñones ya se encontraban vendados con un lienzo blanco. La niña seguía inconsciente, pero su corazón latía y ahora dependía de la piedad divina y de la habilidad del boticario que la pobre criatura despertara y sanara.

Abandonamos la ciudad ese mismo día. Ballerini temía graves consecuencias en el caso de que la niña no se recuperara. Nos alejamos en dirección a Castres caminando con el sol a nuestras espaldas hasta que nuestras sombras iban muy por delante de nosotros y pasamos la noche al raso. Al día siguiente volvió a hacer buen tiempo y hacia el mediodía llegamos a un claro donde paramos a descansar. Ballerini me indicó que me acomodara en la hierba. Descargué mi hatillo, me acosté y alcé los ojos hacia el claro cielo azul del mediodía. Oía a Ballerini trajinar con su equipaje, pero no me dejé distraer de mis ensoñaciones hasta que de repente me dijo: «Vamos, muchacho, ha llegado la hora de demostrar lo que vales».

Medio adormilado me giré hacia él. No obstante, nada más ver lo que había dispuesto delante de sí en la hierba, me eché atrás con espanto. ¡Será desgraciado! Así que era eso lo que le había sacado a la pobre mujer aprovechando las circunstancias apremiantes. Noté arcadas en la garganta, pero Ballerini me dirigió una mirada severa llena de enfado.

–No te pongas así. Anda, a trabajar. Una oportunidad así no se presenta todos los días.

Seguí mirándole con incredulidad. No fue hasta después

de que me hubiera guiñado varias veces el ojo e indicado con gestos que sacara mis plumas que comprendí lo que se proponía hacer con lo indecible que yacía delante de nosotros en la hierba. Y mientras yo, estremecido por el asco y el horror, buscaba en mi talego las plumas, la tinta y el papel él, practicando unos primeros cortes delicados y bien pensados en los dedos de los pies, iniciaba cuidadosamente la disección de las piernas infantiles amputadas.

SEIS

Interrogatorio del marqués de Rosny

CHARLES LEFEBRE: Señor marqués, usted sabe que el rey me ha encomendado llevar a cabo una investigación acerca de las circunstancias que rodearon la muerte de la duquesa. ¿Está dispuesto a contestar algunas preguntas?

ROSNY: Cumpla con su deber.

C. L.: ¿Dónde se hallaba usted en el momento de morir la duquesa de Beaufort?

ROSNY: En el castillo de Rosny, adonde me había desplazado para pasar los días de la Pascua junto con la princesa de Orange y otras personalidades de alto rango.

C. L.: ¿Vio a la duquesa antes de partir?

ROSNY: Sí. Me despedí de ella en casa del señor Zamet donde ella se alojaba.

C. L.: ¿Cómo transcurrió esa visita?

ROSNY: La duquesa estaba indispuesta y sufría por su embarazo. Aun así, se mostró muy amable conmigo pidiéndome que olvidáramos nuestras antiguas diferencias. Ella misma, así me lo dijo, ya había dado ese paso. Me juró haber sido siempre buena amiga mía y me reiteró su amistad. Añadió que los grandes servicios que yo había prestado al rey y al Estado la obligaban más que nunca a favorecer mi ascenso. Adelantó que a mi vuelta me haría saber más detalles al respecto y me prometió no acometer ningún paso sin habérmelo consultado previamente.

C. L.: ¿Cómo reaccionó ante esta deferencia?

ROSNY: Se la agradecí con mucha cortesía, sin revelar, no obstante, que intuía a qué se refería por mucho que en realidad lo supiera perfectamente.

C. L.: Evidentemente la duquesa se refería a su próximo matrimonio con el rey. Todos estaban al corriente de ese asunto. Nadie sabía más al respecto que usted. ¿Cómo pudo fingir, pues, no comprender las palabras que ella le dijo?

ROSNY: A pesar del estado avanzado de los preparativos no creía que sus intenciones fueran a prosperar. Había sido testigo de las vacilaciones del rey, que siempre estaba dividido entre la lealtad para con su corazón y para con su Estado. Además, en tres cartas que me envió la reina, se mostró firmemente decidida a impedir esa boda.

C. L.: El rey ya había salido de sus dudas. Había tomado su decisión y usted lo sabía. Y por lo que a la oposición de la reina Margarita de Valois se refiere, ¿nos puede mostrar las cartas que le envió?

ROSNY: Aquí tengo la última. Con sus propias palabras, la reina afirma que sus vacilaciones y dudas se deben a que no desea ceder su lugar a una mujer de tan dudosa reputación.

C. L.: Debo advertirle que esta carta, en la que uno no reconoce el estilo de la reina, tampoco se corresponde para nada con los hechos. La reina ya había dado su consentimiento al divorcio firmando el 3 de febrero de 1599 un poder para que se iniciara el correspondiente procedimiento. Dicho documento llegó a París seis días después.

ROSNY: No tengo conocimiento del mismo.

C. L.: Resulta difícil creerlo, vista la posición que usted ocupa en el Consejo del Reino y teniendo en cuenta la gran confianza que le otorga su majestad. Pero díganos en primer lugar si su esposa, la marquesa de Rosny, no hizo también una visita a la duquesa de Beaufort para despedirse de ella.

ROSNY: Yo mismo la envié.

C. L.: ¿Qué ocurrió durante ese encuentro?

ROSNY: La duquesa recibió a madame de Rosny con muestras de mucha amistad. Le dijo que deseaba apreciarla como su mejor amiga. Le pidió que le correspondiera en su afecto, que viviera junto a ella y que, si tal era su deseo, asistiera a las ceremonias de cuando la duquesa se levantara por la mañana y se acostara por la noche.

C. L.: ¿Qué impresión se llevó su esposa de esa visita?

ROSNY: Volvió muy enfadada. Me preguntó si acaso ella, la marquesa de Rosny, debía considerar como un honor el ofrecimiento de estar presente cuando la duquesa de Beaufort se levantase y acostase. Se sintió ofendida por tal pretensión. Al fin y al cabo, se trataba de un honor que solamente podía brindarle una digna y virtuosa reina de Francia.

C. L.: ¿Qué respondió usted a su esposa?

ROSNY: Le dije que ella bien sabía qué significaba ese discurso y que le diría más sobre el particular en otra ocasión. Le advertí que mientras tanto se cuidara de no hablar con nadie sobre el tema y que se guardara sus ideas especialmente delante de la princesa de Orange que parecía tener un particular interés en el asunto.

C. L.: Un testigo cree haberle escuchado pronunciar algunas palabras más.

ROSNY: Verá, añadí que ya veríamos cómo terminaría todo y si finalmente no se iba a romper la cuerda.

C. L.: Luego le pediremos que nos aclare estas palabras, pues son ambiguas y podrían ser muy mal interpretadas. Pero antes, prosigamos con su declaración. ¿Cómo se enteró de la muerte de madame de Beaufort?

ROSNY: Dos días después de llegar al castillo de Rosny, el sábado antes de la Pascua, muy temprano antes del amanecer conversaba con mi esposa, que aún estaba en la cama. Hablamos sobre las esperanzas de la señora duquesa de casarse con el rey. Empecé exponiendo mis reflexiones, hablé de los grandes obstáculos que a mi juicio dificultaban esa boda y también de los inconvenientes y desastres que de ella sin duda resultarían. De repente oí la campanilla de la puerta cuya larga cuerda llega hasta el otro lado del foso y una voz que clamaba: «¡En nombre del rey, en nombre del rey!».

Acto seguido di orden de que se bajara el puente levadizo y se abriera el portón. Cuando bajé por la escalera me topé con un mensajero que, muy alborotado, me informó en los siguientes términos: «Monsieur, un mensaje del rey. Sírvase acudir hoy mismo a Fontainebleau».

«Jesús, amigo mío –le dije, y pregunté–: ¿Acaso está enfermo el rey?»

«No, señor, pero está más afligido y enfurecido que nunca. La duquesa ha muerto.»

«La duquesa, muerta –exclamé yo–. Pero ¿cómo? ¿Qué enfermedad ha segado su vida con tanta rapidez? Y ¿cómo lo sabe? Venga a mi aposento, aquí estamos a oscuras. Y con algo de comer, que hambre sin duda tendrá, me lo cuenta todo.»

Una vez en el aposento, el mensajero nos relató cuanto sabía sobre la muerte de la duquesa. Camino de Rosny había pasado por París donde encontró a monsieur de La Varaine, quien le había entregado una carta para mí.

C. L.: Dentro de poco escucharemos también a monsieur de La Varaine. Pero antes, díganos cuáles fueron las palabras que dirigió a su esposa cuando, aún alterado por la noticia, entró en el aposento. El mensajero las oyó y nos las ha referido.

ROSNY: Mi esposa estaba aún acostada. Abrazándola le dije: «Hija mía, hay buenas noticias. No acudiréis al aposento de la duquesa ni cuando se acueste ni cuando se levante, pues la cuerda se ha roto. Sin embargo, ya que ha muerto, que Dios le dé buena y larga vida. De este modo, el rey se evitará muchas cuestiones sin resolver y arduos quebraderos de cabeza».

C. L.: He aquí las palabras que le oyeron decir y que han dado lugar a mucha especulación. Las personas que por méritos u honores sobresalen por encima de los demás siempre tienen enemigos y los suyos han querido dar a estas frases suyas un alcance que usted mismo probablemente nunca tuvo en mente. ¿Podría hacer el favor de decirnos exactamente lo que quiso expresar con esas palabras? Al inicio de la conversación con su esposa dijo que ya se vería cómo acabaría el asunto y si finalmente no se iba a romper la cuerda.

ROSNY: Se trata de una expresión en sentido figurado que por lo general se usa para dar cuenta de que algo puede tomar un cariz inesperado. Yo siempre contaba con que algo o alguien iba a impedir esa boda en el último instante, ya fuera por parte del Papa, de la reina Margarita o del mismo rey. Creía que llegado el momento no se iba a atrever a dar el paso. Eso me llevó a decir que quizá la cuerda se fuera a romper. Pero admito que el único desenlace en el que jamás hubiera pensado ha sido el que finalmente ha provocado la Divina Providencia. Ya venga este impedimento de Dios o de los hombres, mis augurios se han cumplido y eso, después, me llevó a decir: «La cuerda se ha roto».

C. L.: ¿Quiere decir que la idea de que la muerte de la duquesa podría deshacer todos los peligros que se cernían sobre Francia se le ocurrió después del acontecimiento que nos ocupa?

ROSNY: ¡Por supuesto! Ya veo adónde quiere ir a parar con su pregunta. Hay quien sospecha que hubo una conspiración para atentar contra la vida de la duquesa. Nadie se atreve a acusarme públicamente de haber tomado parte en esa trama, pero todos creen que yo estaba al corriente y que no hice nada por impedir el desenlace. Se dice que, aunque no actuara personalmente, di las órdenes.

C. L.: ¿Y?

ROSNY: De haber tenido conocimiento del crimen sin hacer nada por desbaratarlo, yo sería igual de culpable. No tengo fama de andarme con miramientos cuando de sujetos de baja calaña se trata y no creo que se me pueda reprochar haber hecho jamás causa común con felones para obtener algún beneficio o aumentar mi prestigio. Para difamar mediante esta sospecha toda una vida dedicada exclusivamente a los intereses del Estado se necesitaría algo más que unas palabras pronunciadas al calor del momento y que, además, pueden explicarse sin tener que avergonzarse. Antes de buscar a los cómplices habría que demostrar que hay un culpable. No obstante, esto no se ha hecho y tampoco se va a poder conseguir. Han interrogado al señor Zamet, pero ¿qué han averiguado? No hay nada que lo inculpe. Declaró que la duquesa falleció de muerte natural. La enorme prisa con que ésta salió de casa del italiano –el único indicio que hasta el momento se ha aducido en contra de ese señor– puede explicarse por el lógico deseo de estar más cerca del Louvre donde pensaba aguardar el regreso del rey. monsieur de Chiverny, cuya declaración habrá leído, confirma la versión ofrecida por el señor Zamet. De Chiverny ha perdido mucho con la muerte de la duquesa y cuando se enteró del suceso lamentó públicamente la desgracia de haberse vinculado tan estrechamente a esa persona. Sin embargo, ¿acaso ha manifestado siquiera la más leve sospecha de un crimen cuya demostración sería de su máximo interés? Y los demás parientes de la duquesa, sus hermanas o su tía, madame de Sourdis, ¿han expresado la menor duda con respecto al mal que acabó con su vida? El rey mismo, que la quería tanto, ¿acaso ha hecho suyos esos indicios de sospecha sobre los que hoy todos se atreven a especular? No. Sigue brindándole su amistad al señor Zamet. Si ahora ha ordenado realizar una investigación de lo ocurrido, lo ha hecho por respeto a la justicia. En cuanto a mí se refiere, después de fallecer la duquesa, el rey me ha otorgado el gran honor de nombrarme ministro del Tesoro...

C. L.: ... y gran maestro de la Artillería, cargo que hasta la muerte de la duquesa ocupaba el padre de ésta y del que el rey sólo se atrevió a apartarlo cuando ella ya no podía protegerlo.

ROSNY: Está usted en su derecho si desea establecer pérfidos vínculos imaginarios. Pero ¿realmente me cree tan ruin como para asesinar por un simple cargo a la persona que mi rey más ha querido en este mundo? Confieso que suponía una deshonra para mí saber en manos de una persona tan inepta el cargo para el que yo era el único cualificado. Mas, si su sospecha contra mí se basa en este móvil, bien podría sospechar del mismo rey que se veía continuamente puesto en evidencia debido a la manifiesta ineptitud de monsieur Antoine d'Estrées. Y en fin, ¿el rey ha manifestado siquiera un atisbo de sospecha en contra de mí? Nada de eso. Todo lo contrario. El día del trágico suceso me hizo llamar, embargado como estaba por la desazón, y ante los ojos de toda la corte buscó públicamente consuelo en mi persona. Lo cual me permitió hablarle de la Divina Providencia que a menudo nos trae la salvación haciéndonos pasar por desgracias que nosotros consideramos como nuestra perdición. ¿Hacen falta más pruebas para demostrar que nunca la más mínima sospecha cruzó su mente y jamás creyó que yo fuera responsable de su desdicha?

C. L.: Después de fallecer la duquesa usted hizo detener y llevar a la Bastilla a dos de sus sirvientes, a una mujer llamada La Rousse y a su marido. ¿Por qué hizo eso?

ROSNY: Ambos tenían conocimientos íntimos sobre la vida privada de la duquesa y le debían mucho. Pero, en vez de honrar su memoria, empezaron a calumniarla y a difundir toda clase de historias insultantes o al menos falsas sobre ella. Yo puse fin a ese escándalo.

C. L.: ¿No perseguía otros fines con esa detención?

ROSNY: No. La duquesa de Beaufort y yo nos habíamos enemistado. Éste es un hecho que ni siquiera deseo ocultar. A menudo he tenido graves enfrentamientos con ella debido a sus exigencias y a su ambición desmesurada. En la medida de mis posibilidades he tratado de convencer al rey de abstenerse de un acto que a mi juicio iba a dañar su reputación y a socavar la seguridad del Estado. En conformidad con sus mejores asesores deseaba otro vínculo matrimonial para él. Todo eso lo hice públicamente y a la vista de todo el mundo, pues como he demostrado en repetidas ocasiones, no soy para nada amigo de trucos ni de trampas. La Divina Providencia nos ha librado de los peligros que yo veía venir. Para mí, el desenlace ha supuesto una bendición, y al igual que el médico La Rivière exclamé: *Hic est manus Dei!* («Aquí está la mano de Dios»). Al mismo tiempo, no obstante, recordaba lo que le debía al rey, quien había honrado a esa dama con su amistad. En respeto por ella y por sus hijos que son también hijos del rey y en homenaje a ese gran amor que nuestra majestad le profería, he castigado a los calumniadores. Sirva esto de ejemplo de cómo hubiera actuado contra los presuntos asesinos si hubiera creído que la muerte de la duquesa se debía a otra causa distinta a la voluntad divina.

Acta levantada en París, a 4 de mayo de 1599

SIETE

Un rostro

El paisaje estaba postrado sumisamente a los pies de las nubes negras. Las golondrinas cruzaban el aire por encima de los campos a toda velocidad y en vuelo rasante para, de repente, alzarse en vertical y trazar una efímera estela oscura sobre el fondo tenebroso del cielo. Ni un soplo de aire interfería en su trayectoria. De color gris plateado, como si en él se hubiera ahogado un dios, el río avanzaba en silencio hacia el horizonte. Río abajo, el cielo ardía. Allí, el rojo y el amarillo se enzarzaban en una lucha cuerpo a cuerpo, agarrándose encarnizadamente el uno al otro dentro de su prisión azul y negra y creando con su contacto ribetes de un bermejo oscuro. Después se separaron, cansados luchadores de carmesí, azafrán y lapislázuli, antes de que, instigados por el arrojo de un blanco cegador, lanzaran una última carga suicida y derrochadora de color púrpura contra el avance del negro.

Los dos jinetes voltearon sus monturas y volvieron en estampida por donde habían venido. El estrépito de un trueno partió el silencio. Los caballos relincharon de miedo y hundieron sus patas profundamente en la tierra revuelta. Con las cabezas pegadas a los cuellos de los animales los dos hombres se acercaron a galope tendido al pueblo que se encontraba tras las colinas. Vignac fue el primero en llegar, pues el caballo de Lussac había empezado a cojear. Vignac ya había desmontado cuando su compañero pasó la cerca desmoronada. La tensión en el aire llegaba al límite, pero todavía no caía ni una gota de lluvia.

Las casas dispersas estaban deshabitadas. Los muros, ennegrecidos por el fuego, destacaban sobre la tierra marrón. Por encima de los tabiques ruinosos asomaban las vigas de las techumbres destrozadas. El pueblo debió de haber sido arrasado años atrás. Lussac examinó uno de los cascos de su caballo y quitó una piedra que se había introducido entre la uña y la herradura, mientras que Vignac fue de casa en casa para ver si alguna de las ruinas les podía servir de refugio ante la tormenta que se avecinaba. Al final descubrió un abrevadero techado que había escapado a la destrucción general. Apenas había atado su caballo y hecho una señal a Lussac cuando comenzó a llover.

Al poco, el suelo a su alrededor estaba completamente enlodado. Las casas incendiadas parecían espectros detrás de la cortina de lluvia. Fuertes rachas de aire azotaban las gotas y las empujaban hasta debajo del pequeño refugio de los dos viajeros. Su ropa harapienta se empapó y se oscureció rápidamente con la humedad.

Malhumorado, Lussac echó un vistazo al cielo cubierto de una neblina gris y deshilachada por el viento. Achinó los ojos y descubrió los dientes como si quisiera hacerle muecas al tiempo. Vignac miraba fijamente al suelo, con la cabeza hundida entre los hombros para evitar que la lluvia le entrara por el collar de su ropa.

Lussac se sentó en el borde del abrevadero y hundió sus botas en el barro. «Dios mío, cómo se las gastarían aquí.»

Vignac miró las ruinas a su alrededor e imaginó lo que debió de ocurrir en el lugar. Le pareció ver a las personas que, en silencio y presas del miedo, salían de sus casas con los brazos en alto y la cabeza gacha. Por doquier, hombres a caballo. Uno de ellos cabalga de un lado a otro, gritando amenazante que a cualquiera que se esconda en las casas le cortarán inmediatamente el cuello. Pero pronto salen todos, se apostan ante sus casas y esperan temblando lo que les van a hacer. La calle principal está sembrada de cadáveres. Casi todos son campesinos con armamento exiguo. El joven capitán vuelve a galope tendido. Grita tanto que se le quiebra la voz: «¡Luteranos! ¡Fuera luteranos!»[1]. De repente desmonta

1. En español en el original. *(N. del T.)*

y agarra a una mujer que, paralizada por el miedo, se pega al muro de una casa. Le arranca la capucha y del mismo tirón se lleva también todo el cabello. La cara furiosa del joven capitán español es lo último que el pobre hijo de campesinos disfrazado de mujer va a ver de este mundo, pues acto seguido siente un chorro caliente bajar por su pecho, ve retroceder al otro, con el cuchillo ensangrentado en la mano. «En el nombre del padre, del hijo y del espí...» En ese momento, los demás soldados también desmontan y la toman con los otros campesinos; y no les importa si se trata de mujeres de verdad o de hombres disfrazados.

Vignac cerró los ojos, pero las espeluznantes imágenes se resistían a desaparecer. Cuando volvió a mirar no vio más que la calle vacía, jalonada de casas incendiadas. Sin embargo, no pasó mucho tiempo antes de que el fragor de la lluvia diera de nuevo paso al entrechocar de las armas mezclado con las voces espantadas de los niños y, entremedias, constantemente los golpes sordos de una espada que cae sobre una nuca.

El castillo al que se dirigían todavía quedaba a tres días de camino. Es decir, tres días con tiempo seco. Y una semana si seguía lloviendo de esta manera. Peor que el tiempo, no obstante, eran esas poblaciones fantasmagóricas que atravesaban una y otra vez. Aunque en la mayor parte de los casos los incendios y saqueos databan de meses o incluso años atrás, en esos lugares seguía reinando un silencio marcado por el horror. Por ellos habían pasado los ejércitos católicos y los protestantes, con la fortuna bélica ya de un lado, ya del otro, y siempre en medio, los humildes hogares de los campesinos aplastados sin miramientos por esos monstruosos ciempiés.

Actualmente todos hablaban de la paz. Había ocurrido lo increíble. Enrique de Navarra los había vencido a todos: primero a Farnesio, después a las tropas del emperador, luego a Mayenne y al final a Mercœur. Y España, un imperio tan grande que no cabía entero en ningún mapamundi, ya sólo conseguía asestar algunos golpes sin fuerza: escaramuzas anecdóticas en un par de provincias no del todo controladas. Aquí y allá sus tropas tomaban una ciudad aun a sabiendas de que no la podrían mantener mucho tiempo bajo su dominio.

Vignac observaba el paisaje con cara de vinagre.

Lussac lanzó un escupitajo a uno de los charcos.

–¡Maldito país!

Vignac no reaccionó enseguida. Después, como si se lo dictara el Todopoderoso, dijo:

–Algún día viviremos en París, en aposentos caldeados.

–¿Qué es lo que te hace estar tan seguro? –gruñó Lussac.

–Todo ha terminado. Tenemos un rey que va a imponer el fin de la guerra a los españoles y pronto tendremos un edicto que nos protegerá contra los papistas. Cuando esta maldita guerra termine, habrá mucho trabajo en París.

–Cuando, cuando... ahora lo que ocurre es que no nos queda casi comida y todavía tenemos por lo menos tres días de camino por delante.

Lussac achinó los ojos y tiró bruscamente de las riendas de su montura. Él era el más alto de los dos. Sus mojados rizos negros enmarcaban una cara joven e imberbe que estaba en continuo movimiento. Los ojos de color castaño oscuro no paraban de girar en una u otra dirección captando con suspicacia todo lo que se encontraba en los alrededores. La nariz era fina y pasaba un tanto desapercibida encima de los labios anchos y carnosos que descubrían unos dientes muy separados cada vez que Lussac escrutaba algo. Daba la impresión de que concentrarse le provocaba dolores.

Vignac era de estatura media. Como prevención ante los piojos llevaba el pelo corto. Aunque con sus veintiséis años era más joven que su compañero parecía una persona que hacía mucho tiempo que había dejado atrás la juventud. Tenía numerosas arrugas alrededor de los ojos. Su cara reflejaba un constante debate entre la desconfianza y la curiosidad. Sólo cuando pintaba, sus rasgos se relajaban porque en esos momentos hablaba con Dios y sentía la certeza de que Él le escuchaba.

Con las miradas absortas guardaron silencio mientras la lluvia golpeaba el pequeño techo de madera. Al impactar, las gotas se descomponían violentamente y formaban finísimas cortinas de llovizna. Los caballos temblaban. Para tranquilizarlos, Lussac les acarició los ollares y los acercó a fin de que quedaran mejor protegidos debajo del chamizo. Vignac miró pensativamente a los ojos grandes y tristes de los animales y percibió agradecido el calor que emanaba de sus voluminosos cuerpos. Entonces el tamborileo de las gotas se convirtió en un redoble ensordecedor. Piedras de granizo, grandes como guijarros, reventaban por doquier, en el barro y encima de los muros de las ruinas. A pocos metros de distancia un mirlo con las alas inutilizadas saltaba entre los surcos de la tierra hasta que de repente cayó inerte al suelo. Con gran estruendo un muro se desmoronó en algún lugar cerca de ellos. Los caballos relincharon, pero se tranquilizaron cuando Lussac les ofreció unos gajos de nabo que había sacado rápidamente de una de las alforjas.

Por fin, la fuerza de la tormenta amainó. El intenso gris empezó a aclararse, se disipó en todas direcciones y dio paso a los primeros colores. Poco después algunos pájaros empezaron a piar y su cantar se mezcló con el glogló del agua de lluvia que se retiraba.

Debido a que el lodo les llegaba a la altura de las rodillas tardaron un tiempo en conducir los caballos hasta la carretera. Pero como ésta no estaba menos embarrada, no se decidieron a montar. Una y otra vez los animales tropezaron, salpicando de arriba abajo a los dos viajeros, que continuaron caminando entre maldiciones.

–Cuéntame algo de tu tío Perrault –dijo Vignac después de un rato.

Lussac se pasó la mano por la cara para quitarse el sudor y se la secó en los pantalones.

–¿Qué es lo que quieres saber de él? Apenas lo conozco. Sólo lo he visto una vez, cuando bautizaron a mi hermana. Eso fue hace ocho años. Entró en París con Enrique de Navarra y se quedó allí.

–¿Soldado?

–Sí, lo fue. Ahora vuelve a trabajar como cantero. Todos los hombres de mi familia son canteros. Menos yo...

–... que eres escultor.

–Así es –confirmó Lussac con orgullo, y añadió–: La única disciplina artística que es capaz de mostrar al hombre en su totalidad.

–Lo mismo dijeron hace cien años los escultores de Venecia y Giorgione les dio una buena lección.

–Una pintura siempre representará sólo una cara de un objeto. Incluso el más hábil de los pintores no puede competir con una estatua.

–Eso es exactamente lo que dijeron los escultores venecianos. Entonces, Giorgione hizo una apuesta con ellos. Afirmó que era posible mostrar en una pintura una persona o un objeto de tal manera que se le pudiera admirar desde todos los lados sin cambiar de punto de vista. Dijo, además, que la pintura incluso era superior a la escultura, pues ya ni siquiera hacía falta desplazarse alrededor de la obra para poder contemplarla desde todos los ángulos.

–¡Ja! Menudo fanfarrón.

–Escucha esto: pintó a un hombre desnudo que daba la espalda al espectador. Delante de él, a sus pies, situó una fuente en la que se reflejaba la parte frontal del hombre. A su izquierda había colocado un armazón reluciente en cuya superficie pulida podía verse el perfil izquierdo del retratado. Y el perfil derecho lo mostraba un espejo dispuesto en el otro extremo. Cuando los escultores vieron el cuadro tuvieron que admitir que el arte de la pintura era mucho más ingenioso y complicado que la escultura, aparte de poder mostrar de una sola mirada mucho más que ésta.

–¡Bah!

Vignac rió.

El camino empezó a transcurrir por terreno arenoso y más firme, de modo que montaron. A ambos lados se extendían campos en barbecho en los que crecían altas las malas hierbas. Ésa era la visión que les ofrecía el paisaje desde hacía semanas. Regiones enteras despobladas. En ningún lugar un campo labrado. Sólo dientes de león y ortigas peinados por el viento.

¡Qué contraste más desolador en comparación con los paisajes que había visitado en los últimos años! Vignac rememoró los días en los que acompañando a Ballerini había cabalgado por el Languedoc en dirección a Montpellier. ¡Qué maravilla de paisaje, fértil y lleno de vida! Hasta el vino era allí tan fuerte que había que rebajarlo con agua.

–Al final, ¿por qué te fuiste de Montpellier? –Lussac parecía haber adivinado su pensamiento.

–Ballerini ya no podía enseñarme nada nuevo. Y yo pensé que cuatro años de servicio eran suficientes como agradecimiento por haberme salvado de La Rochelle. A veces me arrepiento. Fui muy feliz allí. ¿Conoces Montpellier?

–No, pero dicen que sus mujeres son muy bellas.

–Ni que lo digas. De ahí el nombre: *Mons puellarum*, «el monte de las mujeres». Su piel es como la de un melocotón maduro.

–¿Y Ballerini te dejó marchar sin más?

–Nuestro acuerdo era que le serviría de dibujante hasta que terminara su manual de cirugía. Por Dios, nunca más en mi vida dibujaré órganos o huesos. Ballerini me obligaba a sentarme junto a él cuando diseccionaba esos cadáveres que se le pudrían entre las manos. Jamás olvidaré ese olor. Yo tenía que estar allí durante todo el proceso y documentar cada corte con un dibujo. Cuando le entregaban un nuevo cuerpo, a mí ya me entraba horror ante lo que me aguardaba. Me situaba al lado de Ballerini en el anfiteatro anatómico y esperaba a que terminara su introducción. Mientras tanto no podía apartar los ojos de ese cuerpo que yacía junto a mí y poco después quedaría despanzurrado como una fruta podrida. Me preguntaba si no era pecado abrir el pecho de una persona que, al fin y al cabo, es donde mora el alma. Tal vez, el alma no asciende a los cielos sino que espera, atrapada en nuestros restos mortales, el día del juicio final. ¿Dónde, si no, va a esperar al redentor? Lo peor fue que el interior del cuerpo se me antojaba como una máquina bien concebida, pero sin alma. No tenía nada de humano. Disecciona un cerdo, y lo que verás es igual a lo que hay dentro de un hombre.

Lussac emitió un soplido indefinible. Durante un tiempo cabalgaron en silencio. Pero Vignac no había terminado su historia.

–En una ocasión diseccionamos a una mujer que se encontraba en estado de buena esperanza. Cuando abrimos el abdomen encontramos el lugar donde debía haberse desarrollado el niño. Pero al sacar a la pequeña criatura de la carne circundante su aspecto era el de un batracio transparente. Los estudiantes iniciaron un encendido debate sobre si la mujer había tenido acceso carnal con un animal o si había sido fecundada por un horripilante demonio. Yo sólo pensé: «¿Cómo puede Dios permitir que dentro de las personas crezcan animales y monstruos?». Ballerini terció que todo esto no eran más que estupideces, pues cualquier niño que se sacara del cuerpo de su madre muerta durante esa fase de desarrollo ofrecía este mismo aspecto. Los estudiantes objetaron que, como todas esas mujeres habían muerto, quedaba demostrado que el embarazo había sido patológico. Además, ¿cómo explicar que un niño parece primero un batracio y después nace como ser humano? Ballerini argumentó que un polluelo salido del huevo también tenía otro aspecto que la criatura que uno encontraba si partía la cáscara antes de tiempo, a lo que los estudiantes replicaron que no se podían aplicar conclusiones sacadas de las aves a los humanos porque eso era contrario a las Sagradas Escrituras, que estipulaban claramente que el hombre era único y hecho a imagen y semejanza de Dios.

Lussac resopló de nuevo.

–¡Único y hecho a imagen y semejanza de Dios! Sobre todo los frailucos regordetes en sus trajes talares. Y ni hablemos de la chusma. Esos sujetos malolientes que se le pegan a uno nada más entrar en cualquier ciudad. ¿Las Sagradas Escrituras? ¿Me puedes explicar por qué la Biblia no dice nada sobre esas tierras legendarias que ha descubierto el genovés ese? Si Dios es omnisciente y fue quien inspiró las Escrituras a los evangelistas, debería haber dicho algo sobre la bienaventuranza de los salvajes en aquellas tierras lejanas. Todo es tan confuso. Si escucho a los curas, todo suena tan convincente. Pero cuando uso la cabeza, nada concuerda.

–Pues no pienses tanto y reza más.

El camino empezó a descender y se hizo pedregoso. Desmontaron y llevaron los caballos de las riendas mientras bajaron por un talud. Llegados al pie de éste vieron una columna de humo a cierta distancia hacia su izquierda. Lussac aguzó la vista, pero no consiguió descubrir cuál era el origen del humo.

–¿Qué opinas? –le preguntó Vignac.

Lussac se encogió de hombros.

–Nunca he estado por aquí. A lo mejor hay un pueblo. O son unos campesinos que queman rastrojo.

–¿Después de la lluvia que ha caído?

–Sí, la verdad es que sería raro. El camino rodea el lugar a bastante distancia. Supongo que no sería muy prudente acercarse demasiado.

Montaron y continuaron una media milla más allá sin quitar ojo a la columna de humo que se destacaba en negro sobre el cielo claro. Corría una ligera brisa, pero en el lugar donde estaba el fuego parecía reinar una calma total, pues el humo ascendía en línea recta.

Entonces escucharon el sonido de cascos de caballo.

–¡Maldita sea! –espetó Vignac–. ¡Vamos, detrás de esos arbustos!

Voltearon sus caballos y se precipitaron pendiente abajo hacia un pequeño bosque. Llegados a su linde, saltaron de las sillas, condujeron los caballos adentro de la maleza y se escondieron entre la hojarasca. El golpeteo de los cascos se acercaba. Los caballos se agitaron.

–Estamos perdidos –susurró Lussac–. Las huellas los conducirán directamente hacia aquí... ¡Diantre! ¿Por qué los caballos están tan nerviosos?

Se escuchaba el tintineo de arreos. El suelo comenzó a vibrar y pronto la vibración se convirtió en temblor. La yegua de Vignac relinchó miedosa mientras daba coces.

–¡Lussac, por todos los santos, se me está desbocando!

Éste, no obstante, estaba ocupado con su propio caballo.

Después, los acontecimientos se precipitaron. A pocos metros de ellos pasó a toda velocidad un nutrido grupo de jinetes. La yegua, asustada por el gran número de animales, estaba a punto de desbocarse, pero en ese momento algo negro saltó de entre los matorrales, agarró la cabeza de la yegua y lo tumbó. Vignac estaba pasmado. Un animal salvaje, fue su primer pensamiento, aunque no se atrevió a mirar. El pánico lo tenía inmovilizado. A un tiro de piedra seguían pasando los jinetes desconocidos. Cualquier movimiento podía delatarlos. Mas su yegua ya no se movía. Lussac sacó un cuchillo. Vignac lo observó con los ojos como platos. Después, ambos dirigieron los ojos al ovillo que tenía aprisionada la cabeza de la yegua. No se movía y parecía fundirse completamente con el animal, que yacía inerte. Vignac vio una pelambrera negra y, estirado en el suelo muy cerca de él, un delicado pie. ¿Cómo era posible? Hizo una señal a Lussac llevándose el dedo a los labios. A continuación, pegó la oreja tan cerca del suelo que aparte de captar el retumbar de la caballería pudo percibir el olor a tierra de bosque. Pero ya había terminado todo. Los cinco o seis jinetes que pasaban en ese momento fueron los últimos.

Nada más apagarse el eco de los cascos, Lussac asestó el primer puñetazo. De un salto se acercó a la yegua de Vignac y hundió las manos en el oscuro fardo. Una melena morena voló brutalmente hacia atrás y el acero de Lussac apuntó a la mancha blanca que lucía debajo del pelo. El pequeño cuerpo se lanzó hacia un lado, pero Lussac lo atrapó de nuevo y lo tiró al suelo. Volvió a levantar el cuchillo, no obstante, en ese momento lo alcanzó un puntapié que lo dejó sin aire durante unos instantes seguido de un puñetazo que lo hizo caer hacia atrás. Cuando volvió a mirar vio que Vignac estaba sujetando por los hombros a una muchacha. Con un fiero grito, la chica se deshizo de las manos de Vignac, saltó hacia atrás, se puso de rodillas y terminó por quedarse mirándolos fijamente.

Lussac percibió en su boca el amargo sabor a sangre. Lentamente Vignac se fue arrodillando y, sin quitarle ojo a la chica, le hizo un gesto apaciguador con las manos. Ella tenía la cara lívida y en su mejilla izquierda la navaja desviada de Lussac había dejado un fino trazo de color carmesí. Respiraba jadeante y su vientre empezó a agitarse convulsamente, sus rasgos se desfiguraron y sin dejar de mirar a Lussac rompió a sollozar como una niña de corta edad. Por momentos parecía que estaba a punto de asfixiarse. Mientras que su cara quedaba hecha una lastimosa máscara llena de lágrimas y mocos y su cuerpo era sacudido como si alguien la emprendiera a puñetazos con ella, siguió mirando fijamente a Lussac, al tiempo que sus labios temblorosos apenas escondían los dientes. Era evidente que lo que quería era levantarse y salir corriendo, pero no tenía más remedio que quedarse allí igual que un animal atrapado por el pánico, más fuerte que su valiente corazón.

Sus sollozos se hicieron más débiles. Vignac se acercó, la tomó en brazos y la sujetó así hasta que pasó incluso el último ramalazo de su miedo. Lussac observó la escena en silencio y se frotó la cara para quitarse el sudor. Entonces, volvió a escucharse ruido de cascos de caballos.

La chica gritó. Vignac se dejó caer al suelo con ella en brazos y le tapó la boca. Lussac se acercó de un salto a la yegua de Vignac que estaba intentando levantarse y movía la cabeza aún aturdida de un lado a otro.

Los jinetes se aproximaron y pararon cuando llegaron al camino encima del talud. Lussac vio que eran compatriotas. Estaban indecisos y parecían debatir entre ellos sobre si merecía la pena seguir las huellas que habían encontrado. Al final dieron media vuelta y desaparecieron por donde habían venido. Se volvió a hacer el silencio.

Lussac se santiguó.

Vignac se había levantado y puesto a su lado.

–¿Españoles?

–No. Franceses.

–¿Y los otros?

–No lo sé. No parecían españoles. Sólo Dios lo sabe. Por nuestro país están merodeando soldados de los cuatro costados del universo.

Se giró y se encaró a la chica que seguía en el suelo aparentemente incapaz de hacer cualquier movimiento. Tendría unos dieciséis o diecisiete años y era de complexión delgada. Sus rasgos le recordaban a las muchachas que había conocido en el sur. El pelo le llegaba hasta muy por debajo del pecho y tenía un reflejo azabache. Las cejas eran finas y curvadas. En sus ojos había un brillo mate y la sal de sus lágrimas había enrojecido los párpados. El basto camisón campesino de tejido negro estaba desgarrado cerca del cuello y debajo de la piel se perfilaban claramente los huesos de la clavícula. Llevaba las manos sucias y llenas de heridas. Vestía, también, unos pantalones de tela de saco atados en los tobillos. No tenía zapatos y, además, sus pies no parecían haber gozado nunca de la protección de calzado de cuero.

Lussac se acercó e hizo una reverencia.

–Vida sólo tengo una, mas dos ya os debo. Fuera yo un dios, compensaros podría. Mas hombre soy tan sólo y culpable además. Os ruego me perdonéis.

Ella no pronunció palabra, limitándose a mirar al hombre que hacía un instante aún buscaba quitarle la vida.

Vignac se aproximó.

–Mi amigo no es mala persona y estaba tan aterrado como vos lo estáis ahora. Perdonadle y demos gracias a Dios los tres juntos por habernos brindado su amparo.

La chica siguió callada. Sus ojos, todavía llenos de lágrimas, parecían mirar a través de los dos amigos como si todo esto no fuera más que un increíble encantamiento. Desde muy lejos le llegaban sus voces, pero no supo hallar un sentido en las palabras de los dos hombres.

Vignac se ocupó de su yegua. Aparte de que le temblaban las patas, no parecía ocurrirle nada. Observó intrigado a la chica preguntándose cómo había hecho para tumbar la yegua. Quitó las alforjas, sacó pan y vino y se lo ofreció. Ninguno de los tres habló.

Dos horas más tarde se pusieron en camino. Lussac iba delante y Vignac y la chica le seguían a cierta distancia. La columna de humo que aún se elevaba hacia el cielo les marcaba el rumbo. Cuando el pueblo destruido quedaba al alcance de la voz, Vignac y la chica se quedaron atrás observando desde una distancia prudente a Lussac, que dio una batida entre las cabañas incendiadas.

Al poco tiempo regresó e informó: había muchas huellas de caballos en el campo circundante. Del pueblo no quedaba más que una docena de montones de cenizas humeando y en el centro un montículo de tierra fresca que no resistiría mucho tiempo al ataque de los animales carroñeros. Al parecer, los bandidos no habían tenido tiempo suficiente para llevarse el botín porque alguien los había sorprendido en plena tarea. De modo que se habían servido los demasiado tardíos salvadores, cobrando su impuesto de enterradores. Había también unos cuantos perros y gatos muertos. Parecía un escarnio de la naturaleza que al mismo tiempo la retama estuviera en flor.

La cara de la chica no mostraba ninguna emoción. Los dos hombres rezaron en silencio y después dirigieron sus monturas hacia el oeste. El humo les siguió. Una y otra vez, la chica giró la cabeza para, antes de que desapareciera por completo detrás del horizonte, grabar en su memoria la imagen de aquel lugar que había sido su pueblo.

En la linde del bosque encontraron una cabaña abandonada. Durante un rato, dejaron a los caballos pastar por los alrededores, pero luego los condujeron también a la cabaña donde pasaron la noche acurrucados en la paja húmeda.

Vignac fue el primero en despertar. Sin avisar a sus acompañantes salió de la cabaña y dio unos pasos adentrándose en el bosque. Inmediatamente se encontraba rodeado de un silencio sólido y meditabundo, acentuado aún más por el suave susurro de las hojas al viento. Su calzado se hundía en el musgo sin el menor ruido. La luz del alba atravesaba las copas de los árboles y lo salpicaba todo con trémulas motas amarillas. Después fueron haces de luz diagonales las que penetraron en el bosque pareciéndolo ensanchar.

Vignac estaba cansado, pero no conseguía dormir más. No se explicaba de dónde le venía esa extraña agitación que no lo dejaba tranquilo desde hacía meses. ¿Acaso no era motivo de felicidad suficiente llevar en el bolso una carta de recomendación que le abría la perspectiva de trabajo, comida y vivienda para el invierno? No, en verdad detestaba su existencia de jornalero. Pero los malditos gremios no le dejaban otra elección que pelearse con otros artesanos trashumantes por los pocos encargos que se podían conseguir en zonas apartadas. Los nobles en sus castillos sabían sacar buen provecho de las penurias de los artistas libres. Quien se quejaba de las injustas y duras condiciones se volvía a encontrar rápidamente en la carretera o incluso tenía que vérselas con los esbirros de los clientes y huir para salvar el pellejo. Vignac había visto en muchas ocasiones cuál podía ser la suerte de un artesano que exigía su paga. Llevarse una tunda de palos aún era un mal menor. En Averna había tenido que contemplar cómo a un cantero que había levantado el puño ante su patrono le cortaban la mano de un hachazo sin más miramientos.

Él, Vignac, no obstante, sí sabría hacerse con un trabajo digno. Ésa era su obsesión. Estaba seguro de que llegaría la hora en que pudiera demostrar su valía.

En su paseo alcanzó un pequeño claro en el bosque, se sentó en la hierba y estudió la escena. Todo estaba en silencio. Abrió el talego de cuero que siempre llevaba consigo, sacó su cuaderno de bosquejos y hojeándolo examinó los trabajos de los últimos meses. Se detuvo en una doble página en la que había reproducido con finos trazos de pluma dos pinturas. Para un ojo no avisado parecían idénticas. Vignac, no obstante, se acordaba perfectamente de las sutiles diferencias entre las dos versiones del cuadro que había visto unos meses atrás en un castillo en el sur. Algo en las pinturas había captado su atención y por eso las había copiado con gran esmero.

En un claro del bosque, una mujer se encontraba al borde de un manantial del que acababa de salir. En su cuerpo blanco como la nieve aún brillaban las gotas de agua y rodaban hacia abajo desde los hombros, pechos y muslos. A su izquierda estaba sentada en la hierba una joven que miraba con expresión divertida a dos hombres que a pocos pasos de distancia salían de entre los matojos. Uno de los hombres llevaba una flauta en la mano. Detrás de la bañista había otras dos muchachas que estaban a punto de envolverla en una tela. En el fondo se veía a un jinete precedido por una jauría de perros que ladraban con fiereza. La escena de caza era muy viva: casi se podían escuchar los ladridos de los perros y los chasquidos de sus mandíbulas. Por detrás de la dama salida del manantial, dos docenas de patas de animal se precipitaban a toda velocidad hacia un ciervo que, con las patas delanteras ya dobladas, trataba en vano de levantar la cornamenta para enfrentarse a sus predadores. El primero lo había alcanzado ya y le hundía los dientes en el costado blando y desprotegido, arrancándole entre feroces gruñidos un pedazo de carne del tamaño de un puño. Al mismo tiempo, dos perros negros se abalanzaban sobre su cuello. Las mandíbulas se cerraban y cortaban de cuajo el bramido desesperado del ciervo. Un instante después llegaban también los perros moteados. Un crujido seco, y las patas traseras del animal cedieron. Cayó de lado y quedó tendido. Por todas partes colgaban de su cuerpo los perros como si fueran cachorros enloquecidos. Sus patas remaron impotentes en el aire y la última chispa de vida se apagó en un frío estremecimiento.

Todo pasó tan rápido que el jinete ni siquiera había llegado al centro del claro. En el primer cuadro llevaba un traje a rayas blancas y negras que lo distinguía como un miembro de la nobleza que guarda luto por un familiar lejano. En el segundo cuadro vestía ropajes oscuros y sus rasgos eran los del rey Enrique. Desde la distancia observaba con satisfacción la empresa que sus perros llevaban a cabo bajo sus órdenes. Las damas estaban asustadas. El flautista tenía el instrumento colocado en los labios. El otro hombre yacía en la hierba como si nada de todo esto fuera con él y miraba a la dama que salía del manantial.

Vignac estudió los dos bosquejos. Sin duda, la escena estaba inspirada por el cuento de Acteón perteneciente a *Las Metamorfosis* de Ovidio. Un ciervo despedazado por los perros. Una dama que sale de un manantial. Los cuadros mostraban la cruel venganza de la diosa Diana infligida al infeliz Acteón, que la vio desnuda mientras ella se bañaba y como castigo fue convertido en ciervo y acabó devorado por sus propios perros. Pero ¿cuál era la función del jinete al fondo? ¿Qué pintaba en esa escena? Vignac desconocía quiénes eran la mujer que representaba a Diana y el jinete del primer cuadro. Suponía que estaban inspirados por una pareja de amantes nobles, cuyo amor recibía un enaltecimiento alegórico gracias a esta manera de representarlos. Lo que realmente fascinaba a Vignac era, sin embargo, que el pintor del segundo cuadro había dado a Diana y al jinete los rasgos respectivos de Gabrielle d'Estrées y de Enrique IV. Vignac sintió cómo ese sutil cambio lo inquietaba. ¿Acaso no sería posible utilizar esta idea para sus propios propósitos?

Se levantó y cruzó el solitario claro del bosque. El sol estaba más alto y los matojos crujían con la humedad que se elevaba de la tierra. Cuando entró a la cabaña, Lussac y la chica seguían durmiendo. Volvió a salir sin hacer ruido, se sentó en la hierba bajo un árbol y con la mirada absorta se abandonó a sus pensamientos.

OCHO

Interrogatorio de La Varaine

El testigo se llama Guillaume Fouquet, monsieur de La Varaine y Sainte-Suzanne, es director general del servicio de correos y miembro del Consejo de Estado y tiene treinta y nueve años de edad. Es la persona que recibió de manos del rey la misión de acompañar a la duquesa de Beaufort a casa de Zamet.

CHARLES LEFEBRE: ¿Qué día fue cuando la duquesa acudió a la pequeña iglesia de Saint-Antoine para escuchar el *tenebrae*?

LA VARAINE: Fue el miércoles.

C. L.: ¿No se sintió indispuesta antes de emprender el camino?

LA VARAINE: Desde hacía algún tiempo, el avanzado estado de embarazo le ocasionaba ciertas molestias. Además, como todo el mundo sabe, su alma fue presa de diversos miedos supersticiosos. Aun así, ese día comió con bastante apetito.

C. L.: La verdad es que en su carta a monsieur de Rosny menciona especialmente esta circunstancia. Leo en su carta del 9 de abril que la duquesa se trasladó a la iglesia para escuchar el *tenebrae* después de haber almorzado bien y con bastante apetito, pues, como añade, «su anfitrión la agasajó con las viandas más sabrosas y exquisitas de las que sabía que constituían los manjares preferidos de la duquesa». Lo cual no debiera haberle sorprendido. Al fin y al cabo, no era la primera vez que la duquesa almorzaba en casa de Zamet. La mesa en casa del financiero siempre era abundante y decorada con sumo gusto. En esta ocasión, seguramente no hizo más que lo que hacía cada vez que recibía al rey u otra personalidad de alto rango. Por tanto, no me explico del todo su comentario. Y lo que entiendo aún menos son las palabras que siguen: «... lo que no habrá escapado a su atención, pues la mía no alcanza para permitir conjeturas acerca de asuntos de los que no me di cuenta». ¿Qué es lo que intentaba decir con esas palabras? Parece haber una segunda intención.

LA VARAINE: La enfermedad de la duquesa sobrevino de improviso, por lo que muchas personas la consideraban como algo extraño. Pero ¿había alguna razón para albergar sospechas? Yo no lo sé y lo único que quise decir fue que no había observado nada que permitiera hacer ese tipo de deducciones.

C. L.: Aun así, eso no quita que usted está aludiendo a algo que no quiere expresar con claridad, pero sí insinuar. ¿Sospecha del señor Zamet?

LA VARAINE: Jamás dije tal cosa.

C. L.: ¿No era amigo suyo el señor Zamet?

LA VARAINE: Es cierto que nos unía una fuerte amistad. Cuando el ejército de monsieur Mayenne sitiaba Dieppe, el rey me envió a Champaña y a Picardía para ir en busca del mariscal de Aumont y del duque de Longueville. Lo que ocurrió entonces fue que caí en las manos de la gente de Soissons. El señor Zamet puso a disposición el dinero para mi rescate.

C. L.: Esa circunstancia debería haberle movido a mantenerse leal a él en vez de hacer comentarios que, de ser una insinuación, sólo pueden referirse a él. Se podría pensar que, por miedo a verse mezclado en eventuales pesquisas posteriores, usted quería ir sobre seguro para poder decir después: «Fui el primero en expresar dudas».

LA VARAINE: ¿Por qué razón habría de tomar esas precauciones? Tuve poco trato con el señor Zamet. El servicio que me prestó fue más bien en beneficio del rey que en el mío propio y, al fin y al cabo, fue él quien restituyó la suma. Yo no sabía nada de los negocios de Zamet. Y tampoco tenía por qué temer verme mezclado en el asunto si realmente se fuera a iniciar un proceso contra él, pues todos sabían que yo gozaba de plena confianza tanto por parte de la duquesa como por parte del rey, quien me encomendó la protección de ella. Hasta la víspera de su partida de Fontainebleau, yo no sabía que la iba a acompañar. Entonces, ¿cómo hubiera podido participar en una conspiración para acabar con su vida y, además, cuál hubiera sido mi interés en hacerlo? Mis verdaderos intereses me obligaban a proteger su vida antes que porfiar en pos de su perdición. De modo que no tenía que tomar ninguna precaución ni evitar eventuales dudas.

C. L.: ¿Cuándo comenzó la enfermedad de la duquesa?

LA VARAINE: Al volver de la pequeña iglesia de Saint-Antoine. Paseó un poco por el jardín del señor Zamet y durante ese paseo la sorprendió una fuerte convulsión que a punto estuvo de asfixiarla.

C. L.: Esa convulsión ¿no estuvo precedida de ningún aviso?

LA VARAINE: Sí. Durante el oficio del *tenebrae*, la duquesa tuvo un acceso de debilidad y por ello regresó antes de lo previsto a la mansión de Zamet. En la iglesia había poco espacio y hacía mucho calor. Además, se habían congregado muchísimas personas.

C. L.: Eso es cierto. Parece estar confirmado que la duquesa, debilitada por el embarazo, sufría bastante por el calor excesivo. Después de regresar a casa de Zamet, ¿la duquesa comió una fruta, grande y parecida a un limón, que se llama membrillo?

LA VARAINE: Eso es posible, pero yo no lo vi.

C. L.: Varias personas así lo han confirmado, achacando la repentina fiebre al hecho de que en estado calenturiento ingiriera una fruta fresca, cruda y amarga que provocó primero un cólico y después una pleuresía.

LA VARAINE: Los espasmos rápidos y violentos que acabaron con la vida de la duquesa no confirman esa hipótesis.

C. L.: ¿Cómo eran esos espasmos?

LA VARAINE: Accesos de asfixia y espasmos que se repetían de forma regular.

C. L.: Mademoiselle de Guise habló ciertamente de esos espasmos y los médicos confirman que ese tipo de enfermedad es bastante común en mujeres en avanzado estado de gestación. Continúe.

LA VARAINE: Después de los dos primeros ataques perdió el conocimiento y la visión. Arcadas, asfixia y espasmos estaban presentes en todos los ataques. Creíamos que iba a morir de un momento a otro. Pero conseguimos reavivarla y sacarla del desmayo. Cuando volvió en sí, no habló de otra cosa que de querer abandonar inmediatamente la casa de Zamet para trasladarse al convento de Saint-Germain, a casa de su tía que en esos momentos se encontraba en sus posesiones de Alluye.

C. L.: Monsieur de Chiverny afirma en su declaración por escrito que la duquesa, después de haber recibido tratamiento, pasó una noche tranquila en casa de Zamet y que no fue hasta el jueves por la mañana cuando exigió insistentemente que la llevaran a casa de su tía.

LA VARAINE: El canciller se equivoca. El miércoles por la tarde, justo después de su primer ataque, la duquesa dio orden de que la trasladaran a casa de su tía. Hizo gala de tanta insistencia en dejar la casa de Zamet que no quedó más remedio que acompañarla inmediatamente al decanato.

C. L.: ¿Qué ocurrió después de trasladarla a casa de su tía?

LA VARAINE: Se fue a la cama enseguida y mandaron inmediatamente buscar a los médicos. Pero, cuando los ataques se hicieron más frecuentes y violentos, decidí enviar una nota al rey diciéndole que los médicos temían por la vida de la duquesa. Debido al embarazo no pudieron emplearse remedios que estuvieran a la altura de la fuerza del mal que la aquejaba.

C. L.: De modo que la primera carta al rey, ¿la escribió usted el miércoles?

LA VARAINE: No, el jueves.

C. L.: Y la duquesa, ¿no escribió también unas cartas de su propio puño y letra?

LA VARAINE: Es posible, aunque yo no vi tal cosa. Estaba rodeada de sus doncellas y alguna dama de la nobleza que habían acudido nada más tener noticia de su enfermedad. Poco a poco, no obstante, se fueron retirando al ver el estado desesperado en que se encontraba la duquesa. Yo mismo no estuve todo el tiempo en el aposento.

C. L.: Monsieur de Chiverny relata que durante su enfermedad la duquesa escribió tres cartas al rey. Cuando estaba terminando la tercera fue víctima de un ataque más grave que los anteriores. No fue hasta ese momento que perdió el conocimiento y algunas horas más tarde la visión, el oído y los otros sentidos.

LA VARAINE: No creo que el jueves por la tarde fuera capaz de escribir tres cartas durante las breves pausas entre los ataques. El canciller no se hallaba en París en esos momentos. Sólo conoce de oídas el transcurso de los acontecimientos.

C. L.: Lo que sí que es cierto es que la duquesa escribió al menos *una* carta. El señor Puipeyroux se la entregó al rey. En ella, ruega al rey que le permita volver a Fontainebleau. Estaba convencida de que él querría ahorrarle el suplicio del viaje acudiendo él mismo inmediatamente a París. Y así fue: apenas llegado Puipeyroux a Fontainebleau, el rey lo mandó de vuelta a París con el cometido de tener preparada una balsa en las Tullerías para que pudiera trasladarse directamente desde Saint-Germain al Louvre sin atravesar la ciudad. Su majestad emprendió la marcha y se enojó mucho cuando al poco tiempo dio alcance a Puipeyroux. Le recriminó su lentitud, pero cuando continuaron, a medio camino su majestad supo gracias a una nota enviada por usted que la duquesa había muerto. Fue por eso que sus sirvientes le cerraron el paso hacia París, convenciendo a su majestad de que regresara a Fontainebleau. ¿En qué momento redactó esa nota?

LA VARAINE: El viernes por la mañana.

C. L.: Sin embargo, la duquesa no murió hasta la mañana siguiente. Así que, ¿cómo pudo informar al rey de su muerte ya el viernes por la mañana?

LA VARAINE: El rostro de la duquesa estaba horriblemente desfigurado. Su cabeza estaba arqueada completamente hacia atrás. Cuando la vi en ese estado creí que no era digno del rey verla tan devastada. Además, los médicos ya habían abandonado cualquier esperanza. Quería evitar al rey el gran dolor y pesar que sin duda habría experimentado de haberla visto en ese estado. Por eso me atreví a escribirle que no viniera, pues la duquesa estaba prácticamente muerta, y que verla así no haría más que aumentar su sufrimiento.

C. L.: Son razones poco convincentes. Es imperdonable que en una situación de tanta gravedad usted haya engañado al rey de este modo. Le ha escamoteado el consuelo sublime de estar al lado de la que más quería en el mundo y acompañarla en sus últimas horas de vida. Su carta lo golpeó como un rayo. Sus sirvientes, messieurs Roquelaure y De Foutenac lo acompañaron a la abadía de Saussaye cerca de Villejuif y lo acostaron en la cama. Al poco tiempo, no obstante, se levantó e insistió en verla muerta y abrazarla una última vez. Casi tuvieron que emplear la fuerza para obligarlo a montar en el carruaje que lo trasladaría a Fontainebleau. De modo que, ¿cuáles fueron sus razones para tratar de evitar que su majestad acudiera al lecho de la moribunda y se formara una idea propia de lo que había ocurrido?

LA VARAINE: No fueron otras que las que ya he citado. El rey no hubiera podido hablar con la duquesa porque ella yacía inconsciente. Quería proteger al rey de ese dolor innecesario y evitarle esa visión horrible que podría haberlo inducido a cometer un acto insensato. No hice otra cosa más que los sirvientes más íntimos del rey que le impidieron la entrada en París. El señor Bellièvre que se encontró con su majestad en el camino también le dijo que la duquesa había muerto aunque sabía que no era cierto.

Todos esos señores obedecieron al mismo impulso que yo: por el bien del propio rey lo mantuvimos alejado de ese espantoso espectáculo que lo esperaba en París.

C. L.: Me hago cargo de que usted trataba de no herir la sensibilidad del rey. Pero messieurs D'Ornano y Bassompierre no le habían pedido ese trato tan considerado y aun así les refirió la misma historia que al rey. El viernes los buscó durante el oficio religioso en Saint-Germain-l'Auxerrois y les dijo que la duquesa había muerto. Les pidió interceptar al rey, que seguramente ya se hallaba de camino hacia París, y procurar que su majestad no entrara en la ciudad.

LA VARAINE: Esos señores, o bien reprodujeron incorrectamente mis palabras o bien las entendieron mal. Yo no dije que la duquesa había muerto, sino que se podía dar por muerta. Monsieur de Rosny también es amigo de su majestad y goza de una confianza mucho mayor que los señores D'Ornano y Bassompierre. ¿Acaso le oculté la verdad? Obra en su poder la carta que le escribí y le hice llegar el viernes por la noche con el mismo correo que el rey había enviado al marqués de Rosny para que acudiera a Fontainebleau. ¿Acaso en esa misiva no le dije por qué creía tener el deber de obrar de esa forma ante su majestad? ¿Acaso no justifiqué mi conducta? ¿Le oculté, acaso, que madame de Beaufort todavía respiraba mientras el rey ya la lloraba? Éstas fueron mis palabras: «Heme aquí con esa pobre mujer como muerta en mis brazos y no creo que viva una hora más, ante los terribles ataques de los que es víctima». Sírvase tomar buena nota de mis palabras «como muerta». Escribí esa carta hacia las nueve de la noche. Pero, desde la mañana, cuando redacté la nota para el rey, la situación no había cambiado y contábamos en cualquier momento con que muriera, lo cual, no obstante, no ocurrió hasta la mañana siguiente.

C. L.: Mademoiselle de Guise afirma, sin embargo, que en ese momento, gracias a los remedios que se le administraron, la duquesa dio a luz.

LA VARAINE: Mademoiselle de Guise se equivoca. Al fin y al cabo, ella no fue testigo ocular de los acontecimientos, pues había dejado a la duquesa después de que ésta recibiera los primeros tratamientos en casa de su tía. Todo lo contrario a lo que ella afirma es cierto. Debido al avanzado estado de gestación, los médicos no pudieron tomar ninguna medida que estuviera a la altura de la gravedad del mal. El parto no fue provocado y no fue hasta después de su fallecimiento que abrieron el vientre y sacaron por partes a la criatura. Ésta ya había muerto en el primer día de la enfermedad de la duquesa.

C. L.: De modo que los médicos abrieron el cadáver. Seguramente, lo hicieron buscando la causa de la enfermedad. ¿Sabe cuál fue el resultado de ese examen?

LA VARAINE: No. Pero estaban allí los mejores médicos de París, incluyendo dos que envió el propio rey. Se trataba de personas que por sus conocimientos y su posición tenían una buena reputación. Jamás habrían ocultado la verdad. De haber encontrado indicios de una muerte no natural, ya sería extraño que se hubieran puesto de acuerdo en no revelarlos. Al menos el rey habría tenido conocimiento de ello. Pero su majestad no ha oído tal cosa.

C. L.: Lo cual sólo demuestra lo inconsciente que fue usted al sembrar elementos de sospecha cuya falta de fundamento se ve ahora obligado a admitir.

Dado en París, a 7 de mayo de 1599

NUEVE

El plan

Tres días después llegaron al castillo. Como un barco varado éste se levantaba sobre las peladas colinas de Bretaña. Entregaron sus cartas de recomendación y se les asignó un cuarto cerca de los talleres. Tras algunas negociaciones consiguieron que durante su estancia la chica ayudara en la cocina sin paga, pero a cambio de cama y comida.

Por doquier se estaban realizando labores de reparación. El foso del castillo se encontraba anegado por la arena. Numerosos impactos de proyectiles habían dañado no sólo las murallas exteriores, sino también los edificios en el interior. La puerta principal estaba completamente derruida y las figuras que antes la adornaban habían desaparecido. Al día siguiente de su llegada, Lussac se sumergió en los antiguos planos y dibujos para estudiar las cabezas, los rostros, los frescos y los ornamentos que pronto debían volver a lucir en el portal. Vignac se juntó con los pintores que ya habían empezado a limpiar algunos lienzos dañados y a prepararlos para que fueran repintados. En la mayoría de los casos, sin embargo, resultaba imposible recuperar su antiguo esplendor, por lo que se optaba por utilizarlos como modelos para realizar pinturas nuevas y aun más suntuosas.

Pasaron todo el invierno en el castillo. Los días, cada vez más cortos, estaban llenos de cien quehaceres y durante las noches, cada vez más largas, los artistas y artesanos procedentes de media Europa se juntaban en sus chamizos separados por finos tabiques entre el olor a comida y a humanidad, mientras fuera el viento aullaba por los campos desiertos. Los rumores sobre los acontecimientos en el país pasaron por encima de ellos. Amiens cayó en noviembre; otra derrota para España que había ocupado esa ciudad durante la primavera. Enrique envió a Du Plessis Mornay, el Papa de los protestantes, a Normandía para exigir la rendición de Mercœur, el último de los recalcitrantes loreneses que se pondría lívido de rabia en su castillo húmedo situado junto al mar en los confines del mundo. Tomaron nota de esas novedades, pero en los corazones todavía había demasiado terror y demasiados recuerdos de treinta años de guerra como para albergar muchas esperanzas ante el nuevo rumbo de los acontecimientos. ¿Quién podía saber lo que iba a traer la primavera? ¿Qué ocurriría, por ejemplo, si Enrique caía víctima de uno de los muchos cuchillos que trataban de acabar con su vida? En alguna parte, más allá del horizonte oculto por las nubes, se estaban sellando destinos que el día de mañana ya podrían quedar deshechos. Lo único en que se podía confiar era el viento, la lluvia, el calor de la lumbre y el hambre que le roía a uno las entrañas.

Cuando cayó la primera nieve los trasladaron a vivir al sótano, que se diferenciaba de una mazmorra sólo en que en las puertas no había cerrojos y que el frío suelo estaba cubierto de paja seca y limpia. La comida caliente y la paga, por muy modesta que fuera, convirtieron las oscuras estancias en aposentos casi lujosos, pues ofrecían protección contra las vicisitudes imprevisibles de la gélida libertad que se extendía fuera del castillo.

Vignac trabajaba en la marquetería del comedor que debía adornarse con pinturas. Una vez terminada esa labor, aún le esperaban los ornamentos en las paredes de varias estancias del castillo.

En su fuero interno, no obstante, le ocupaban otros asuntos. La escena del bosque que había visto en un castillo en el sur no le daba tregua. Pero ¿por qué razón esas pinturas le obsesionaban tanto? Una y otra vez su mente le proyectaba aquella escena situada en un claro del bosque y, cuando cerraba los ojos, veía cómo la bella y juvenil cara de una dama desconocida rodeada de ninfas silvestres adquiría los rasgos de la duquesa de Beaufort. Los detalles de esa representación eran tan nítidos en su imaginación como si hubiera visto los cuadros justo el día anterior. Los había estudiado con mucho detenimiento en su día, tal vez sólo porque se parecían tanto. Rodeada por tres ninfas, una dama estaba de pie junto a un riachuelo y se cubría pudorosamente el regazo con una tela. A su izquierda, se acurrucaba un Pan que miraba al espectador con ojos taimados, mientras que en el plano medio otro Pan tocaba la flauta. A la izquierda, al fondo, un caballero se acercaba a un ciervo que, derribado por los perros, yacía en el suelo. Sí, no había ninguna duda, se trataba de la escena de Acteón sacada del tercer libro de *Las Metamorfosis* de Ovidio: el atroz fin del nieto de Cadmo que sorprendió a Diana bañándose y a quien ésta, como venganza, convirtió en un ciervo que acabó despedazado por sus propios lebreles. Vignac casi podía escuchar las enfáticas palabras del poeta cuando fue evocando los cuadros con una nitidez cada vez mayor:

Apenas hubo entrado él en la cueva bañada con sus
 aguas, cuando,
Al ver al hombre, las ninfas desnudas golpearon sus
 pechos
Y llenaron el bosque con sus lamentos,
Y, rodeando a Diana, la cubrieron con sus cuerpos;
No obstante, la diosa, más alta, sobresale entre ellas
 con todo su cuello.
Como unas nubes reflejan los rayos del sol
Que las hiere de frente o como la aurora se tiñe
 de púrpura,
Así Diana enrojece al ser vista sin vestido.
Aunque rodeada por la multitud de sus compañeras,
Se pone de lado y vuelve su rostro;
Hubiese querido tener flechas en sus manos,
Pero toma lo que tenía, el agua,

Y la arroja sobre la figura del hombre joven
Y, extendiéndola sobre sus cabellos como venganza,
Le añade estas palabras que le anuncian su próxima desgracia:
«Ahora ve a contar que me has visto sin velo;
Si puedes hacerlo, yo consiento».
Sin más amenazas, ella hace surgir sobre su brillante cabeza rociada
Los cuernos de un ciervo de larga vida,
Le alarga el cuello, le hace terminar en punta las orejas,
Cambia sus manos en pies, sus brazos en largas patas
Y cubre su cuerpo con una piel salpicada de manchas.
Le añade un alma tímida; el héroe, hijo de Autónoe,
Emprende la huida y, al correr, se maravilla de su rapidez.
Cuando se da cuenta, al verse en el agua, de su figura
Y sus cuernos e iba a decir: «¡Ay, desgraciado de mí!»,
No le salió ninguna palabra; gimió; no le salió ninguna voz;
Ninguna lágrima apareció en su rostro...

Qué forma más espantosa de terminar la vida: presa de los propios perros. Y el fondo del cuadro ilustraba precisamente ese final.

Lo cercan por todas partes y con los hocicos hundidos en su cuerpo
Desgarran a su dueño bajo la aparente figura de un ciervo,
Y hasta que no acabó su vida a causa de sus muchas heridas,
Se dice que no sació la ira de Diana, portadora del carcaj.

Pero ¿quién era el gentilhombre que, montado en su caballo, pasaba al fondo por el claro del bosque? ¿No se había apartado el pintor de la narración mitológica convirtiendo al caballero en vengador de la conducta de Acteón? Sí, eso debía de ser. Por eso, el rostro de la diosa recordaba a la duquesa de Beaufort. La pintura establecía una relación alegórica entre el caballero y Gabrielle d'Estrées. El gentilhombre no era otro que el mismo rey, Enrique de Navarra. ¡Nadie se acerca impunemente a la amante del rey! Ése era el mensaje que contenían ambos cuadros.

Ese descubrimiento era lo que tanto turbaba a Vignac. Pues, nada más percatarse de la manera tan sutil en que el pintor había alterado el motivo de Diana para representar el amor entre Enrique de Navarra y Gabrielle, le vino a la cabeza un pensamiento tremendo. De repente, creía haber descubierto cuál era esa idea grandiosa que intuyó cuando en su día había contemplado los dos cuadros. Es más, se convenció de un momento a otro de haber encontrado el camino que lo sacaría de su triste existencia.

Dejó el pincel de lado y miró pensativamente la marquetería situada delante de sí. Sin embargo, no fue hasta la noche cuando poco a poco se fue perfilando una idea clara: la clave de su destino estaba en esa visión. Y empezó a rastrearla secretamente.

En la primavera se confirmó lo que los viajeros de paso por el lugar habían vaticinado a lo largo del invierno: Enrique se disponía a someter al último de los rebeldes loreneses. Hasta el final, Mercœur se negó a hacer caso a las múltiples ofertas de mediación y a las súplicas de su hermana. La victoria del rey ya era inevitable, simplemente era cuestión de negociar su precio y de si habría que pagarlo con dinero o con sangre.

La nobleza bretona abdicó de Mercœur y se pasó en tropel al lado de Enrique. Ciudad tras ciudad se abrió y se sometió al rey. Un enfrentamiento militar, al que el duque recalcitrante difícilmente sobreviviría, parecía inevitable. Pero al final, en los primeros días de abril, no resonaron los disparos de los mosqueteros ni tampoco tocaron a rebato las campanas, sino que se escucharon fuegos artificiales y campanadas de bodas. Al tiempo que los innumerables curiosos llegados de todos los rincones de la provincia se congregaban alrededor del castillo de Angers, en su capilla fastuosamente adornada se celebraban las nupcias entre el primogénito del rey, César, y la única hija de Mercœur.

Una semana después, la corte se trasladó a Nantes, cuyo castillo había entregado Mercœur pocos días antes. Allí, el 13 de abril de 1598 la duquesa de Beaufort alumbró a su segundo hijo, Alejandro. Permaneció unas semanas más en Bretaña para reponerse del parto y para presentar a su hijo mayor, convertido en gobernador de esta región gracias a su matrimonio con la hija de Mercœur, a sus nuevos súbditos.

Debió de ser alrededor de esas fechas que Lussac se despertó una noche dándose cuenta de que el jergón que se encontraba a su lado estaba vacío. Volvió a cerrar los ojos, pero sintió que de forma instintiva se quedaba a la espera de escuchar el ruido de pasos que se acercaran. Después de que hubieran pasado varios minutos sin que ningún ruido indicara la vuelta de Vignac, se levantó y subió por la escalera del sótano al vestíbulo de entrada. Allí también todo estaba en silencio. La luz de la luna que se filtraba por las altas ventanas iluminaba débilmente la espaciosa sala. Indeciso, Lussac dio unos cuantos pasos hacia el centro de la estancia, donde se detuvo y aguzó el oído.

No se oía nada excepto los ronquidos y la respiración ruidosa de los hombres que dormían abajo en los sótanos. ¿Dónde se habría metido Vignac a esas horas de la noche? Bien era cierto que desde hacía semanas a menudo no se sabía dónde estaba, además de parecer imbuido de una extraña agitación. Pero desaparecer así en mitad de la noche sí que no era normal y Lussac sólo esperaba que a su amigo no se le hubiera ocurrido mejorar la exigua paga con alguna actividad ilegal. ¿Acaso merodeaba de noche por el castillo para robar? Apenas había dado forma a ese pensamiento cuando vio algo que le sugería otra explicación no menos inquietante. Sin que el más mínimo ruido anticipara su aparición, Vignac salió de uno de los pasillos laterales en compañía de la chica. Avanzaron en silencio absoluto a través de los charcos de luz que la luna vertía a sus pies, alcanzaron el vestíbulo y se detuvieron a la sombra de una columna. Poco después la chica se despegó de la oscuridad y desapareció.

Vignac esperó un momento hasta que la puerta se hubiera cerrado tras ella y empezó a dirigirse hacia el dormitorio. Pero apenas había dado unos pasos, cuando le alcanzó la voz de Lussac:

–¿De dónde diablos vienes?

Vignac se sobresaltó.

–Silencio. ¿No duermes?

–¿Y tú? ¿Quieres que nos encarcelen y nos cuelguen?

Vignac le puso el índice en los labios.

–¡No hables tan alto!

Lussac escupió.

–¡Por Dios! ¿Qué tienes en los dedos?

Vignac se rió para adentro.

–Disculpa. Parece que se me ha quedado pegado algo de vinagre. Pero, por favor, baja la voz.

–¿Dónde has estado?

–Venga, vamos a dormir. Tengo sueño.

–Ah, ¿sí? ¿Y ella? ¿También está cansada?

–¿A santo de qué tienes que espiarme en plena noche?

–¿Y tú? ¿Qué tienes en las manos? Qué, ¿has pasado por la despensa para recabar fuerzas para tus escarceos? ¿Cómo te atreves a husmear por la casa como un ladrón?

–¿Un ladrón? ¿Yo? No digas tonterías. Al único al que roban aquí es a mí mismo, porque me quito el sueño. Pero acércate. De todas formas quería que habláramos. Escucha. Quiero que escribas a Perrault y le digas que en junio vamos a París.

Lussac no creía lo que oía.

–¿En junio? ¿Por qué en junio? ¿Por qué te quieres ir de aquí? Ni hablar. Aquí hay trabajo para al menos diez meses. Además, ¿qué diablos se nos ha perdido en París?

Vignac se llevó a su amigo escalera abajo. Los otros hombres dormían. Nadie se había percatado de su ausencia. Cuando se hubieron acostado Vignac cogió a su amigo por el brazo, se acercó a él y le dijo en voz baja:

–Quiero ser pintor de la corte.

Lussac lo miró incrédulo, pues a todas luces su amigo había perdido el juicio. Sin dejarse impresionar, Vignac continuó:

–Míranos, Lussac. Aquí estamos tú y yo, viviendo como ratones en un sótano y dando las gracias por cada pedazo de pan y por cada estúpido trabajo que nos arrojan. Y cuando todo está terminado, nos mandan a paseo y nos olvidan. ¿Quién sabrá de aquí a veinte años los nombres de quienes hemos creado todas estas obras? El universo tiene su creador, Dios, y cada persona sabe que tiene un padre y una madre, y éstos nos miran y dicen: éste es mi hijo y ésta es mi hija. Pero nuestras obras ya nacen huérfanas: no tienen ni nombre, ni padre ni madre. Desde hace años voy de castillo en castillo, pintando un techo aquí y reparando un arquitrabe allá para que al año siguiente la guerra los vuelva a destruir. ¿Quieres pasarte la vida restaurando portales derribados? Escúchame, Lussac. He estado prestando atención a las conversaciones de los otros que están aquí. Sólo es una cuestión de tiempo que termine la guerra. Enrique nos debe la libertad de credo. Habrá un edicto que establecerá lugares con seguridad garantizada para los reformados y su participación en el gobierno y en la judicatura. Por fin toda esta pesadilla habrá terminado. Al diablo con Felipe y los católicos. Tiene la sífilis. ¡Vaya un príncipe de la cristiandad!

»Pero ¿qué pasará cuando llegue la paz? Habrá una gran reconstrucción. El rey cuenta con un consejero muy avisado. Se llama Rosny y ya tiene los planes preparados. Y ahora, imagínatelo: dicen que Enrique quiere ampliar el palacio del Louvre. Lussac, quiere construir una galería que le permita pasear por encima del Sena hasta las Tullerías. En esa galería habrá talleres para pintores, escultores, ebanistas, dibujantes, paisajistas, relojeros, retratistas... todo lo que te puedas imaginar. Y ahora, ¡piensa por un momento en los prestigiosos trabajos que Enrique les encargará! ¿Cuántos canteros crees que harán falta para realizar ese ingente trabajo? Y ¿quién hará las esculturas que adornarán los frisos? ¿Quién los capiteles de las columnas? ¿Quién los querubines y angelotes de las cornisas? Y ¿quién decorará los techos y las paredes? Tú y yo, amigo mío. En París habrá trabajo y no algo como aquí, donde uno malvive en el sótano como un cerdo y se pasa el día pintarrajeando la marquetería del comedor con uvas y manzanas. Estoy harto de realizar esos trabajos indignos. Y ¿qué me dices del material de trabajo? Aquí falta de todo. Lo que pinto hoy se habrá descompuesto antes de que caiga en mi tumba, si Dios tiene a bien concederme media vida más. La tiza es mala y el aceite tiene impurezas. En muy poco tiempo causticará los pigmentos. No sé si es que aquí no saben hacerlo mejor o si es la avaricia la que los empuja a utilizar pinturas de tan mala calidad. Es una enorme estupidez porque todo habrá sido en vano y los descendientes tendrán que volver a empezar desde el principio. Ni siquiera necesitan una guerra para ello. Por supuesto, me cuidaré muy mucho de revelar mis recetas para la ridícula marquetería del señor marqués...

–... que al menos te salva de morir de hambre.

–Este tipo de trabajo siempre lo habrá. Lo que sí he encontrado es la clave que nos abrirá París. ¿Recuerdas los cuadros de los que te hablé? ¿Las dos escenas de Acteón? Todavía tengo presente esa pareja de amantes enlazados por una alegoría. Enrique y Gabrielle. Lussac, ¿qué ocurrirá cuando llegue la paz? Enrique desposará a la duquesa de Beaufort. No cabe ninguna duda. Gabrielle d'Estrées será la reina de Francia. Y ya sabes cómo son las cosas en la corte y en la política: quien quiera algo del rey tendrá que pasar por la reina. Estas ideas no paraban de rondarme la cabeza y, de repente, lo tuve todo clarísimo. Fue cuando hace pocas semanas vi a la duquesa en Angers, ¿te acuerdas?

–¿En los esponsales de su hijo?

–Sí. Tú también la viste en la procesión. ¡Qué rostro más divino! Tiene un encanto especial. No me extraña que media Europa hable de ella. ¿Viste su cabello lleno de diamantes trenzados entre sus mechas doradas? El vestido de seda blanca parecía negro en comparación con la nieve de su bellísimo escote. Y ¿no te llamaron la atención sus ojos? Tenían el color del cielo y brillaban tanto que costaba distinguir si reflejaban la luz del sol o si al contrario era el bello astro el que le debía su fulgor a ella. Ah, sus cejas, con esa curvatura tan perfecta y de una negrura agradable. Su nariz, un poco como la de un águila. Su boca era del color del rubí y su cuello tan liso y blanco como el marfil. En sus manos se mezcla el color de las rosas y de los lirios, y están tan bien formadas como todo en su persona que uno no puede menos que considerarla como una obra maestra de la naturaleza. Y a medida que pasaba delante de nosotros de repente estaba todo tan claro ante mis ojos. Las dos escenas de Acteón, las miradas y los rostros, todo ello se conjugó de golpe en una visión que me persigue desde entonces como un dulce perfume. ¿Recuerdas Chenonceaux?

–¿El castillo de Chenonceaux?

–Sí, el cuadro en el vestíbulo.

–¿El retrato de la dama en el baño?

–Sí. Ven conmigo. Quiero mostrarte algo.

Se levantó. Lussac quiso retenerlo, pero Vignac ya había alcanzado la puerta. Se deslizaron por los oscuros pasillos, subieron a la planta baja sin que nadie advirtiera sus movimientos, atravesaron el ala oeste del castillo y llegaron finalmente al pie de una escalera que llevaba a una de las torres. Alcanzaron un pequeño rellano y pocos pasos después se encontraban en una estancia de altas paredes por cuyas ventanas estrechas se podía ver el cielo nocturno. Vignac cerró sigilosamente la puerta y prendió unos primitivos quinqués colocados aquí y allá en el suelo de piedra.

Lussac se quedó boquiabierto de la impresión. ¿Cómo era eso posible? ¿Cómo había conseguido Vignac ese taller? La luz de los quinqués saltaba sobre las paredes. Lussac vio una mesa donde unas cuantas manos de almirez y espátulas asomaban de tarros y cuencos llenos de pasta seca.

Dio unos pasos hacia el centro de la estancia, cogió los bocetos apoyados contra la mesa y los desplegó ante sí. Lo que vio le aceleró el pulso. Como instigado por una urgencia interior repasó las hojas una tras otra examinando con una mirada absorta las figuras que a su vez fijaban en él sus ojos inanimados. Algunas de esas miradas lo atravesaban y se perdían en el vacío, otras, sin embargo, buscaban sus ojos al igual que las de una estatua: burlonas, soberbias y frías. Ante su mirada se henchían los pliegues de una pesada cortina y una mano se apoyaba sobre un reborde sujetando, como sorprendida por una mirada curiosa, una fina tela. En otro boceto se veía una fuente con fruta, peras, uvas, manzanas y flores, y delante de ella una mano con un clavel entre los dedos.

Vignac le quitó los bocetos de las manos y lo condujo ante el lienzo que descansaba sobre un caballete en el otro extremo de la estancia. Lussac reconoció de inmediato el cuadro. Sí, era la pintura que había visto en el vestíbulo del castillo de Chenonceaux, pero al mismo tiempo era otra. Dio unos pasos hacia atrás, levantó uno de los quinqués del suelo y moviéndolo un poco de un lado a otro intentó conseguir el mejor ángulo de luz.

Mientras observaba el lienzo, Lussac trató de representarse mentalmente el cuadro de Chenonceaux. No le costó mucho, pues hacía sólo unos meses que lo había visto. Mostraba a una dama en el baño, sentada en una pila de piedra cuyo borde estaba cubierto por una tela blanca. La mujer no llevaba ropa y ofrecía su torso desnudo al espectador. No obstante, su postura y el cabello, cuidadosamente peinado y tocado con una cofia de terciopelo azul de la que pendía una diadema que le adornaba la frente, le conferían una dignidad que la elevaba de un modo extraño por encima del entorno hogareño y privado. Además, las cortinas de color púrpura que servían de marco a la escena indicaban que esta representación de lo íntimo, pero realizada con una apariencia tan majestuosa, tenía un significado público.

La mirada de la noble dama obviaba al espectador y se dirigía al vacío. Entre el pulgar y el índice de la izquierda prendía la tela blanca y la levantaba levemente dejando a la vista una pequeña parte del borde de piedra de la pila. La derecha descansaba sobre una tabla de madera igualmente oculta bajo una tela. La madera estaba apoyada sobre el remate superior de la bañera a modo de mesilla y en ella había una fuente con fruta. Pulseras de hilo de oro trenzado adornaban sus muñecas y entre los dedos de la derecha sujetaba un clavel. Detrás de la figura femenina se veía a un niño que trataba de auparse por el borde de la bañera y extendía el brazo derecho para atrapar una de las frutas de la fuente. Junto a él, en el margen izquierdo del cuadro, se situaba una nodriza con un recién nacido en el pecho. La escena pintada por Vignac recordó a Lussac el fondo del cuadro visto en Chenonceaux. En este último había una segunda cortina púrpura a medio descorrer que permitía vislumbrar una mesa tapada con una tela verde. Junto a la mesa se hallaba una criada que estaba colocando una jarra en una balda de madera situada detrás de la mesa. Había, además, una chimenea cuyo fuego difundía una débil luz. Encima del hogar se veía parte de otro cuadro que representaba un paisaje. La ventana junto a la chimenea estaba medio abierta y ofrecía la vista de unos árboles y un cielo que brillaba en los tonos azules y amarillos del atardecer. La pared entre la chimenea y la ventana estaba adornada con un espejo y la estampa de un unicornio.

Todos esos detalles del cuadro colgado en las paredes del castillo de Chenonceaux le vinieron a la mente mientras observaba impresionado la pintura de Vignac situada en el caballete ante sí. ¡Con qué maestría su amigo se había aproximado al original! No sólo se había acercado a él, no, había incluso corregido los errores de perspectiva que aquejaban al cuadro que lo había inspirado: el cuerpo de la bella dama en el baño estaba menos comprimido, el rostro y el cuello tenían un modelado más fino y los antebrazos eran más cortos por lo que causaban una impresión de mayor gracilidad, efecto buscado, pero no conseguido por el anónimo pintor del primer cuadro. Por lo demás, Vignac se había tomado pocas libertades. La bañera en la que se sentaba la bella dama era prácticamente idéntica a su modelo, al igual que la fuente con fruta y el niño que trataba de alcanzar una manzana a espaldas de la dama y bajo la mirada magnánima de la nodriza que en el medio plano amamantaba a la criatura. El fondo se correspondía casi por completo con el original: la chimenea con el fuego y, delante de la misma, la mesa con el mantel verde y la balda de madera en la que la criada depositaba la jofaina de la que con toda seguridad acababa de verter agua en la bañera. En la pared del fondo tampoco faltaban ni el espejo, ni el unicornio, ni la ventana que permitía al ojo del espectador recrearse en la amplitud del cielo. Todo eso estaba tan bien representado que Lussac se debatía entre la admiración y la envidia ante la obra de su amigo.

Pero algo en el cuadro era completamente distinto y Lussac empezó a intuir qué planes perseguía Vignac con el mismo. Pues en este caso el rostro representado ya no era el de una dama noble desconocida, sino el de la bella Gabrielle d'Estrées. Por encima de la chimenea Vignac también había hecho una modificación. Lussac se acercó y escrutó el misterioso relieve de piedra que había aparecido en este lugar de la composición del cuadro de su amigo. Vio una esfinge que sujetaba una máscara entre sus patas delanteras. Lussac dirigió una mirada a Vignac y le hizo una mueca. Éste arqueó las cejas en una expresión de circunstancia. La máscara llevaba los rasgos de Enrique de Navarra.

Soltó un silbido entre los dientes. Empezó a comprender. ¡Qué homenaje tan logrado a la duquesa! ¿Acaso la belleza de Gabrielle y su destino extraordinario no eran ya conocidos en toda Europa? ¿No era la dama de la que se hablaba en todas las cortes del continente? Tres hijos le había dado ya a Enrique. Sus dos varones estaban en el cuadro: César, de seis años, quien extendía las manos hacia la fruta en la fuente, y Alejandro, nacido durante la primavera, en el pecho de la nodriza. La pequeña corona de perlas que agraciaba el cuello de Gabrielle aún era incompleta, pero todo el mundo sabía que sólo faltaba el acuerdo de Roma para que se casara con Enrique.

Lussac tampoco se perdió los otros detalles que Vignac había añadido al cuadro. El clavel que Gabrielle tenía en la mano era símbolo de castidad e indicio de un casamiento cercano. La fuente desbordante de frutas junto a la favorita del rey creaba una bella alegoría de la fertilidad. Una sola cereza, caída fuera de la fuente sobre el lino blanco, señalaba una separación pasajera del amado. El significado simbólico de la cereza, sin embargo, quedaba relativizado por una rama llena de flores que yacía junto a ella y que sustituía con un mensaje de esperanza la rama de abeto que en el cuadro original auguraba malos presagios. Además, la moral intachable de la bella dama era homenajeada discretamente por el unicornio al fondo de la composición. De acuerdo con la leyenda, este animal, el más esquivo de todos, sólo podía cazarse con ayuda de una virgen que, descubriendo sus pechos ante él, lo distraía a fin de que el cazador pudiera atraparlo.

Todo eso estaba pintado con tanta maestría que durante algunos minutos Lussac no supo qué decir.

Vignac se mantenía al margen. Con satisfacción notó que su cuadro había causado una fuerte impresión al amigo. No le cabía ninguna duda de que la duquesa de Beaufort no sería insensible ante su impacto.

–¿Y qué piensas hacer ahora? –preguntó Lussac al cabo de un momento.

–Escribimos a Perrault y le decimos que queremos ir a París.

Lussac asintió.

–Y una vez en París, ¿lo que pretendes es hacer llegar el cuadro a la duquesa?

Una ráfaga de viento sacudió las ventanas y la corriente hizo tambalear las llamas de los quinqués. Vignac acercó una banqueta, se sentó y se apoyó contra el muro de piedra que brillaba por la humedad. Lussac sintió un escalofrío. Pero no fue sólo el frío que lo hizo estremecerse. Los planes de Vignac le parecieron temerarios. ¿Acaso Vignac no sabía con qué celo los artistas acreditados en la corte defendían su posición privilegiada? Y después de todo, ¿cómo iba a hacer para obtener una audiencia con la duquesa para hacerle entrega del cuadro? El simple intento de acercársele suponía correr un riesgo tremendo. Y en ningún caso podía contar con la ayuda eventual de otros pintores. Todo lo contrario. Éstos harían todo lo posible para alejar a cualquier competidor no deseado. Lo que pretendía Vignac era absurdo, además de peligroso. Y, aparte de todo, ¿cómo diablos había hecho para realizar esa pintura?

–La chica vendrá con nosotros. Quiero que me siga haciendo de modelo.

Lussac sacudió la cabeza.

–Perrault no permitirá que viva en su casa.

–Bueno, pues entonces la alojaremos en un albergue.

Indeciso, Lussac hundió las manos en los bolsillos y se acercó a la ventana. Oyó cómo su amigo se levantó. Sintió su mano en el hombro.

–Lussac, te lo ruego. No puedes imaginar lo que significa para mí obtener la protección de la duquesa de Beaufort. ¿Tienes tus dudas al respecto? Dime cuáles son. Las sabré disipar. ¿Crees que no sé cómo hacer frente a los envidiosos en la corte? ¿Piensas acaso que durante las noches que he pasado aquí arriba no he reflexionado sobre cómo llevar a la práctica mi propósito? Nadie sabrá qué manos crearon este homenaje a la duquesa. La embrujaré a escondidas con cuadros que harán latir más fuerte el corazón del rey y que le abrirán aún más los ojos para la encantadora criatura que él va a convertir en su esposa y reina de Francia. Y como agradecimiento a que yo represente mediante mis amenos cuadros su extraordinario sino ante el mundo, ella me enaltecerá. Por fin saldré de ese oscuro cuchitril de La Rochelle al que el destino me arrojó. El mundo conocerá mi nombre...

Lussac escuchó en silencio. La ambición desmesurada que daba alas al discurso de Vignac le hizo estremecerse. No obstante, lo impresionó la audacia de su pensamiento. Se giró y se colocó de nuevo delante del cuadro. Luego miró a

Vignac cuyos ojos enrojecidos por el extremo cansancio brillaban de emoción.

–No estás en tu sano juicio –le susurró–, pero sea lo que tenga que ser: le escribiré.

Vignac se acercó y lo abrazó.

–No le digas nada a nadie. Escribe a Perrault y ayúdanos a largarnos de aquí. Tú también sacarás algo a cambio. Ahora, vámonos a dormir.

DIEZ

Pistas

Bonciani, el agente secreto de Fernando, el gran duque de Toscana, ya se encontraba en París durante el período de la ocupación por la Liga Católica. Siempre había informado con lealtad y gran detalle a su patrón, que tenía un interés especial por el desarrollo de los acontecimientos en Francia. Desde que en 1594 Enrique de Navarra hubiera tomado la ciudad no ocurría en ella nada que no fuera tratado en los informes que Bonciani enviaba a Florencia. Por supuesto que utilizaba un nombre falso. En aquel entonces se hacía llamar Baccio Strozzi y haber podido mirar dentro de su cabeza hubiera sido muy enriquecedor.

No es difícil imaginar cómo, bajo la protección del cardenal Gondi, en cuya casa ocupaba dos aposentos situados en la buhardilla, recorría subrepticiamente la ciudad para averiguar cuál era el estado de los asuntos amorosos del rey de Francia. Pues en éstos se centraba el interés de su amo y patrón, Fernando de Médicis. Cuantas más amantes tuviera, menos atención dedicaría a esa tal Estrées, que empezaba a inquietar cada vez más a Bonciani.

Presentaba regularmente sus respetos a la concubina «por la gracia del rey» como solía llamarla en conversaciones entre amigos con los espías venecianos. Esperaba abajo en el vestíbulo, examinando con desprecio en la mirada y la bombonera en la mano los tapices turcos que colgaban de las paredes, hasta que los criados lo hicieran pasar. Por las noches, se sentaba en su cuarto a la débil luz de unas velas de sebo y llenaba grandes hojas de papel con sus peculiares letras que parecían insectos.

«Madame, la duquesa de Beaufort, promete buenos servicios. Se le podrían hacer llegar ciertas gentilezas.» *Certe gentilezze.* Al día siguiente enviaba los informes a la casa Tiberio Ceuli en Roma. Toda precaución era poca. Por ello, la correspondencia secreta con destino a la Toscana pasaba por una dirección ficticia en la Ciudad Santa.

Bonciani se pasaba horas traduciendo sus farragosos informes al complicado código cifrado que debía utilizar para redactar las misivas. Así, aun en el caso de que fueran interceptadas, no habría peligro, pues el sistema era tan sofisticado –una secuencia de cifras codificada según un determinado manuscrito– que no bastaba con decodificar el texto cifrado para obtener el mensaje.

Mientras se dedicaba con gran esfuerzo a convertir sus observaciones en largas series de números, su mente se ocupaba infatigablemente de las grandes cuestiones de su tiempo; se las representaba como un incesante subir y bajar de un conjunto de pesos, que todos sin excepción llevaban una cara o un nombre. Era un sistema de una extrema complejidad donde los hilos y las redes estaban interconectados, tenían diferentes colores y podían entrar en diferentes alianzas entre sí. Como un gran miriñaque, la casa de los Habsburgo envolvía todo el mundo conocido. El armazón católico, sin embargo, estaba abollado y retorcido por doquier debido a un gran número de feas incrustaciones protestantes y se parecía más a un jubón muchas veces remendado que a una coraza íntegra que protegiera la doctrina verdadera. Además, ningún hilillo en todo ese entramado permanecía quieto en su lugar más tiempo del necesario. Apenas se le aplicaba un poco de presión se rompía, se enganchaba rápidamente con otros y hacía temblar peligrosamente todo el conjunto hasta sus extremos más remotos.

Bonciani era capaz de soportar sin perder el juicio ni el sentido de la orientación las infinitas mutaciones de ese tapiz abigarrado y lioso que representaba los enredos del mundo. Al fin y al cabo, era diplomático. Su raciocinio político se había ido formando en la corte de Florencia por lo que no le era ajena ninguna bajeza. Lo único que realmente podía sorprender a ese hombre eran la sencillez, la candidez y la ingenuidad. En una palabra: la persona de Gabrielle d'Estrées.

También recelaba de la joven duquesa de veinticinco años porque, al tiempo que comía de los bombones que Bonciani le ofrecía, preguntaba alegre como un pajarito por su patrón en Florencia. ¿Era posible que fuera tan ingenua? ¿Tan necia? Por supuesto que no; al igual que el resto de la familia se hacía la ignorante para crearle una falsa sensación de seguridad.

Él le decía: «Florencia tiene un gran interés en el bienestar de su majestad, el rey de Francia».

A lo que ella respondía sin pestañear: «¡Cuánto me alegro de que en ese punto nos animen los mismos sentimientos!».

¡Y esa víbora lo decía sin siquiera sonrojarse!

«Tened cuidado ante la astucia de las gentes de por aquí», escribía por la noche en un informe a Florencia. «Esa Gabrielle tiene cara de ángel, sin embargo, es una *bourdaisière*, un sarmiento de los siete pecados capitales. ¿Le he informado ya sobre el destino de su señora madre que se trasladó hace ocho años a Issoire con su joven amante, el gobernador Allègre, para entregarse a su reprobable lujuria y dar en toda la región un ejemplo de moral decadente? El tal Allègre, en principio indigno de cualquier mención, era una sanguijuela avariciosa sólo superado en desmesura y rapacidad por su concubina. De modo que no pasó mucho tiempo antes de que Némesis, personificada por unos cuantos audaces aprendices de matarife, entrara una noche en la morada de los dos, que por pura tacañería no disponía de vigilancia, y les cortara el cuello. Al día siguiente, sus cuerpos desnudos aparecieron en la plaza del mercado. El rey ni siquiera tuvo la suficiente influencia en la zona para hacer atrapar a los asesinos. Así van las cosas en un país en el que la corrupción y la decadencia son castigadas por hombres que en realidad deberían estar en la horca.»

Pero, cuando en sus visitas se sentaba ante Gabrielle, esas feas imágenes se disipaban. Los insultos y las calumnias resbalaban ante su belleza como el agua por el plumaje impermeable de un cisne y a veces Bonciani se lamentaba de que estuviera obligado a ver en ella una adversaria. La visión de Gabrielle, caminando junto al rey, vestida con sus ropajes esplendorosos de color verde tirando a azul y con el pecho y los hombros alzados de forma grácil al tiempo que generosa por encima de ese cáliz hecho de tela que envolvía su cuerpo como marfil engarzado en lapislázuli, casi lo hacía desesperar de gozo.

Con mal humor se puso a hojear viejos documentos. Al final, ¿qué es lo que había que contar? Allí estaba, un informe de hacía un año en el que describía el estado de las cosas. Echó un rápido vistazo a las breves líneas que redactó en su día: «Sin la presencia de la duquesa de Beaufort, el asunto del matrimonio de su sobrina María con el rey podría resolverse en cuatro meses. El amor del rey por su dama, empero, aumenta de día en día. Aquí está surgiendo un mal incurable, a no ser que intervenga la Santa Mano Divina». Puso cara de vinagre y apartó el documento. ¿Acaso había una forma más clara de decir las cosas?

«En lo que al rey se refiere, no puede dársele ninguna confianza. Nadie sabe lo que va a pretender hacer el día de mañana. Además, es hábil en los pactos, quitándoos con la izquierda lo que os da con la derecha. Obrad con cuidado. No os hará ninguna oferta que no os ponga en aprietos.»

Levantó la mirada y dirigió los ojos cansados al cielo nocturno sin estrellas. No, no se esperaban observaciones más claras de él. Por supuesto que el rey era taimado. Para averiguarlo no hacía falta ningún agente. Pero él, Bonciani, podía observarlo todo con mayor detalle. Tomó otra hoja. ¿Qué significaban esas vacilantes negociaciones sobre una eventual boda con Florencia? ¿Qué pretendía Enrique de Navarra con ellas? Todos en la corte sabían que el rey quería colocar en el trono a su concubina. Y, al mismo tiempo, hacía esos ambiguos lances hacia María. ¡Ah, ese alacrán! Primero tenía que obtener la anulación de su matrimonio con la reina Margot. Pero el Papa no se la concedería mientras existiera el riesgo de que se casara después con su concubina. Bonciani hundió la pluma en el tintero y escribió de una tirada:

«El rey simplemente finge querer casarse con María de Médicis para conseguir la anulación de su actual matrimonio. Una vez obtenido el divorcio, desposará a la duquesa de Beaufort. Mantened abiertos ojos y oídos, pues no hay ninguna duda de que nos las tenemos que ver con personas muy astutas. Por Villeroi estoy enterado de que vuestra excelencia está bien informada sobre estos asuntos, pero sabed que el rey, cuando le conviene, puede ser tan ladino como cualquier hombre común. Me causaría un gran pesar si se os ocasionara cualquier perjuicio, por eso me parece indicado desbaratar esos planes informando de ellos a su santidad.»

Después de una breve pausa añadió rápidamente: «El rey ha escrito a Sillery para inquirir sobre el estado de la princesa María. Aquí circulan rumores que la describen como tan gorda que difícilmente esté en condiciones de tener hijos. Por eso, el condestable me ha pedido que solicitara a vuestra excelencia una imagen natural de la princesa».

En los momentos en que Bonciani redactaba sus informes sentado en la buhardilla de la casa del cardenal Gondi, la corte se encontraba en Nantes para celebrar el nacimiento de Alejandro. Poco antes se había festejado en Angers la sumisión de Mercœur y el casamiento de César con la hija de éste.

«Cuesta creer cómo están aquí las cosas. La reina Margarita de Valois se encuentra prisionera en el castillo de Usson, mientras que el rey asiste tan feliz al nacimiento del segundo hijo de su concubina. Ésta incluso ha logrado obtener para su primogénito la mano de la única hija de Mercœur y abrirle así la perspectiva de heredar uno de los mayores feudos del reino. Los españoles, si se me permite la observación, están completamente desconcertados ante el cariz que están tomando los acontecimientos. Ese mismo día, como si no hubiera cometido ya suficientes desatinos, el rey firmó en Nantes el desafortunado edicto.»

En la cabeza de Bonciani, el teatro mental del universo funcionaba a todo rendimiento. En su escenario veía cómo el papa Clemente VIII se levantaba de un salto y apenas se contenía en el último momento antes de lanzar otra bula de excomunión sobre Enrique de Navarra. ¿Qué se había creído ese hereje converso? ¿Libertad de culto para los protestantes? ¿Garantías de seguridad? ¿Acceso a cargos del estado para los herejes? ¿Jueces hugonotes? A continuación, el agente contemplaba el pálido rostro de Felipe, al que poco a poco volvían los colores cuando vio que la causa de los Habsburgo empezaba de nuevo a prosperar en Roma. «Enrique de Navarra apuesta demasiado alto», imaginó Bonciani que pensaban en Madrid. Pero había que tener presente el cuadro entero. ¿Qué es lo que hacía el emperador, el cardenal de Austria? ¿E Inglaterra? ¿Y qué ocurría con el avance de los turcos sobre Hungría?

Bonciani reflexionó fríamente. La Curia romana daba pataletas y despotricaba, pero se tragaba el desgraciado edicto. Así que, ¿en el futuro las cuestiones religiosas se decidirían en París? ¿Cuán grande era la sensación de inseguridad del papa Clemente? ¡Qué humillación! Enrique de Navarra había impuesto la paz a España. La tinta del tratado de Vervins todavía no estaba seca. Pero ¡ese edicto! ¿Hugonotes con derechos políticos? El espía pasó todo el verano escribiendo, tenía sus oídos en todo y trataba de descifrar las líneas maestras de la incipiente lucha de poder, teniendo siempre presente que Enrique se había convertido en el rey más poderoso de la cristiandad. Después de la paz firmada en Vervins, Enrique de Navarra era la pieza más solicitada en el juego político de las potencias europeas y una de las cuestiones a resolver consistía en colocar a su lado la consorte idónea.

En sus informes, Bonciani también dedicó mucho espacio a las figuras secundarias que podrían ser de alguna utilidad. Los aliados naturales son los que menos cuestan. El primero de la lista era Rosny. No cabía ninguna duda de que ese negro cuervo protestante perseguía idéntico objetivo que él mismo; lo único que los diferenciaba era que actuaban por motivos distintos. Bonciani recibió un soplo sobre lo que había ocurrido en marzo de 1598 cuando Rosny y el rey se encontraron en el parque de Rennes. Cuatro veces invitó Enrique a su severo ministro a cazar hasta que logró armarse de valor y decirle esta boca es mía. En cada una de esas ocasiones le había anticipado que quería debatir asuntos de calado, pero fue sólo en el cuarto intento que finalmente sacó a colación el tema. Tomó de la mano a su más fiel servidor, como gustaba de llamar a Rosny, y le dijo:

«Venid, vamos a dar un paseo solos, pues he de hablaros largo y tendido de asuntos que tres veces tuve en la punta de la lengua, pues ya han sido otras tantas veces que os he pedido vuestra compañía para ir a cazar. ¿Os acordáis? Mas, en cada ocasión, me vinieron tantas cosas a la mente que no fui capaz de hablaros con franqueza.»

Y a continuación, Enrique empezó a dibujar el cuadro funesto del reino tal como lo había encontrado al comenzar su reinado: en un estado lamentable. Habló de los esfuerzos que había emprendido para liberarlo y ordenarlo. Describió las penas y los peligros a los que se había expuesto y las tribulaciones que había soportado para al fin convertirse en el rey que trajo la paz, tanto en el interior como en el exterior del país. Siguió lamentándose de que ese gran esfuerzo habría sido en vano si no lograba contar con descendientes y herederos que hicieran frente a las probables pretensiones al trono por parte de su sobrino, el príncipe de Condé, y de los otros príncipes de abolengo. Dijo que su esposa, de la que de todos modos pensaba divorciarse, nunca fue agraciada con el estado de buena esperanza.

Después pasó revista a todas las posibles candidatas, poniendo objeciones a cada una de ellas. La infanta de Madrid era fea y, además, una amargada. En un momento dado, uno podría conciliarse con esa condición, apostilló, si en la dote estuvieran también los Países Bajos. La prima de Juan I, la princesa Arabelle Stuart, también sería aceptable si al menos figurara en la lista de posibles herederas a la corona, pero la reina de Inglaterra no consideraba ni por asomo tal posibilidad. De entre las otras princesas extranjeras, unas eran hugonotas, y las otras, las alemanas, comparables a botas de vino humanas. El gran duque de Toscana, continuó, tenía una sobrina que según decían era bastante bonita, pero su ascendencia no era muy noble, es decir, venía de una familia de comerciantes; hija de arribistas que sesenta u ochenta años atrás no eran más que avariciosas personalidades locales. Además, esa candidata pertenecía a la estirpe de Catalina de Médicis que en el pasado había hecho tanto daño a Francia y a él mismo, Enrique.

Luego pasó a hablar de las princesas francesas. Su sobrina, mademoiselle de Guise, le gustaría si no fuera porque tenía fama de ser terca y de carecer de sentido del humor y, al fin y al cabo, lo que buscaba era una mujer con ánimo para el amor y no para el dolor de cabeza. Finalmente quedaban las princesas de menor rango, dos de la casa de Maine, dos de la de Aumale, tres de la de Longueville y unas cuantas de ascendencia aún más baja. Pero en cada una de ellas Enrique encontraba algo que criticar y aun en el caso de que le gustaran, las reservas más importantes seguían ahí:

–¿Quién me asegura que ellas van a cumplir las tres condiciones imprescindibles para que despose a una mujer? A saber: que me dé hijos varones, que tenga una forma de ser agradable y sin aristas y que posea la suficiente agilidad mental como para tomar en sus manos los destinos del Estado y de mis hijos en el caso de mi fallecimiento. Pues debe contar con el espíritu y el raciocinio necesarios para poder seguir mi ejemplo. Os invito a que reflexionéis un poco sobre si acaso conocéis a alguien que reúna todas esas condiciones.

Hacía rato que Rosny se había dado cuenta de adónde quería ir a parar el rey, pero se cuidaba de admitirlo. Antes se pudriría en el infierno que ahorrarle al monarca tener que articular con su propia voz semejante monstruosidad.

–No conozco ni princesa ni mujer común que pueda ofrecer tales ventajas.

–¿Y qué me diríais si os nombrara una?

–Mi señor, en tal caso diría que vos sin duda la conoceréis mejor que yo y que además deberá tratarse de una viuda, pues de lo contrario no podríais tener certeza de que pueda daros hijos.

–¿Ah, sí? ¿Es eso lo que pensáis? Si vos no podéis indicarme ninguna, yo sí puedo.

–Si tal es el caso, os ruego la nombréis, ya que he de admitir que eso no está al alcance de mi mente.

El rey se encaró bruscamente con Rosny y exclamó:

–Vaya, os creéis muy listo. Veo bien adónde queréis llegar fingiéndoos ignorante e inocente. Debo ser yo mismo quien pronuncie el nombre; eso es lo que pretendéis. Mas, allá va, lo haré. Así tendréis que admitir que las tres condiciones se dan en una sola persona: mi amante.

Rosny se quedó envarado. Enrique, como si quisiera distanciarse de sus palabras, añadió:

–Con esto no quiero decir que haya pensado en casarme con ella. Solamente quisiera conocer vuestra opinión al respecto para el caso de que algún día, a falta de otra alternativa, llegara a contemplar esa posibilidad.

Rosny vio claramente que el rey lo estaba llevando al borde del precipicio. Sabía que Enrique planeaba enviar un correo a Usson para obtener el acuerdo de divorcio de Margarita. Desde luego, ésta se lo daría. No rechazaría la oferta de abandonar su exilio y regresar a París, además de descargar en la corona sus ingentes deudas. Por derecho, Enrique podría ajusticiarla por alta traición y por adulterio. Pero Rosny sintió que el rey quería la verdad, de modo que se la haría escuchar.

–Mi señor, hace un momento habéis hablado de los peligros que queréis conjurar con este casamiento. Si pretendéis, sin embargo, aseguraros de que Francia se hunda en la guerra y el caos una vez faltéis, es precisamente este matrimonio el que os aconsejo. Aparte del escándalo general que tal acto provocaría, pongo a vuestra consideración las intrigas y los afanes que se derivarían de él respecto a los hijos que de un modo tan variado e insólito se han ido engendrando. Permitidme la observación de que vuestra paternidad es objeto de fuertes dudas en la opinión pública. Y ello sin mencionar el espantoso cuento sobre el boticario que supuestamente fue envenenado por madame de Beaufort porque diagnosticó su estado de buena esperanza en un momento en que vuestra majestad aún no había recibido sus favores. El primer hijo de la duquesa no puede negar ser fruto de un doble adulterio. El segundo, al que acaba de alumbrar, se sentirá en posición de ventaja habida cuenta de que, como entretanto madame de Beaufort se ha divorciado de monsieur de Liancourt, su nacimiento obedece solamente a un adulterio simple. ¿Y qué será de los que tal vez vengan en el futuro, una vez hayáis contraído matrimonio con la duquesa? ¿No será que éstos se considerarán los únicos legítimos? Os ruego que toméis en consideración todas estas dificultades antes de que siga con ulteriores comentarios al respecto.

–No está mal, pero por el momento habéis hablado suficiente y sabréis mantener silencio sobre este asunto ante mi amada.

No le hacía falta escuchar ulteriores comentarios para adivinar su contenido. Conocía bien a su Rosny, siempre agarrando el monedero y haciendo sus cálculos: si Enrique toma por esposa a la sobrina del banquero florentino, Francia se quita de encima sus deudas.

Hasta aquí en lo que a Rosny se refería. Bonciani siguió con sus notas.

Pasó a centrarse en el siguiente de la lista. Se trataba de Nicolas de Neufville, monsieur de Villeroi. Nacido en París en 1542. En 1567, su suegro le legó el cargo de secretario de Estado. Se sumó al bando de Mayenne para abandonarlo en 1593 cuando la estrella de la Liga empezó a decaer. En 1594 Enrique lo nombró secretario de Estado para asuntos exteriores. A menudo se encontraba en abierta oposición a Rosny e incluso al propio rey, quien por cierto lo consideraba un amigo encubierto de los españoles. En cualquier caso, en lo que a Villeroi respectaba, el rey parecía apostar más por sus habilidades como secretario de Estado que por su lealtad.

Bonciani repasó las instrucciones recibidas desde Florencia. «Deseamos que intente llegar de forma clandestina a un acuerdo con Villeroi prometiéndole parte de los impuestos sobre la sal que nos corresponden. Se dice que en ese caso Villeroi se avendría a contribuir a que otros príncipes recuperen sus antiguos derechos. Negocie con él en persona y en privado y concédale plena confianza. Gondi y Zamet informan de que le hicieron llegar regalos para recuperar sus bienes. Pero si teme ofenderlo con semejantes actos, madame de Beaufort se encargará del asunto a cambio de la misma participación. Utilice para ello la mediación de madame de Sourdis.»

Bonciani dejó escapar un silbido entre los dientes. Conque ésa era la situación. Mientras que Rosny se esforzaba por cuenta del rey en arrancar el derecho de recaudación sobre los impuestos de la sal a los arrendatarios del gran duque Fernando, Gabrielle tenía la osadía de favorecer a su vez a los vasallos expropiados del gran duque toscano con la convicción ingenua de granjearse amistades en Florencia, que a cambio promovieran ante el Papa la anulación del matrimonio de Enrique. Ya había engatusado al duque de Saboya con la promesa de cederle Saluzzo si conseguía ganar el apoyo de los españoles en la cuestión del divorcio. «No es nada tonta», pensó Bonciani, pero acto seguido sacudió la cabeza con pesar ante una diplomacia tan torpe. Villeroi se cuidaría mucho de dejar cualquier huella de unos negocios tan arriesgados. En cuanto a la duquesa, bastaría un pequeño aviso a Rosny para asegurarse de que el rey supiera de sus maniobras.

El siguiente en la lista de Bonciani era Zamet, el zapatero natural de Lucca. Hijo de zapateros, llegó a Francia con el séquito de Catalina de Médicis, convirtiéndose en ayudante de cámara bajo Enrique III. Al parecer era el único portador del secreto de confeccionar zapatos cómodos para los minúsculos pies del último de los Valois. Ése fue el fundamento de su posterior riqueza. Invirtió hábilmente su capital y, alcanzada una posición acomodada, financió a la Liga y prestó dinero primero a Mayenne y después a Enrique IV a cambio de elevados intereses. Pero lo que más le interesaba a Bonciani era la mansión del italiano. Se hallaba en la Rue de Cerisai, cerca del arsenal, detrás de altos muros que la protegían de miradas indiscretas. A los que tenían acceso a ella, la espléndida casa oculta en medio de un frondoso jardín ofrecía toda clase de amenidades. El rey encontraba allí oídos abiertos ante todos sus deseos: un ambiente liberado e informal, la posibilidad de entregarse a sus antojos, un monedero dispuesto a cubrir sus pérdidas en los juegos de azar, una mesa siempre generosamente servida para él y su concubina y también aposentos secretos para sus otros amoríos eventuales.

Bonciani escribió:

«Zamet me pide que transmita a vuestra excelencia su más servicial adhesión. Lo visité hace algunos días y en esa ocasión hablamos también del espinoso problema de la recaudación tributaria. Me confirmó lo que vuestra excelencia me había comunicado en su última misiva. En el futuro, la corona francesa se encargará de atribuir el derecho de recaudación a través de una licitación y entregará las cuotas correspondientes directamente a vuestra excelencia. Zamet no ve ninguna posibilidad de impedir que eso suceda, aunque piensa que los únicos perjudicados serán los antiguos arrendatarios como él mismo y Gondi. Según Zamet, vuestra excelencia no sufrirá ningún perjuicio por esta medida y él mismo buscará otros negocios si esta fuente de ingresos deja de brotar.

»El verdadero propósito de mi visita, no obstante, era otro, como seguramente imagináis. Le pregunté sin circunloquios por su relación con la duquesa. No fue una sorpresa que el zapatero no me diera una respuesta sin rodeos. Escurrió el bulto diciendo que, como Gabrielle d'Estrées gozaba de los favores del rey, confiaba en que a su vez iba a cumplir siempre los compromisos que tenía contraídos con él, Zamet. ¿Sabéis que él le prestó el dinero necesario para la compra del ducado de Beaufort? En cuestiones pecuniarias los dos llegan siempre rápidamente a un acuerdo, pues también fue ella la que le convenció para que financiara a su majestad la campaña contra Amiens. De momento, el rey responde. Ahora se trata de cuarenta mil doblones para obras de restauración en el castillo de Monceaux, suma que Zamet adelantará a la duquesa.

»Cuando fui más directo y le pregunté si era consciente de que los crecientes favores que el rey otorgaba a la duquesa creaban una situación desafortunada para la casa Florencia, respondió que estaba seguro de que podía encontrarse una solución satisfactoria para todas las partes interesadas. Ante mi pregunta de cómo imaginaba tal solución contestó que para ello confiaba en la habilidad diplomática de los señores Sillery y Villeroi, quienes habían recibido de manos del rey el cometido de negociar un acuerdo.

»Le señalé que algunos de los afectados veían con grandes reservas esa posibilidad y que tal vez llegara un momento en que fuera difícil confiar en la habilidad de otros, siendo en su caso indicado utilizar criterios propios. Ante mi pregunta final de cómo pensaba actuar bajo tales circunstancias, no respondió más que por la anodina garantía de adhesión incondicional que he referido al comienzo de esta misiva.

»He adquirido la costumbre de almorzar una vez por semana en la mansión de Zamet, decorada con muy buen gusto, y puedo comunicaros que las viandas allí servidas son de lo más exquisito. El anfitrión me recibe siempre con muestras del más absoluto respeto y la debida consideración ante un legado de vuestra excelencia. Lleva el miedo escrito en la cara, aunque trata de ocultarlo. Mas, tal vez haya llegado la hora de completar con algunos sofisticados platos florentinos el ya amplio menú de nuestro paisano que tantos éxitos ha cosechado en París. Estoy seguro de que, llegado el momento, no se vacilará en recurrir a ellos.»

El criado ya había llamado dos veces.

–*Sì*[1] –se oía desde el interior de la estancia seguido de un rápido–: *Entrez!*

El criado abrió la puerta e hizo una profunda reverencia.

1. En italiano en el original. *(N. del T.)*

–Disculpad la molestia, señor. Ha llegado una visitante sin previo aviso. No he conseguido que se marche.

–¿Sabe qué hora es? ¿De quién se trata?

–Es madame de Mainville.

–¿Mainville? ¿Qué es lo que querrá a estas horas?

El criado hizo otra reverencia.

–Le diré que no podéis recibirla.

–No, hágala pasar. Voy enseguida.

–Como deseéis.

Bonciani repasó rápidamente los últimos renglones del informe que tenía en la mesa. Después guardó los papeles cuidadosamente en el escritorio, lo cerró con llave y bajó al salón.

La mujer había tomado asiento en un sillón junto a la chimenea. Llevaba una capa de color azul oscuro. Su cabeza alargada descansaba sobre un cuello más bien musculoso. Acababa de quitarse la cofia y, como en otras ocasiones en que la había visto fugazmente, Bonciani se asombró al posar la mirada sobre el cabello rojo como el fuego del ama de llaves de la duquesa de Beaufort. Ella sintió que la visita lo importunaba. Los movimientos del hombre lo delataron. La manera en que había bajado la escalera deteniéndose un instante en el último escalón para observarla desde allí, mientras su mano todavía descansaba en la barandilla como si quisiera contar con un último apoyo antes de cruzar el espacio abierto que lo separaba de ella; todo eso constituía una conducta que revelaba desconcierto e indecisión, además de una disposición casi inconsciente a examinar cualquier eventualidad, por muy improbable que ésta fuera.

Madame de Mainville le extendió la mano. Bonciani respondió con una leve reverencia.

–Os pido mil disculpas por visitaros a una hora tan tardía.

El italiano asintió.

–¿Os hago servir algún refrigerio?

–No, muchas gracias, sois muy amable. No tengo demasiado tiempo.

Bonciani se sentó.

–¿Cómo está la duquesa? Todo bien, espero.

–Madame me cree de camino a Monceaux adonde he de dirigirme aún esta misma noche. –Después de una breve pausa, añadió–: Os alegraréis de saber que el tiempo lluvioso del otoño la incomoda enormemente y que pasa noches intranquilas rodeada de galenos y astrólogos.

Bonciani achinó los ojos. Se levantó, se acercó a la puerta y la abrió un poco para cerciorarse de que no había nadie escuchando detrás. A continuación, volvió a cerrarla y se dirigió hacia la ventana. El viento hacía vibrar los bastos cristales contra los que impactaban grandes gotas de lluvia. Qué sombrío y melancólico era ese tiempo otoñal en la capital francesa. El calendario marcaba el año 1598. ¿Habían pasado realmente ocho años? Todavía le resultaba deprimente todo lo que había a su alrededor. Siempre esas nubes bajas, la lluvia interminable y la apatía de las gentes del lugar. Ni siquiera los artistas conseguían elevarse por encima de esa aplastante abulia. Los edificios que construían eran bastos y toscos. Demasiado altos y demasiado anchos, hechos con muy buena voluntad, pero sin visión para las medidas correctas. ¡Y qué decir de la pintura! Cualquier panadero italiano tenía más sentido de las proporciones que esos norteños cuando pintaban esos cuerpos amasados de cualquier manera. Y ahora venía esa mujer creyendo que podía desconcertarlo con un par de palabras pronunciadas a la ligera.

–¿Conocéis mi rango y mi posición?

Bonciani se dio la vuelta para escudriñarla. Pero ésta no se dejó intimidar por su severa mirada.

–Soy Marie Hermant, madame de Mainville. Si afirmara ser más que eso, no sólo sería pretencioso, sino también un signo de gran ingratitud ante quien gustó de asignarme ese lugar. Si algún príncipe quisiera elevarme, lo agradecería y lo aceptaría con sumisión. Pero si pretendiera elevarme por encima de aquello para lo que el príncipe del universo me creó, le rogaría encarecidamente que reservara ese honor a aquellos predestinados para ello por la Divina Providencia. Esta humildad natural no es propia de todos. Mi sexo, ya culpable del mayor pecado de la historia de la humanidad, tiene la desafortunada tendencia a ser pretencioso e insaciable. Ejemplos no faltan. No, por favor, no me interrumpáis. Sé a qué difícil cuestión dedicáis vuestros pensamientos. Os aseguro que mis preocupaciones son similares a las vuestras. Por fin reina la paz. Francia respira aliviada. Desde Vervins sólo la amenaza un peligro. Sabéis de qué os hablo. Así que escuchad lo que he venido a proponeros...

ONCE

Perrault

¿Su nombre?

Perrault. Pierre Paul Perrault.

Nacido el 14 de mayo del año del Señor 1557. De oficio cantero, si no me equivoco.

Así es.

Natural de Lyon. Sirvió en el ejército del rey de Francia. Licenciado con todos los honores en 1594 en París. ¿Fue herido?

Sí, señor. El día del triunfo de las tropas reales fue menos afortunado para mí, pues me alcanzó un arcabucero enemigo. Pero no me quejo. El rey me recompensó generosamente por mis servicios y reparó en demasía el daño que sufrí. De este modo, dado que no hubiera podido servir como soldado ni después de sanar mi herida, pude volver a mi antiguo oficio.

Me alegra oírlo. ¿Sabe usted por qué está aquí?

¿El incendio...?

¿Debo entender que está al corriente?

Hace dos días me llegó una carta.

¿De quién?

De mi sobrino.

¿Lussac?

Sí.

Disculpe que le molestemos con este interrogatorio, pero he recibido el encargo de dilucidar las circunstancias que provocaron el incendio en su casa. ¿Está usted dispuesto a facilitarnos algunos datos que puedan contribuir a aclarar el caso?

Con mucho gusto atenderé a sus preguntas, aunque mucho me temo no poder ser de gran ayuda.

¿Sabe algo del paradero de su sobrino?

Hace dos días recibí una carta de él. Si lo desea, puede leerla. Ese inútil me ha pagado muy mal mi hospitalidad. Me escribe que llegó a París a la medianoche. Encontró la calle llena de gente, pues en el cobertizo del patio se había declarado un incendio, pero gracias a la valiente intervención de los vecinos y a la tormenta que cayó sobre el fuego, la Divina Providencia mediante, se pudo apagar a tiempo. También me cuenta que estaba muy preocupado por su amigo del que no había rastro y que se había puesto en camino para encontrarlo. Continúa con algunas palabras de disculpa y de agradecimiento que no leí con mucha atención porque me temblaban las manos del enfado que sentía y al final la carta acabó tirada en un rincón hecha una bola de papel.

¿La carta procedía de París?

Sí, creo que sí. ¿De dónde, si no? Me la trajo un mensajero. Tuve que pagar el precio de dos hogazas de pan para que me la entregara.

Hoy estamos a miércoles, 21 de abril. La carta le llegó, como dice, hace dos días. Un correo tarda unas pocas horas de París a Clermont, lo que quiere decir que su sobrino escribió la carta el 19, o sea, nueve días después del incendio.

No. La carta estaba fechada el 13 de abril. Así figuraba junto a la fórmula de cortesía.

Entonces, data del martes.

Sí, del martes de la semana pasada.

Pero ¿la carta no fue enviada hasta una semana después?

Sí. La verdad es que es extraño.

¿De modo que no supo hasta nueve días después del incendio que casi pierde su casa de París?

¡Ese desgraciado!

Espere, espere. Si todavía no sabemos cómo sucedió todo. Lussac le escribió que llegó muy tarde a París, ya avanzada la noche, y se encontró con la calle llena de gente y la casa ardiendo.

Correcto.

Creía que su sobrino residía precisamente en la casa que usted posee en París.

Sí, pero durante todo el mes de marzo estuvo aquí.

¿En su casa?

Sí.

Entonces, el día en que ocurrió el incendio ni siquiera estaba en la ciudad.

No. Estaba de camino. Se rompió una rueda de la diligencia y por eso hubo un retraso. No llegó a la Rue de Deux Portes hasta la medianoche, pero eso ya se lo he dicho.

¿Y hasta entonces estuvo con usted?

Sí, como le he dicho: todo el mes de marzo. Apareció aquí el jueves después de carnaval. No le di más importancia.

¿Y su acompañante?

¿Se refiere a Vignac?

Sí.

Lussac llegó solo. Había tomado la diligencia hasta Clermont y el resto del camino lo hizo a pie. Estábamos cenando cuando de repente entró a la casa. Nos sorprendió, nos alegramos de verlo y lo invitamos a sentarse a la mesa, como es costumbre entre familiares y buenos cristianos.

¿Qué impresión le causó?

Pues, estaba cansado y hambriento por el viaje. No lo veía desde el verano del año anterior y había mucho que contar. Sentí curiosidad por saber cómo le había ido en París. Esa noche no noté nada de particular. Eso cambió en los días y semanas siguientes, pero lo achaqué a la situación inestable en la que se encontraba. Estaba negociando con Marchant y Petit. Tal vez sepa que el rey firmó el año pasado las patentes para ordenar la finalización del Pont Neuf. Lussac se había presentado ante esos señores y tenía en perspectiva que le encargaran algunas de las máscaras que adornarían el puente. Un buen negocio. No obstante, le pedían que presentara sus bocetos antes de adjudicarle el trabajo. Ya traía algunos consigo; eran bosquejos iniciales de caras de hombres y mujeres, con adornos muy imaginativos de motivos fluviales, de plantas acuáticas, hojas, palmitos, conchas, etc. Pero no tenía la certeza de dar con el gusto del constructor y, además, había otros artistas en liza. Lo animé. Sin embargo, parecía afligido y un poco ensimismado.

¿Le dijo por qué se fue de París?

Naturalmente se lo pregunté, pues bien preocupado estaba porque, al fin y al cabo, había dejado la casa a su cuidado y temía que se encontrara abandonada y sin nadie que se ocupara de ella. Pero mi sobrino me tranquilizó diciendo que Vignac era de fiar y que cuidaría bien de la casa.

¿Y por qué Lussac acudió a su casa?

Pues, por una parte, por los bocetos. Quería pedirme consejo. Se quejó de París, de la suciedad, de los malos olores y de los peligros que acechaban por doquier en las calles. Además, el edicto prohibía el ejercicio de la religión en la ciudad. Por todo lo que me contaba saqué la conclusión de que no se sentía muy a gusto en París. Durante la primavera, debido a las malas cosechas, los precios del pan habían subido mucho. Todo me sonaba a que se retiraba a Clermont para poder trabajar en los dibujos sin estar expuesto a la intranquilidad que reinaba en París. A mí, esos motivos me resultaron tan convincentes que no insistí, aunque él no me explicó con palabras claras por qué había venido.

Pero ¿volvió a París?

Sí, el día que le he dicho, el 10 de abril, un sábado.

¿Sábado de Pascua?

Sí.

Me está diciendo que regresó a París el sábado de Pascua. Pero ¿por qué precisamente ese día?

Los hombres son libres de ir y venir como les plazca. No lo sé. Simplemente se fue.

¿Recibió algún mensaje o tal vez Vignac le escribió pidiéndole que viniera?

No, de eso me habría enterado. No llegó ningún mensaje de Vignac. De vez en cuando preguntaba a Lussac si en París todo estaba en orden, pero siempre me tranquilizaba con las mismas palabras.

¿Tal vez había otras novedades que podrían explicar su partida?

Pues, pongo a Dios por testigo que en esos momentos novedades no faltaban. Por doquier en la región se hablaba de la tal Marthe, que fue llevada desde Loches a París. Unos viajeros que estaban de paso la vieron en la Place Saint-Geneviève donde la exhibían ante el público. La muy furcia vociferaba que tenía el diablo en el cuerpo y éste le revelaba que todos los hugonotes eran carne de Satanás y que merodeaba a diario por La Rochelle y otros lugares en busca de nuevas almas para alimentar su fogón infernal. No era de extrañar que en París la gente se creyera gustosamente esas habladurías agitadoras. Se decía que la madre de la pobre mujer también estaba poseída por el príncipe de las tinieblas, pero, después de realizar los exámenes pertinentes, los médicos del rey concluyeron que dentro de ella no había demonio alguno. Escuchamos con satisfacción que el rey había ordenado a monsieur d'Estrées entregar la loca a la justicia y ni el exaltado vocerío que los capuchinos organizaron delante de la Conciergerie consiguió que alterara su decisión. Pocos días después, monsieur d'Estrées tuvo que hacer frente a una gran desgracia en su propia familia, cuando su hija, la duquesa de Beaufort, faltó, víctima de una misteriosa enfermedad. Aunque, como me han dicho, la muerte de su hija no fue impedimento para que cargase ese mismo día todas las pertenencias de la difunta en sus carros y las transportase a Cœuvres. En verdad había toda clase de novedades, pero no sabría decir en qué medida pudieron haber motivado el regreso de Lussac a París. Todo lo contrario. Un buen cristiano más bien se asustaría y trataría de alejarse ante tales acontecimientos.

¿De modo que su sobrino partió el sábado de Pascua y después no se le volvió a ver?

Desde su última carta no he vuelto a saber de él, pero creo que vendrá pronto para ofrecerme una explicación acerca del incendio.

Así lo espero, tanto para usted como para nosotros, porque en realidad debería ser él quien nos contestara las preguntas y no usted, que no tuvo nada que ver con el suceso.

¿No han hablado con él?

No.

Entonces, ¿no se encuentra en París?

No lo sabemos. En la casa no encontramos a ninguna persona viva.

¿Ninguna persona viva...?

¿Entiendo que no conoce usted todos los detalles?

¿Alguien salió perjudicado por el fuego?

Entre los escombros había un muerto.

¡Santo cielo!

El incendio se detectó alrededor de la medianoche. Los vecinos entraron en su casa, descubrieron el fuego en el cobertizo del patio y trataron de apagarlo. Cuando abrieron un boquete en el tabique de tablones para tener acceso al foco de las llamas, el incendio se avivó y sin duda se hubiera propagado a las casas adyacentes si poco después no llega a caer una tormenta. El cadáver de la persona no fue encontrado hasta la mañana siguiente, cuando desescombraron el lugar. Sin embargo, no sabemos quién es el muerto. El cuerpo está completamente carbonizado. Lo que queda de él cabe en una caja como aquella de allí.

¡Dios santo!

Como comprenderá, nos gustaría hablar con su sobrino. Es probable que el muerto sea el tal Vignac, aunque será difícil de comprobar. Pero dígame, ¿qué es lo que había en ese cobertizo?

¿Se refiere al cobertizo de detrás de la cocina?

Sí.

Nada de particular. Escobas, cubos, leña, trastos viejos...

¿Había una puerta?

¿Una puerta? Sí, claro que había una puerta. Dos, para ser exactos.

¿Dónde se encontraban esas puertas?

Una en el patio, justo a la izquierda según se salía de la casa. Y luego estaba el acceso debajo de la escalera. Pero no entiendo por qué me lo pregunta.

La puerta en el patio estaba condenada con tablones clavados. Al parecer, los vecinos no vieron la entrada que se encuentra debajo de la escalera, si no, supongo que no habrían partido el tabique de madera en el patio. Así que, ¿usted tampoco sabe lo que realmente había en ese cobertizo?

Dios santo, tengo que ir a París inmediatamente. ¿Es posible que Lussac...?

No, eso es imposible. Si al fin y al cabo, le envió una carta después del incendio. Aunque por otro lado, es extraño que aún no se haya comunicado con usted para informarle sobre las cosas de las que ahora tiene que enterarse de forma tan desagradable por boca nuestra.

Ay, ese ingrato bribón. Montaré enseguida para ir y pedirle explicaciones.

No, no. Por favor, siéntese. Me temo que, si ni yo ni mis hombres lo hemos atrapado hasta el momento, usted tampoco lograría encontrarlo. Siento mucho tener que darle una noticia tan alarmante. Aun así, le ruego que conteste primero a mis preguntas. Le he contado bastante acerca de los sucesos acaecidos en París, pero no sé prácticamente nada sobre su sobrino ni sobre ese Vignac cuyo cadáver probablemente hemos encontrado entre los restos del cobertizo. Si juntamos nuestros conocimientos, tal vez obtengamos un resultado que nos ayude a ambos. Se lo ruego, por favor; su desplazamiento a París sería en vano. Su casa en la ciudad está siendo vigilada por mis hombres. De su sobrino no hay ni rastro. No tendría ningún sentido que usted fuera ahora a París.

Sea lo que tenga que ser, le escucho. Maldito el día en que abrí mi casa a esos dos. Pero, por favor, dígame lo que han encontrado en el cobertizo.

Todo parece indicar que habían montado un taller en la caseta incendiada. Entre los restos se encontraron trozos de lienzo así como cuencos y tarros para la preparación de pinturas, aparte de tablas de madera con imprimación, espátulas, pinceles, botes con diferentes polvos, frascos con tinturas, una caja de plata con pelos de animal, hilo parafinado y otros artículos parecidos.

Dios mío. ¿Un taller?

¿Se le ocurre alguna explicación para ello?

Pura inconsciencia. ¡Válgame Dios! Por eso ha desaparecido. ¿Cómo ha podido engañarme así? Y ahora teme mi cólera. ¡Con razón!

¿Quiere decir que no sabía nada?

¿Yo qué iba a saber? En el momento de enterarme los habría echado de la casa y de la ciudad. No sé cómo Lussac ha podido hacer algo así. ¿Cómo ha podido permitirlo? Estoy seguro de que fue Vignac quien lo embaucó. Seguramente fue por eso que la puerta del cobertizo estaba condenada por fuera: para que nadie se diera cuenta de lo que ocurría en su interior. Ahora lo entiendo.

¿Me lo quiere explicar, por favor?

Sí, a todo esto, se lo había advertido. Pero escuche. Los dos llegaron a París en junio del año pasado. Unas semanas antes, Lussac me había escrito preguntando si podía ofrecerles mi hospitalidad a él y a su amigo Vignac. Contaban con que podrían encontrar un trabajo bien pagado en la ciudad. Hablamos brevemente de ese asunto, pero las circunstancias de su llegada fueron tan desafortunadas que apenas me pude ocupar de ellos. Mi mujer se estaba muriendo. Tenía el alma llena de tristeza y desesperación, pues en una sola noche perdí a mi mujer y al hijo que llevaba en el vientre. De todos modos, hacía ya tiempo que nos queríamos trasladar a Clermont. Un invierno más y habríamos dejado de formar parte de los amargados habitantes de París. Después de esa espantosa pérdida, sin embargo, no fui capaz de quedarme más tiempo y a los pocos días me vine a vivir aquí. Incluso me convino que Lussac y su amigo se quedaran en la casa. Me encontraba demasiado afligido, dirigí mi carro hacia el norte y hasta hoy no he vuelto.

¿Qué es lo que pensaban hacer los dos en París?

Como le he dicho, pretendían encontrar un empleo. Les dije enseguida que no se hicieran muchas ilusiones. Sin una licencia de los gremios y sin la protección o la mediación de personalidades influyentes es imposible conseguir encargos. La competencia es feroz. Y para pintores como ese Vignac no había ninguna esperanza. Por eso, los recién llegados se asientan en los arrabales donde los gremios no ejercen su control. Lussac me contó más adelante que Vignac había encontrado trabajo con un pintor flamenco fuera de la ciudad. Por eso pensé que todo iba bien. Pero si es cierto lo que me dice, si realmente establecieron un taller en mi casa, no me extraña que allí ocurriera alguna desgracia.

Explíquese.

Es peligroso trabajar sin licencia. Constantemente son detenidos artistas que contravienen las leyes y ejercen su profesión sin la preceptiva licencia. Si uno tiene la suerte de zafarse de la cólera de los furiosos maestros gremiales y de sus esbirros, aún le cae encima todo el peso de la ley. Y después están todos esos exaltados que incluso están dispuestos a cometer algún atentado si tramitar una denuncia les resulta demasiado lento. Si hubiera sabido... ¡Lussac! ¿Cómo pudo permitir una cosa así?

Nadie conocía la existencia del taller.

¿Cómo lo sabe?

Hemos realizado nuestras pesquisas.

Pues imagino que los interesados lo habrán descubierto y habrán puesto fin a estas actividades clandestinas. No se me ocurre otra explicación.

Y Lussac, por miedo a sus recriminaciones, se lo ocultó.

¡Qué canalla!

¿Nunca le habló de lo que hacían en París?

Lussac intentaba conseguir trabajo en la ampliación de la galería del Louvre. Después supo que Marchant y Petit iban a completar el Pont Neuf. Pero eso ya se lo he dicho. Tenía bocetos en su equipaje.

Y, según decía usted, Vignac trabajaba con un flamenco fuera de la ciudad. ¿Sabe el nombre de esa persona?

No. Hablamos brevemente sobre ello cuando Lussac estuvo aquí. Le pregunté por su amigo, pero siempre contestaba con monosílabos cuando hablábamos de Vignac.

Y en concreto, ¿qué es lo que contestó a su pregunta?

Exactamente lo que acabo de decirle. Y que trabajaba en Villejuif.

¿Eso era todo?

Sí. No hablaba sobre su amigo y tampoco le pregunté más.

¿Sabe de qué se conocían?

Se encontraron en Lyon.

¿Cuánto tiempo hace de eso?

Quizá dos años. Tal vez más.

Pero ¿usted vio al tal Vignac en París cuando llegó junto a su sobrino?

Sí, claro.

¿Lo reconocería?

Creo que sí. Pero pensaba que en el incendio, él...

¿De qué vivía su sobrino?

Antes de llegar a París habían trabajado en Bretaña durante el invierno. Cerca de Angers. No recuerdo el lugar exacto. Supongo que habrían recibido la paga cuando marcharon a París.

¿Cree posible que en marzo Lussac viniera a Clermont por desavenencias entre los dos? O, lo diré de otra manera: ¿Tuvo la impresión de que Lussac albergaba algún rencor hacia su amigo?

¿Adónde quiere ir a parar?

La pregunta se impone si consideramos el estado de las cosas. En marzo, su sobrino se marcha de París sin razón aparente. Se presenta en su casa, apenas habla de su amigo y al cabo de unas semanas regresa a París sin dar explicaciones. Cuando llega, la casa está en llamas y entre los escombros se encuentra el cadáver de un hombre. Lussac le escribe una carta, le informa, aunque sea de forma parcial, de lo sucedido y desaparece sin dejar rastro. Lussac no le dijo la verdad en cuanto a lo que ocurría en la casa. ¿No sería posible que haya faltado a la verdad también en lo que a otros elementos de lo que le ha contado a usted se refiere? Por supuesto que tiene razón al decir que los gremios, de haber tenido conocimiento de la existencia de ese taller, habrían tomado medidas. Y tampoco quiero excluir la posibilidad de que las buenas gentes encolerizadas tengan a veces tendencia a tomarse la justicia por su mano en vez de dejarlo a las autoridades. Pero los dos jóvenes, sabiendo que actuaban al margen de la ley, tomaron precauciones contra un eventual descubrimiento. Además, la casa estaba cerrada. Si un desconocido hubiera querido entrar para provocar un incendio, tendría que haber forzado la puerta o roto una ventana. Sin embargo, todos los cerrojos y cerraduras estaban intactos. ¿Cómo explica eso? ¿Había alguien aparte de Lussac y Vignac que tuviera llaves de la casa?

No. Al menos que yo sepa.

¿En la casa sólo vivían Lussac y Vignac?

Que yo sepa, sí.

Cuando llegaron en junio, ¿eran sólo dos?

Le digo que sí.

Un testigo sostiene que vio a Vignac entrar a la casa en compañía de una joven. La describió como morena de pelo y bien proporcionada de cuerpo, una persona un tanto impertinente y con malos modales, de aspecto sureño. ¿Conoce usted a alguien que corresponda a esta descripción?

Una mujerzuela como la que usted acaba de describir difícilmente podría pretender entrar en mi círculo de amistades. No, ninguna persona de tales características frecuentaba mi casa.

Lamentablemente esto no parece ser del todo cierto. Pero volvamos a la partida de Lussac. Se fue de Clermont el sábado, 10 de abril, ¿no es cierto?

Sí.

¿A qué hora del día?

Al alba. Se fue a pie hasta la ciudad. Desde aquí se tarda una hora en llegar a la parada de postas. Lo que ocurre es que la diligencia de Noyon no pasa antes del mediodía y normalmente llega a París poco antes del anochecer. En su carta, Lussac me habló de una rotura de rueda por la que no llegó a su destino hasta más o menos la medianoche.

¿Qué ropa llevaba?

Un pantalón de color marrón, una camisa de tela flamenca, un jubón rojo y una capa sin capucha, además de una bufanda de lana gris que hacía juego con la capa.

¿Llevaba equipaje?

Una bandolera y un estuche de cuero para sus dibujos.

¿Poseía un caballo?

No. Los caballos ya los vendimos en verano. Pero, mire, éste es Lussac. Es un dibujo que le hizo su amigo. Ahora lleva el pelo un poco más largo, pero por lo demás es un retrato fiel de mi sobrino. Si quiere hacer una copia, se lo dejo durante unos días.

Se lo agradezco. Muy amable de su parte. ¿De modo que no se le ocurre ninguna explicación de por qué Lussac podría haberse mar-

chado de París para después regresar y además ofrecerle un relato tan incompleto de lo que allí ocurría?

No, no entiendo su conducta. Me cuesta creer lo que usted me ha contado. Si al menos pudiera encontrarlo, seguro que las cosas se aclararían rápidamente. Se merece una buena reprimenda por haberme engañado tan vilmente.

Quién sabe. Ni siquiera podemos tener la certeza de que Lussac supiera del taller clandestino. Tal vez ese Vignac los engañó a los dos y fue por eso que le pidió a Lussac que se marchara de París. Pero, en fin. Una última pregunta: ¿Conoce usted a un hombre que se llama Giaccomo Ballerini?

¿Ballerini, dice?

Sí.

He conocido a muchas personas en mi vida, pero a nadie que llevara ese nombre. Se lo juro por Dios.

De acuerdo, entonces. Usted ha contestado honradamente a mis preguntas y con la ayuda de Dios averiguaremos la verdad. Le doy las gracias.

Sí. Con la ayuda de Dios tal vez alguien sea capaz de deshacer todo este enredo. Yo no podría.

Acta levantada en Clermont, a 21 de abril de 1599

DOCE

Una conversación

Vignac salió de la casa de Perrault después del atardecer. Era una noche fría e inhóspita del mes de noviembre de 1598. Caminó por la Rue de Deux Portes hasta doblar por la Rue de Haute Fuelle. Hojas caídas de los árboles y arrastradas calle abajo por un impetuoso viento otoñal le rozaban la cara. La iglesia de Saint-André se recortaba oscura contra el cielo nocturno. Aunque las calles estuvieran desiertas, Vignac se detuvo a menudo aguardando en la oscuridad protectora de las callejas sin farolas y aguzando el oído, mientras a intervalos regulares palpaba la daga que llevaba oculta debajo de su chaqueta. Sabía que, llegado el caso, no le serviría de mucho, pero el arma fría y pesada lo tranquilizaba.

El aire era húmedo, ya que había estado lloviendo todo el día. Las calles sin firme se encontraban embarradas y, como en cualquier otra época del año, salpicadas de desperdicios e inmundicias. Era todo un logro conseguir orientarse y avanzar en la oscuridad sin resbalar y hundirse en un montón de desechos de pescado o cosas peores. Sólo cuando empezó a estar más cerca del río, el olor pestilente se suavizó un poco.

El servicio de barcas quedaba interrumpido al anochecer, por lo que en principio debió haber escogido el camino a través de la Cité, pero no era nada aconsejable cruzar de noche el enredado laberinto de callejuelas de esa parte de la ciudad. Después del crepúsculo, incluso los guardias urbanos, cuando se aventuraban en ese barrio de mala fama, lo hacían sólo fuertemente armados y en grupo. De modo que Vignac siguió río abajo por la orilla del Sena y llegó poco después ante lo que era el esqueleto del Pont Neuf. A sus pies, el agua negra se arremolinaba entre los cimientos de piedra amontonada, que desde hacía veinte años se erguían sobre la superficie del río cual pequeñas islas huérfanas. Las obras se habían reemprendido sólo pocos meses antes y un primer entramado de tablones atados con cuerda, que en su fragilidad recordaba la delicadeza de una telaraña, se tendía entre los pilares. Abajo había una hilera de barcas amarradas entre sí. Un poco por encima de la superficie del agua, el pie de cada pilar se encontraba rodeado por una corona de maderos que a partir de la primavera servirían como base para apoyar la construcción auxiliar que habría de soportar los arcos.

Se deslizó por el talud de la orilla y comenzó a caminar sobre los tablones húmedos que con cada paso que daba estuvieron a punto de escurrirse bajo sus pies. El fragor del agua era ensordecedor y las gotas que le salpicaban la cara le dificultaron la visión. Agarró fuertemente los gruesos cabos de cáñamo y avanzó con lentitud, vacilando largamente antes de cada paso sobre los maderos inestables. Al cabo de pocos metros ya estaba completamente sudado. La camisa empapada y fría se le pegaba a la espalda y le hizo tiritar.

Se detuvo unos minutos sobre el primer pilar. Las dos orillas se destacaban ante las fachadas de las casas como las fauces de un animal gigantesco y debajo de él parecía agitarse su oscura y voraz lengua. Le castañeteaban los dientes.

¿Por qué tanto secretismo? El mensaje de la duquesa, que Valeria le había traído tres días atrás, era inequívoco al respecto. Debía estar en el Guichet Saint-Nicolas dos horas después de la puesta del sol. Además, tenía que asegurarse de que nadie lo seguía y de que nadie tuviera noticia de la cita, ya que de lo contrario no se le haría el encargo sobre cuyos detalles hablarían con ocasión del encuentro.

Dio otro paso sobre los tablones escurridizos, resbaló y cayó. Se golpeó violentamente la cabeza y, mientras que con las manos buscaba en vano donde agarrarse, notó cómo uno de sus pies se enredó en una cuerda y detuvo la caída. Se volteó hacia arriba, sintió un toque en el brazo y vio su daga pasar a pocos centímetros de su cabeza precipitándose al río. Vignac masculló una maldición, pero gracias a las cuerdas consiguió volver a la estrecha pasarela. Al cabo de unos minutos pudo desenredarse de la cuerda que con tan buena fortuna lo había salvado de caer al agua. Después continuó, con precaución aún mayor y pausando a cada paso para asegurarse de que el tablón en que estaba a punto de depositar su peso y su confianza realmente estaba bien sujeto por las cuerdas. Así, arrastrándose a través de los cordajes que olían a pez y alquitrán, llegó finalmente a la otra orilla.

Sin hacer caso del fuerte dolor que sentía en la cabeza recorrió los cien metros que lo separaban del lugar acordado y esperó oculto en un hueco de la muralla. La puerta que se encontraba en ese punto permanecía cerrada. No se le habían dado instrucciones de que llamara, de modo que aguardó en silencio.

Después de un rato notó un cambio en la puerta oscura. Algo se movía allí. Vignac guiñó los ojos, pero sólo pudo distinguir una sombra que se recortaba contra el brillo húmedo de la muralla. Luego, escuchó su nombre.

–¿Maître Vignac? –susurró alguien, amortiguando la voz con la mano.

Apenas había salido de su escondite, la sombra se le acercó y lo hizo pasar rápidamente por la puerta que se cerró inmediatamente después con un golpe sonoro.

Vignac observó con curiosidad a la persona que lo había trasladado con tan poca delicadeza de un lado a otro de la muralla. Llevaba una amplia capa negra cuya capucha le tapaba la cara. El individuo no le prestó mayor atención, sino que lo condujo por la silenciosa calle hasta una imponente mansión cuya parte trasera daba al Louvre. Llamó a la puerta con unos pocos golpes secos. Ésta se abrió enseguida y engulló a los dos visitantes.

Atravesaron a toda velocidad un patio sin luz, pasaron por otra puerta y de repente se encontraron en un vestíbulo bien iluminado. Cuando los ojos de Vignac se hubieron acostumbrado a la luz, el hombre encapuchado que había ido a esperarlo en el Guichet Saint-Nicolas ya no estaba.

Vignac miró a su alrededor. Al final del vestíbulo, dos escalinatas de piedra curvadas llevaban a una galería por la que seguramente se accedería a las estancias de los pisos superiores. Dos lacayos uniformados vigilaban al pie de los peldaños. En la chimenea, debajo de la galería, ardía un fuego que irradiaba un calor agradable. El suelo estaba cubierto por un mosaico de mármol rojo y blanco. Y en las paredes del vestíbulo, adornadas con alfombras turcas, se alineaban lujosos sillones.

Los uniformados no se movían. Vignac se quedó indeciso en el lugar donde su anterior acompañante lo había dejado y esperó. En alguna parte se oían voces que parecían esforzarse por mantener el tono bajo. Luego callaron. Se escuchó el golpe de una puerta al cerrarse. Después, el ruido de una cortina que fue corrida y descorrida. Y luego, pasos alejándose.

El corazón de Vignac parecía querer saltarle por la boca. Ni él sabía muy bien por qué. Hizo ademán de moverse sin tener claro adónde quería ir. Pero nada más iniciar el primer tímido movimiento, escuchó un apenas audible, pero inexorable «¡shh!», pronunciado por el criado situado a su derecha. Asustado, escrutó la cara inexpresiva del hombre. Sin embargo, al parecer en el repertorio de expresiones de éste no había más que esa orden siseada. Después de una larga e inquisitiva mirada a los gélidos ojos del uniformado, Vignac bajó la vista y se quedó inmóvil en su sitio.

De nuevo pasaron varios minutos antes de que apareciera otro criado que indicó a Vignac que lo siguiera. El pintor obedeció acercándose a la puerta que le señalaron, esperó a que se abriera y entró en la estancia.

Ésta era pequeña y de techo bajo. Aquí también había fuego en la chimenea, pero aparte del calor irradiaba un agradable aroma dulzón. En un sillón, al otro extremo del cuarto, se sentaba una mujer que lo escrutaba con los ojos. Vignac hizo una reverencia seguida de una genuflexión, esforzándose por encontrar el adecuado grado de sumisión. La mirada con la que se cruzó cuando se hubo reincorporado le indicó que no había acertado ni de lejos. Aquellos ojos se apartaron de él con una indignación apenas disimulada sólo para volver a fijarse en él con un matiz de autodominio resignado. Una mano vacilante, como temiendo contagiarse, se levantó ligeramente y le indicó que se sentara.

–Espero no tener que interpretar en vuestra apariencia exterior que en vuestro camino hacia aquí hayáis despertado de alguna forma la atención de otra persona. Las instrucciones que habéis recibido no dieron, como vivamente espero, lugar a malentendidos, y su estricta observancia es condición imprescindible para continuar esta entrevista. En este sentido, ¿puedo dar por seguro que hayáis cumplido íntegramente nuestro acuerdo?

–Me he visto obligado a tomar un camino que no permitía prestar la debida atención a la vestimenta. Con excepción de algunos peces, nadie me ha visto durante mi periplo hasta aquí.

–Lo cual será también de vuestra propia conveniencia. ¿Lleváis con vos el escrito que os ha traído hasta aquí o ha sido víctima de vuestra valiente travesía?

–La misiva de vuestra excelencia...

La mujer levantó la mano para cortarle la palabra.

–¿Habéis traído el escrito?

–Descansa junto a mi corazón.

–Bien. Entregádmelo. Doy por supuesto que a excepción de vos nadie conoce la existencia del mismo. Aquí, retomadlo y arrojadlo al fuego. Nuestra conversación no nos ocupará durante mucho rato. Demasiado tiempo ha pasado ya. Tiempo inútil. Es mi cometido explicaros en pocas palabras la naturaleza de vuestro encargo. Ignoro por qué habéis sido vos el elegido. La persona en cuestión y sus consejeros no tienen costumbre de explayarse con discursos grandilocuentes ante aquellos a quienes confían la ejecución de sus encomiendas. Pero para eso estamos. Todos servimos a Dios. Pero sólo unos cuantos tienen el privilegio de conocer sus designios y actuar conforme a su voluntad. De ahí el constante griterío y refunfuñar de los espíritus pusilánimes que se arrogan saber mejor que los pocos elegidos lo que debe hacerse en el nombre del Todopoderoso. Y nosotros, que servimos a aquellos a los que conforme a las leyes eternas Dios ha establecido como sus representantes, también debemos obedecer a esa voluntad y, a falta de una orden clara, cumplir con el espíritu de esa misma voluntad. Sin embargo, no incumbe al brazo preguntarse por lo que quiere la cabeza. Es cometido del brazo obedecer y obedecer correctamente. ¿Comprendéis lo que quiero decir?

–«Porque Dios el Altísimo es temible; Rey grande sobre toda la tierra...»

La mujer achinó los ojos. Vignac aguantó su mirada insondable y aprovechó la ocasión para estudiar toda su persona. Su cara blanca era de rasgos finos, juvenil y al mismo tiempo de una apariencia extrañamente vieja. La cabeza, que ni siquiera se movía cuando hablaba, flotaba encima de una gran valona de encaje blanco, remate superior de un vestido de rojo coral y con la parte de los hombros tan alzada que daba la sensación de que el resto del cuerpo se hubiera escurrido hacia abajo. La desconocida llevaba el pelo recogido en dos trenzas entrelazadas, de un color tan rojo como el pesado vestido plisado. El rostro tenía una apariencia fantasmagórica y cuando de repente volvieron a brotar palabras de su boca reconoció por qué esa cara juvenil parecía envejecida prematuramente: la piel estaba cubierta por una gruesa pasta blanca que se arrugaba de forma reveladora alrededor de la boca.

–«¡Pueblos todos, batid las manos; aclamad a Dios con voz de júbilo!» Hay que ver: se me encomendó mandar a buscar a un pintor y me traen a un cantor de salmos. ¿Tenéis otros dones que ofrecer? Sería desafortunado si viéramos en vos sólo a un hábil artesano y se nos pasara por alto que sois un ángel.

–Lo que puedo ofrecer es la labor de mis dos manos y un ojo al que Dios ha gustado otorgarle el don de la observación. Si los designios divinos fueran otros, difícilmente me encontraría ahora ante vos.

Casi podía percibir cómo sus palabras fueron penetrando poco a poco en aquel cuerpo cubierto por la tela roja. ¿Se había propasado? ¿Había hablado con demasiada libertad y faltado al respeto? Pero ¿a santo de qué ese lenguaje rebuscado propio del clero? ¿Se trataba de poner a prueba sus convicciones religiosas? Había recitado el salmo porque no sabía qué responder ante las extrañas disquisiciones de la mujer. Por doquier, su discurso parecía sembrado de trampas y arrecifes ocultos. Sin saber qué hacer, Vignac puso cara de perplejidad. De forma subrepticia, no obstante, examinó con suma atención cada detalle de la persona que tenía enfrente. La cara estaba prácticamente oculta por el maquillaje. Pero la postura de su cuerpo y la manera en que colocaba las manos y los pequeños pies que asomaban por debajo de la tela roja muy juntos el uno al otro le permitieron intuir el cuerpo que se escondía detrás del disfraz. Le vino a la mente una antigua máxima: «No hay emoción humana que, por muy inaprensible que sea, no se traduzca a una forma; y no existe forma alguna que no esconda una intención».

–En fin, no es cometido mío examinaros con vistas a fines que no se han solicitado. Habéis despertado agrado con el retrato de mi señora. Seguramente, el hecho de que se os haya mandado a buscar se deba a esta circunstancia. Una obra excelente, hay que admitirlo sin falsas envidias. Digo, sin falsas envidias, pues no me gano el pan en vuestros círculos. He de decir que me asombra vuestro valor. Cuando los carpinteros colocaron el cuadro ya enmarcado en el castillo de Monceaux y madame de Beaufort se lo mostró a la gente, deberíais haber visto las caras de los pintores que estaban presentes. Uno de ellos incluso levantó la voz para apuntar que era inaudito que una pintura, cuyo autor era anónimo y tal vez trabajaba a escondidas y sin la preceptiva licencia, se exhibiera en la corte para escarnio de los pintores honrados. A lo que mi señora acudió en vuestra defensa preguntando al pintor en cuestión si acaso le parecía posible convertir a la madre de los hijos del rey de Francia en instrumento de un hipotético escarnio, de manera que el petulante tontorrón por supuesto calló. Pero ese pequeño episodio muestra a las claras que para ambas partes es de sumo interés mantener la más absoluta discreción acerca de nuestro encuentro.

–Mi retrato constituía un regalo y un homenaje a la duquesa. No se pintó en París, por lo que la acusación de ese pintor no me afecta.

–No nos entretengamos con nimiedades de esta índole. Cualquiera que fuera el fin que perseguíais con este acto, siempre se le atribuirá un significado. ¿No es también el caso de Dios, nuestro Señor? Él mira directamente en nuestro corazón y nos mide por nuestra verdadera fe, no según unos actos ambiguos que ahora pueden significar esto y después aquello. ¿No es ésa la doctrina de las gentes a las que pertenecéis?

De nuevo volvía a cuestiones religiosas. Aun así, Vignac sintió que eso sólo era polvo que le arrojaba a los ojos para hacerlo caer en una trampa mucho más peligrosa en otro momento. Pero ¿cuál? Su cuadro se había presentado en la corte, había despertado admiración y por supuesto también envidias. Había contado con ello. Por fin, su más íntimo deseo se había hecho realidad: querían encargarle más cuadros. No había ninguna duda de que se trataba de eso. ¿Para qué, si no, la audiencia con la duquesa? Si bien no lo recibía personalmente, la mujer que tenía delante indudablemente actuaba por encargo suyo. Ella era el brazo y la boca de la dama más influyente de Francia, la futura reina. En todas las cortes de Europa se hablaba de ella y del inmenso amor que el rey le profesaba. Él, Vignac, la había retratado, había reunido todos los atributos posibles de belleza, de fertilidad, de encanto y de real dignidad en un grandioso conjunto y, con ello, la había impresionado. Había intuido que el modelo de la noble desconocida encantaría a la bella Gabrielle como si de un espléndido collar de perlas se tratara.

El cebo había sido hábilmente colocado y había surtido efecto. Claro que ellos no querían que él lo notara. Le pedían sumisión y humildad, y más cuadros. Esas preguntas sobre la religión no eran más que artificios para infundirle miedo. Si al fin y al cabo, era de dominio público que la misma duquesa era protestante, y el rey más aún. Vignac se escuchó decir:

–Las obras pías nunca hacen al hombre bueno y pío, sino que es el hombre bueno y pío quien hace obras pías. Como dice Jesucristo: «El mal árbol no da buen fruto. El buen árbol no da fruto malo».

–Sí, sí. Habéis estudiado muy bien los sermones de ese impertinente monjecillo teutón. Mas no queremos vuestro consejo en asuntos de fe. Habéis demostrado poseer un talento extraordinario. De lo que carecéis, sin embrago, es de la correcta comprensión del sentido de las formas cuyo diseño exterior domináis a la perfección. Sin duda, convendréis conmigo en que el cometido del pintor no debe ser sólo el de representar las cosas. Eso es algo que puede hacer cualquier espejo, y mejor y más rápido que el mejor de vuestro gremio. El verdadero arte consiste en sacar algo más de lo representado, algo que éste por sí mismo no es capaz de mostrar. Si no, ¿acaso necesitaríamos una versión pintada de un bosque, de un paisaje o de un rostro, si sólo fuera cuestión de arrancar esas cosas de la tiranía del paso del tiempo? No, sería incluso pecado tratar de entrar en competencia con el ciclo de la creación y de rebelarse contra la inexorabilidad de los designios divinos por medio de unas tablas coloreadas. Mostrar la esencia de las cosas, ésa es la misión del arte. Debe procurar captar lo singular en la corriente de los fenómenos pasajeros.

»No os son del todo ajenas estas ideas, pues quien observa el retrato que pintasteis de la duquesa percibe fácilmente que os habéis esforzado –de un modo un tanto pueril, aunque no del todo necio– por darle un significado aparente. Para eso, habéis utilizado un modelo. Un proceder muy inteligente, ya que deambular sin tropiezos por caminos ya utilizados por otros no conlleva un gran riesgo. Sois astuto, maître Vignac; eso nos gusta. Pero en el arte, la astucia es un veneno. Es la madre de la prudencia y por tanto una enemiga de cualquier obra maestra. No es capaz de hallar verdades, sino que en el mejor de los casos nos presenta una gracia, una sorpresa que, sin embargo, nos fatiga rápidamente, pues debemos pagar el breve placer inmediatamente con un entendimiento que se nos ofrece como un maravilloso hallazgo, pero del que nos cansamos antes de haberlo percibido del todo. Nos damos cuenta de los caballetes, de las cuerdas y las traviesas detrás de los bastidores. Escuchamos el chirriar de las ruedecillas ocultas que lo mueven todo y deseamos pronto que un potente terremoto ponga fin a todo este embaucamiento bienintencionado.

»En vos hay un gran saber hacer, pero carecéis de dirección. Vuestra mirada es capaz de captar los más nimios detalles al tiempo que adolece de una lamentable ceguera para el conjunto. Habéis utilizado un precursor en cuya época estaban de moda esos malabarismos bienintencionados y tal vez eso pueda justificaros. Es más, habéis demostrado ingenio tratando de llamar la atención de un modo tan inaudito. Así es que puede perdonarse el torpe instrumento, porque la intención que lo movía era menos torpe.

Vignac miró fascinado la boca de la que brotaban esas palabras. El tono severo y bajo era adormecedor. Al mismo tiempo parecía que entre esos interminables filamentos discursivos se estuviera hablando de otra cosa completamente distinta que uno no debía perderse por nada del mundo. Sintió cómo dentro de sí mismo crecía la indignación ante el desprecio con que esa persona hablaba de su obra. ¿Cómo se atrevía a soltarle semejante verborrea? Su condición, su fe o su origen, todo eso se le podía echar en cara, pero llamarlo copista barato... ese reproche le heló la mirada. ¿Qué es lo que sabía esa persona sobre él y sus facultades? Al mismo tiempo sintió que sus palabras encontraban un eco positivo en su fuero interno. Aunque lo acallara enseguida, una duda se deslizó a través de su ira, quitándole la punta antes de que pudiera henchirse del todo.

De repente, el discurso se interrumpió y Vignac se dio

cuenta de que había cometido un error imperdonable. Desesperadamente trató de repescar la pregunta que hacía un instante había estado flotando por la estancia, pero la había perdido por culpa de un momento de distracción. Sintió por igual miedo y admiración cuando tuvo que reconocer con qué habilidad esa mujer desconocida había detectado su breve ausencia mental para infligirle otra humillación. Pues bien, al parecer no quería dejarle margen para reflexionar. Fuera lo que fuese lo que querían de él, no tendría tiempo para considerar las condiciones. Inspiró para darle un timbre sonoro a sus palabras, pero ella se le adelantó.

–No estoy acostumbrada a hablar con personas de vuestra clase y lamento agotar vuestra capacidad de concentración. Os preguntaba por dónde ejercíais vuestra profesión.

–Trabajo para un flamenco en Villejuif.

–¿Alguien ha visto el cuadro de la duquesa antes de que lo enviarais al castillo?

–No, señora. Sólo mi amigo, un tal Lussac. Se lo mostré cuando lo hube terminado. Entonces estábamos en Bretaña y realicé este cuadro a escondidas. Nadie lo ha visto, es decir, una muchacha llamada Valeria, que me sirvió de modelo en algunas ocasiones, conoce obviamente su existencia. Es ella quien os lo ha...

–Lo sé. ¿Tenéis contrato con el flamenco?

–No.

–Bien. Decidle, pues, que ya no trabajaréis para él.

–¿Qué queréis decir con esto?

–La duquesa precisa de vuestros servicios. No podéis servir a dos amos al mismo tiempo. Cuando luego salgáis de la casa, recibiréis una suma de dinero que os permitirá trabajar sin que necesitéis procuraros otros ingresos. La situación actual en la corte parece desaconsejar que por el momento hagáis acto de presencia. Por eso, realizaréis los encargos que se os hagan de forma oculta, lo cual no os costará, pues ya tenéis experiencia en estas lides. No me es dado deciros más sobre las motivaciones de la duquesa. De todas maneras, las circunstancias que reinan en la corte os deben resultar extrañas y poco comprensibles, y para llevar a cabo la misión que se os encomienda no necesitáis saber más de lo que ya os he dicho. La duquesa y el rey corren graves riesgos. Al igual que vos, ellos persiguen un gran objetivo y cuanto más cerca se encuentran de él, mayores son los peligros que los acechan. El rey ignora el abismo que se abre a sus pies y no ve que la vida del ser que ha prendido en él ese amor cegador está amenazada por todas partes.

»Vuestra misión consistirá en abrirle los ojos porque si no se logra este fin, será la perdición de todos nosotros y una desgracia inconmensurable para Francia. Vuestras esperanzas también se echarían a perder, por lo que será para vuestro propio bien si permanecéis oculto y realizáis de incógnito las obras que os vayamos a encargar. No, no digáis nada ahora. Escuchadme y recordad mis palabras: Cuando concluya nuestra entrevista, os iréis primero a la estancia que os indicará el criado en el vestíbulo. No os asustéis cuando entréis; al principio, sólo veréis una cortina cerrada. En el centro de la sala habrá una silla en la que os podéis sentar. Cuando se descorra la cortina, veréis algo que os pueda resultar enigmático. Como ya os he indicado no hay mucho tiempo para largas explicaciones. Memorizad bien lo que vayáis a ver. Hecho lo cual levantaréis la mano derecha. La cortina volverá a cerrarse y podréis abandonar la sala.

»Disponéis de seis semanas para pintar la escena. Cuando hayáis terminado, me mandaréis recado a través de la chica en casa de Zamet. Entonces inspeccionaré la obra y haré que la recojan. Encontraréis más detalles en el talego con dinero que os entregará el criado. Si no os vierais capaz de realizar la obra, no aceptéis el dinero cuando abandonéis la casa. En tal caso, asumiríamos que este encuentro nunca tuvo lugar. No se os molestará más y vos olvidaréis todo lo que habéis visto y oído aquí.

–Disculpad, pero no comprendo...

–Os haréis rico, Vignac. Ya sabéis lo que hay que saber y tengo la certeza de que habéis comprendido lo que se espera de vos. Conocer más detalles sólo sería una traba para vuestra labor. Trabajad con esmero y utilizad sólo material de primera. Se os dará suficiente dinero para adquirir los ingredientes necesarios. Cómo haréis para que nadie tenga conocimiento de vuestro trabajo es asunto vuestro. Pero os aseguro que seréis el único responsable de mantener silencio acerca de la autoría del cuadro. Salid ahora. En nombre de la duquesa os doy las gracias por vuestra visita. No la decepcionéis y seréis ampliamente recompensado.

Vignac miró a su alrededor. La puerta por la que había entrado estaba abierta. Buscó de nuevo la mirada de su interlocutora, pero ésta ya se había levantado y le daba la espalda. Una vez más paseó los asombrados ojos por el vestido rojo coral, se giró enérgicamente y siguió al criado hasta el vestíbulo.

El uniformado le indicó que esperara y desapareció. En la casa reinaba un silencio sepulcral. Del fuego en la chimenea sólo quedaban las brasas. Se sintió observado por los sillones vacíos y un aire frío correteó entre sus piernas. Tenía la cabeza llena y vacía al mismo tiempo. La voz de esa dama aún la recorría como un fantasma. Se acercó a la puerta de entrada y probó la maneta. No se movía. En el mismo instante oyó el apagado siseo del criado y cuando se giró se apercibió de que la puerta por la que acababa de salir al vestíbulo estaba de nuevo abierta. Vignac rememoró las últimas palabras de la mujer desconocida, tomó la máscara que le tendía el criado, se la colocó sobre la cara y entró en la estancia.

TRECE

13 de octubre de 1598

No te vayas todavía. Abrázame fuerte. Regálame por un breve tiempo más tu calor en mi espalda y la suavidad de tus manos en mi cuerpo, que a ti te pertenece, a ti y sólo a ti. Sí, ya sé que pertenece a otro, pero ése está lejos. Mi pensamiento y mi alma están con él, pues me necesita. Mas mi corazón y todo aquello para lo que mi pobre lenguaje no tiene palabras están contigo, mi amigo y amado por encima de todas las cosas. Y sólo a ti se te abre en arrebato mi deseo; mi añoranza deletrea balbuceando tu nombre y soy la más abandonada de las personas cuando tu mirada no descansa sobre mí, tu voz no me envuelve y no siento el calor de tu aliento en mi piel. Cuando te alejas, una noche tenebrosa y fría paraliza mis sentidos, e inerte transito por un espacio gélido hasta una lejanía inconmensurable donde ni siquiera Saturno celebra sus espantosas libaciones. Pero cuando vienes a mí, todo se llena de futuro y promesas. Un escalofrío delicioso recorre mi ser y sé que renazco; tu presencia transforma mi carne y la anima. Ven, amado mío, y cúbreme de miles de besos.

Un torrente de felicidad la recorrió y se articuló en una débil exclamación, que fue acallada por unas manos presurosas. El hombre que estaba encima de ella mantuvo los ojos cerrados, respiró hondo y aguardó en tensión hasta que los rasgos de la amada que yacía debajo de él se suavizaran. Cuando vio las lágrimas, le pareció que un dios desconocido y poderoso lo abrazaba, apretando su minúsculo y mísero ser con un cuerpo gigantesco. Sus labios buscaron las saladas lágrimas de la mujer y su lengua voló por esa cara ardiente y totalmente descompuesta. Después se quedaron quietos, estrechamente entrelazados como dos animalitos por los que acababa de pasar una tormenta.

Al cabo de un rato, la mujer se despegó del abrazo del hombre, se deslizó con cuidado fuera de la cama y fue hasta la ventana. Descorrió un poco las pesadas cortinas, recibiendo con deleite el calor de los rayos del sol en su piel. Fuera, las cosas parecían colocadas en el paisaje como juguetes. Las dos torretas sobre la muralla a su izquierda y derecha; detrás, los montones de heno en el campo segado, y en el horizonte, el bosque con semblante serio. En su habitual alegría infantil le sacó la lengua, pero su insolencia rebotó inesperadamente en el muro verde y volvió a caer sobre ella con pesadez.

En el castillo de Monceaux reinaba un silencio total. El patio interior estaba desierto. Por doquier había pesados bloques de mármol italiano esperando el regreso de los escultores que se habían ausentado del castillo para el descanso vespertino. Junto a la fuente había un carruaje abandonado, como si los caballos se hubieran liberado del atelaje para beber, olvidándose después de llevar el vehículo a los establos. Los ladridos de unos perros y el grito de un niño sugerían por un momento la cercanía de una aldea hasta que ésta volviera a desaparecer detrás de una estrecha arboleda y a sumirse de nuevo en el eterno orden divino.

Sintió que él se acercaba por detrás. El calor de su cuerpo irradiaba hasta ella y su respiración le acariciaba la nuca. Se le irguieron los pechos cuando él se apretó contra ella, deslizándole con la delicadeza propia de unas pestañas las manos sobre el cuerpo hasta donde su virilidad ardiente se abría paso por entre los muslos. De repente, creyó ver unos jinetes saliendo a toda velocidad del bosque. Se quedó rígida. Expectantes, las manos del hombre se detuvieron. La visión pasó, pero como un mal sueño aún le impregnaba los párpados que, separados por el miedo, parecían intentar atrapar el eco de la aparición.

Bellegarde volvió al centro de la estancia. Ella escuchó el

crujir de las sábanas y el golpe sordo de una almohada que caía al suelo.

–Venid –susurró–, no ha sido nada.

Ella se volvió y se acercó lentamente a la cama. En ese momento, él levantó repentinamente la mano.

–No, ¡deteneos! –exclamó–, ¡quedaos allí!

Gabrielle le dirigió una mirada inquisitiva, pero le hizo caso.

El hombre se acomodó en el suelo delante de la cama. Un extremo de la sábana roja le cayó en la entrepierna, trazando una huella oscura alrededor de sus entrañas. Y así se quedó unos momentos absorbiendo la belleza de la mujer como si de un perfume se tratara. Ante él, por encima de él estaba ella, en la media luz de la tarde otoñal y lo miraba con una ligera sonrisa burlona. Después desapareció a través de la puerta oculta en la habitación contigua. Al volver llevaba una bata de seda verde oscuro. Debajo, su piel relucía como el mazapán.

Bellegarde estaba sentado en la cama.

Ella se sentó a su lado y apoyó la cabeza en su pecho.

–Tú eres hermosa, amiga mía. He aquí que eres hermosa. Tus cabellos como manada de cabras que se recuestan en las laderas de Galaad. Tus labios son como hilo de grana y tu boca deliciosa...

La boca deliciosa lo besó y lo hizo callar.

–No habléis, Bellegarde, os lo ruego. Mi cabeza está llena de palabras y de pensamientos, y no deseo nada, ni hablar ni pensar. Ahora mismo, cuando estábamos juntos en la ventana, creí que ya había vuelto y que nos encontraría aquí como aquel día en Cœuvres. ¿Qué papel haría ante él? Y a todo esto ni siquiera me siento culpable. ¿No deberíamos seguir nuestro corazón? Pero ¿qué hacer cuando un rey pretende un corazón en el que ya vive otro rey?

–Divide y vencerás –susurró Bellegarde abrazando con fuerza a la grácil mujer.

–Lo decís como si nada y huís por el jardín cuando el otro se acerca.

–¿Qué pretendéis? ¿Que compita con mi propio rey? Además, lo amáis tanto como a mí y tanto como yo a él.

Ella cerró los ojos y apoyó la cabeza sobre el pecho del hombre.

–Sí, os amo, Bellegarde, con toda mi alma, mas al mismo tiempo amo a mi señor y rey. ¿Es eso posible? ¿Por qué un amor no me hace despreciar al otro? ¿Por qué un amor no me sacia sino que me provoca hambre del otro?

El hombre rió.

–Sólo el uno puede daros aquello de lo que el otro carece. Os puedo hacer reina de mi corazón. No obstante, reina del país sólo seréis al lado del otro.

–Oh, Bellegarde, lo decís como si ya fuera cosa hecha.

El hombre le besó cariñosamente el cabello para después buscar con los labios la cercanía de su oído y susurrarle:

–Mientras nosotros yacemos aquí, el consejo en Fontainebleau debate sobre quién van a enviar a Roma y quién a Usson para promover el divorcio del rey.

Gabrielle se incorporó.

–¿Cómo lo sabéis?

Bellegarde le dio un beso en los labios.

–Me lo dijo La Varaine. Fue a Fontainebleau ayer y hoy ya estaba de vuelta. En principio, el consejo se reunió para fijar los gastos para el año que viene, pero el debate se centró en vuestro matrimonio. Aunque la mayoría está en contra de dicha unión, se acordó enviar a monsieur de Langlois a Usson para obtener el acuerdo de divorcio de Margarita. En cuanto se disponga de ese poder firmado, Sillery irá a Roma. No hubo tiempo suficiente para hablar de los detalles. Como sabéis, el ataque que sufrió el rey interrumpió la sesión.

–Oh, qué vergüenza, aquí yazgo yo con vos, mientras que el rey está postrado por la enfermedad en Fontainebleau.

–Considerando la naturaleza de sus males, sería difícil que me sustituyera.

–¡Bellegarde!

–Shh, podrían oíros.

–No os permito que habléis así de él. Nunca os hizo ningún mal, es más, siempre os perdonó vuestros errores.

–¿Incluyendo el error de amaros?

–No. Pero donde no hay error, no hay reprobación. Enrique es un gran rey. Francia se lo debe todo y no le agradece nada. Mas no podemos esperar de un gran hombre aquello que ni siquiera los dioses consiguen. Me ama aun a sabiendas de que aquel que me condujo hacia él nunca desaparecerá de mi corazón. Podría eliminaros, mas no lo hace, pues sois su amigo. Y nosotros le agradecemos su confianza engañándolo. Qué malos somos... y cuán dulce me parece esa maldad.

Bellegarde le acarició el cabello y dejó caer la cabeza en los almohadones. Durante un rato mantuvieron silencio, sólo escuchando la respiración el uno del otro. Gabrielle cerró los ojos y trató de ahuyentar los pensamientos que la conversación le había provocado. Como no lo consiguió, intentó distraer sus sentidos, igualando su respiración al aliento del amado. En esto, le pareció un mal augurio el tener que constatar que se asfixiaría si tuviera que seguir su ritmo durante más de unos minutos.

–Roger, tengo miedo. ¿Qué pasará si le ocurre algo? ¿Qué será de mis hijos? Nadie en el círculo del rey defiende mi causa.

–Al fin y al cabo, no es necesario, ya que el mismo rey se encarga de ello. Sí, os lo digo yo, queridísima, bellísima Gabrielle, lo acompañáis día y noche como el calor a la luz. No dudéis de su fidelidad. Conozco al rey como si fuera yo mismo. Leed sus cartas, observad sus ojos cuando entra en los aposentos y os ve rodeada de vuestros hijos. De no ser por ese maldito matrimonio incestuoso con Margarita, mañana mismo os elevaría al trono.

Sabía que él tenía razón. Las cartas del rey; ¿había una prueba más elocuente del amor?

> Amado corazón mío, os habéis quejado de no tener noticias mías en dos días, mas ello se debe solamente a que estoy

fuera y estaba muy enfermo. Nada más llegar aquí, os envío un saludo. No consigo desprenderme de mi ánimo melancólico y creo que mañana deberé tomar un remedio. Nada, sin embargo, podrá ayudarme tanto como veros, que es el único remedio contra todas mis penas. Mañana acudiría en vuestra busca si no fuera por unos asuntos urgentes para el año entrante que he de arreglar con el consejo. En nuestro próximo encuentro os contaré todas las novedades. Os mando la carta para Fourcy, para el mármol, y sabed que monsieur De La Rivière está a vuestra disposición en cuanto lo deseéis. Buenas noches, corazón mío. Os beso un millón de veces. Dado el 13 de octubre de 1598...

Bellegarde la miró con curiosidad.

–Sí me lo creo –se arrebujó contra él y respiró hondo. Después, como si estuviera rezando, dijo con voz apenas audible–: Dios mío, si pudiera darle otro hijo varón....

El sol se había puesto y detrás de las pesadas cortinas sólo se apreciaba una fina franja de luz. Pensativo, Bellegarde observó el ovillo oscuro que descansaba en su regazo, disimulando la inquietud que la última frase le provocaba.

Era de suponer que el rey no volvería hasta unos días después. Aun en el caso de que regresase antes, Bellegarde tendría suficiente tiempo para ausentarse de los aposentos de la duquesa sin ser visto. La Varaine le había informado sobre el estado de Enrique. El domingo por la tarde, después de la primera reunión del consejo, le había vuelto a aquejar el viejo mal: una retención de orina acompañada de una subida de fiebre rápida y muy alta. Desde hacía meses, un absceso en los genitales le estaba causando molestias cuando montaba a caballo, y ahora los cálculos en la vejiga habían empeorado tanto que se temían consecuencias graves. El médico del rey, La Rivière, esperaba con impaciencia la orden de iniciar un tratamiento, pero Enrique rehuía la operación. A Bellegarde siempre le había parecido comprensible el miedo ante una intervención; no obstante, las palabras de Gabrielle arrojaban una luz totalmente distinta sobre el asunto. ¿Cabía la posibilidad de que el rey...? No, no podía ser. Respiró hondo, como si con ello pudiera ahuyentar ese pensamiento. Pero sólo consiguió que surgiera otro que lo dejó igualmente pasmado. Apenas se atrevió a formular en silencio la correspondiente pregunta: ¿Qué ocurriría si a raíz de la operación el rey perdía la capacidad de engendrar hijos? Se le aceleró el pulso. Presintió que ahí había un peligro latente, un encadenamiento de posibilidades cuyo desenlace final no logró captar con el raciocinio.

O ¿tal vez ya se había producido esa pérdida? La sucesión al trono era la mayor inquietud de Enrique. Más allá de su propia muerte, sólo podía proteger a los hijos de Gabrielle convirtiéndolos en herederos legítimos de la corona. Pero los dos hijos habían sido concebidos en pecado. Sus pretensiones sobre el trono eran cuestionables. Sin embargo, si Enrique se casaba ahora con Gabrielle y ella tenía otro hijo varón, la legitimidad de este príncipe quedaría fuera de toda duda.

Una vez contemplada esta solución al problema, ya comenzaba a deshilacharse ante la posibilidad de que, debido a la operación pendiente, Enrique perdiera la virilidad. Todo el hermoso plan se desbarataría. En realidad, todo dependía de que la mujer que ahora estaba durmiendo en su regazo quedara de nuevo en estado de buena esperanza por obra del rey y que éste la desposara antes del alumbramiento.

Bellegarde sintió cómo empezó a sudar. ¿Era por eso que ella le había otorgado sus favores después de todos estos años? Y tal vez... no, era impensable. ¿Sería posible que Enrique mismo...? Levantó a la mujer de un movimiento brusco y acercó la cara a la de ella. Pero no vio nada. Entre los dos reinaba la oscuridad, y sólo sintió una respiración cálida, percibió el perfume de la piel de ella y, antes de que pudiera decir nada, cayó en esa oscuridad de labios carnosos, de manos expertas y de una lengua veloz y suave como una oruga que buscaba afanosamente la lengua de él.

A lo lejos empezó a sonar el trote y el tintineo de caballos que se acercaban rápidamente. Bellegarde se sobresaltó y aguzó el oído. En el castillo restallaban los golpes de puertas que se abrían. Desde el patio se colaban por la ventana el ruido de pasos presurosos y el olor a antorchas. Antes de que los criados hubieran quitado las pesadas trancas de hierro del portón principal, Bellegarde ya estaba vestido y miraba hacia fuera oculto detrás de las cortinas. Allá en la linde del bosque, los vio llegar. Debían de ser unos ocho o diez caballos, sin contar con los que tiraban del carruaje que iba en medio de los jinetes. Cuando volvió junto a la cama, la encontró vacía. Sin hacer ruido se acercó a la puerta, la entreabrió para volver a cerrarla al instante, regresó de nuevo a la ventana y de un salto alcanzó la balaustrada. Aún escuchó la enérgica llamada en la puerta de la habitación, saltó sobre el alero lleno de musgo, lo atravesó a toda velocidad y se ocultó hasta que los primeros caballos entraron al trote y con estruendo en el patio interior del castillo. Sólo en ese momento se atrevió a saltar del techo y se mezcló con la muchedumbre de personas que de repente poblaban el lugar y corrían de un lado a otro.

La tropa estaba encabezada por el duque de Montbazon y Mainville, el capitán de la guardia. Los jinetes desmontaron enseguida y rodearon el carruaje. Dos criados, que habían viajado de pie en el pescante trasero, saltaron a tierra y se apresuraron a abrir la portezuela y a desplegar el estribo encajado en la misma. Otros acercaron una camilla, pero, cuando el rey emergió pálido y febril del carruaje, hizo un breve gesto negativo con la mano y, apoyándose en Montbazon, se dirigió a la casa por su propio pie. Antes de que llegara a la escalinata, Gabrielle corrió a su encuentro.

Bellegarde se mantuvo al margen y no escuchó lo que hablaron. Cuando se dio la vuelta, vio acercarse a Rosny. Su sombría expresión lo decía todo. Se dirigió directamente a Bellegarde y le habló sin rodeos.

–Desde el domingo por la tarde, vómitos y fiebre alta. ¿Dónde está La Rivière?

–Creía que se le había llamado a Fontainebleau. Que yo sepa lo mandó a buscar La Varaine.

–Entonces, nos hemos cruzado. ¡Menudo fastidio! Enviaré inmediatamente un mensajero a París para buscar a Bérault. De todos modos, los necesitaremos a los dos.

–¿Tan grave es?

–No desearía semejantes males ni a mis peores enemigos.

Dirigió la mirada hacia la escalinata de entrada donde el rey y Gabrielle estaban conversando. Rosny calló, pero su silencio fue más elocuente que cien palabras. A continuación, miró fijamente a Bellegarde.

–No sabía que la duquesa solía acostarse tan temprano.

–En el castillo hace mucho frío. Las chimeneas no tiran bien.

La mirada de Rosny cayó como una tromba de granizo sobre el hombre asombrado.

–Deberíais buscaros otro ayudante de cámara. Al que tenéis ahora parecen temblarle tanto las manos que ni siquiera es capaz de abotonar el jubón de su amo como es debido.

Con esas palabras Rosny se alejó. Se dirigió hacia el grupo de jinetes que todavía estaba junto al carruaje y ordenó a dos de ellos cabalgar hasta Fontainebleau para ir al encuentro de La Rivière y traerlo a Monceaux.

Bellegarde lo siguió con la mirada. Maldiciendo entre dientes se abotonó bien el jubón y luego se unió con pasos comedidos al séquito de cortesanos que se agolpaban en la puerta para pasar al vestíbulo del castillo.

La Rivière llegó unas horas más tarde. Y al alba apareció Bérault, acompañado de otros médicos y cirujanos de la capital. Un baño caliente y lavativas hechas con aceite de almendra habían aliviado las molestias del rey pero, después de un exhaustivo examen por parte de los galenos congregados, llegaron a la conclusión de que era inevitable una extracción operativa de los cálculos vesicales.

En los siguientes días, los médicos pontificaban delante de la corte al completo y discutían sobre el diagnóstico acertado. En primer lugar, debía considerarse el momento de la intervención. Había acuerdo en que la época del año era la propicia. Como el frío y la sequía pasaban por elementos principales de la vejiga, era recomendable que para una operación de dicho órgano se eligiera un momento en que Marte y Saturno no estuvieran alineados con la Luna. Sin embargo, había divergencia de opiniones acerca del lugar exacto por el que debía practicarse la intervención. Algunos abogaban por realizarla a través del miembro viril. Sostenían que por allí era menos peligrosa la extracción del cálculo. Según demostraba la experiencia, una incisión entre el ano y el escroto era arriesgada y encima más dolorosa que un corte lateral en el miembro. Además, continuaban, procediendo de este modo podría aprovecharse la circunstancia de que el prepucio, que debía estirarse hacia delante por el pene cuando se efectuara la incisión, volvería hacia atrás una vez concluida la operación y, cubriendo la herida, ofrecería una protección natural contra infecciones. La Rivière defendió este método durante una tarde entera, aunque al final tuvo que admitir ante Bérault que, en primer lugar, el cálculo aún no había llegado hasta el uréter y que, en segundo lugar, ni siquiera se podía saber si su tamaño le permitía avanzar hasta allí. Aparte, se ignoraba cuántos cálculos había en total, y en ese sentido sería poco afortunado extraer uno del uréter para luego constatar que en la vejiga quedaban otros que al poco tiempo volverían a causar las mismas molestias.

El colegio de médicos acordó finalmente preparar la operación bajo la dirección de Bérault. En la mañana del 20 de octubre, se reunieron en la biblioteca del castillo. La Rivière y Bérault presidieron la reunión. Aparte de los médicos Marescot, Martin y Roset, así como del cirujano jefe Regnault, que ya había extirpado una fístula de los genitales del rey dejando, no obstante, la dirección en manos de Bérault para la operación pendiente, había unos cuantos compañeros de gremio más en la sala. Éstos, sin embargo, estaban sentados en la parte trasera junto a la pared y tomaban notas con mucha diligencia.

La Rivière fue el primero en tomar la palabra señalando

la extraordinaria importancia de la intervención. En un largo discurso de introducción, adornado hábilmente con numerosos apartes retóricos, evocó ante los presentes los méritos y logros del rey: todo lo que había hecho por el reino y sus súbditos, por lo que era obligación de todos rezar por el rey y pedir la gracia de Dios para el bien del monarca. Ellos, los médicos, no obstante, continuó diciendo, tenían una misión que iba más allá de los rezos. Pues, como el Señor hacía que cada cual naciera con un don especial –uno, con el de navegar los mares, otro, con el de cocer el pan, y el de más allá, con el de conocer las letras y su significado para la humanidad–, a los que estaban congregados en la sala, el Señor había tenido a bien otorgarles el conocimiento del cuerpo humano.

Cuando finalmente hubo concluido, pidió a su colega Bérault que explicara a los presentes el método según el cual contaba librar al rey de sus males, para que cada cual, llegado el momento de actuar con rapidez y conocimiento de causa, supiera lo que tenía que hacer y pudiera cumplir su misión.

Bérault se levantó de su banco, se dirigió al pupitre y comenzó:

–El gran Marianus Sanctus Barolitani y su excelente discípulo Ambroise Paré nos han legado maravillosos conocimientos que nos permitirán, con ayuda de Dios, eliminar el mal que aqueja a nuestro amado rey. Será incumbencia de la naturaleza, así como de la voluntad y de la habilidad de los médicos vulnerarios aquí presentes, curar las heridas que nos vemos obligados a infligir al cuerpo de nuestro rey. No hace falta que les explique de qué modo hay que preparar al paciente para la operación. Tal como el alma se purifica con oraciones y la confesión antes de que pueda recibir la santa comunión, debe purgar y limpiarse el interior del cuerpo, vaciarse la vesícula biliar, licuarse la sangre mediante sangrías y alejarse del cuerpo cualquier medicina que pueda debilitarlo. El pubis del paciente debe lavarse y rasurarse, además de mantenerse terso y suave por medio de baños y aceites, lo cual facilita la operación y la extracción del cálculo. Hemos examinado la orina del rey y hemos constatado que es clara, pero lleva restos de sangre. De ahí nuestra conclusión de que debe de tratarse de un cálculo con afiladas aristas y que seguramente no habrá más de uno. No podemos tener la certeza absoluta, pero la experiencia nos enseña que por lo general, si hay varios cálculos, entran en fricción entre sí, por lo que suelen alisarse. El fino polvo, resultado de esta fricción, es evacuado por la orina dándole un aspecto lechoso, lo cual no ocurre en el caso que nos ocupa. Si esperáramos a que el cálculo avance hasta el uréter, se correría el riesgo de que en su camino causara más lesiones en el interior del cuerpo. Tampoco conocemos su tamaño. Por eso recomendamos realizar la intervención directamente en la vejiga y no en el miembro viril. Me preguntarán con toda la razón del mundo por cómo se practicará una operación tan difícil. ¿Cómo vamos a encontrar el lugar indicado para realizar la incisión? Yo les contesto que es la propia naturaleza la que nos indicará el camino para llegar al nido del mal. Pero, antes de nada, déjenme que diga algo sobre cómo debe colocarse el paciente para que puedan iniciarse los preparativos.

»Necesitaremos una mesa que debe anclarse férreamente a la pared. Algunas almohadas sostendrán al paciente a la altura de los riñones, mientras que sus glúteos descansarán sobre mullidas mantas rellenas de paja y moyuelo que recogerán y absorberán la sangre y la orina vertidas. Las rodillas del paciente, que estará más sentado que tumbado, se levantarán y se fijarán con correas de cuero, de tal suerte que el lugar de la intervención quede totalmente accesible. Necesitaremos, además, cuatro hombres fuertes y valientes. Dos de ellos sujetarán los brazos, los otros dos las rodillas y los pies del enfermo para que éste no entorpezca la intervención haciendo un falso movimiento. Antes, sin embargo, de colocar al paciente en esa posición poco agradable, prepararemos los instrumentos, a saber: la sonda hueca muescada, el escalpelo, la cánula, los instrumentos de dilatación como fórceps, tenazas tensoras, virola de canal y pico de ánade, aparte de las pinzas picudas afiladas o dentadas para cortar y fragmentar los cálculos así como otras pinzas y tijeras más pequeñas. Los cuatro instrumentos más importantes los llevaré yo ocultos en las mangas del talar. Esto es importante para no inquietar al paciente con su aspecto. Además, de este modo, se encontrarán suficientemente precalentados para no causar daño en el interior del cuerpo. Las mangas deben cerrarse con compresas para que la sangre no los ensucie antes de tiempo.

A la par que avanzaba en su discurso fue levantando los diferentes instrumentos y, una vez mencionados, los hizo colocar en una mesilla tapizada de terciopelo negro para que los colegas pudieran inspeccionarlos después. Ninguno de los instrumentos era más grande que una mano. Dispuestos de este modo junto a Bérault parecían raras piezas de joyería, y los presentes estiraban con curiosidad los cuellos para poder ver. Todos los instrumentos llevaban adornos emblemáticos acordes con su función. Así, el mango de la sonda consistía en dos cabezas de serpiente, las virolas de canal parecían espadas de duelo, y las cachas del fórceps llevaban incrustadas pequeñas placas tornasoladas que recordaban los caparazones de cangrejos o langostas.

Bérault continuó:

–Cuando todo esté listo, la operación puede comenzar. Ahora volveré sobre la pregunta formulada al principio: ¿Cómo asegurarnos de que el escalpelo encuentre a la primera el lugar apropiado? Para ello es necesario introducir la sonda hueca, anteriormente flexibilizada con abundante aceite, por el uréter hasta la vejiga. Llegada hasta allí, el cirujano debe asegurarse de que la punta curva y roma de la sonda se traslade un poco hacia la izquierda y apunte hacia abajo, lo cual es fácil conseguir girándola con cuidado. De esta forma disponemos dentro de la misma vejiga de un apoyo donde cortar: la muesca encima de la sonda hueca. Entonces, el asistente a mi derecha tendrá el cometido de levantar el escroto del paciente hacia la derecha para dejar despejado el lugar de la intervención. A continuación, llegará el momento de la incisión propiamente dicha. Debe practicarse un poco a la izquierda del perineo y no demasiado cerca del isquion. Si lesionáramos el músculo de la vejiga, la consecuencia sería incontinencia urinaria. Si el corte se efectúa demasiado cerca del ano, existe el riesgo de que o bien inmediatamente o bien cuando extraigamos el cálculo se dañaran las venas hemorroidales de intenso riego sanguíneo, lo que daría lugar a fuertes e incontenibles hemorragias y conduciría a la muerte del paciente. Y aun en el caso de que eso no ocurra, una incisión demasiado cercana al ano provocaría fisuras en el tejido vesical a consecuencia de la posterior dilatación de la herida. De ahí que colocaremos el corte exactamente entre el ano y el extremo del hueso ilíaco. Se efectuará en el sentido de las fibras del tejido y no será más grande que el tamaño de un pulgar. Luego dilataremos el corte con los fórceps y, como el tejido desgarrado sana mejor que el seccionado, reduciremos su dimensión al mínimo.

»Buscaremos, pues, con los dedos el tope de la sonda introducida en la vejiga. Una vez hallado este punto, efectuaremos un corte rápido y fuerte, haciendo coincidir el metal del escalpelo con el metal de la muesca en la sonda. De este modo, la cuchilla secciona al mismo tiempo la piel y la pared de la vejiga. La sonda ya ha cumplido su misión y puede retirarse. A continuación, introduciremos dos virolas de canal por la herida hasta la vejiga y ensancharemos el canal de operación. Para ello es necesario abrir con fuerza estos dos instrumentos de dilatación a fin de hacer lugar para los otros instrumentos. Si no hay espacio suficiente para introducir el pico de ánade, debemos hacer uso de los fórceps. Después podremos dilatar el corte en la vejiga con el pico de ánade. A veces es incluso posible extraer el cálculo con dicho instrumento.

»Cuando la abertura sea suficientemente grande, introduciremos las pinzas picudas en la vejiga y agarraremos con cuidado el cálculo. No lo debemos arrancar, sino que lo soltaremos de la vejiga por medio de ligeros movimientos de vaivén para, a continuación, extraerlo. De ser demasiado grande como para eliminarse de este modo, hay que fragmentarlo y después extraer las partes. Para ello sirven las pinzas picudas dentadas. Una vez descompuesto el cálculo procederemos de forma habitual. Antes de concluir la operación, debemos asegurarnos de que no se encuentren en la vejiga otros cálculos ni coágulos de sangre que pueden dar lugar a la formación de nuevos cálculos. Para ello, examinamos cuidadosamente el cálculo extraído con el fin de detectar desgastes o puntos pulidos. Si no los encontramos, podemos estar seguros de que no se hallan más cálculos en la vejiga.

»A continuación, debemos cerrar la herida sin demora. De ser necesario, realizaremos unos puntos de sutura con un resistente hilo de seda que debe estar encerado para que no corte la carne y para que la orina o el pus no puedan descomponerlo. El punto se colocará bastante profundamente en la carne, para que no desgarre y haga inútil el dolor soportado por el paciente. Sea como fuere, debe quedar una pequeña abertura por la que se introducirá una cánula de plata hasta la vejiga para que la sangre y la orina puedan evacuarse. Sin embargo, dicha cánula no debe permanecer demasiado tiempo en ese sitio, pues de lo contrario la naturaleza se acostumbraría rápidamente a utilizar esta salida para eliminar la orina. La cánula se dejará en la herida sólo hasta que la orina que de ella sale esté clara y libre de sangre. En ese momento se extraerá y se cerrará definitivamente la herida.

»Ahí termina la labor del cirujano. Habrá que vendar al paciente y se le acostará con las piernas cruzadas en una estancia oscura y caldeada para que Morfeo lo acoja en sus brazos y le proporcione alivio para los suplicios experimentados. Después de unos días, se inyectará en la vejiga del convaleciente un bálsamo hecho de llantén, solanácea y agua de rosas. Si después de la operación la salida de la vejiga se encontrara obstruida por coágulos de sangre u otras pequeñas partículas, se introducirá de nuevo la sonda para despejar el uréter. Juro por Dios que esto es lo que debemos hacer para salvar la vida de nuestro rey. Dios lo asista. Amén.

Bérault dejó el pupitre y volvió a su asiento. En el otro extremo de la sala aún se oía el rascar de las plumas que volaban con premura sobre el papel. Luego cesó incluso ese sonido. La Rivière se levantó y se dirigió a la congregación.

–Así sea. Alabado sea el Señor. Recemos.

En la sala se hizo un solemne silencio. Los presentes tenían las cabezas agachadas y no hacía falta mucha imaginación para adivinar lo que les rondaba la mente. Poco después se dispersaron, presurosos por preparar diligentemente las tareas que se le habían asignado a cada uno. Pero sin contar con el propio Bérault que, a partir de ese momento, siempre iba acompañado por dos guardias especialmente seleccionados, después de aquel discurso probablemente no quedaba en el castillo nadie que no creyera que los días del rey estaban contados.

CATORCE

Post scríptum

Excelencia:

Llena de pecado y culpa es la vida del hombre. Éste espera su salvación por la gracia de Dios y cada cual lleva siempre una oración silenciosa en su corazón: Señor, perdóname porque he pecado. Vacilante es mi fe, soberbios y sucios son mis pensamientos y mi alma inconstante es presa fácil de los poderes tenebrosos. Aun bien que sepamos cuán mezquina y vil, cuán lista y taimada es la criatura humana, ya que de lo contrario estaríamos perdidos ante sus mañas y alevosías como los corderos ante el lobo. No bastó con que en el curso de esta investigación me viera obligado a asomarme a los abismos obtusos y demenciales de un alma de alquimista, pues lo que tuve que presenciar en casa de ese boticario, Allheboust, no tiene nombre. No pude sacar una palabra sensata de ese morador del microcosmos, por no mencionar a su enajenado ayudante Sébastien a quien, al concluir nuestra visita en aquella cocina de sapos y culebras, nos llevamos para que los expertos médicos determinaran si en el oscuro laberinto de su alma quedaba algún brillo de la luz divina.

En lo que a Allheboust se refiere, el ingrediente que por lo común denominamos como raciocinio no fue empleado en su creación. Es más fácil que un árbol crezca dentro de una nuez que en su cráneo entre un grano de razón. Sin embargo, donde no hay una conciencia clara tampoco se puede encontrar culpa alguna, si bien hubiera sido muy útil para nuestras pesquisas conocer ya en ese momento el fin con que el boticario y las dos personas desaparecidas estuvieron trajinando en aquel campo fuera de la ciudad en octubre pasado.

El hecho de que finalmente obtuviéramos no sólo ese dato, sino incluso algunos más, es el motivo por el que os envío el presente informe. Como podéis deducir del acta adjunta sobre el interrogatorio al señor Perrault, hasta dos días antes de mi llegada, el propietario de la casa no supo del incidente que para nosotros está asociado a tantas molestias. El sobrino del señor Perrault, de nombre Lussac, informó con una carta a su tío acerca del incendio que ya se había declarado cuando llegó a la ciudad. Podéis consultar las declaraciones del interrogado. Asimismo os envío una copia de dicha misiva que el señor Perrault me facilitó junto con un retrato del buscado. En la misiva veréis confirmadas las declaraciones de este señor, en el sentido de que Lussac llegó al destino de su viaje alrededor de la medianoche, encontrándose la calle llena de vecinos agitados y la casa de su tío en llamas; y que sin indicar motivo alguno dejó el lugar de los hechos para buscar a su amigo. La carta estaba fechada el 13 de abril; sin embargo, no se entregó hasta dos días antes de mi llegada.

Ya en el trayecto de vuelta a Clermont tuve las primeras dudas sobre la veracidad de dichas declaraciones. Pero como no tenía nada en que basar mis sospechas y, además, el señor Perrault me había causado una buena impresión, me dirigí a mi albergue para dictar una copia de la carta mencionada, después de que el encargado de postas me hubiera confirmado que efectivamente aquel sábado la rotura de una rueda había retrasado hasta muy tarde en la noche la llegada de la diligencia a París. Sin embargo, cuando en el dictado llegué a la parte en que el autor habla de su llegada a París, de repente todo el montaje de mentiras que me habían vendido se vino abajo. En la carta no había ninguna mención de la rueda rota. Volví inmediatamente a hablar con el encargado de postas para preguntarle si había hablado con el señor Perrault después de la Pascua. Me contestó que no y añadió que Perrault ya no venía a la ciudad con mucha frecuencia, ya que al parecer ahora los recados los hacía su sobrino. Así, también se había ido a París el Sábado Santo para –y ahí me costó creer lo que oía– regresar el lunes o el martes siguiente.

Le pregunté si estaba absolutamente seguro de lo que decía. Asintió e incluso me describió la citada persona, en la que enseguida reconocí los datos que me había facilitado Perrault.

Reuní algunos guardias y regresé con ellos a la granja, que dista unas cuatro millas de la ciudad. Cuando la teníamos a la vista, ordené a los hombres dispersarse alrededor de la finca al alcance de la voz y que detuvieran a cualquiera que quisiera alejarse. Yo mismo me acerqué a la casa a pie, acompañado por dos guardias. Una breve mirada por las bien iluminadas ventanas me confirmó mis sospechas. Mientras que la familia se había juntado en la sala alrededor de la chimenea, en la estancia contigua Perrault iba de un lado a otro gesticulando furiosamente. El sonido de su voz llegaba hasta mis oídos y a veces lo interrumpía otra persona que trataba de protestar con no menos ahínco contra la diatriba de Perrault.

La disputa entre los dos fue tan vehemente que ni siquiera oyeron las exclamaciones de sorpresa y miedo que provocó nuestra irrupción en el salón. No fue hasta que abrimos la puerta de la estancia adyacente y que los guardias entraron con las alabardas en ristre, cuando el miedo selló sus bocas. Pálidos y con las manos en alto retrocedieron ante mí para, acto seguido, echarse a tierra e implorar clemencia.

Mandé atarlos y encerrarlos. Mas leed vos mismo sobre aquello de lo que tuve que enterarme al día siguiente.

QUINCE

Un poema

Vignac nunca olvidaría aquel Miércoles de Ceniza.

¿Intuía que lo habían engañado? ¿O no eran más que alucinaciones de sus sentidos sobreexcitados?

Pasmado, estudió el dibujo que de un pasquín le saltaba a la cara como una araña venenosa. ¿Aquello lo había hecho él? Sí, era su cuadro, convertido en un grabado rápido y de forma basta con una plancha de madera. Pero no, tan sólo se trataba de una reproducción fiel de lo que había visto aquella noche en casa de la duquesa, pintándolo a lo largo de las semanas siguientes de acuerdo con las instrucciones que encontró en el saquito junto al dinero. No obstante, en el dibujo que tenía delante, toda la representación había adquirido un sentido diabólico. Desconcertado, echó una rápida ojeada a las coplas que como grotescas caricaturas destacaban debajo de la imagen...

Por el amor de Dios, señor
Celebrad la boda, por favor.
Vuestro linaje es bien fuerte:
Con letra de plomo y sello de cera
Al hijoputa en legal convierte.

Puta es ella y la hermana lo era,
También la madre en su día,
Así como las primas y la tía,
Ya sabéis: madame Sourdis.

Valdría más que La Lorraine
Se quedara con el país,

No el bastardo de La Varaine
Ni el bastardo de Stavahi.

Apático, Vignac se dejó arrastrar por la corriente de transeúntes hasta una de las tabernas de los alrededores y, antes de que pudiera reaccionar, se encontraba en un antro oscuro en que se agolpaban decenas de personas. Todos reían. Las bocas desdentadas escupían a voz en grito los versos que saltaban como una marea viva de mesa en mesa. Y cada recién llegado que entre risotadas se adentraba en el bullicioso abrevadero se apuntaba entusiasta a la cantinela que, salida de la nada, se había desarrollado alrededor de los afilados versos.

–¡Una corona de laureles para el poeta! –vociferó uno.

–¡Arriba la duquesa de Villapuercos! –bramó otro.

La risa atronadora de los parroquianos jaleó la broma. De todas partes llegaban nuevos clientes y se apretujaban entre los exaltados que parecían insaciables en su oprobio lacerante.

Vignac percibió todo eso como a través de una densa niebla. No dejaba de mirar el papel que sostenía en la mano y sobre todo el dibujo que figuraba en él. Parecía querer perforarlo con la mirada. La frente empezó a poblársele de gotas de sudor. Acabó empujado hacia uno de los rincones de la taberna. Un vaso de vino volcó y le manchó la chaqueta. En el tumulto por poco tropieza y cae encima de un taburete. Pero toda esa algarabía no era nada en comparación con la agitación que le sacudía el alma.

¿Cómo pudo haber sido tan ingenuo? Todo el montaje no había servido más que para insultar del modo más infame a la duquesa y eso con la ayuda de él mismo. Aun así, no conseguía comprender. Si al fin y al cabo lo habían recibido en casa de la duquesa. Y fue por orden de ella que había pintado el cuadro. Incluso lo había pagado. Pero ¿con qué fin?

¿O acaso no había sido la duquesa la que lo había llamado? ¿Era posible que en su entorno más cercano hubiera personas con un interés en insultarla de tal manera? ¡Qué monstruosidad la de cubrir a la futura reina con un oprobio tan cortante! Y para colmo de males, una copia litográfica del cuadro que él había pintado figuraba encima de esos versos.

El corazón se le encogió de miedo. Si lo encontraban, estaba perdido. No sólo lo culparían por el cuadro, sino también por los versos. Qué pensamiento más estúpido: «Si lo encontraban». Seguro que sabían perfectamente dónde encontrarlo. No obstante, había algo que no encajaba. ¿Querían acabar con él? Pero ¿qué es lo que había hecho él? Si en realidad nadie lo conocía en la ciudad.

Cuanto más reflexionaba, más desconcertado se sentía. Y cuanto más desconcertado se sentía, más lo ahogaba el miedo. Cerró los ojos para evocar aquella tarde noche de octubre cuando lo citaron en casa de la duquesa. El sonido siseante de las cortinas. Los pasos que se alejaban presurosos. Después, la conversación con aquella mujer. Nunca olvidaría el timbre de su voz. ¿Por qué no abandonó la casa tal y como fue su intención en un principio? En vez de irse, se dirigió a la puerta que le señalaba el criado, se colocó la máscara que éste le tendía sin mediar palabra, entró en la estancia y se sentó en la silla como le indicaron, observando las cortinas rojas que cerraban el otro extremo de la habitación. Eran de un rojo púrpura, hechas de una gruesa tela con un reborde en oro. El rojo carmesí de los reyes. Después las cortinas fueron descorridas, descubriendo ante él la escena más misteriosa que jamás había visto. En su recuerdo le parecía un sueño inescrutable, un poco como aquella visión que tuvo un año atrás en el bosque. Pero si en aquel entonces su alma le había insinuado unas pinturas sacadas de su propia memoria, en este caso fue al revés. Lo que vio en la habitación no era ni mucho menos un recuerdo sino una realidad que, por enigmática que fuera, habría de convertirse en un cuadro.

Había dos mujeres sentadas en una pila de piedra cuyo borde estaba cubierto por una tela blanca. Al fondo se veía otra cortina roja ante la que los blancos cuerpos destacaban sobremanera. Las mujeres no llevaban ropa, por lo que Vignac tardó un tiempo en conseguir apartar su atención de la inmaculada belleza de sus cuerpos y fijarse en los extraños gestos que representaban con sus manos. La mujer de la derecha se mantenía muy recta y su mirada se perdía detrás de él en el vacío. Sólo se veía el torso. La mano izquierda descansaba sobre el borde de la bañera levantando un poco la tela blanca entre los dedos pulgar e índice. Enseguida reconoció ese gesto. Era el mismo que él había atribuido a la duquesa en su primer cuadro. Al parecer, esa mujer cuyo cuerpo era tan bello y perfecto como el de Gabrielle, pero cuya cara no tenía nada en común con la de la duquesa, representaba a ésta. Pero ¿qué era lo que hacía con la mano derecha? La sostenía, con el brazo flexionado, a la altura del hombro. El pulgar y el índice realizaban un movimiento como si quisieran agarrar algo o como si sujetaran un anillo. Sin embargo, no había tal anillo. A la izquierda otra mujer se sentaba sobre el borde de la pila. Le daba la espalda, pero su cara estaba girada hacia él y lo miraba. Sus ojos no tenían expresión alguna, al tiempo que parecía que quisieran revelarle un secreto. Con la mano derecha se apoyaba en el borde de la pila. La izquierda estaba extendida hacia la duquesa en un gesto propio de una boda, como recibiendo de manos de ésta el anillo invisible.

¿Quién era esa mujer? ¿Qué clase de boda imaginaria se pretendía celebrar? Mirara donde mirase, la escena era a la vez atractiva y repelente. Absorbió la visión como un pesado perfume desconocido a cuya tentación una parte de él trataba en vano de resistirse. Volvió a mirar las caras con la esperanza de encontrar en ellas una señal o un indicio de algo. Sin embargo, sabía al mismo tiempo que esas caras no serían las que debían aparecer en su cuadro. La mujer a la derecha estaba identificada por la mano que agarraba la tela. Pero ¿quién era la otra? Su cuerpo era tan bello y perfecto como el de la duquesa. Daba la impresión de que estaba a punto de abandonar el baño esperando solamente a que la otra completara el movimiento de su mano y le colocara el anillo en el dedo. En ese momento se dio cuenta de la palidez de la duquesa, del tono claro y blancuzco de su piel en comparación con el colorido más cálido del cuerpo de la otra mujer. Y mientras con los ojos dilatados por la asombrosa escena que estaban viendo trataba de desentrañar el secreto que flotaba de forma invisible entre esas dos figuras, y mientras preguntas y conjeturas le cruzaban la mente como corzos espantados al atardecer, ya sabía que iba a pintar esa escena aunque sólo fuera por encontrar, si bien no una respuesta, sí una forma para el misterio que se ofrecía a su mirada.

Fragmentos de conversaciones llegaban a sus oídos: «¿Cómo? El rey ya había visto esos versos. ¡Rayos y truenos! Sí, el lunes. Dos días atrás, pues. ¿En Saint-Germain? Es bueno que esté al corriente. Así se lo pensará dos veces antes de casarse con esa furcia. Una humillación y una vergüenza para la casa real. ¡Qué va! Una divertida broma de carnaval. La otra tampoco fue mucho mejor. Un trono de hereje pide un culo de ramera. ¡Ja, ja, ja! ¿Dónde encontró el pasquín? ¿En el naranjal de Saint-Germain-en-Laye? Sí, metido entre la corteza de uno de los árboles para que no le pasase desapercibido. ¿Y? ¿Qué dijo? Seguramente también injertará al autor, pero no en un naranjo sino en un roble. ¡Ja, ja, ja! Bien dicho. Viva el rey. Abajo la duquesa».

Vignac no aguantaba más. Se levantó de un salto y apartó a empujones a los que estaban en su camino y cuya transpiración lo asfixiaba. Con gran esfuerzo se abrió paso hasta la puerta. La algarabía era cada vez más fuerte. Todos vociferaban lo primero que les pasaba por la mente. Antes de que Vignac consiguiera salir, una frase lo alcanzó como un puñetazo:

–Y después del domingo de Cuasimodo se casará con ella.

Vignac se giró en redondo y agarró por la solapa al que había hablado.

–¿Qué has dicho?

–Anoche lo anunció. En el banquete. Pero quítame las manos de encima, si no...

Dos pasos más y estaba fuera de la taberna. Sin saber adónde iba, se fue calle abajo. Por todas partes estaban esos pasquines y pequeños grupos de personas que discutían con gran exaltación el escándalo.

Desconcertado, se abrió paso entre los carros que atascaban las calles. Detrás de las nubes blancas y grises brillaba el débil sol de marzo. La Rue de Deux Portes estaba sólo a cinco minutos de camino, pero Vignac se dio cuenta de que inconscientemente evitaba acercarse a su calle. Recorrió la Rue Saint-Jacques hacia el sur, llegó a la puerta del mismo nombre y dirigió sus pasos hacia la derecha y después hacia la izquierda para, al final, volver por donde había venido.

Al mismo tiempo, su mente desarrollaba una actividad febril y, aunque sabía que si quería reflexionar de forma ordenada debía buscar un lugar más tranquilo, la agitación interior que le había provocado el pasquín lo obligaba a seguir moviéndose. De repente, una idea lo asaltó. Cambió bruscamente de acera y pocos momentos después cruzó el río. Dobló por la Rue de Vennerie que desembocaba en la Place de Grève justo delante del Hôtel de Ville. Dejó atrás la plaza y siguió la Rue de la Martellire hasta el arsenal. A pocos pasos de allí empezaba la Rue de Cerisai y, nada más adentrarse en ella, a su lado se levantó el alto muro detrás del que se escondía la mansión del financiero italiano. Dio su nombre al guardia de la entrada y pidió que mandaran a buscar a una muchacha llamada Valeria que trabajaba al servicio de la casa. El hombre lo informó, sin embargo, de que por ser festivo no había personal de servicio y le indicó que volviera al día siguiente.

Vignac reflexionó un instante, sacó una moneda y se la dio al guardia pidiéndole que en cuanto Valeria regresara le diera el recado de que fuera a buscar al señor Vignac por un asunto urgente.

El hombre asintió, se embolsó la moneda y volvió a su garita encogiéndose de hombros.

Como en esos momentos Vignac no pudo hacer más, emprendió el camino de regreso. El crepúsculo descendía inexorablemente sobre las callejuelas y, cuando hubo alcanzado la esquina de la Rue de Saint-Jacques con la Rue de Deux

Portes, ya estaba anocheciendo. Indeciso, se quedó allí unos minutos. Pero cuando los dedos húmedos de la noche empezaron a agarrarle los huesos, finalmente se decidió por adentrarse en su calle.

La casa estaba en silencio. Lussac aún no había regresado. Cerró el portón de entrada con llave, recorrió el salón sin prender la luz y se dirigió hacia el oscuro recoveco debajo de la escalera en cuya sombra se ocultaba una puerta. La abrió, entró en la estancia contigua y sólo cuando hubo cerrado y atrancado la puerta encendió un quinqué y lo depositó sobre la gran mesa que ocupaba el centro del espacio. Se sentó en una caja de madera apoyada contra la pared.

Deslizó la mirada sobre los objetos que había en la mesa, examinando cada detalle con ojos avizores. Pero no encontró indicios de que alguien hubiera estado en el taller durante su ausencia. El tabique de tablones de enfrente estaba cubierto de bocetos que parecían mirarlo con expresión interrogante. Detrás de una cuadrícula de líneas verticales y horizontales se adivinaban los contornos de dos cuerpos de mujer. Otras líneas trazadas entre los dos cuerpos confluían justamente en el punto en que las manos de las dos damas ejecutaban esos gestos extraños.

Se le puso cara de vinagre y apartó los ojos para observar los utensilios e instrumentos dispersos por doquier. Pues no, allí sólo encontraría los productos de su propia mano e imaginación. Tal vez todo eso no era más que un error. A lo mejor, entre los versos de escarnio y el dibujo calcado de su pintura sólo había una conexión fortuita. Sea como fuere, ¿qué es lo que había ocurrido con el cuadro desde que vinieron a buscarlo? ¡Ah, si hubiera podido encontrar a Valeria! Mañana mismo volvería a preguntar por ella en casa de Zamet. Poco a poco se fue tranquilizando. La verdad era que si alguien quería perjudicarlo de alguna manera, no tenía que recurrir a maquinaciones tan complejas. Además, ¿quién podía tener un interés en gastarle una broma tan pesada?

De nuevo barajó diferentes hipótesis en la medida en que su errático pensamiento podía entrar en algún orden. Si alguien pretendía ofender a la duquesa mediante el cuadro, difícilmente sería ella misma la que hiciera semejante encargo. De modo que alguien de su propia casa lo había engañado. Pero ¿quién? El lunes, dos días atrás, el rey había encontrado el pasquín al inspeccionar los naranjos. ¡Qué afrenta! Los versos tildaban a su amante de ramera y difamaban a la familia de ella como una casa de mujerzuelas. Además, mostraban preferencia por entregar el trono a la odiada Liga Católica en vez de a los hijos putativos del rey, los supuestos bastardos engendrados por cortesanos como La Varaine o ese tal Bellegarde. Esos rumores acompañaban la historia de amor entre el rey y la duquesa desde sus inicios y eran tan inverosímiles como estúpidos. No había que ver en ellos más que el habitual veneno cortesano que salpicaba a cualquiera que subía demasiado en el favor real. No había ni una pizca de verdad en ellos. ¿Acaso el rey prometería el matrimonio a una mujer de la que debía creer que en el bautizo le colocaba en brazos los hijos de otros hombres? La historia con ese Bellegarde se remontaba a años atrás. ¿Y La Varaine? Ese jesuita disimulado. Precisamente con él se suponía que la duquesa había... La idea en sí era absurda. Ya se sabía cómo se formaban esos chismes. Unas palabras de fanfarrón, pronunciadas en plena borrachera por alguien que por un breve momento adorna la realidad con los colores de sus deseos, y ya tenemos el chismorreo volando de boca en boca, por todos los pasillos y por todos los aposentos hasta los oídos del rey que finalmente los ahuyenta entre risas como a una mosca inoportuna.

Así que fue el lunes cuando encontró esos sucios garabatos. Y al día siguiente, con ocasión del banquete de carnaval, le promete públicamente el matrimonio. ¡Santo cielo! ¿Qué es lo que había ocurrido en ese banquete? Fuera cual fuese el propósito de las calumnias, sus efectos estaban ahora a la vista de todos. El rey se casaría con la duquesa. Gabrielle era la reina designada. Ya no había nada en este mundo que pudiera impedirle recibir la corona francesa.

Vignac se pasó nerviosamente la mano por la cara.

¿Quién diablos le mandó aceptar ese encargo? Lo habían utilizado. Desde el principio, el cuadro estaba destinado a insultar del modo más infame a la duquesa y fue sólo la voluntad del rey la que había sofocado con un acto valiente esa calumnia en su mismo origen, cortando de raíz todas las especulaciones acerca de su matrimonio.

No, qué tonto había sido. ¿Cómo pudo creer que la propia duquesa pudiera pedir un retrato tan escandaloso de sí misma? ¿Qué es lo que le dijeron en aquella noche de otoño? Que el rey y la duquesa corrían graves riesgos. ¿Cuáles eran esos riegos? Le dijeron que el rey no veía el abismo que se abría ante él, poniendo en peligro su propio bienestar y el de todo el reino. Malditas mentiras. El peligro partía de aquellos que le habían pagado tan generosamente por el cuadro. Independientemente de lo que ocurriera con la propia pintura, lo que pretendían era que hiciera su labor difamante no sólo en la corte, sino también en las calles de la capital y entre los ciudadanos de París.

Pero el plan había fracasado. La duquesa calumniada como puta salía del trance como futura reina. Trataban de arrojarle toda clase de inmundicias y esas mismas inmundicias se convertían en oro. Pero ella perseguiría a los conspiradores e intentaría averiguar a quién le debía esa pérfida intriga. Y aquellos que habían manejado los hilos entre bastidores tratarían lo antes posible de eliminar al único testigo que podía declarar en su contra.

Vignac se puso en pie de un salto. Tenía que huir, salir de esa casa y de esa ciudad. Sin pensárselo dos veces, arrancó los bocetos de las paredes y los guardó enrollados en su estuche de cuero. Apiló los otros dibujos en la chimenea y en pocos minutos las llamas acabaron con ellos. Entretanto, Vignac llenó una gran bandolera con los utensilios de pintura que no quería dejar atrás. Después garabateó algo en el dorso del pasquín. Al salir, cerró el taller con llave, empujó una cómoda delante de la puerta y subió rápidamente al primer piso para recoger alguna ropa. Cuando volvió al salón con el equipaje hecho y las botas calzadas, dejó el pasquín debajo de una palmatoria en la mesa, doblando ligeramente el papel para que se vieran los renglones que había estampado a toda prisa en el dorso. Luego, abrió con cuidado la puerta de la calle y atisbó hacia el exterior.

En la calle no había ni un alma. En el campanario daban las siete. Antes de salir repasó mentalmente el camino que quería emprender. Por la Rue de Deux Portes hasta la Rue de la Harpe y después por la Rue du Foin hasta la Rue de Saint-Jacques. Todo recto hasta la Porte Saint Marcel pasando por Noijer y Saint-Geneviève. Pasaría la noche en los arrabales y al día siguiente continuaría hasta Villejuif donde esperaba encontrar cobijo y seguridad.

La sombra sólo había sido visible durante milésimas de segundo, pero Vignac la reconoció enseguida. Sin hacer ruido volvió a la oscuridad protectora del salón de la casa y cerró la puerta. Con un ligero clic, el cerrojo encajó en su alojamiento. Apoyando la espalda contra la puerta guardó la llave en el bolsillo de su chaleco y esperó sin moverse. Nada ocurrió. Retuvo el aliento y aguzó el oído. Cuando comenzaron a arderle los pulmones, respiró hondo dos veces y se quedó de nuevo quieto. Inmediatamente después oyó pasos justo detrás de su espalda. Una llave fue introducida en la cerradura. Unos ligeros crujidos indicaron que alguien exploraba la resistencia del cierre con los dientes del paletón de la llave. Al instante, la puerta se abrió de un golpe. Desde su escondite elegido a toda velocidad debajo de la mesa, Vignac vio las piernas del hombre que en el marco de la puerta se recortaron brevemente contra la fachada gris de la casa de enfrente. Después, la puerta volvió a cerrarse y no pudo ver nada más.

El intruso respiraba entrecortadamente, como si hubiera venido corriendo. Los tablones del suelo crujieron bajo sus pasos vacilantes. Con los ojos abiertos como platos, Vignac trató de ver algo en la oscuridad. El extraño rodeó la mesa y se dirigió hacia la puerta trasera. Unos roces y golpecitos señalaron a Vignac que el otro estaba examinando el revestimiento de la pared. A continuación, éste giró el pomo y por la llegada de una corriente de aire frío Vignac supo que había encontrado la puerta que daba al patio. Oyó el crujir de unas botas en la arena. Y de nuevo el sonido de unas manos que tanteaban la madera.

«Está buscando la entrada –pensó Vignac–, no sabe dónde está la entrada del taller.» Vignac se puso en pie, alcanzó la puerta de un salto y un instante después ya estaba corriendo calle abajo. Corrió sin saber adónde se dirigía, se precipitó por estrechas callejuelas y cambió de dirección en varias ocasiones hasta que finalmente desembocó junto al río. Ni siquiera sabía si el hombre lo había seguido, pues de tanto miedo no se había atrevido a mirar hacia atrás.

Descansó hasta recobrar el aliento y se dirigió hacia la Porte de Saint-Marcel. Para él no había ninguna duda de que el intruso era la misma persona que en otoño lo había esperado en el Guichet Saint-Nicolas. Lo estaban siguiendo. Agotado y atormentado por los malos presagios avanzaba a trompicones por las calles desiertas, siempre pensando en la figura que poco antes se le había aparecido como un fantasma.

DIECISÉIS

Lussac

CHARLES LEFEBRE: Le advierto que si lo han traído ante mí esposado y encadenado es porque usted se lo ha buscado. ¡Guardia! Haced el favor de quitarle los hierros a este sujeto y cerrad la puerta. Adelante, siéntese. No, allí en la silla junto a la mesa. Escribano, tome nota: Gaston Lussac, nacido el 27 de abril de 1568 en Lyon. Interrogatorio realizado el día 24 del mes de abril del año 1599 en la finca de Pierre Paul Perrault, comarca de La Roque, cerca de Clermont. Comienzo del interrogatorio a las tres de la tarde. El preso está en condiciones físicas íntegras. Desde su apresamiento la víspera recibió una comida y suficiente agua. Interrogatorio llevado a cabo por el abajo firmante Charles Lefebre en presencia del escribano Bartholomé Lerroux y de los guardias Michel Castel y Nepomuk de Vries.

Señor Lussac, ¿está usted dispuesto a contestar a las preguntas que se le vayan a formular hoy y jura por Dios que lo va a hacer según su leal saber y entender?

LUSSAC: Sí, estoy dispuesto.

C. L.: No le ocurrirá nada. Se trata solamente de una investigación policial relacionada con el incendio de la Rue de Deux Portes...

LUSSAC: Ahórrese sus trucos. No sé quién lo ha enviado, pero no soy tan tonto como para creer que se trata sólo de un ridículo incendio. Pero, adelante, representemos su pequeña comedia. Es para esto que le pagan, ¿verdad? De todas formas, usted conoce mejor que yo el final.

C. L.: Su tío ya me advirtió que le gusta expresarse con adivinanzas...

LUSSAC: ... de acuerdo, entonces, adelante con la comedia. Usted hace de emperador y yo...

C. L.: Ya basta.

LUSSAC: ¿Ah, sí? Ya basta; eso digo yo. Bonito juego. Montado de maravilla. Y eso iba a ser, una picaresca, ¿verdad? Hay que buscar a algún tonto que se preste a llevar a cabo el asunto. Uno que no tiene ni idea de en dónde se mete. Cuando la cosa está hecha, ya es demasiado tarde. Pero no sólo es demasiado tarde, no, no, pues la jugada no es ni mucho menos una broma inocente. ¿O tal vez ha habido incluso un encontronazo de dos que no sabían nada de la existencia el uno del otro? ¿Un ingenuo que le ha pisado la cola a un diablo? ¿Quién sabe? En realidad, usted no quiere preguntarme nada; de eso estoy tan seguro como que veo el sudor en su frente. Solamente quiere averiguar todo lo que *no* sé, lo cual es bastante. Me falta sobre todo la última piedrecita, necesaria para que todos los acontecimientos encajen. Ya ve, así están las cosas. De hecho, lo justo sería que hiciera yo las preguntas, para que no me muera tan necio como el burro que soy ahora, con la cabeza llena de medias verdades y habladurías.

C. L.: En fin, tal vez podamos aunar fuerzas para remediar en algo su ignorancia...

LUSSAC: Para que me vaya aún más rápido al infierno, ¿no es cierto?

C. L.: Vigile su lengua. No tengo para nada claro adónde quiere llegar con sus alusiones, pero le aseguro que escucharé pacientemente todo lo que tenga que decir, siempre y cuando se esfuerce por poner algo de orden en sus declaraciones.

LUSSAC: Haga el favor y cumpla con su deber.

C. L.: ¿Dónde está Vignac?

LUSSAC: Ah, no se va por las ramas. Pues, sí, ¿dónde se habrá metido? Si lo supiera, créame, estaría allí antes que nadie para darle una buena lección sobre lo que pienso de sus maquinaciones clandestinas.

C. L.: ¿Cuándo lo vio por última vez?

LUSSAC: En la mañana del Miércoles de Ceniza.

C. L.: Es decir, el 3 de marzo.

LUSSAC: Sí, era marzo, pero no podría jurarle que fuera el tres.

C. L.: ¿Dónde se despidieron?

LUSSAC: Salió de la casa por la mañana.

C. L.: ¿Sabe adónde fue?

LUSSAC: No.

C. L.: ¿Se fue sin decir nada?

LUSSAC: Sí.

C. L.: ¿Había algo en él que le llamara la atención?

LUSSAC: No.

C. L.: ¿Tenía una cita o habían mandado a buscarlo?

LUSSAC: Si así fuera, yo no lo sabía.

C. L.: ¿A qué hora salió de la casa?

LUSSAC: Dos horas después de la salida del sol.

C. L.: En los días anteriores, ¿había algo raro en él?

LUSSAC: No, era tan parco en palabras como siempre.

C. L.: ¿Parco en palabras? ¿Su amigo siempre lo fue?

LUSSAC: No, sólo a partir del momento en que en otoño recibió aquel encargo.

C. L.: ¿Qué encargo?

LUSSAC: ¡Como si no lo supiera! Si ahí empezó todo, en otoño cuando Valeria trajo aquella carta. Y después, ese horrible cuadro. Cientos de veces le pregunté por lo que pretendía hacer con él, pero no había forma de sacarle nada. ¡Al diablo con él!

C. L.: Cada cosa a su tiempo. Ustedes dos llegaron a París en junio del año pasado. Antes habían estado en un castillo en Bretaña, ¿no es así?

LUSSAC: Sí, en el castillo de Bellefort. Allí pasamos todo el invierno.

C. L.: ¿De qué se conocían?

LUSSAC: Nos encontramos en Lyon hace dos años. Vignac

acababa de volver de Italia. Es de La Rochelle, donde lo crió un boticario. Luego trabajó unos años como dibujante para un cirujano. Hacia 1590 lo dejó para viajar a Italia y estudiar a los antiguos maestros. Trabajó en diferentes talleres en el norte de Italia. Vignac conoce valiosas recetas que le habrán abierto más de una puerta. Unos años después volvió a reunirse con el cirujano, pues éste le había pedido que le ayudara con el transporte de los manuscritos.

C. L.: ¿Qué manuscritos?

LUSSAC: Se trataba de un compendio de cirugía. Había que trasladar los manuscritos de Montpellier a Lyon, porque allí es donde se iban a imprimir. Vignac tenía, además, el cometido de revisar las ilustraciones. Emprendieron el viaje en primavera y llegaron a Lyon en el verano de 1596. Les ayudé a descargar las mulas en la imprenta. Así nos conocimos.

C. L.: ¿Cuándo se fueron de Lyon?

LUSSAC: En la primavera siguiente. Terminó las ilustraciones en diciembre. Vignac siempre tenía encargos y me uní a él, pues donde hay trabajo para uno, hay trabajo para dos. Sé trabajar la piedra y la madera y me defiendo con la orfebrería, la soldadura de plomo y la vidriería. Quería irme de Lyon.

C. L.: Y ¿por qué fueron a París?

LUSSAC: Fue idea de Vignac. Se le había metido en la cabeza que quería ser pintor de la corte. No pasaba un solo día sin que hablara del tema. Naturalmente sabía que no había ninguna esperanza. Por otro lado, era demasiado orgulloso como para acudir a los otros pintores que ya gozaban de cierto prestigio en la corte y que tal vez pudieran ayudarle. Estaba convencido de que por esa parte sólo cabía esperar hostilidad y envidia y que no tenía ningún sentido ponerse en contacto con ellos. En caso de que no valoraran su arte lo rechazarían enseguida. Y en el caso contrario era de esperar que los pintores establecidos vigilarían que ningún competidor tuviera acceso a la corte, máxime uno que les pudiera hacer sombra. Vignac estaba muy pagado de sí mismo. Buscaba un camino directo para obtener protección en la corte, sin pasar por otros pintores. Una empresa descabellada, pero lo consiguió.

C. L.: ¿Ah, sí?

LUSSAC: Pintó un retrato de la duquesa de Beaufort. Lo llevaba en su equipaje cuando en junio nos dirigimos a París. A través de Valeria se lo hizo llegar a la duquesa y poco después recibió el encargo de pintar otro.

C. L.: ¿Cuándo fue eso?

LUSSAC: En octubre.

C. L.: ¿Entregó el cuadro en octubre?

LUSSAC: No, en octubre llegó la invitación de la duquesa. El retrato ya había llegado a la corte en septiembre.

C. L.: Ha mencionado un nombre... ¿Valeria?

LUSSAC: Antes de llegar a Bellefort nos hicimos cargo de una muchacha cuya familia había muerto en una masacre. Se llama Valeria. Unos años atrás, su padre, un italiano, había abandonado su tropa en el sur para unirse a los refugiados hugonotes. No conozco los detalles. Ella estaba recogiendo leña cuando asaltaron su poblado. Por casualidad, Vignac y yo nos encontramos por la zona y cuando vimos la columna de humo en el horizonte y los jinetes venir en nuestra dirección, nos escondimos en la maleza. Allí nos encontramos con la muchacha que también se ocultaba en el mismo lugar. Después de que pasaran los jinetes nos dirigimos hacia el pueblo donde, al llegar unas horas más tarde, sólo encontramos restos de casas humeantes y unas cuantas tumbas recién tapadas. Una patrulla del rey había sorprendido y ahuyentado a los saqueadores. Pero no hubo supervivientes. La chica se quedó con nosotros.

C. L.: ¿Y después fue a París con ustedes?

LUSSAC: Sí, pero la alojamos en un albergue. No quería que estuviera en casa de mi tío, pues seguramente no lo hubiera aprobado. Sin embargo, fue ella quien tuvo la idea de pedir trabajo como ayudante de cocina en casa de Zamet y esperar allí una oportunidad de hacer llegar el cuadro a la duquesa. Y de alguna forma lo consiguió; no me pregunte cómo. Un ayudante de cocina llamado Andrea la ayudó a colocarse en el servicio de la casa y, una vez dentro, en la mansión del tal Zamet por lo visto había suficientes mañas y trucos como para hacer llegar el cuadro a la duquesa. Que yo sepa, de allí lo llevaron a Monceaux, porque causó muy buena impresión en la duquesa.

Unas semanas más tarde, Valeria vino con un mensaje de la duquesa en el que se le pedía a Vignac presentarse al anochecer del día siguiente en el Guichet Saint-Nicolas con la condición de vigilar que nadie lo viera. Vignac estaba demasiado contento como para vislumbrar peligro alguno. Acudió al lugar indicado a la hora indicada, volvió mucho después de la medianoche y desde entonces se comportó como un libro cerrado. Simplemente por el hecho de contarle todo esto a usted ya me hago acreedor de todo su enfado. Me inculcó que no dijera nada a nadie acerca de ese encuentro. A nadie. Evidentemente le pedí explicaciones sobre su conducta tan estrafalaria, pero ya se lo he dicho mil veces y lo seguiré murmurando para mí mismo hasta la llegada del Redentor: a mí no me dijo nada. En vez de ofrecerme una explicación, me mostró un saquito con monedas de oro. No sé cuánto dinero le dieron, pero por semejante suma supongo que se puede sellar cualquier boca. Me dio dos monedas y me pidió que no insistiera en el asunto. Eso fue todo.

C. L.: ¿Qué ocurrió después?

LUSSAC: Empezó a trabajar. Antes de nada, tuvo que hacerse con las pinturas y demás materiales, lo que le llevó unas cuantas semanas. Luego había que acondicionar el taller. A mí no me gustaron esos secretismos, pues es peligroso operar un taller en la ciudad sin la licencia de los gremios. Ésta también fue la razón por la que hasta ese momento Vignac había trabajado para un flamenco de Villejuif.

C. L.: ¿Conoce usted a ese flamenco?

LUSSAC: No. Pero si pregunta en Villejuif sin duda lo encontrará. Al fin y al cabo, Vignac trabajó allí durante tres meses y seguramente la gente lo recordará. Como ya le he dicho, Vignac conoce muchas recetas muy codiciadas.

C. L.: Entonces, aquellos extraños recipientes llenos de vinagre que fueron encontrados en un estercolero fuera de la ciudad, ¿tenían que ver con los preparativos para el cuadro?

LUSSAC: ¿Sabe algo de ellos?

C. L.: Sí. Alguien los observó.

LUSSAC: Así que fue aquel curioso desconocido el que vertió el vinagre.

C. L.: Entonces, ¿es cierto que enterraron esos recipientes llenos de vinagre en el estiércol en compañía de Allheboust?

LUSSAC: Sí. Vignac necesitaba blanco a base de plomo para la impregnación del lienzo y, como le habían insistido en que sólo utilizara los mejores materiales, se empeñó en fabricarlo él mismo. Gracias a Dios que el pedazo de bruto que vació el primer tarro no encontró el segundo, porque si no, el cuadro no se hubiera podido terminar a tiempo.

C. L.: El testigo que los observó afirmó haber encontrado una serpiente en el tarro.

LUSSAC: Una serpiente. ¡Ja, qué tonto!

C. L.: ¿Qué es lo que había en el recipiente?

LUSSAC: Pues, plomo. Plomo martilleado en forma de cinta. Hay que colgar el metal encima de vapores de vinagre, cerrar el recipiente y enterrarlo en el estiércol. Por la mezcla de vapores, el plomo se descompone hasta convertirse en un polvo blanco que se puede encontrar en cualquier taller de pintor. ¿Una serpiente? Válgame Dios.

C. L.: El testigo declaró, además, haberlos observado en aquel campo fuera de la ciudad el día 31 de octubre. ¿Es eso correcto?

LUSSAC: Bueno, si se acuerda tan bien, supongo que será verdad. Llovía a cántaros y en la ciudad había gran inquietud por la enfermedad del rey.

C. L.: ¿Así que el encargo se había hecho pocos días antes?

LUSSAC: Sí. Si usted lo dice, será cierto. ¿Me podría dar un poco de agua?

C. L.: ¡Castel! Vaya a traerle un vaso de agua. Sigamos. Vignac tuvo audiencia con la duquesa en octubre. Usted me estaba diciendo que lo que se comentaba en la ciudad era la enfermedad del rey. En esos momentos, su majestad se encontraba en Monceaux. Y la duquesa también. Por eso, podemos concluir que no fue la propia duquesa la que recibió a Vignac.

LUSSAC: Lo ignoro.

C. L.: ¿Cómo le hicieron el encargo? ¿Mediante una descripción del cuadro? ¿Le dieron un boceto?

LUSSAC: Yo vi un boceto que no era de su propio puño.

C. L.: Y cuando el cuadro estuvo terminado, ¿vino alguien a recogerlo?

LUSSAC: No. Valeria se lo llevó a la mansión del italiano.

C. L.: ¿A casa de Zamet?

LUSSAC: Sí. Allí es donde se iba a entregar, al igual que se había hecho con el primer retrato. El rey y la duquesa frecuentaban la casa.

C. L.: ¿Sabía Zamet algo de esas transacciones?

LUSSAC: No lo sé, pero supongo que sí.

C. L.: ¿Ha visto el cuadro usted?

LUSSAC: Sí.

C. L.: Sí, ¿y?

LUSSAC: ¿Qué quiere que le diga? Una atrocidad. Me repugnaba sobremanera. Yo creo que ni él mismo sabía lo que se pretendía hacer con el cuadro. Es de suponer que lo pintó por el dinero y con la esperanza de conseguir la protección de la duquesa.

C. L.: Descríbalo.

LUSSAC: Había dos mujeres en él. El fondo del cuadro estaba cerrado por una pesada cortina roja. Delante colgaban otras cortinas del mismo color, pero se encontraban descorridas y enmarcaban la escena propiamente dicha. Parecía el escenario de un teatro, pues del extremo superior pendían unos bordados o borlas. Las dos mujeres retratadas estaban desnudas y sentadas en una pila de piedra cuyo borde cubría una tela blanca. De la duquesa sólo se veía el torso. Se encontraba a la derecha en la bañera, tenía la cabeza un poco girada y su mirada obviaba al espectador. Su mano izquierda descansaba sobre el borde de la pila agarrando la tela entre el índice y el pulgar de modo que en ese lugar el remate superior de la piedra quedaba al descubierto. Vignac calcó esa parte del primer retrato, tal vez para asegurarse de que el vínculo entre los dos cuadros fuera más evidente, pues en el segundo, la cara de la duquesa era muy diferente de la que mostraba en el primero. En ése, Vignac la había pintado muy juvenil, casi como una muchacha. En el segundo, la cara era más madura y el cuerpo también era más relleno y más femenino, con unos pechos más turgentes y los hombros más anchos. El cabello lo llevaba peinado hacia arriba según la última moda y no recogido en una corona como era la costumbre antes.

A la izquierda, otra dama se sentaba sobre el borde de la bañera. Sólo se la veía de espaldas, pero gracias a un leve giro del torso mostraba su cara al espectador. Todo eso ya era bastante extraño de por sí. Pero ¿qué pensar de los enigmáticos gestos de las manos que flotaban encima de la bañera? El brazo derecho de la duquesa estaba levantado. La mano estaba abierta, como si quisiera agarrar algo con el índice y el pulgar. Parecía que sujetaba un anillo invisible que pretendía colocar en el dedo de la otra mujer, porque ésta alargaba a su vez la mano hacia la duquesa. La dama de la izquierda llevaba el mismo peinado que la duquesa, aunque en vez de rubia era castaña. Con la derecha se apoyaba sobre el borde de la pila y ofrecía la izquierda a la duquesa en un gesto matrimonial, recibiendo de manos de ésta un anillo invisible. Eso era todo.

C. L.: ¿Quién era la otra mujer?

LUSSAC: No lo sé. Todo en el cuadro era muy extraño. ¿Qué puedo decir? Ese gesto, en principio tan lleno de dignidad, creaba un contraste claramente indecente consigo mismo. La ejecución, sin embargo, era digna de un maestro. Daba la sensación de que las dos damas estuvieran vivas, a punto de moverse. Me he estrujado los sesos para averiguar el sentido de ese extraño gesto, pero en vano. Vignac es para mí todo un misterio y ese cuadro no lo es menos.

C. L.: Y la tal Valeria, ¿vio el cuadro?

LUSSAC: Sí, por supuesto. Después de todo, ella le sirvió de modelo. Sin su ayuda nunca habría podido terminar el cuadro con tanta rapidez.

C. L.: ¿Y Valeria lo llevó a casa de Zamet?

LUSSAC: Sí.

C. L.: ¿Allí fue expuesto?

LUSSAC: No lo sé. Algunas semanas más tarde, circularon de repente esos panfletos con los versos de oprobio contra la duquesa en los que figuraba una reproducción del cuadro. Y ésa fue la razón por la que yo debía abandonar París.

C. L.: ¿Vignac le dijo que se fuera?

LUSSAC: Sí.

C. L.: ¿Cuándo?

LUSSAC: El Miércoles de Ceniza llegué a casa después del anochecer. Supe enseguida que algo iba mal, pues, aunque no hubiera nadie, la puerta no estaba cerrada con llave. Entré en la sala y lo llamé por su nombre porque pensé que tal vez estaría en el taller. Pero allí no había nadie. Los bocetos habían desaparecido de las paredes. Cuando volví al salón, encontré la nota en la mesa. En el dorso de uno de esos panfletos que al día siguiente aún podían encontrarse por las calles había escrito un breve mensaje. No necesitaba más explicaciones. Cuando hube leído el pasquín con esos versos de escarnio, me quedó claro que le había entrado miedo. En la nota me pedía que abandonara inmediatamente la ciudad y que lo esperara en Clermont.

C. L.: ¿Y? ¿Lo hizo?

LUSSAC: Sí. Pero hubo un contratiempo.

C. L.: ¿Un contratiempo?

LUSSAC: Sí, todavía me hallaba junto a la mesa en la que había encontrado el recado, cuando de repente llamaron a la puerta. Me llevé un buen susto, pues temía que a la hora de buscar al autor de los versos, lo primero que harían sería emprenderla con el creador del cuadro. Pero como no podía abandonar la casa sin que nadie me viera, abrí la puerta ante la que un extraño me pedía insistentemente que lo dejara entrar. Le pregunté quién era y qué deseaba. Como respuesta me apartó de un empujón, entró en la casa, cerró la puerta y la atrancó. Antes de poder recriminarlo por su forma de proceder, comenzó a cerrar los postigos y dijo en voz baja que tenía que hablar con Vignac sin demora. Fue por la voz por lo que acabé reconociéndolo. Era el médico con el que en su día Vignac llegó a Lyon. Giaccomo Ballerini.

C. L.: ¡Ballerini!

LUSSAC: Sí.

C. L.: ¡Maldita impostura!

LUSSAC: ¿Cómo dice?

C. L.: Nada. ¿Qué ocurrió después?

LUSSAC: Volví a preguntarle con qué propósito se presentaba tan de repente en la casa. El hombre me inspiró más bien poca confianza. No paraba de ir de un lado a otro del salón, parándose una y otra vez junto a la puerta para escuchar y ver si llegaba algún ruido desde la calle. Su extraña conducta sembraba en mí un nerviosismo cada vez mayor y cuando así se lo explicaba con no pocas palabras, se me encaró y me dijo que si supiera qué desgracia tan grande se estaba avecinando allí fuera, no estaría ahí parado como si la cosa no fuera conmigo. Eso ya era demasiado y le espeté que cómo se atrevía a aparecer en mi casa como una tormenta de verano y atosigarme con semejantes preguntas. No sé si decidió comportarse o si se resignó ante el hecho de que yo obviamente no supiera nada. Simplemente me pidió que le dijera dónde podía encontrar a Vignac. Le repliqué que no haría tal cosa en tanto que él no quisiera explicarme por qué se presentaba ante mí así como así. Contestó que no había tiempo para eso, pero puesto que al parecer comprendió que en caso contrario yo no le diría nada, me contó en algunas frases pronunciadas deprisa y corriendo que Vignac corría un grave peligro y que por eso era imprescindible que hablara con él. Ballerini me dijo, además, que se encontraba en París desde octubre porque lo habían llamado a la corte para una operación complicada. Sin embargo, continuó, era imposible indicarme todos los detalles que habían hecho que se enterara de que Vignac estaba en París. Me pidió por mi propio bien y el de mi amigo que le dijera dónde podía encontrar a Vignac, pues de lo contrario no podría detener la desgracia que ya se estaba cerniendo sobre él.

Algo en sus palabras me hizo creer que realmente estaba preocupado e inquieto en extremo, de modo que le conté lo que había encontrado a mi regreso a la casa. Ballerini ya conocía el pasquín que le entregué para ilustrar mi relato de los hechos, pero antes de que pudiéramos continuar nuestra conversación escuchamos un ruido y entonces alguien llamó a la puerta. Con un salto Ballerini se colocó junto a la puerta. Me hizo una señal para que abriera. Me acerqué a la puerta y vi que tenía un atizador en la mano. Lo miré desconcertado, pero su mirada no admitía ninguna protesta por mi parte. Accioné la manija. No obstante, cuando vi quién estaba delante de la puerta indiqué a Ballerini que bajara su arma. En el umbral había un chaval de diecisiete años de pelo negro. Llevaba ropa de pobre e inclinó educadamente la cabeza antes de dirigirme la palabra. Dijo que se llamaba Andrea y pidió mil disculpas por presentarse sin previo aviso ni invitación, pero que buscaba a una muchacha llamada

Valeria de la que sabía que frecuentaba de vez en cuando esta casa.

No llegó más lejos, pues Ballerini había salido de detrás de la puerta e invitó al muchacho a entrar. Entablaron una conversación cuyo contenido fue más o menos el siguiente: Andrea era ayudante de cocina en la mansión de Zamet. Fue él quien facilitó a Valeria el acceso a la casa del italiano. Resultó que durante el invierno, en algunas ocasiones, Andrea había seguido en secreto a la muchacha cuando ésta se dirigía al taller de Vignac para posar para él. Como esa misma tarde Valeria no había acudido a su cita con él, se había tomado la libertad de ir en su busca con la esperanza de que le pudieran decir dónde estaba. Si se me permite la observación: hasta un ciego podía ver que estaba completamente enamorado de la chica. Ballerini lo escuchó pacientemente, le hizo algunas preguntas y de repente le oí decir que Valeria había ido por unas semanas al campo a casa de unos parientes y que no se preocupara, pues pronto volvería. Después de haberse asegurado varias veces de que el muchacho había venido por iniciativa propia y que no lo había mandado Zamet, le pidió que volviera a la mansión y esperara allí el regreso de Valeria.

He de admitir que entendía cada vez menos. No obstante, no tuve tiempo para hacer más reflexiones porque, una vez el chico se hubo ido, Ballerini insistió en que abandonáramos la casa lo antes posible. Dijo que no había ni un minuto que perder. Al parecer ya habían atrapado a la chica y sólo era una cuestión de tiempo que aparecieran en la casa.

C. L.: Y entonces usted abandonó la ciudad.

LUSSAC: Sí, a la mañana siguiente.

C. L.: ¿De modo que aún pasó la noche en la casa?

LUSSAC: No. Pasé la noche en casa de Ballerini. Me llevó consigo, me ofreció una cama y me recomendó que a la mañana siguiente me fuera a la finca de mi tío. Allí debía esperar a que Vignac se pusiera en contacto conmigo, tal como me había pedido en su nota. A esas alturas yo estaba tan desconcertado y preocupado que no puse más objeciones.

C. L.: ¿No le preguntó a Ballerini por el vínculo entre ese supuesto peligro y el cuadro en cuestión?

LUSSAC: No. ¿Para qué? Ya me lo figuraba yo mismo. Con su cuadro, Vignac había ultrajado a la duquesa, pues si uno leía los versos que figuraban al pie del dibujo, no había otra conclusión posible. Lo habían engañado. Le jugaron una mala pasada, como he dicho al principio. Lo peor de todo es que usted se está haciendo el inocente preguntándome por cosas que seguramente usted mismo sabe. No sé quién habrá ideado esa broma de mal gusto pero, al fin y al cabo, a la duquesa enemigos no le faltaban. ¿Quién diría que eran tantos? Incluso había gente influyente entre ellos. Ni siquiera la mano del rey pudo protegerla contra esos conspiradores...

C. L.: ¡Silencio!

LUSSAC: ... y quién sabe si por ese lado...

C. L.: ¡Ya es suficiente! No veo ninguna razón por la que debiera seguir escuchando sus delirantes petulancias. Mejor siga con el relato de las cosas que su limitado raciocinio puede abarcar. Y se lo advierto: su situación ya es lo bastante grave. ¿Cuándo llegó a Clermont?

LUSSAC: El jueves después de carnaval.

C. L.: Su tío ya me refirió el cuento que le endilgó.

LUSSAC: Y ¿qué le podría haber dicho? Si yo no sabía lo que había ocurrido en París. De repente, Vignac desaparece. Se presenta en la casa Ballerini, después llega el chico. Si mi tío se hubiera enterado de lo del taller, se habría enfadado, de modo que tuve que ocultarle algunas cosas. Si yo no pensé que todo fuera a terminar de esa manera.

C. L.: ¿Y *qué* es lo que pensó?

LUSSAC: Que Vignac vendría a Clermont y me contaría lo que había ocurrido. Puesto que sus planes habían fracasado, me imaginé que probaría fortuna en otra parte. Yo tenía la intención de volver a París para comenzar el trabajo para el Pont Neuf.

C. L.: ¿Pero se quedó cinco semanas aquí en Clermont?

LUSSAC: Sí. Estaba esperando.

C. L.: Y ¿de repente volvió a París?

LUSSAC: Sí.

C. L.: ¿Por qué?

LUSSAC: Porque no tuve noticias de Vignac.

C. L.: Pero ¿por qué el sábado de Pascua?

LUSSAC: Por la duquesa.

C. L.: ¿Qué pasaba con la duquesa?

LUSSAC: Usted sabe tan bien como yo que murió el sábado de Pascua. El viernes supe que en París debía de haber ocurrido algo terrible. Estábamos en Clermont para oír misa. La noticia ya estaba en boca de todos cuando llegamos a la iglesia. No pude creerlo. Recé en silencio por ella y entré en la iglesia. Pero apenas puedo recordar esa mañana porque estaba como ausente. Pensé en Vignac, en ese cuadro tan extraño y en las misteriosas circunstancias en que fue realizado, en la repentina aparición de Ballerini y en los peligros de los que había hablado. No pude pensar en otra cosa.

En las semanas anteriores se había estado hablando en todas partes de la inminente boda del rey con la duquesa de Beaufort. A nadie le gustaba la duquesa, pero su muerte repentina afectó a mucha gente. Al fin y al cabo, había sido una de los nuestros, aunque después siguiera al rey hacia la fe católica. Cuanto más lo pensaba, más claramente se me perfilaba una idea determinada. De repente tuve la certeza de que Vignac no vendría a Clermont. Por eso decidí ir a París, para averiguar lo que ocurría allí. Además, no podía seguir engañando a mi tío. Quería ver si estaba todo en orden, arreglar la casa y desmontar el taller. Vignac me debía una explicación. Quería hablar con Valeria, porque creí que ella sabría dónde encontrar a Vignac. E iría a ver a Ballerini. Por eso me fui a París el sábado de Pascua.

C. L.: Pero su llegada se retrasó porque se rompió una rueda de la diligencia.

LUSSAC: Sí. Eso es correcto. Llegué a París después del anochecer.

C. L.: ¿Después del anochecer? En su carta dice que fue casi a medianoche.

LUSSAC: Sí, lo sé. Eso no se corresponde con la realidad.

C. L.: ¿Y cuál es esa realidad?

LUSSAC: Estuve en la casa dos horas antes de que se declarase el incendio.

C. L.: ¿Y?

LUSSAC: No había nadie. Todo estaba exactamente como lo había dejado en abril. Las ventanas estaban cerradas y en el salón no había cambiado nada. En la puerta del taller estaba echado el cerrojo.

C. L.: ¿Entró en el taller?

LUSSAC: No. Volví a abandonar la casa inmediatamente y me dirigí a la Rue de Cerisai para buscar a Valeria. Pero la mansión estaba cerrada. No había ni siquiera guardias en la entrada. Nadie contestó a mis llamadas. Unos cuantos mendigos que merodeaban por la zona me dijeron que la mansión llevaba cerrada desde el Jueves Santo. Sin conseguir nada, me fui de allí para dirigirme a la Place de Grève. Las calles estaban desiertas. Tenía hambre y pasé una hora buscando un lugar para tomarme una sopa y un trozo de pan. Después me dirigí al barrio universitario. Cuando llegué a casa de Ballerini, allí tampoco había nadie. Finalmente regresé a la Rue de Deux Portes.

Nada más doblar la esquina, vi a la muchedumbre delante de la casa. Las campanas de los bomberos estaban sonando. Desde todos los lados venía gente para ayudar a apagar el incendio. Entre las casas se acumulaba una densa humareda y detrás de mí se oían los caballos de la guardia que alguien debió de haber avisado. En ese momento me entró el pánico. Después de todo lo que había ocurrido, esa desgracia no podía ser otra cosa que un eslabón más en esa infausta cadena de acontecimientos que Vignac había provocado con sus maquinaciones secretas. Sin preocuparme de lo que pudiera suceder con la embrujada casa, di media vuelta y regresé a casa de Ballerini.

Cuando, aporreando la puerta, casi me había hecho sangre en los puños, finalmente me abrieron y pedí hablar enseguida con el médico, pero no estaba en su cuarto. Como insistí en esperar su regreso, me indicaron un sitio en el salón. Debí de quedarme dormido, pues cuando abrí los ojos y lo vi ante mí, ya estaba amaneciendo. Ballerini parecía haber montado a caballo porque estaba completamente sudado y tenía aspecto pálido y cansado. Antes de que él pudiera pronunciar palabra, lo agarré por las solapas, lo lancé al suelo y le grité que me dijera inmediatamente dónde se encontraba Vignac, ya que de lo contrario le partiría la cara.

Incluso en ese momento no fue capaz de dejar sus modos altaneros y no faltó mucho para que lo hubiera matado a golpes. Me dijo con voz tranquila que me lo explicaría todo, que por favor lo soltara y lo dejara incorporarse, puesto que no estaba acostumbrado a estar a cuatro patas. Al final lo solté y esperé a que se quitara la capa. A continuación, le seguí por la escalera hasta su dormitorio y me senté en la silla que me ofreció.

Le conté lo que había ocurrido durante la noche. Se quedó pasmado y quiso salir inmediatamente para echar una ojeada a la casa. Lo amenacé con retorcerle el cuello si no contestaba de inmediato a mis preguntas. A lo que replicó que tuviera paciencia hasta que hubiera averiguado si a Vignac le había pasado algo. Le dije que la casa había estado vacía, pero Ballerini me rogó que no me moviera de su cuarto hasta que hubiera comprobado que su intuición era falsa. Y yo, tonto de mí, confié en él. Lo dejé marchar y fue la última vez que lo vi. Algunas horas más tarde se presentaron dos guardias y preguntaron por el médico. Los oí hablar con la dueña en la planta baja. De nuevo me entró el pánico y huí de la casa.

Fui de nuevo a la Rue de Deux Portes. Ante la casa había mucho movimiento, pero al parecer habían apagado el fuego a tiempo y éste no había provocado muchos daños. Como temía que alguien me reconociera, abandoné inmediatamente el lugar y decidí volver lo antes posible a Clermont para contarle la verdad a mi tío. Pregúntele. Le confirmará que llegué a Clermont el lunes. Le rogué que no me denunciara. Estaba seguro de que iba a haber una investigación y de ahí que ideásemos el truco de la carta. Estoy diciendo la verdad, Dios me asista.

C. L.: Basta. Ya he oído suficiente. Terminemos. Estoy hasta la coronilla de estos cuentos. Pero le aseguro que no soy tan estúpido como para creer las mentiras de un ladrón y asesino.

LUSSAC: ¿Ladrón y asesino?

C. L.: Sí, señor. Eso es lo que es usted. Toda su historia no es más que una sarta de mentiras mal enhebradas con las que quiere salvar el pellejo. ¿Dónde está, pues, el dinero que su amigo recibió en cantidades tan generosas de sus patrones?

LUSSAC: ¿Dinero?

C. L.: Sí, el dinero. El saquito con las monedas que recibió como paga por su trabajo.

LUSSAC: ¿Qué quiere decir con esto?

C. L.: No se haga el tonto. ¿Acaso cree que es la primera vez que alguien roba a su amigo y después le parte la cabeza? Todo esto está muy bien inventado; no obstante, ni una sola palabra se corresponde con la realidad. Nadie más aparte de usted conocía la existencia del taller. Usted fue el único que vio que Vignac había recibido una suma considerable por su trabajo, pues en su generosidad incluso le regaló una parte. Pero para usted no fue suficiente. Lo quería todo y así, cual Caín que es, lo mató. Y para eliminar todas las huellas y engañar a las autoridades con ese cuento fantástico sobre misteriosos cuadros colgó al muerto en su taller y le prendió fuego. ¿Es así como ocurrió?

LUSSAC: ¿El muerto?

C. L.: No se haga el inocente conmigo. Todas las puertas de la casa estaban atrancadas. Sin llave nadie podría haber entrado en ella. Usted sí tenía llave. No le fue difícil reducir a Vignac, colgarlo en el cobertizo, prenderle fuego y esperar hasta que el incendio hubiera eliminado cualquier prueba de su crimen. Además, usted huyó nada más descubrirse el incendio. ¿Acaso hay mejor confesión de su culpabilidad? Ni siquiera volvió para averiguar lo que había ocurrido con la casa de su tío. Pero, claro, no le hizo falta, pues fue usted mismo el autor del crimen que provocó el incendio y también la muerte de su amigo.

LUSSAC: Dios mío, ¡qué horror! ¿Me está diciendo que Vignac está muerto?

C. L.: Sí. Muerto. Quemado en el incendio que usted mismo provocó.

LUSSAC: Ah, mala víbora, cuidad vuestra lengua.

C. L.: ¡Guardia!

LUSSAC: Si alguien me dijera que los ríos fluyen hacia el cielo y los peces vuelan por el aire...

C. L.: ¡Guardia!

LUSSAC: ... o que los animales pueden hablar y los árboles talados vierten sangre...

C. L.: ¡Detenedlo!

LUSSAC: ... lo creería. Pero, si alguien me dijera que maté a mi amigo...

C. L.: Pegadle si se resiste tanto. No, no tan fuerte. Le vais a romper el cuello. Vamos, lleváoslo. ¡Fuera de mi vista! ¡Escribano!

DIECISIETE

El banquete

Chicot, el bufón de la corte, lo tenía todo preparado. Desde hacía semanas ensayaba con bailarines, actores y músicos el guión de los fastos. En su mesa en la sala de instrumentos tenía desplegados los planos del gran salón de baile del Louvre.

La decoración se había completado unos días atrás. En un extremo se encontraba, a cierta distancia de las demás mesas y elevada sobre una tarima, la mesa del rey y de la duquesa. A su izquierda y derecha, se alineaban en dos filas opuestas las mesas en las que se sentarían los invitados. En el otro extremo, un escenario ligeramente inclinado hacia el interior de la sala cerraba la disposición en herradura de las mesas.

De la galería de madera que recorría las paredes, encima de las mesas, pendían grandes quinqués cuyos reflectores pulidos apuntaban hacia el escenario. Quien se situaba allí arriba podía reconocer con facilidad que el extraño dibujo dispuesto sobre el parqué delante del escenario estaba inspirado por un mapamundi sobre el que se desarrollaría el *Ballet de los Pueblos Extranjeros*.

Pero antes de ello, en ese lugar debían presentarse las viandas. Un gran carro pintado y con forma de concha que les habían suministrado unos días antes estaba situado delante del escenario, y mientras que Chicot repasaba mentalmente el transcurso de la fiesta, en las cocinas ya se estaban ocupando de preparar la comida.

En el patio interior del Louvre también se estaban dando los últimos toques. Dos filas de tamborileros jalonarían el acceso de los carruajes. En los muros se habían colocado antorchas, y farolillos de papel colorido y encerado colgaban de sus palos que, clavados en la tierra blanda entre los adoquines, marcaban el camino. También en el patio se había colocado un árbol del tamaño de una casa. Debajo, hatillos de ramaje. Y como era costumbre, los sacos con los gatos dentro ya estaban colgando de las ramas del árbol. De vez en cuando se veía alguno de ellos moverse. Era privilegio del rey encender el ramaje e inaugurar así, con los espeluznantes alaridos de los animales que morían abrasados, las festividades.

El tiempo era templado y seco. La lluvia había cesado y una brisa casi primaveral recorría las calles de la ciudad.

Chicot habló una última vez con los actores. Después se fue a la cocina para inspeccionar el avance de los preparativos culinarios. Viendo que todo marchaba según lo previsto, se dirigió al cuarto de vestuario y pidió ver al encargado. Éste ya lo estaba esperando y le entregó una pila de sacos de lino. Chicot los contó, comprobó con satisfacción que efectivamente eran siete, se los colocó bajo el brazo y se encaminó hacia el ala este del palacio. De nuevo, hizo una revisión mental de todos los detalles de la fiesta. El desfile en el patio, la quema del árbol, la entrada del rey y de sus invitados. El banquete, el ballet y finalmente el culminante punto secreto del que, aparte de él mismo, únicamente estaban al corriente dos personas más. Se le aceleró el pulso con sólo pensarlo. Y anticipaba la alegría y el orgullo con que la duquesa reaccionaría ante el homenaje.

Cuando unas semanas antes le habían abordado proponiéndole esa representación, al principio tenía sus dudas. ¿Podía atreverse a organizar semejante espectáculo sin consultar al rey, por mucho que fuera la propia duquesa la que lo sugería? Finalmente, accedió por lo menos a echar una ojeada al cuadro. Marie Hermant, el ama de llaves de la duquesa, lo recibió con entusiasmo cuando a principios de febrero la visitó. Su señora, dijo, no era insensible al hecho de que él se mostrara dispuesto a ayudarla en esa pequeña travesura. Hacía mucho tiempo que en la corte no se jugaba a las divertidas adivinanzas de cuadros y la duquesa pretendía volver a darle al rey esa inesperada alegría con ocasión del banquete de carnaval. Chicot contestó amablemente que para empezar le gustaría ver las obras que había elegido para el juego. A lo que ella repuso que sin más se sirviera de mirar a su alrededor, pues se trataba precisamente de las pinturas que adornaban las paredes de la estancia en que se hallaban.

Había siete. Tres en cada una de las paredes opuestas, mientras que el séptimo cuadro se encontraba encima de la chimenea de la pared frontal. Chicot fue de uno a otro, observándolos con tanta curiosidad como ignorancia. Los tres primeros ofrecían variaciones ligeramente distintas de la misma escena: una aristócrata muy enjoyada estaba sentada en su tocador y parecía haber terminado justo de arreglarse. Al fondo, sobre el suelo de baldosas, una criada estaba de rodillas delante de un arcón, al parecer sacando ropajes del mueble. La dama, en el primer plano, sólo llevaba un velo casi transparente que dejaba al descubierto los encantos de su cuerpo. Delante de ella, en el tocador cubierto por un precioso manto de terciopelo rojo bordado, había un cojín sobre el que descansaba su antebrazo derecho. Diferentes flores, claveles y rosas estaban dispuestos alrededor de un joyero ricamente adornado y abierto y del que la dama acababa de sacar un anillo, sujetándolo entre las yemas de los dedos de la mano derecha, seguramente con la intención de colocárselo en uno de los dedos de la izquierda. Su cabello estaba peinado de forma sofisticada y adornado con perlas y piedras preciosas. A la izquierda, había un espejo portado por las figuras de una pareja desnuda, que en uno de los cuadros se encontraba unida en un beso íntimo. El espejo también estaba adornado con perlas y piedras preciosas y en el dorado marco tallado se podía ver el perfil de la desconocida aristócrata. Alrededor del cuello llevaba un largo collar que se juntaba entre sus pechos donde lo sujetaban los dedos de la mano izquierda.

Chicot estudió las pinturas con desconfianza. ¿Era de

buen tono mostrar a una aristócrata en su tocador? Al rey, sin duda, esa indiscreción le haría gracia, pero las damas de la nobleza presentes en el banquete, incluida la propia duquesa, ¿no se ofenderían con esas escenas? Por otro lado, se trataba de espléndidas pinturas que constituían un homenaje a la belleza femenina. Los atributos de la castidad presentes bajo la forma de los claveles así como el símbolo que recordaba lo efímero de la existencia humana, es decir, el espejo en el que se apreciaba el perfil de la dama, en realidad no permitían hacer una interpretación indecente del cuadro. Y al fin y al cabo era carnaval, la época de las máscaras y de los mensajes cifrados.

Se giró hacia los cuadros de la pared opuesta y se alegró de ver allí dos escenas cuya temática le resultaba muy conocida. En un claro del bosque la diosa de la caza, Diana, acababa de tomar un baño. Las ninfas la rodeaban y le alcanzaban una tela. A su derecha, había un sátiro tocando la flauta con las mejillas henchidas, mientras que a los pies de la diosa había otro duende del bosque que miraba al espectador con picardía. Al fondo, un jinete con ropajes reales montaba su caballo y lo dirigía por la linde del bosque hacia un ciervo abatido por unos galgos. Se trataba del atroz final de Acteón, que sorprendió a Diana desnuda mientras ésta se bañaba y a quien como venganza la diosa convirtió en ciervo e hizo devorar por sus propios perros. Estos dos cuadros tampoco se diferenciaban apenas el uno del otro. Chicot no pudo reconocer quiénes eran las personas retratadas. Sólo en el segundo cuadro vio enseguida que la diosa Diana tenía los rasgos de la duquesa de Beaufort.

Chicot empezó a divertirse con esa ronda de cuadros. Poco a poco entendía de qué modo tan atractivo los diferentes elementos de las pinturas se conjugaban en un gran homenaje a la duquesa de Beaufort. Cuando en el primer plano se representaba a la encantadora Gabrielle como la diosa Diana, el hombre a caballo del fondo no podía ser otro que Enrique de Navarra. Seguramente, lo que esa alegoría del relato sobre Acteón significaba era que el rey mantendría a raya a cualquiera que se acercara sin permiso a su amada. ¿Podía tratarse de una velada alusión a los múltiples chismorreos acerca de los supuestos amoríos varios de Gabrielle?

El último par de lienzos consiguió algo así como una superposición artística. Las dos pinturas que se encontraban a continuación de las dos escenas de Acteón mostraban de nuevo una dama en el baño, siendo en un caso la retratada una aristócrata desconocida y en el otro, la duquesa Gabrielle d'Estrées. Asombrado, Chicot se frotó los ojos, mientras su mirada iba incesantemente de un cuadro a otro. Si se miraban los cuadros en el orden en que estaban dispuestos en esa sala, sus numerosas alusiones encubiertas se unían para culminar en el retrato de la duquesa. Por medio de las diferentes representaciones se la estaba colocando dentro de una genealogía de lo más ilustre. A nadie en la corte se le escaparía ese detalle. Todos se darían cuenta con admiración de que la sucesión de las pinturas enaltecía de forma alegórica a la duquesa, pues tanto en el arte como en la vida se la designaba como la personificación de la belleza femenina.

–Veo que no os disgusta nuestra pequeña galería.

–¿Disgustarme? –Chicot dio palmas de entusiasmo–. Uno creería que los pintores de nuestra época sólo esperaban el momento de medir su talento y su ingenio con la belleza que ha encandilado el corazón de nuestro rey. Sin duda alguna, a los espectadores les faltarán palabras para expresar su impresión y su admiración, y estoy seguro de que esta colección de cuadros cosechará grandes aplausos. Pero, decidme, ¿cómo os imagináis el juego?

Marie Hermant asintió con satisfacción y acompañó al bufón al vestíbulo.

–En un principio pensamos en vos, puesto que cantáis tan maravillosamente. La duquesa desea que después del *Ballet de los Pueblos Extranjeros* los cuadros se coloquen aún tapados en el salón. Vuestro cometido sería el de ensalzar con unos acertados versos el extraordinario destino de las damas retratadas, desvelando uno a uno los cuadros conforme avancéis en vuestro recital.

–¡Oh, qué ocurrencia más estupenda! –Tanto le entusiasmó la idea que Chicot se puso a dar vueltas por el vestíbulo–. Ya sé cómo la llevaré a cabo. No os preocupéis. Ya estoy escuchando una melodía y las palabras que la acompañen vendrán solas. La duquesa estará satisfecha y el rey también lo estará.

Llegó al cuarto en el ala este donde estaban almacenados los cuadros, cerró la puerta detrás de sí, dejó en el suelo los sacos de lino y descorrió las cortinas. Tal como estaban dispuestos uno al lado del otro, su sensación inicial de que los unía un sentido secreto fue aún más acentuada. No hubiera sabido decir en qué consistía exactamente ese vínculo, pero ¿no estaba ahí la gracia que la duquesa quería hacer valer esa noche?

Desplegó los sacos en el suelo delante de los cuadros y buscó los números que estaban bordados con hilo rojo en el dobladillo. Cuando hubo encontrado las cifras del I al III colocó las fundas correspondientes sobre las primeras tres pinturas. A continuación tomó los sacos con el IV y el V para tapar con ellos las dos escenas de Acteón.

Ahora sólo quedaban a la vista los últimos dos cuadros. Dio un paso atrás para observarlos con detenimiento.

Cuando los había visto por primera vez unas semanas antes, le habían parecido prácticamente idénticos. Una aristócrata se encontraba sentada en una pila de piedra, agarrando con el pulgar y el índice de la mano izquierda una tela blanca que cubría la bañera, mientras que los dedos de la derecha sujetaban un clavel. A su lado había una fuente con fruta sobre una tabla colocada encima de la bañera y, sobre dicha fuente, la mano de un niño que detrás de la dama trataba de auparse para alcanzar la fruta. Chicot observó la nodriza que estaba sentada a un lado dando el pecho a un recién nacido. Después vio a la criada que en el fondo del cuadro depositaba una jarra de agua sobre una mesa cubierta por una tela verde. Entre la ventana y la chimenea, que constituían el plano posterior, colgaban un espejo oscuro y el cuadro de un unicornio.

Ahora que observaba los dos cuadros con mayor atención, Chicot se dio cuenta de las sutiles diferencias entre uno y otro. La dama desconocida en el primer cuadro llevaba un peinado muy elaborado. Una cofia de terciopelo adornaba su cabeza, y allí donde la raya partía el cabello pendía una espléndida diadema con una perla que se situaba muy poco por debajo del nacimiento del pelo. En sus muñecas había pulseras de oro y en el dedo meñique de la mano izquierda se veía una sortija. La segunda pintura mostraba a la duquesa de Beaufort en la misma pose. Su peinado era elegante, pero el adorno parecía incompleto. Llevaba una coronilla de perlas en la cabeza; no obstante, faltaban algunas piezas. En el cuello y en las muñecas se apreciaban collares y pulseras de perlas y en el meñique había un anillo. Sin embargo, la sortija que llevaba en el anular sólo estaba colocada a mitad del dedo. Chicot se fijó con curiosidad en ese extraño detalle. «Lógico –pensó–, sólo queda un pequeño paso y la duquesa será reina. Una palabra del rey y el anillo que la unirá en matrimonio al reino adornará definitivamente su dedo y también se añadirán las perlas que faltan en su cabello.» Después miró la chimenea. Aquí el pintor del segundo cuadro también se había apartado un poco de la escena anterior, añadiendo un peculiar relieve encima de la chimenea. Había una esfinge tumbada y entre sus patas delanteras sujetaba... no, ¿cómo era eso posible? Chicot se acercó al cuadro para observar con más precisión el dibujo a primera vista anodino. Sí, no había duda, la esfinge sostenía una máscara que tenía un gran parecido con el perfil del rey.

Chicot se quedó perplejo: ¿en qué estaría pensando el pintor? Verificó el mismo lugar en la otra pintura, pero allí sólo se veía parte de un paisaje. Chicot arqueó las cejas. Al mismo tiempo, el jeroglífico formado por los diferentes motivos le divertía cada vez más. Tuvo una ocurrencia. Sí, eso debía de ser: la esfinge, símbolo de la prudencia, sujeta la cabeza del rey, mientras que en el primer plano su amada espera una señal suya, rodeada de sus hijos y de los atributos de la virginidad y de la fertilidad. «Liberaos de las paralizantes garras de la precaución y desposad a vuestra amada –parecía decir el cuadro–. Completad su atuendo real y unidla al reino. –Ahí estaba el mensaje profundo de la composición–. Observad la imagen encantadora de vuestra amada en el círculo ilustre de las mayores bellezas del reino. Superad vuestras vacilaciones, pues no hay en ella nada que pueda reprobarse. Es ella la que os da los hijos tan deseados por vos como necesarios para el país. Clavel y unicornio son prueba de su castidad y de su fidelidad. También es verdad que su pequeño hijo ya está intentando alcanzar los frutos del futuro reinado, pues vuestro matrimonio lo convierte en el heredero a la corona. Pero ¿acaso no es eso lo que deseáis? ¿Cuál es ese embrujo tan misterioso que os hace quedaros de brazos cruzados? ¿No es ella la mujer a la que amáis como a ninguna otra? ¿Por qué la dejáis esperar a medio engalanar? Mirad la solitaria cereza que ha caído sobre el blanco lienzo junto al frutero. ¿Dónde está la otra, su dulce pareja? ¿Acaso esta fruta no es siempre gemela y la más bella metáfora de la amistad y del amor? Seguid vuestro corazón, señor y rey de Francia.»

Chicot cogió las fundas restantes y envolvió los dos cuadros que aún quedaban al descubierto. Satisfecho, salió del cuarto, cerró cuidadosamente con llave y se encaminó agradablemente animado a la sala de baile para acometer los últimos preparativos.

Exactamente dos horas después de la puesta del sol llegaron los invitados. En torno a la entrada de los carruajes se había congregado una muchedumbre de curiosos que jalearon con vivas y aplausos el desfile de los cortesanos. Los tamborileros tocaron una marcha que parecía envolver a la multitud con un lazo invisible y colocarla en un estado de exaltación mágica. De repente, el sonido de los trombones cortó el aire. Tirado por cuatro caballos blancos, un carruaje configurado como un enorme cisne hizo aparición en el patio y se detuvo a pocos metros del árbol levantado en su centro. Los tambores redoblaron, la portezuela del carruaje se abrió y salieron de él un duende del bosque y una ninfa. Los espectadores lanzaron gritos de aprobación y aplaudieron entusiasmados. El duende tomó a la ninfa de la mano y la condujo a pasos comedidos a dar dos vueltas alrededor del árbol, mientras saludaba alegremente al gentío con sus manos llenas de musgos y líquenes. Su acompañante, que parecía bañada en plata líquida, flotaba a su lado. Una corona hecha de ramas de sauce y flores de seda le adornaba la cabeza y entre las flores surgían siete velas encendidas que arrojaban una luz solemne sobre la máscara que llevaba en la cara.

De repente, el duende del bosque tenía una antorcha prendida en la mano y sin esperar a los gritos de aliento de la muchedumbre prendió en diferentes lugares y con rápidos toques de antorcha la leña apilada. Como por una señal acordada de antemano, todos guardaron silencio. Los tambores también callaron y a continuación podía oírse un zumbido cada vez más fuerte a medida que las llamas iban creciendo con estrépito entre el ramaje seco alcanzando las ramas del árbol. Los sacos que colgaban de éstas empezaron a palpitar igual que corazones sacados en vida del pecho. Los espantosos aullidos de los animales que se estaban quemando vivos recorrieron el patio como un eco enjaulado, fueron en aumento hasta tocar techo con un ensordecedor bufido demencial y desintegrarse en el estallido del júbilo de la gente.

Ese espectáculo duró sólo unos minutos. Algunas personas enmascaradas bailaron de forma extática alrededor del árbol en llamas y, mientras cada vez más espectadores se unían a la danza, el sonido solemne de los tambores y trombones iba acompañando a los invitados, unos cien, en su entrada al gigantesco salón de baile por el portal del oeste.

El duende del bosque llevó a su ninfa a la mesa en la parte frontal del espacio y observó con satisfacción cómo poco a poco se fueron llenando las otras mesas. Cuando todos estuvieron sentados, desde todas partes fueron apareciendo otros duendes y otras ninfas que se unieron en el centro de la sala formando un gran corazón humano. Al son de violines, flautas y cítaras comenzaron a ejecutar una danza mágica e irreal. Sus pies, calzados con extraños zuecos a imagen y semejanza de cascos de caballo, marcaban el compás. Paulatinamente la ronda se transformó en zarabanda. Del corazón emergían parejas, bailaron unos pasos y se detuvieron para dejar lugar a otras. Poco a poco, el corazón cambió de forma y, cuando la última pareja ocupó su lugar en la nueva constelación, una gran G compuesta de muchas personas adornaba la pista de baile. Enseguida se desintegró de nuevo para convertirse a continuación en un lirio. En ese momento el compás volvió a cambiar. Veinticuatro pares de cascos anunciaban con el contrapunto de las palmas la última configuración y, como surgida de la nada, ante los ojos del público se formó una gran H[1]. Y, visto y no visto, la letra desapareció con los bailarines que abandonaron la escena para ceder el lugar al gran carro de banquete que fue empujado inmediatamente al centro de la sala.

El aplauso para el espectáculo de danza continuó sin interrupción con el que los invitados dedicaron a las viandas presentadas. Junto a barras y hogazas de pan se servía un asado de riñones de ternera con mostaza y jengibre. Después de las terrinas y sopas de todo tipo vinieron los embutidos. Salchichas, longanizas y morcillas llenaron las tablas adornadas con elaborados ornamentos. Les fueron pisando los talones lenguas de buey ahumadas y carne de caza: perdices, codornices y patos, así como capones y gallos. Hasta garzas y cabras salieron asadas y guisadas de la cocina, pero sólo para ser desplazadas rápidamente por quesos, dulces, nata montada y confituras. Después del vino, hicieron aparición tostadas, caviar, mantequilla fresca, crema de guisante, espinacas, docenas de tipos diferentes de ensaladas, salmón ahumado y ostras. Y como si todo ello no fuera suficiente se fueron

1. H por *Henri,* Enrique en francés. *(N. del T.)*

esquilmando los ríos y lagos: truchas, barbos, tímalos, lucios y tencas llegaron a las mesas en compañía de ancas de rana y cangrejos. Y finalmente, papilla de sémola, ciruelas, higos, dátiles, nueces y alcachofas y todo lo que podría haber sido olvidado a lo largo de un banquete digno de un auténtico Gargantúa.

Chicot contemplaba con satisfacción el desarrollo de la fiesta. El rey y la duquesa disfrutaban con las viandas intercambiando palabras cariñosas detrás de sus máscaras de elfos. La iluminación de la sala era festiva y el olor de los platos servidos se mezclaba con el aroma del vino y de hierbas perfumadas que se consumían en pebeteros dispuestos en los rincones. Reinaba en el ambiente la alegría habitual del entorno del rey, que se había pasado media vida en tiendas de campaña y trincheras, y que siempre que le era posible escapaba de la vida formal de la corte para ir de caza por el monte y vivir la naturaleza en compañía de sus camaradas. Chicot pensó en la extraña impresión que dejaron los españoles en la corte francesa cuando el año anterior firmaron el tratado de Vervins: arrugaron el gesto ante las costumbres desenfadadas y asistieron con embarazo a un partido de tenis jugado por el rey, fijándose en la camiseta agujereada que éste portaba para la ocasión. Chicot se sonrió al recordarlos junto a la pista de juego, con las cabezas metidas en sus enormes golillas que les daban aspecto de grandes margaritas marchitas. Constantemente estuvieron quejándose de lo poco que se conseguía dormir en la corte francesa, puesto que los entretenimientos parecían no tener fin nunca. Cuando emprendieron el viaje de regreso, mucho antes de lo previsto, se los vio marchar con caras cansadas y demacradas. Entonces, ¿qué es lo que dirían ante una fiesta como ésta?

La mirada del bufón volvió a posarse en la pareja real. Enrique de Navarra estaba de excelente humor, ofrecía pequeños bocados de los manjares más exquisitos a su amada y de vez en cuando le daba, saltándose como era habitual en él cualquier etiqueta protocolaria, un beso en las mejillas ligeramente sonrojadas. La duquesa por su parte estaba radiante como un magnolio en flor. La minúscula vida que desde hacía unos meses crecía dentro de su vientre confería a su belleza un aura especial que se percibía incluso a través del disfraz. «Qué pareja más esplendorosa –pensó el pequeño bufón en su rincón junto a la puerta desde donde los observaba con emoción y envidia a los dos–. Válgame Dios –se dijo–, en todo el universo cristiano no puede encontrarse una reina más bella y agraciada. Con qué dignidad y al mismo tiempo modestia porta la noble cabeza. Con qué incomparable sencillez exenta de cualquier presunción se mueve. Diríase incluso que la naturaleza había decidido reunir todas sus virtudes en esta criatura sin darle, empero, la conciencia de su perfección.» Y allí estaba, un regalo de la naturaleza, que parecía haberla creado en un capricho juguetón con el fin de que en ella pudiera contemplarse el milagro de la belleza inconsciente de sí misma.

Despegó los ojos de esa visión e hizo la señal acordada a los iluminadores, que acto seguido apagaron las luces de la sala al tiempo que prendían los quinqués en la galería. Todas las miradas se dirigieron con curiosidad hacia el rey, pero éste sólo levantó la mano para pedir silencio a la espera de lo que ocurriría en el escenario.

Entró en escena una ninfa, se postró en el suelo haciendo el gesto de implorar clemencia y con voz quejumbrosa instó a madame Catherine, la hermana del rey, a librar Francia de un gran mal. Describió con frases tortuosas cómo una gran hechicera malvada sembraba discordia en el reino y trataba de subyugarlo. Y clamó de nuevo que madame hiciera todo lo posible para deshacer ese entuerto. Nada más finalizar su recital, desde el fondo oscuro del escenario avanzó un trono negro rodeado de un marco de llamas. En él se sentaba una Medea atroz y repugnante que sujetaba en la mano izquierda las insignias de Francia y de Enrique de Navarra y en la derecha las de España. Detrás de ella apareció una hilera de columnas. Dos gnomos acudieron veloces para tomar en sus manos las insignias de ambos reinos, arrojando las de Francia desdeñosamente al suelo y colocando las de España en el capitel de la columna más cercana. Dos caballeros franceses y dos españoles entraron y se apostaron junto al trono. Medea estaba exultante a raíz de su victoria a la que hizo objeto de un largo canto en el que no faltaban referencias a sus extensos poderes e influencias.

Cuando terminó, hicieron su aparición cuatro ninfas. Exaltadas, recorrieron la balaustrada con pasitos cortos hasta situarse delante del trono y, dando la espalda a la hechicera, lanzaron indignadas exclamaciones sobre lo injusta que era la victoria de los españoles, puesto que les había ayudado Medea con sus poderes sobrenaturales. Los caballeros franceses ocuparon el primer plano y escenificaron una reflexión sobre cómo acabar con el desgraciado dominio español. El más alto de los dos parecía vacilar, mientras que el más bajo quería empuñar enseguida las armas para atacar a los españoles victoriosos. Al darse cuenta de la presencia de los caballeros, las ninfas se les acercaron con un baile seductor. El más alto las recibió con alegría anunciándoles que los días del dominio español estaban contados. Después de algunas consultas acordaron recabar la profecía de la Sibila y, mientras los caballeros emprendían el camino hacia el oráculo, las ninfas ejecutaron de nuevo su danza de pasos gráciles reclamando a Júpiter que acabara con el poder de Medea sobre Francia.

Entretanto, los tramoyistas desplazaron el templo de la Sibila al centro del escenario. Los violines acompañaban este movimiento y desde las bambalinas descendió un sol forrado de pan de oro. La Sibila estaba interpretada por una dama rubia que en evidente contraste con la oscura Medea llevaba ropajes blancos. Los dos caballeros bailaron con las ninfas al son de los violines para detenerse finalmente delante del templo. Sibila se levantó y anunció con voz grave que pronto tendrían éxito en sus propósitos y que salvarían a Francia. Sería Enrique de Navarra quien, ayudado por su hermana Catherine, cumpliría esa misión. En ese momento, los caballeros desenfundaron sus espadas, exclamaron los nombres del rey y de su hermana y atacaron a los dos españoles, que huían después de una breve lucha. Trombones y trompetas acompañaron musicalmente el triunfo. Los dos españoles fueron atrapados y presentados ante la mesa del rey para su rendición. Medea, furiosa por la derrota, saltó del trono lamentando su desgracia y anunció que de ahí en adelante se sometería a los deseos de Catherine. Al final, la Sibila también se levantó, encabezó una ronda de todos los actores y ordenó en nombre de Júpiter varios días de celebraciones festivas.

La obra no dejó de impresionar al público. Antes de que finalizara la música, los invitados se levantaron y aplaudieron entusiasmados el espectáculo. El rey recondujo a los dos españoles al escenario donde abrazó efusivamente a las bailarinas y dio calurosas muestras de agradecimiento a los demás actores. Chicot se mantuvo al margen, pero íntimamente estaba muy satisfecho con el éxito de la función ¿Qué es lo que habría pensado madame Catherine sobre el espectáculo? Al fin y al cabo había subordinado su corazón a los asuntos del reino casándose según los deseos del rey con el duque de Bar y no con el conde de Soissons a quien realmente amaba. Ella, la protestante de rígida moral, había tenido que unirse a la católica casa de Lorena para reconciliar las dos líneas monárquicas. Pero los aplausos del público, que había captado enseguida el trasfondo político de la obra, daban la razón al rey. ¡Viva el rey! ¡Larga vida a madame Catherine! Chicot estaba contento.

Mientras en la sala todavía resonaba el aplauso, Chicot fue detrás del escenario para supervisar los preparativos del siguiente ballet. Las seis parejas de bailarines ya estaban vestidos y se dedicaban a dar los últimos toques a su maquillaje. El año anterior, el *Ballet de los Pueblos Extranjeros* había tenido un eco tan positivo en la corte que Chicot decidió volver a representarlo con ocasión del banquete de carnaval. Al observar a los actores disfrazados de persas, indios y turcos, sus ojos toparon de repente con la joven Henriette d'Entragues, de apenas diecisiete años. Estaba sentada con el grupo de las indias y llevaba un vestuario muy insinuante. El cabello moreno estaba oculto debajo de un turbante rojo vivo y su bonita cara, maquillada en tonos marrón oscuro. Alrededor del cuello se ceñía una cinta de terciopelo adornado con brillantes de la que finas tiras de seda azul bordadas con hilo de oro caían hasta el talle. Los brazos estaban desnudos, a excepción de unos aros de oro reluciente que cual serpientes abrazaban los delicados miembros junto a los hombros. Llevaba amplios pantalones de terciopelo amarillo claro ceñidos en los tobillos por gemelos rojos con perlas engarzadas. Chicot se sorprendió, pero, antes de que pudiera acercarse a la chica, lo abordó Marie Hermant.

–Os saludo, estimado señor Chicot. Enhorabuena, la función ha sido de lo más maravilloso.

Chicot se volvió hacia la mujer. Como todos los presentes, ella también llevaba una máscara, pero su famoso cabello rojo sobresalía traicionero por debajo de su casquete de elfo.

–Os lo agradezco –y bajando la voz añadió–: ¿Por qué baila en el grupo de las indias?

La mujer echó una ojeada a Henriette y la estudió con mirada crítica.

–Tenéis que admitir que sería un desperdicio ocultar sus encantos bajo la vestimenta de una persa.

Chicot se fijó de nuevo en Henriette. Al parecer la chica se dio cuenta de que la estaba mirando y se volvió hacia él con una sonrisa. Las cintas de seda azul se movieron y dejaron entrever unos pechos bien formados.

–¿Habéis sido vos quien ha dispuesto este cambio en el reparto?

–Veréis, por supuesto que lo he consultado con el señor Bassompierre. Pero en secreto os puedo confiar que ha sido deseo del propio rey verla bailar en el grupo de las indias. No se lo digáis a nadie. Su majestad ya vio el ballet en otoño y conoce las ventajas que conlleva la vestimenta india. He de admitir que, mirando a la chica, sólo puedo felicitar al rey por su sugerencia. Dicen que, en realidad, las indias son bastante feas y bajas de estatura, además de tener la nariz chata. Una vez vi algunas en una exposición en Marsella. Pero decidme, querido Chicot, ¿cómo van los preparativos de nuestro jueguecito?

Chicot dirigió una última mirada a Henriette y se encogió de hombros. Si era el deseo de su majestad, no había nada que objetar.

–Todo se hará tal como hemos acordado. Los cuadros ya se encuentran tapados y están arriba en la galería.

Marie Hermant asintió con satisfacción.

–La duquesa me ha pedido que os agradezca de nuevo vuestra buena disposición. Estoy segura de que cumpliréis con creces vuestra misión. Ahora, disculpadme, no quiero perderme el comienzo del ballet.

Chicot hizo una reverencia y la siguió con la mirada conforme volvía al salón de baile. Sin embargo, lo que no vio fue que la mujer cruzó la sala y que poco después subió la escalera de la galería.

Cuando la iluminación de la sala se apagó de nuevo para anunciar la segunda función, ya era medianoche. Una pantalla de lienzo bajó de las tramoyas y convirtió el escenario en un gran mar lleno de olas. La pantalla tembló amenazadora. Se escucharon truenos. Un relámpago recorrió la sala y, cuando se levantó el humo de la deflagración, hizo su entrada un barco. Avanzaba con dificultad a través del mapamundi dibujado en el suelo. Seis actores hacían ver que lo impulsaban con pesados golpes de remo. En la barandilla se apoyaba un gran señor y escrutaba el mar con la mirada. Los bramidos amainaron y una luz más cálida y amable inundó la sala. La pantalla fue retirada y empezó a sonar una música turca. El capitán y la tripulación se frotaron los ojos, deslumbrados por los bailarines turcos que en el escenario ejecutaban una amable danza de bienvenida. De nuevo bajó la pantalla con el paisaje marino, el barco puso rumbo a Persia, se salvó de un temporal precipitado por el ensordecedor estruendo de tambores y timbales y fue finalmente saludado por un grupo de encantadores bailarines a su llegada a la costa persa. El mismo espectáculo se repitió una tercera vez. Bajó la pantalla y arreció el temporal. Los marinos ganaron la lucha con un monstruo marino y rescataron un tesoro. Al final, el barco llegó al subcontinente indio. Una música exótica acompañó la desaparición del mar. Y la costa persa había sido sustituida por un templo indio. Lo rodeaban estatuas de leones y tigres. Pétalos de flores caían sobre el escenario. Embrujados, el capitán y los marineros se sentaron y contemplaron fascinados el espectáculo.

Seis bailarines se precipitaron sobre la escena y ejecutaron una trepidante danza de espadas. Luego se colocaron frente a frente en dos filas de tres y levantaron las espadas por encima de sus cabezas. En ese momento hicieron su aparición las bailarinas. La primera se sentó debajo de la bóveda de espadas y dejó caer los brazos. La segunda se colocó detrás de ella y, cuando las otras cuatro se hubieron sentado, el público asombrado veía una única figura femenina en medio de seis pares de brazos dispuestos como un abanico alrededor de su grácil figura. Los aplausos fueron frenéticos. Los bailarines se hicieron a un lado y dejaron el escenario a las bailarinas. Éstas se situaron una al lado de la otra, cruzaron los brazos y dejaron rodar sus cabezas como si de bolas sueltas se tratara. De repente, habían bajado del escenario formando un semicírculo junto al barco donde bailaron entre el público con seductores movimientos de caderas. Después se dieron la vuelta y repitieron su coreografía directamente delante de la mesa del rey.

A Chicot no se le escapó la impresión que la joven Entragues causó en el rey. Ya cuando todas las bailarinas se acercaron para enseñar con sus cimbreantes caderas algo de los secretos eróticos de la lejana India al rey y a la duquesa, el monarca parecía tener ojos sólo para una de ellas. Y en el momento en que le llegó el turno a ella y avanzó su figura de elfa hacia el rey al son de las notas exóticas, era como si aparte de ellos dos todos los demás en la sala se hubieran convertido en invitados de piedra. Embrujados, cien pares de ojos se fijaban en la bella muchacha. Ahí estaba, directamente delante del rey; lanzó la cabeza hacia atrás, abrió los brazos, levantó una pierna y agarrando el pie con ambas manos lo llevó detrás de la cabeza. A continuación, giró varias veces sobre sí misma impulsándose mediante un ligero movimiento del pie que descansaba en el suelo. Chicot tragó saliva, pero no pudo despegar los ojos de los encantos al descubierto de la bailarina. Debido a la pose acrobática, sus pechos estaban completamente a la vista y entre las tiras de tela que pendían sueltas a cada movimiento lateral aparecía cálida, suave y delicadamente curvada su espalda.

–*Voilà, une autre putain pour le Roi* –susurró alguien.

Chicot se dio la vuelta; no obstante, detrás de él sólo había una fila de rígidas máscaras y oscuras órbitas oculares que observaban el espectáculo.

Henriette d'Entragues terminó su danza con una reverencia profunda y volvió a la fila de las bailarinas indias. El grupo regresó al escenario, la pantalla fue bajando y la tripulación de la nave trataba igual que el público de echar una última mirada a esa aparición mágica que se estaba desvaneciendo con el sonido cada vez más débil de la música. Pero el bello espectáculo había llegado a su fin. Aún resonaba el bramido de las olas y el viento y finalmente se apagó la luz.

Los aplausos no se hicieron esperar. Una y otra vez los intérpretes tenían que salir a escena para saludar al público. Se reclamó la presencia de Chicot y también recibió aplausos agradecidos. Éstos cesaron sólo cuando volvió a sonar la música y los invitados empezaron a bailar a su vez.

Pasó más o menos una hora antes de que Chicot hiciera la señal a los criados para que bajaran los cuadros de la galería. La fiesta había alcanzado su punto culminante. El rey y la duquesa estaban sentados, acalorados por el baile, en un amplio sillón. Muchos ojos siguieron con curiosidad a los siete criados que, cada cual con un cuadro tapado en las manos, descendían lentamente por la escalera de la galería. Los invitados se hicieron a un lado para dejar paso a la extraña procesión. Otros dos criados entraron en la sala portando consigo varios caballetes. Cuando hubieron colocado su peculiar mercancía delante del escenario, reinó un intrigado silencio entre la concurrencia. El rey miró con asombro los siete sacos de lino y dirigió una mirada inquisitiva a la duquesa. Ésta hizo un gesto de asentimiento a Chicot y se arrellanó en el sillón.

El bufón tomó su laúd, se situó delante de la pareja real e hizo una profunda reverencia. Desconcertados ante esa conducta tan poco habitual, los últimos invitados que aún estaban de pie se dirigieron a sus asientos para aguardar en silencio lo que fuera a venir a continuación. Chicot volvió al centro de la sala, se inclinó de nuevo ante el público, tañó un acorde y comenzó a cantar.

Nadie supo decir después lo que ocurrió exactamente. El choque ante el acontecimiento tan inesperado debió de causar tal impresión en los asistentes que borró cualquier recuerdo de los minutos que le habían precedido. La mayoría seguramente estaría cansada, vista la hora avanzada que era. No prestaron mucha atención al canto ni tampoco se fijaron demasiado en los cuadros que fueron descubiertos de uno en uno después de cada estrofa. Sólo había consenso en que en un momento dado la duquesa gritó de forma estridente y saltó de su asiento. Al bufón se le atragantó la voz. El rey también se había puesto en pie de un salto y miró a Chicot con odio en los ojos. Éste no entendía nada y miró a su alrededor buscando averiguar si el motivo de la repentina ira del rey y de la duquesa realmente era él mismo. Después se escuchó un murmullo cada vez más fuerte entre el público y Chicot creyó que se le paraba el corazón, cuando sus ojos toparon con el séptimo cuadro recién destapado. ¿Cómo podía ser? ¿De dónde salía esa pintura infame? Se volvió inmediatamente, dio unos cuantos pasos en dirección al rey y abrió los brazos en un gesto de disculpa. Pero el rey ni siquiera lo vio. Estaba agachado encima de la duquesa que se había desplomado en su asiento. Algunos criados acudieron rápidamente para cubrir los cuadros y llevárselos. El rey se reincorporó. De golpe, la sala quedó en silencio.

Y entonces ocurrió algo extraño: Enrique de Navarra empezó a reír. Resonó en toda la sala su risa contagiosa y bramante; tomó a la duquesa de la mano, esperó a que se levantara, se quitó un anillo del dedo y lo colocó con ahínco en el anular izquierdo de ella.

Al día siguiente no había en París nadie que en cuanto saliera a la calle no escuchara por doquier la novedad: después del domingo de Cuasimodo se casará con ella. Gabrielle d'Estrées será nuestra reina. El primer domingo después de la Pascua...

DIECIOCHO

Vignac

Vignac llegó a Villejuif a última hora de la tarde del jueves. Vandervelde, el flamenco para el que había trabajado el año anterior, lo recibió con sorpresa, pero contento de tener de nuevo en su casa al hábil pintor. Vignac le explicó que había renunciado a probar fortuna en París y que quería volver al sur después de la Pascua. Llegaron rápidamente a un acuerdo y Vignac prometió ayudar en el taller hasta su marcha definitiva. No se habló más.

Ocupó el cuarto situado en la buhardilla de la casa para pasar el resto de la tarde solo. Las pocas cosas que había podido sacar de la Rue de Deux Portes estaban encima del saco de paja que hacía las veces de cama. Desde abajo subía el griterío que organizaba la numerosa familia del flamenco.

Vignac intentó ordenar sus ideas. Ya no tenía miedo. Aquí nadie lo buscaría. En algunas semanas estaría camino del sur y nadie volvería a oír hablar de él jamás. Pero hasta la Semana Santa esperaría y observaría. ¿Acaso había reaccionado mal dos noches atrás? ¿Debería haber tratado de reducir al intruso desconocido y haberlo hecho hablar? ¿Qué estaría pensando Lussac? Tal vez había regresado a la casa, encontrándose con el desconocido, y ahora estaba pagando las consecuencias del temerario plan de su amigo Vignac.

Sacó los bocetos, los dispuso uno al lado del otro sobre la cama y los estudió con detenimiento. Ahí, delante de él, debía de ocultarse la solución a todo el enredo. ¿Qué era ese extraño enlace que las dos damas celebraban en su bañera? ¿Por qué la duquesa tenía interés en verse representada así? ¿O había sido él quien cometió un error? ¿Le había fallado la memoria? No, eso era imposible. Exactamente igual a como las había plasmado en esos bocetos le fueron presentadas las dos damas aquella noche de otoño en la casa de la duquesa. A la derecha, Gabrielle, recogiendo entre el pulgar y el índice la tela echada por encima de la bañera; a la izquierda, la dama desconocida, sentada sobre el borde de la pila y recibiendo un anillo invisible de manos de la duquesa. Pero ¿quién era? Vignac cerró los ojos y evocó su cara. Era muy joven, tal vez diecisiete años, y tenía el pelo moreno. Sin embargo, ¿había algún dato más sobre su identidad? No; así que el cuadro por sí solo no le daría la respuesta, pues las dos mujeres que había visto aquella noche no eran más que representantes. Mas ¿a quién se suponía que representaba la dama de la izquierda?

Vignac se acercó a la ventana. La calle estaba desierta. El cielo tenía un brillo mate como si fuera un mármol negro manchado de estrellas. Los ruidos de los alrededores se hicieron cada vez más escasos. Sólo a lo lejos se oían los cascos de un caballo. Poco después resonaron a unas pocas casas de donde estaba Vignac para volver a callar enseguida. Una puerta se abrió. Trazos de palabras volaron a través de la noche. A continuación, de nuevo el ruido de los cascos en el adoquinado. Consiguió ver al jinete. Caminaba por la calle al lado de su caballo y se dirigía a la casa. No parecía conocer el lugar, pues avanzaba con lentitud de casa en casa, buscando con la mirada el número en el dintel de las puertas. Después, Vignac ya no lo pudo ver.

Al rato, escuchó cómo alguien llamaba a la puerta. Se levantó de un salto. Vandervelde ya había abierto. Hubo una breve conversación, pero arriba donde estaba Vignac no se podían entender las palabras. Escuchó pasos en la escalera. Vignac tanteó en la oscuridad para ver si encontraba algún arma, agarró un pesado candelero y se situó detrás de la puerta. Los pasos se acercaron y luego oyó la voz de Vandervelde.

–¿Maître Vignac?

No se movió. Alguien accionó la manija, pero el cerrojo estaba pasado y la puerta no se abrió.

–¿Estáis durmiendo, señor?

Luego se oyó otra voz. Vignac la escuchó con incredulidad. Lentamente bajó el pesado candelero de hierro, descerrajó la puerta y abrió. Allí estaba Vandervelde, mirándolo con ojos llenos de curiosidad, y detrás del flamenco reconoció, mal iluminada por la lámpara que tenía en la mano, la cara de Giaccomo Ballerini.

Vignac se apartó y lo hizo entrar. Vandervelde les dejó la lámpara y se despidió. Ballerini echó una rápida mirada a los bocetos dispersos, se quitó la capa y esperó de pie en medio del cuarto.

–¿No me vas a ofrecer un asiento? He estado cabalgando durante bastante tiempo y me gustaría descansar un poco antes de emprender el regreso.

Vignac quitó los bocetos del lecho de paja. Ballerini se sentó.

–¿Cómo me habéis encontrado?

Ballerini hizo un gesto despectivo con la mano.

–Si yo he podido encontrarte con tanta facilidad, otros pueden hacerlo también. No me extrañaría nada que mañana por la mañana aparecieran por aquí unos cuantos soldados para buscarte.

El médico estudió el cuarto con la mirada para después volver a fijarla en el pintor, que se estaba mordiendo nerviosamente los labios.

–Vivimos un período de mucha tensión, demasiada para un ultraje al rey.

–Malditas mentiras. Si supierais cuál es la verdad.

–Eso carece de importancia. La verdad es que no eres el único que se equivocó. Todos se han equivocado, incluso los conspiradores. Hasta el mismísimo rey. Pero esto lo hace todo aún más peligroso para ti.

Vignac lo miró con los ojos como platos.

–No entiendo ni una sola palabra.

El médico sacó un papel del bolsillo y lo alisó. Vignac reconoció el pasquín con el dibujo.

–¿Es éste el cuadro del que me hablaste en enero?

Vignac asintió.

–Es una mala copia. Pero ése era más o menos su aspecto.

–Sé cómo era.

Vignac lo miró con extrañeza. Ballerini continuó:

–Vinisteis a París el verano pasado. Tú traías en el equipaje un retrato de la duquesa y se lo hiciste llegar a través de Valeria, ¿no es así?

Vignac asintió.

–En enero, cuando nos encontramos cerca de Les Halles, me contaste que se trataba de una copia de la pintura que habías visto en el castillo de Chenonceaux. Una alegoría de la fertilidad y de la castidad.

–Sí, la duquesa en el baño rodeada de sus hijos. Valeria lo llevó a casa de Zamet y de allí llegó a Monceaux a las manos de la duquesa.

–¿Cómo lo sabes?

Vignac escrutó la cara del médico. No había cambiado nada. Llevaba la misma ropa como en aquel entonces en Montpellier: un pantalón negro muy ceñido y un hábito igualmente negro que le llegaba por debajo de los muslos. Su sombrero de ala ancha estaba sobre la cama al lado de la bandolera de cuero a la que el médico nunca quitaba ojo.

Vignac sabía lo que había en ella. Tenía todavía muy presente el recuerdo de aquella atroz amputación en Toulouse y de los espantosos instrumentos que de repente habían salido del botiquín del médico.

–Al recibirme, el ama de llaves de la duquesa me dijo que su señora estuvo encantada cuando los carpinteros entregaron el cuadro en Monceaux.

Ballerini sacudió la cabeza. Luego dijo lentamente:

–La duquesa nunca vio tu cuadro.

–¿Cómo?

–El cuadro nunca fue sacado de París.

–¿Cómo lo sabéis?

–Yo mismo estuve en Monceaux en octubre y noviembre para asistir a la operación del rey. Lo que te contó el ama de llaves, que por cierto se llama Marie Hermant, en realidad nunca ocurrió.

Sin poder creer lo que oía, el pintor se quedó con la mirada absorta. Luego, se dio la vuelta para acercarse a la ventana.

–Mala pécora.

Inerte, clavó los ojos en la oscuridad de la noche.

–¿Fue Valeria la que llevó el cuadro a casa de Zamet?

La pregunta le llegó desde muy lejos. ¿Qué significaba todo eso? Se escuchó a sí mismo dar una respuesta afirmativa.

–¿Por qué?

–Dijo que allí le sería fácil hacer llegar el cuadro a la duquesa. El marco informal de la mansión nos pareció un buen lugar para entregárselo.

–¿Y Valeria se lo dio en persona?

–Sí, me parece que sí. Dijo que acudió a los aposentos de la duquesa y que fue allí donde se lo entregó.

Vignac calló un instante. ¿Cómo había hecho Valeria para entrar allí?

–Adjunté una nota para explicarme. Rogaba a la duquesa que viera mi regalo como un tributo al gran futuro que le esperaba. Unos días después, Valeria apareció con el recado de que me presentara en casa de la duquesa, en la Rue Froidmanteau, para recibir un encargo. El recibimiento que me dieron fue bastante extraño, pero eso ya os lo conté en enero.

–¿Dónde está Valeria?

–No lo sé. Después de que el miércoles encontrara el pasquín, la busqué en la mansión de Zamet. Sin embargo, me dijeron que no estaba. Le dejé el recado de que viniera urgentemente a la casa de Perrault, pero...

–... no acudió.

–No. En su lugar, por la noche se presentó ese criado de la Hermant. Tenía llave para la casa... Oh, no, Dios mío...

Ballerini bajó la mirada. Vignac se desplomó y se quedó acurrucado en el suelo. Fuera pió un mirlo y cantaron los grillos. Ballerini describió con pocas palabras lo que aquella tarde había ocurrido entre él y Lussac. Cuando mencionó la llegada de Andrea, Vignac lanzó un grito sofocado. Ballerini se inclinó hacia delante y habló más deprisa.

–Aún no sabemos lo que ha ocurrido. Vignac, reflexiona. Son ellos los que tienen miedo. Su plan ha fracasado, pero por una razón totalmente inesperada.

El pintor levantó la vista.

–¿Qué plan? ¿De qué me estáis hablando?

El médico se reclinó.

–Nadie que esté en su sano juicio favorece ese matrimonio. Los peligros que de él puedan resultar son tantos que se necesitaría un día y una noche para enumerarlos todos. Hay en todo el reino sólo dos personas que no quieren ver esos peligros: la duquesa y el propio rey.

Desde muy lejos irrumpieron en la mente de Vignac las palabras que había pronunciado aquella mujer pelirroja. ¿Qué es lo que le había dicho justo antes de despedirlo? «La duquesa y el rey corren graves riesgos. Al igual que vos, ellos persiguen un gran objetivo y cuanto más cerca se encuentran de él, mayores son los peligros que los acechan. El rey ignora el abismo que se abre a sus pies y vuestra misión consistirá en abrirle los ojos.» Gracias a las explicaciones de Ballerini, esas palabras adquirían de repente un sentido totalmente nuevo. La duquesa, ¿un peligro para el rey? ¿En qué historia de mal fario le estaban intentando hacer creer? Mientras tanto, la voz de Ballerini se hizo aún más enérgica.

–En septiembre recibí una carta de Bérault, el cirujano del rey. Me pidió que fuera a París, pues al poco tiempo tenía que realizar una delicada operación y necesitaba la ayuda de colegas experimentados. Llegué a París en octubre y pocos días después fui a Monceaux en compañía de Bérault, donde el rey estaba postrado por la enfermedad. Gracias a la maestría de Bérault, la intervención fue un éxito y su majestad sanó rápidamente. Nosotros, los médicos, gozamos de la hospitalidad del rey y de la duquesa durante todo octubre y noviembre. Ahora bien, la naturaleza del mal que aquejaba al rey era un tanto particular; era tal que corría el riesgo de perder el vigor masculino a consecuencia de la enfermedad y de la intervención. Durante todo el tiempo que estuve en Monceaux, no se habló de otra cosa que de la sucesión al trono. No pasó ni un solo día sin que esa cuestión fuera debatida de una u otra forma entre los presentes.

»La duquesa, por su parte, estaba irascible y delicada. El consejo se reunió en varias ocasiones para discutir el fastidioso tema del divorcio. Era un secreto a voces que el papa Clemente nunca concedería a Enrique la anulación de su matrimonio, si a continuación éste pensaba desposar a su amante. Las negociaciones con Roma estaban en un callejón sin salida. De repente, se anunció que la duquesa estaba de nuevo en estado. Entonces ocurrió algo extraño. Enrique consiguió finalmente imponer su criterio de que se mandara un enviado a Usson para forzar a la reina a dar el consentimiento para el divorcio. Antes incluso de que llegara esa procuración, el rey ordenó que Sillery viajara a Roma para porfiar ante el Papa en la aceptación de la solicitud de divorcio. Al mismo tiempo tomó precauciones para prevenir tensiones políticas en el interior de Francia. Se celebraron algunos matrimonios. Enrique de Navarra casó a su hermana, protestante convencida, con el duque católico de Bar. Y en diciembre, Alejandro, el hijo menor de Gabrielle, recibió el bautismo con todos los honores de un heredero de la corona.

»Ya te puedes imaginar cómo esos acontecimientos fueron acogidos en la corte. Todos sabían que el rey pretendía casarse con la duquesa, pero nadie contaba en serio con la posibilidad de que realmente diera ese paso tan peligroso. ¿Acaso el potentado quería arriesgar en aras de un simple amorío todo aquello por lo que había luchado durante décadas? ¿Qué iba a ocurrir cuando muriera el rey? Antes incluso de que sus restos mortales se hubieran enfriado del todo, los pretendientes entrarían en liza para repartirse la herencia de los bastardos.

»Y ahora, imagínate una mente calculadora, pero en el fondo simple, cuyo espíritu de intriga y cuya riqueza en mañas y triquiñuelas sólo se ven superados por una estupidez sin fondo; una persona que haría cualquier cosa para impedir que algún día esa desgracia sucediera. Ponte en el lugar de un individuo así, de los que en la corte hay más que gusanos en un cadáver. ¿Qué es lo que haría una persona de esta índole? Idearía una artimaña igual a aquella de la que tú has sido víctima. Ese individuo, o mejor dicho, ella –porque naturalmente estoy hablando de esa Marie Hermant que te hizo caer en la trampa–, en fin, esa persona cree que con sus intrigas tan bien enhebradas puede alterar el curso de la Historia. Te encarga la realización del cuadro y lo presenta en el momento adecuado al rey para que éste, abochornado delante de todos, se distancie de sus descabellados propósitos. Veo que no me crees; me miras como si te hablara en latín. Pero escucha lo que ocurrió el martes de carnaval, es decir anteayer, durante el banquete en el Louvre.

Ballerini se puso de pie y comenzó a dar vueltas por la habitación mientras hablaba.

–Mi insignificante contribución al éxito de la gloriosa operación de Bérault fue la razón por la que durante mi estancia en París, a la que pronto pondré fin, fui beneficiario de algunos favores reales. De este modo, recibí hace algunas semanas una invitación para el banquete real de carnaval. No sé cómo esa Hermant consiguió manipular las diferentes funciones de la velada de tal suerte que finalmente fue el pobre bufón, encargado de dirigir la ceremonia, quien quedó como el culpable de todo. El rey y la duquesa, disfrazados los dos como duendes del bosque, disfrutaban de la cena en una mesa situada en la pared frontal de la sala, mientras que los invitados habían sido distribuidos por el resto del espacio. Como de costumbre, se representaron algunas danzas que con toda la razón del mundo son la envidia de toda Europa. Había oído hablar de ellas y he de decir que si bien mis paisanos italianos no tienen rival en la pintura y en la escultura, deberían aprender de los franceses en cuanto a espectáculos de danza se refiere.

»En el último ballet sucedió algo que te debo ilustrar de

forma gráfica. Se titulaba *Ballet de los Pueblos Extranjeros* y consistía en una especie de viaje bailado alrededor del mundo. Una nave con capitán y marineros navegaba los mares del planeta y a lo largo de la función arribaba a las costas de países lejanos. Siempre que llegaban a algún lugar, los habitantes salían a recibirlos y, al contrario de lo que ocurre en los relatos auténticos sobre semejantes expediciones, cantaban y bailaban para ellos antes de dejarlos marchar en paz. En el transcurso del ballet, la nave atracó también en las costas de la India. Un grupo de indias vestidas con poca ropa entró en escena y ejecutó una danza realmente mágica. Después se acercaron a la mesa del rey y de la duquesa y cada una de las bailarinas tuvo a bien mostrar sus encantos al rey. Lo cual, vistas las costumbres en la corte, no era nada anormal. El rey se sirvió generosamente, posando los ojos en donde sus manos no llegaban. Pero cuando le tocó el turno a la penúltima bailarina, el ambiente cambió radicalmente.

»Toda la sala parecía contener el aliento. Una grácil Afrodita india se acercaba bailando al rey. De repente, Enrique de Navarra pareció convertido en un joven que veía por primera vez el cuerpo de una mujer. «He aquí otra puta para el rey», susurró alguien cerca de mí. Observé a la duquesa, pero su cara no mostraba ninguna emoción. Pregunté a Bérault, que estaba a mi lado, quién era la chica y me contestó en voz baja que se trataba de la joven Entragues. De nombre Henriette, continuó, indicándome que no me extrañara ante el espectáculo: simplemente le estaban ofreciendo carne fresca al viejo león, nada más. El ballet recibió un gran aplauso y Enrique no desaprovechó la ocasión para abrazar efusivamente a sus ágiles súbditas. Seguramente no me acordaría de todos esos detalles si no fuera porque poco después ocurrió aquel increíble incidente que arrojó una luz totalmente distinta sobre el comentario de Bérault.

»Como surgido de la nada, apareció en el centro de la sala el bufón Chicot con un laúd en la mano y a sus espaldas una hilera de siete cuadros sobre caballetes que en ese momento todavía estaban cubiertos por fundas. Rasgó algunos acordes y comenzó a cantar. Apenas conseguía entender los versos, pues estaban redactados en un francés que no me es familiar. Pero era obvio que cantaba las maravillas de la belleza de las mujeres, ensalzando sus encantos y sus virtudes así como el embrujo que son capaces de ejercer sobre nosotros, los hombres. Después de cada estrofa, un criado descubría una de las pinturas y, como prueba del tributo cantado, el lienzo ofreció el espléndido retrato de una dama en su tocador. Yo no veía la gracia de ese juego; sin embargo, los demás invitados y especialmente el rey parecían disfrutar mucho.

»Lo que pasó fue que poco a poco empezó a obrarse una interesante transformación en las escenas representadas. Hasta donde pude entender las farragosas estrofas, Chicot estaba cantando la leyenda de Acteón. En uno de los caballetes ya se pudo ver la correspondiente escena: Diana en el momento de salir del baño, mientras que al fondo un noble a caballo se dirige al lugar donde los galgos están despedazando al infeliz Acteón, convertido en ciervo. Cuando descubrieron el siguiente cuadro, apareció la misma escena. Solamente que en lugar de Diana...

–... estaba la duquesa de Beaufort.

–Sí. Y el noble a caballo del fondo...

–... recordaba a Enrique de Navarra.

–¿Conoces los cuadros?

–Como la palma de mi mano.

–Así que seguramente conocerás también el siguiente. Chicot cantaba sobre el amor eterno, sobre la fidelidad de los cónyuges, sobre la bendición que significan los niños y sobre la castidad. Al parecer, salpicaba sus versos con algunas veladas alusiones en sentido opuesto, porque en repetidas ocasiones la concurrencia estallaba en risas. La funda fue retirada y apareció el penúltimo cuadro. Mostraba a una distinguida dama en el baño, en compañía de sus dos hijos, de una nodriza y de una criada que al fondo del lienzo deposita un jarro de agua encima de una mesa.

–Dios mío... ¿El cuadro de Chenonceaux?

–Junto a la dama había una fuente con fruta y su pequeño hijo...

–... que está detrás de la bañera trata de alcanzar la manzana. No os esforcéis. Conozco el cuadro mejor que vos los corazones y pulmones abiertos que tanto os gustan. Me inspiré en él para mi primer retrato de la duquesa.

–Pero en tu retrato cambiaste la cara de la noble desconocida por la de la duquesa, ¿verdad?

–Sí. Cambié algunas cosas más, sin embargo, ese cambio fue el más importante.

–Entonces Chicot pensaba que el último cuadro a descubrir mostraría a la duquesa en la misma pose rodeada de sus hijos en el baño. –Ballerini calló un instante para luego echarse a reír discretamente–. Pobre Chicot. ¡Cómo lo engañó esa mujer! Seguro que casi le dio un soponcio cuando retiraron la última funda y en vez de aparecer Gabrielle lo hizo la odiada puta del rey. Apenas descubierto el cuadro, todos retrocedieron instintivamente. La duquesa gritó y se desplomó, blanca como una piedra, sobre su sillón. El rey miró con furia hacia Chicot, cuya cara cambió de colorada a blanca conforme se sucedían en él los sentimientos de bochorno y de cólera. Por un momento, parecía haber perdido no sólo el habla sino también la razón. Buen trabajo, Vignac, si tenemos en cuenta que nunca has visto a la tal Entragues.

–¿Qué me decís?

–No se requería mucha imaginación para reconocer que la mujer representada junto a la duquesa en la bañera se parecía mucho a la bailarina que tanto había embrujado al rey.

Vignac miró fijamente al médico, pero éste continuó con su relato sin dejarse impresionar.

–El significado era obvio. Mirad, el cuadro decía: «Las putas del rey se están pasando sus anillos de boda imaginarios, pero el rey nunca se casará con ninguna de ellas, por eso no se ve ningún anillo. A aquella de allí no le queda mucho juego, sin embargo, ya hay otra esperando».

El pintor se quedó pálido. De modo que así estaban las cosas. Su frente empezó a poblarse de gotas de sudor.

–Maldita víbora. Me las pagará.

–Mejor espera a escuchar el final. Enrique se inclinó hacia la duquesa y la ayudó a levantarse. En la sala se respiraba cada vez más inquietud. Nadie sabía cómo comportarse. Chicot se acercó al rey, abrió los brazos y le juró que nunca antes había visto ese cuadro. Pero el rey no le hizo caso, sino que se dedicó a hacer mimos y a besar a su amante, haciendo como si ella se hubiera atragantado con un trozo de pan y necesitara ser consolada por ello. Y entonces ocurrió lo increíble.

»Enrique de Navarra se levantó en toda su estatura. De inmediato se hizo el silencio en la sala. Todos los ojos estaban fijos en él. Dirigió una mirada al infeliz Chicot y luego al cuadro con el que hacía un momento dos criados habían estado trajinando para hacerlo desaparecer lo antes posible. Y de repente, el rey empezó a reírse. Una risa alegre y libre, procedente de lo más profundo de su alma, llenó la sala. Poco después todos se rieron. Hasta la duquesa parecía contagiada por tanto desenfado y sus rasgos se relajaron a ojos vistas. A continuación, el rey pronunció las siguientes palabras: «Muy buena broma de carnaval, querido Chicot. ¡Bravo! Os agradezco vuestras canciones. Y os las agradece especialmente mi señora, que pronto será la señora de todos vosotros, pues escuchad: después del domingo de Cuasimodo será mi esposa y reina de Francia». Y, acto seguido, le colocó a ella uno de sus anillos y miró expectante al público.

Los invitados estaban pasmados. Durante segundos el silencio era total. Entonces, Chicot se levantó y exclamó con la voz vacilante de alguien a quien acaban de perdonar la vida: «¡Viva el rey! ¡Arriba la reina!». Los vivas se propagaron y quien no estuviera de acuerdo con ellos, hacía bien en gritar aún más fuerte que los demás.

Ballerini se reclinó mientras observaba a Vignac, quien tenía los labios apretados y miraba fijamente por la ventana.

–Me las pagará –dijo con voz apenas audible.

Ballerini lo miró con lástima.

–¿Acaso no comprendes?

Furioso, Vignac se dio la vuelta.

–Comprender, sí que comprendo. ¿Vos dejaríais que os gastaran impunemente una mala pasada así? No es sólo que haya arruinado mis posibilidades en la corte antes incluso de haberme presentado. La duquesa debe de odiarme a muerte. Cuando sepa quién ha realizado esta pintura, ¿no hará todo lo posible para castigarme? Acudiré a ella, se lo explicaré todo y le diré quiénes son los verdaderos culpables. Me presentaré ante el rey para pedirle perdón y clemencia...

–¡Vignac! –La voz de Ballerini lo cortó en seco–. ¿No te das cuenta de que no has sido tú a quien han engañado? Si es que el rey se rió. Todo este plan urdido con tanto cuidado, a él le resulta profundamente ridículo. Y riéndose le prometió la corona a la duquesa. ¿No te hace pensar?

El pintor calló. ¿Adónde quería ir a parar el médico? Sus palabras le llegaban difusas detrás del sentimiento de cólera que lo embargaba. Regresaría a París, sí, eso es lo que haría. Y daría su merecido a esa Hermant. Además, tenía que encontrar a Valeria y si le había pasado algo, encontraría al responsable. ¿A santo de qué le seguía insistiendo el médico?

–Escúchame bien, amigo mío. Ya he visto muchas cosas en esta vida. He vivido guerras y locuras, enfermedad y miseria. He visto cómo quemaban a niñas pequeñas por brujas y cómo procesaban y ajusticiaban a animales por presunto asesinato. He conocido la demencia y la sinrazón en todas sus formas, también en mi propio gremio, que se prestaba y sigue prestándose especialmente a errores y falsas apreciaciones. Pero jamás he conocido a un rey con tanta facultad mental y con tanta inteligencia política como el vuestro. Por eso, escucha bien lo que te voy a decir, pues con razón estás furioso por haber sido engañado. Lo que ocurre es que en esa furia no ves que tanto tú como los enemigos de la duquesa de Beaufort peleáis por tesoros imaginarios.

»Querías obtener la protección de la duquesa, creyendo que la futura reina de Francia te ofrecería un empleo digno. Sus enemigos aprovecharon tu ambición y tu talento para provocar un escándalo y evitar así que se celebrara ese matrimonio. Y ambos os habéis equivocado. Tú, porque tu cuadro difícilmente podía gustar a la duquesa, y sus adversarios, porque el rey ha hecho justo lo contrario de lo que pretendían con tu cuadro. Pero ¿qué es lo que ha hecho el rey en realidad? Enrique de Navarra simplemente se rió. ¿Comprendes ahora?

No. Vignac no comprendía nada. Tampoco quiso comprender nada. Simplemente quería volver a París.

Ballerini lo agarró por los hombros.

–El rey se rió porque para él ese matrimonio nunca fue una posibilidad real. Gabrielle d'Estrées nunca será reina de Francia. Sería una locura y Enrique lo sabe. La duquesa también lo sabe. Pero no son capaces de reconocerlo porque entre ellos existe algo que está fuera de lugar entre gente de su condición y clase: se aman.

Vignac apoyó la cabeza en las manos como si con las últimas frases del médico se le hubiera hecho increíblemente pesada. Algo en él se resistía con todas sus fuerzas contra las palabras de Ballerini. Pero el médico siguió como si nada.

–Ponte en su lugar. Desde hace ocho años ella está a su lado. Le da los hijos que tanta falta le hacen a su reino. Le financia las campañas militares y, si es necesario, empeña toda su fortuna para costearle una guerra, mientras que su verdadera mujer, la reina, levanta tropas en su contra. No tengo que decirte que no hay nadie en toda la tierra que iguale en belleza a Gabrielle. Tiene un carácter suave y alegre. No hay amargura ni pusilanimidad que empañe abiertamente su forma de ser. ¿Se le puede echar en cara a Enrique de Navarra que esté tan enamorado de ella? Mira por un momento a quién quieren meterle en la cama por razones políticas. La infanta española. Las princesas alemanas, una más fea que la otra. Y como remate, la Médicis, una mala pécora rellena de monedas de oro salida de una familia de mercaderes. A ésa pretenden colocársela en su trono y que dé herederos católicos a Francia, mientras que su adorable y fiel Gabrielle con sus hijos bastardos no sería más que su querida. Eso no se lo puede hacer. Le rompería el corazón. Pero, por otro lado, nunca se podrá casar con ella. Supondría la ruina de Francia, pues, ¿quién gobernaría el país después de la muerte de Enrique? ¿Acaso Gabrielle junto con sus hijos? Sería cuestión de horas que los masacraran y que los adversarios de siempre empezaran otra vez la lucha por la corona. Incluso el propio Enrique duda que los hijos sean de él. Has estado soñando despierto, Vignac. Nunca se casará con ella, nunca. Por eso se rió, porque no debía llorar.

Vignac había escuchado en silencio. En su cara se sucedieron las expresiones de incredulidad y asombro. Después sacudió la cabeza. No, el médico se equivocaba. O tal vez le contaba todas esas cosas solamente para tratar de disuadirlo de algo que en el fondo de su alma ya tenía decidido. Pagarían por lo que le habían hecho. Nadie le gastaba impunemente una mala jugada.

Ballerini se dispuso a seguir hablando, pero Vignac lo interrumpió.

–Ya he oído suficiente. Os pido que bajéis y le digáis a Vandervelde que iré con vos. Además, quiero agradeceros que me ofrezcáis vuestra ayuda por segunda vez en una situación difícil. Espero poder compensaros algún día. Ahora, os pido que os vayáis. Os seguiré dentro de un momento.

Ballerini no repuso nada. Esa misma noche, el médico volvió a la ciudad. Al alba, Vignac siguió sus pasos.

Pasó las semanas anteriores a la Pascua en casa de Ballerini en donde, aprovisionado por éste con lo esencial para sobrevivir, esperaba el desarrollo de los acontecimientos. Gracias a los buenos contactos de Ballerini en la corte tuvo puntual conocimiento de las últimas novedades. La Santa Sede parecía tomarse en serio el anuncio de Enrique, puesto que el Vaticano hizo saber que el Papa se había retirado para meditar con el fin de consultar a Dios sobre el divorcio pendiente del rey de Francia. Roma ayunaba.

En París se esperaba febrilmente la fecha anunciada. Estaban llegando los primeros enviados de la nobleza de todas las regiones del país. En las dependencias de madame de Sourdis, el decanato junto al Louvre, ya se exhibía el traje de boda de la duquesa, de color rojo carmesí.

Pasaron casi dos semanas antes de que Vignac se atreviera a salir de nuevo a la calle. Moviéndose con mucha precaución para no ser reconocido, deambulaba por la ciudad y acudía con regularidad a la Rue de Deux Portes. Sin embargo, no puso los pies en la casa de Perrault. Siempre se detenía a una cierta distancia y observaba disimuladamente los postigos cerrados. La vida en la calle seguía su curso y ninguno de los vecinos parecía fijarse en él.

A raíz de las insistentes advertencias de Ballerini, renunció a su propósito inicial de presentarse personalmente ante la duquesa o incluso ante el propio rey. Al fin y al cabo, ¿qué podría haberles dicho? Lo único que tenía eran conjeturas y rumores. De todos modos, al parecer los ánimos se habían calmado con la feliz expectativa de la boda. Nadie hablaba ya del incidente durante el banquete ni del insultante pasquín. Pareció haber desaparecido el interés por el escándalo que, sin saberlo, Vignac había provocado con su cuadro. Era como si toda la ciudad aguardara como hipnotizada la fecha mágica que el rey había indicado: después de Cuasimodo. Y cuanto más se acercaba ese día, menos notorias se hicieron las diatribas de los detractores. La palabra firme del rey había acallado todas las dudas y no sería muy inteligente, más bien, sería incluso peligroso hablar en su contra en medio de ese silencio decretado por la máxima autoridad.

De Valeria no había ni rastro. Condenado a la inactividad, Vignac se limitó a observar los acontecimientos. El penúltimo domingo antes de la Pascua fue a la iglesia de Saint-Germain. Sabía que el rey estaría allí para escuchar el sermón de los capuchinos. Le costaba creer lo que oía, cuando el sacerdote arremetía con fiera dureza contra el libro del protestante Du Plessis. Dijo que se trataba de un opúsculo deleznable y horroroso, un insulto para el Señor y para todos los católicos de bien, pues contenía afirmaciones falsas sobre los patriarcas de la iglesia. Exigió al rey, que estaba entre los parroquianos junto al marqués de Rosny, que ordenara su quema pública en la Place de Grève. Después, el orador encontró palabras más comedidas para decir que sólo debía arder el libro y no el autor, del que únicamente se esperaba que se convirtiera a la fe verdadera. En cuanto al libro, sin embargo, preguntaba a todos los presentes si los católicos de París no debían tener al menos los mismos derechos que los hugonotes con sus generosas garantías, porque éstos nunca habían tenido que soportar un libro de esa índole contra su religión.

Al abandonar la misa, el rey ordenó que se prohibiera el libro y que se impidiera su venta. Cuando alguien hizo notar a su majestad que el capuchino era un agitador y un demagogo, contestó que por cada cual que afirmara tal cosa podían encontrarse otros que atestiguaran lo contrario. Y añadió que, según su modo de ver, el hombre había hecho un buen sermón.

La duquesa y su séquito habían dejado París y, con la proximidad de la Pascua, el rey la siguió a Fontainebleau.

«Ballerini se ha equivocado –pensó Vignac–. Faltan pocos días y habrá boda.» Todavía no había noticias de Roma, pero los rumores decían que el rey, a falta de una sentencia de la Santa Sede, encargaría su divorcio de Margarita a un dócil obispo francés. Sólo un milagro podía impedir que Gabrielle d'Estrées se convirtiera en reina.

Pero, al mismo tiempo, Vignac sabía que su plan había fracasado. Cuanto más pensaba en las circunstancias que lo habían empujado a esta situación desafortunada, más crecía su rencor. Tenía que admitir que había sido ingenuo y que se había dejado engañar por una simple triquiñuela. Cuando trabajaba en el cuadro, ¿no había experimentado de tanto en tanto un extraño presentimiento? ¿Un presentimiento de que estaba haciendo algo insólito? Cegado y obsesionado por la consecución del éxito, había llevado a cabo el encargo sin pensar en ningún momento en las consecuencias de su obra. Aunque, bien mirado, ¿no le había hecho un favor a la duquesa? ¿Acaso no fue su cuadro el que convenció al vacilante rey de que había llegado la hora de poner fin a la situación insostenible en la que se encontraba su amada y dar por fin el paso liberador? Y por este favor, ¿la recompensa iba a ser que él tuviera que escabullirse como un ladrón? Con esas cuestiones, se estrujaba los sesos. Aun así, cuanto más tiempo reflexionaba sobre lo que había ocurrido, más claro veía que, dentro de su mala suerte, el peligro en el que se hallaba era lo que menos le preocupaba. Lo que le fastidiaba mucho más era otra cosa: no sabía lo que significaba su cuadro. Su propia obra le resultaba un jeroglífico.

Diez días antes de la Pascua volvió por fin al taller. Al abrigo del anochecer se introdujo en la casa sin que nadie lo viera. El corazón le latía con fuerza cuando hubo cerrado la puerta detrás de sí. Pero la oscuridad que lo rodeaba lo tranquilizó. Avanzó a tientas a través del salón, encontró la puerta oculta debajo de la escalera, la descerrajó y entró al taller.

Temía que el crujir de los finos tablones del suelo pudiera delatarlo, por lo que sólo dio unos pasos vacilantes hacia el interior de la estancia. Llegó a la mesa, tanteó con las manos y agarró el candelero. Estuvo a punto de encender la vela cuando tocó algo blando. Asustado, retiró la mano. Se escuchó un leve tintineo. Tensó los músculos, retuvo el aliento y abrió más los ojos. Una ligera corriente le rozó el pelo. Él no se movió. Pero nada ocurrió. Al final se armó de valor y prendió la vela. La llama creció y ante él iluminó en la mesa un pequeño hatillo de color púrpura.

Examinó con asombro el extraño hallazgo. Metió la mano en el bolsillo interior de su chaqueta y sacó el saquito de terciopelo que en otoño había recibido de manos del criado cuando después de aquella fatídica entrevista abandonaba la casa de la Rue Froidmanteau. Era igual que el que había en la mesa, con la única diferencia de que este último estaba lleno. Lo agarró para pesarlo en la mano. Sin pensárselo dos veces, lo volcó y vació su contenido en la mesa. Incrédulo, pasó las manos por el montón de monedas y oculto entre ellas encontró un pequeño rollo de papel. Rompió el sello, desenrolló la carta y leyó: «Maître Vignac, os debemos las gracias por vuestros buenos servicios. Ya que no precisamos más de vos, os rogamos aceptéis esta muestra de agradecimiento. Cuidaos».

El escrito no estaba firmado.

Vignac se sentó. Tuvo la sensación de estar cayéndose. Sintió el suelo bajo los pies, pero eso no significaba nada. Le pareció como si toda la estancia, todo ese mísero taller, la casa y la calle, sí, toda la ciudad cayeran con él engullidos por un gran vórtice. ¿Estaba soñando? Se pasó la mano por la cara. No, estaba despierto. ¡Dios todopoderoso!

Un ruido lo sobresaltó. Apagó inmediatamente la luz y fue corriendo al salón. Ahí estaba de nuevo: alguien empujaba la puerta. Antes de que pudiera pensar en qué hacer, de golpe la puerta se abrió. Una figura humana cayó sobre él y mientras que Vignac se tambaleaba hacia la entrada para volver a cerrarla, la chica se agarraba a él muerta de miedo, rogándole con palabras atropelladas que la llevara consigo a otra parte. Vignac se apresuró a asegurarle que haría todo lo que ella quisiera y a decirle que no temiera, pues no le ocurriría nada. Pero las palabras tranquilizadoras sólo parecían aumentar su nerviosismo. La llevó hasta el taller y cerró cuidadosamente la puerta. Cuando volvió a encender la vela, Valeria empezó a calmarse. Vignac la abrazó amigablemente y le contó que había estado muy preocupado por ella, invitándola a que le contara dónde había estado durante las semanas pasadas.

Su aspecto confirmaba gráficamente lo que le describió en algunas frases pronunciadas a toda prisa. Dos noches había tardado en volver a París desde la lejana casa a la que la llevaron el Miércoles de Ceniza. Seguramente ya se habrían dado cuenta de su desaparición por lo que le rogaba que se fueran lo antes posible de la casa y de la ciudad, pues ocurriría una gran desgracia si volvía a caer en manos de esa mala mujer y su vil criado.

Valeria le contó que el martes de carnaval, después de terminar sus tareas, se retiró a dormir en su cuarto en la casa de Zamet. De repente, alguien la despertó bruscamente. Era

Sandrini, el criado de esa mujer pelirroja que en su día le había mandado el recado para Vignac. Estaba allí, delante de su cama, disfrazado de un modo de lo más estrafalario y le ordenó con rudas palabras que se vistiera y fuera con él. Apenas enfundada en un vestido, ya la empujaba escalera abajo y luego por la puerta trasera hasta la calle donde la obligó a subir a un carruaje que los estaba esperando. Éste arrancó enseguida y Sandrini le exigió la llave de la casa de Perrault, a lo que ella repuso que no poseía tal llave. Le pegó con tal fuerza en la cara que perdió el conocimiento. Cuando volvió en sí, estaba sola, vapuleada en el suelo del carruaje que volaba a través de la noche como si nadie lo condujera. El vestido estaba roto a la altura del pecho y la llave, que había llevado colgada de una cadena al cuello, había desaparecido.

Ya estaba amaneciendo cuando el carruaje se detuvo. La llevaron a través de los establos a un lavadero donde la obligaron a desvestirse. Vaciaron un par de cubos de agua encima de ella, la arroparon con una manta y la condujeron por una escalera a un pequeño cuarto por cuya ventana enrejada podía ver campos y praderas. Le dieron de comer una escudilla que depositaron delante de la cama sin mediar palabra.

A la tarde del día siguiente, apareció Sandrini con la mujer del pelo rojo. Le preguntaron dónde podían encontrar a Vignac, a lo que contestó que vivía en la Rue de Deux Portes y que no sabía dónde podía estar si no estaba allí. Después le hicieron toda clase de preguntas acerca de todo lo que Valeria pudiera saber sobre él: de dónde era originario, cómo había llegado a París y también dónde estaba el otro hombre llamado Lussac.

Cuando juró que no sabía nada sobre su paradero, el hombre le volvió a pegar, mientras que la mujer la miraba y la amenazaba con matarla a palos como a un perro si no soltaba la lengua. A continuación, la mujer se fue y el hombre la maltrató de la forma más infame, haciéndole cosas que pensaba guardar para siempre en su alma hasta el día en que el juicio final alcanzara a todos y entonces hollaría en su corazón para forjar al fuego de su odio el hierro de su venganza. No una vez, no; todas las noches el hombre yació sobre ella con su carne podrida por la lujuria deleitándose con el miedo y el desamparo de la joven. Hasta la noche en que, escurriéndose debajo del que estaba inmovilizado por el sueño, logró bajar la escalera, salir de la casa y alcanzar a través de los campos el abrigo del bosque. Los perros la siguieron y fue sólo gracias a las liebres levantadas a su paso que pudo escapar, pues éstas se interpusieron como una manada de espíritus protectores entre ella y la jauría de galgos, y los dispersaron.

Vignac escuchó en silencio. Cuando la muchacha hubo terminado su relato, la levantó y la sentó en la mesa. Buscó rápidamente unos trapos para envolverle los pies desnudos. Abandonaron la casa de Perrault y se encaminaron al albergue de Ballerini. Llegados allí, le dio un poco de vino a la chica, la acostó en su lecho y esperó a que se durmiera.

Cuando Ballerini entró poco después, Valeria dormía profundamente, mientras que Vignac estaba escribiendo en la mesa. En voz baja contó al médico lo que había ocurrido. Ballerini miró a su alrededor poniendo cara de pocos amigos y se acercó a la ventana para comprobar que fuera todo estaba sereno. Luego vio las hojas con la letra de Vignac en la mesa.

Señaló al pintor que en su opinión lo mejor era que dejara la ciudad lo antes posible. Cualquier cosa que ocurriera en ese asunto podría resultar fatal para él. Si era cierto lo que decía la chica, sólo sería cuestión de días que la encontraran en su casa. Pero, como en realidad a quien estaban buscando era a Vignac, éste arriesgaba su vida cada vez que se mostraba en las calles de la ciudad.

Vignac sacudió la cabeza. Repuso que todavía tenía pendiente una cuenta con esas personas, y siguió escribiendo como si nada. El médico, bastante irritado por tanta terquedad, trató de hacerle ver que eran vanas sus ilusiones si creía que podía influir de alguna manera en el transcurso de los acontecimientos. Él era menos que nada, continuó, un pintor de tablas a quien el azar y el destino habían colocado cerca de un mundo en el que en realidad no tenía nada que hacer. Si desde el otro lado le habían prestado cierta atención por un breve instante, no era ni mucho menos mérito suyo, añadió Ballerini. Sería como si una hoja arrastrada sin ton ni son por el viento creyera que éste soplaba sólo para ella. Al fin y al cabo, ¿qué era lo que Vignac sabía acerca de lo que ocurría en la corte? Le habían hecho un encargo y le habían pagado. En vez de darse por satisfecho y seguir su camino, se perdía en ensoñaciones de futuro provocadas por su desmesurada ambición. No faltaba mucho, le advirtió, para que una máscara de diablo le saltara a la cara riéndose de él y le volviera la piel del revés. Lo que tenía que hacer era sacar a Valeria sana y salva de la ciudad y buscarse un empleo honroso en el sur, entre sus correligionarios protestantes. Era un milagro, apostilló, que la chica hubiera conseguido escaparse de las redes de ese Sandrini. La próxima vez no tendría tanta suerte, en esas latitudes donde más de un señor de alto copete gustaba de calentarse los pies en los vientres rajados de jóvenes campesinas.

Vignac levantó la vista con semblante hosco y lo interrumpió señalando con un rápido gesto a la muchacha que estaba durmiendo. ¿Acaso quería amargarle hasta el sueño reparador con sus palabras? Ballerini puso cara de vinagre. Vignac se le acercó y le tomó la mano. Él sabía, dijo, que su vida corría peligro, pero ¿creía el médico realmente que abandonaría la ciudad sin haber intentado siquiera advertir a la duquesa?

Ballerini retiró la mano y lanzó una mirada indignada hacia el techo. Sin inmutarse, Vignac continuó:

–Hasta hoy creía que teníais razón, maître Ballerini. Las últimas semanas desde que me trajisteis de vuelta de Villejuif he estado reflexionando sobre los acontecimientos y siempre he llegado a las mismas conclusiones que vos. Pero ahora ya no creo que el rey no se vaya a casar con la duquesa. Daos cuenta de que en el decanato ya están exhibiendo su vestido de boda. Cada día llegan nuevos enviados de nobles que quieren participar en la celebración. La ciudad entera no habla de otra cosa. Ya se están alquilando los lugares para los espectadores junto a las ventanas y en los balcones. Los comerciantes acuden en tropel para hacer su agosto con el asunto. Es inconcebible que el rey deje que todo esto ocurra sólo para guardar las apariencias. No hay más que mirar con qué afán esa Hermant y su criado Sandrini tratan de deshacerse de mí. ¿Actuarían así, si no temieran que un pintor llamado Vignac se presente en breve ante la nueva reina de Francia para informarla sobre quién de su entorno le ha jugado esa mala pasada? ¿Por qué, si no, atraparon a Valeria? Porque tienen miedo y con toda la razón del mundo, pues yo haré exactamente lo que ellos tratan de evitar: advertiré a la duquesa.

Ballerini rió.

–Qué necio que eres. ¿Acaso crees saber algo que la duquesa no sepa desde hace tiempo? Válgame Dios, ella misma desea que abandones París. Eso es lo que dice la nota adjunta al dinero, ¿o no?

–La nota es falsa.

–Puede ser. Aunque no lo creo. Pero al mismo tiempo carece de importancia. Ya no te necesitan. Acéptalo y sigue tu camino, antes de que ocurra alguna desgracia.

Vignac recogió las hojas de papel.

–No os entiendo. Advertiré a la duquesa y ella me lo agradecerá. Me perdonará y castigará a los que me engañaron.

–Vignac, querido amigo...

–No abandonaré París hasta que se haya celebrado el enlace y no descansaré hasta haber hablado con la duquesa. Si no desea recibirme personalmente, mis palabras llegarán hasta ella a través de esta carta y, si eso falla, encontraré otra posibilidad.

Ballerini sacudió la cabeza en señal de desaprobación, pero Vignac siguió sin dejarse impresionar:

–¿No podéis comprender cuán importante es para mí aclarar este galimatías? He recorrido un largo camino desde que me sacasteis de aquel maldito taller de boticario en La Rochelle. Os he servido fielmente durante cuatro años. Y a pesar de que a menudo creía que me iba a desmayar, seguí dibujando los huesos y las tripas de vuestros cadáveres abiertos. Entonces me juré que nunca más volvería a pintar nada feo ni nada muerto. No sé para qué queréis mirar el interior de un cadáver. ¿Acaso tratáis de encontrar una explicación de la vida? ¿Entre los muertos? Puede que os hayáis convertido en un gran curandero milagroso. Para mí, desde todos vuestros experimentos e investigaciones sólo asomaba el abismo de lo efímero y de la dolorosa y lamentable muerte que nos espera a todos. Y a ésta quería oponerme, a la amarga, aburrida y absurda muerte; con toda mi fuerza creativa quería arrebatar el instante de belleza a la vanidad de las cosas humanas... Y, sí, lo admito sin dificultad, también yo mismo quería salvarme de ese vuelo hacia la nada y sacarme del tiempo, quitar a ese gran ladrón aunque fuera una parte del botín. Si todas mis esperanzas de obtener un empleo en la corte han sido destruidas, al menos querría saber a quién se lo debo. Debo saber por encargo de quién he pintado el cuadro. Todo depende de eso.

A Vignac se le había subido la sangre a la cabeza. Se dejó caer en una silla junto a la mesa y se mesó el pelo corto con las manos. Ballerini se convenció de que no tenía sentido seguir hablando. Volvió a acercarse a la ventana en silencio, pero echó sólo una breve ojeada fuera, porque a pesar de todo en ese momento le pareció poco probable que a alguien se le ocurriera buscar a Vignac o a la chica en su casa. Observó al pintor que estaba sentado en la mesa con los ojos cerrados y que parecía sumido en sus pensamientos. La chica se había dado la vuelta en su jergón. En ese momento fue cuando Ballerini se dio cuenta de que estaba despierta y que lo miraba con atención. Sus ojos oscuros se clavaban en él y le provocaban cierta incomodidad. Incluso cuando poco después pareció haber visto suficiente de él y cerró otra vez los ojos, esa sensación no remitió. Miró a la chica y al pintor, aguzó el oído para captar todos los sonidos que llegaban desde la calle y aceptó con resignación que por el momento sus consejos caían en saco roto. Finalmente, se encogió de hombros y fue hacia la puerta. Hasta Cuasimodo quedaba una semana. Si por él fuera, que Vignac esperara hasta entonces. Después ya se vería cuál era el estado de los asuntos del trono francés.

Vignac vio a la duquesa de lejos cuando ésta llegó a París el martes antes de la Pascua y desembarcó cerca del arsenal. Un soldado la apoyaba cuando cruzó, visiblemente debilitada, el inestable pantalán hasta la orilla. Se fueron acercando muchos curiosos, pero la duquesa, rodeada de sus familiares más cercanos, subió rápidamente a un palanquín y se sustrajo a las miradas de la muchedumbre.

Vignac siguió al séquito. Gabrielle pasó algunas horas en casa de su hermana, la mariscala de Baligny. Después, la trasladaron a la Rue de Cerisai. Llegados ante la mansión de Zamet, el capitán de la guardia Mainville la ayudó a bajar del palanquín. El anfitrión incluso salió de la casa a saludar a la ilustre visitante y, mientras encadenaba una reverencia tras otra, no paraba de espetar órdenes en todas las direcciones. Vignac observó atentamente el espectáculo, pero tuvo que asumir con decepción que era impensable abordar a la duquesa allí mismo. Pero ¿cómo entrar en la mansión? Vio cómo la mujer de aspecto pálido y endeble pasó por el portón de la mano de un aristócrata. Debía de ser ese La Varaine. Vignac lo escrutó con detenimiento, aunque de repente otra cara en el séquito de la duquesa le llamó la atención. Sandrini caminaba con semblante amargado detrás de los criados del duque de Montbazon. A su lado, un desconocido le hablaba con insistencia mientras el criado miraba hoscamente al suelo y asentía de vez en cuando con la cabeza. Vignac se agachó detrás de los cuerpos de la muchedumbre de curiosos. Cuando empezaron a dispersarse, la procesión de cortesanos había desaparecido en el interior de la mansión.

Vignac dio media vuelta, bajó por la Rue de Cerisai y dobló por el estrecho callejón que nadie se había tomado la molestia de bautizar. Debajo de una frágil escalera de madera, que por encima de su cabeza llevaba a un laberinto vertiginoso de balcones apoyados unos sobre otros, apartó una sucia frazada gris y entró en un comedor para pobres. Tal como habían acordado, Valeria estaba sentada en un rincón, pero Vignac no la reconoció hasta que le hizo una leve señal para que se sentara. Con su ropa negra se confundía con las paredes ennegrecidas por el hollín. Se acomodó junto a ella en el banco de madera y le contó brevemente lo que había observado delante de la mansión. La muchacha asintió y le dijo que en sus visitas a la casa de Zamet la duquesa solía ocupar tres estancias encima de un pasadizo de columnas que unía la casa principal con el jardín.

Vignac preguntó si desde el jardín se podía acceder a esos aposentos. Valeria le explicó que había una escalera en desuso que Andrea le mostró cuando en otoño pretendía entregar el primer retrato a la duquesa. En aquel entonces, había hecho el recorrido en compañía de Andrea; había subido la escalera, entrado en el primer aposento y dejado allí el cuadro y la carta de acompañamiento para salir inmediatamente después.

Vignac se sorprendió. ¿De modo que no entregó el cuadro en persona?

Valeria sacudió la cabeza. No. No se había atrevido a tanto. Puso cara de circunstancias y bajó los ojos hacia la mesa. Vignac sintió un acceso de cólera. Entonces, ni siquiera sabía lo que ocurrió con el cuadro, le preguntó. ¿Tal vez lo encontró otro criado y lo entregó a Zamet? Valeria volvió a negar con la cabeza. No, contestó, ya que la duquesa había llegado poco después ocupando enseguida los aposentos. Estaba segura de que ninguno de los criados de Zamet entró en ellos antes de la llegada de la duquesa; eso ya lo habían previsto al idear el plan junto a Andrea. En cuanto a los criados al servicio de la duquesa, evidentemente no se podía excluir la posibilidad de que alguien hubiera descubierto el cuadro antes que ella. Sin embargo, concluyó Valeria, como la propia duquesa mandó después buscarlo a él, Vignac, al parecer todo se había desarrollado según lo previsto.

Vignac no insistió. Valeria no tenía la culpa. Pero parecía que Ballerini llevaba razón en el sentido de que la duquesa nunca vio el cuadro. El ama de llaves, la tal Hermant, debió de haberlo encontrado y haber creado su artimaña basándose en él para que Gabrielle estuviera completamente desprevenida cuando durante el banquete fueron destapadas las pinturas, y sólo fue gracias a la presencia de ánimo del rey que la jugada fracasó.

Sin duda, el ama de llaves no había actuado en solitario y sus cómplices tal vez ni siquiera se abstendrían de alcanzar su objetivo por otros medios: evitar el matrimonio de la duquesa con el rey. Era martes y faltaban doce días para el domingo de Cuasimodo. De repente, Vignac se sintió inquieto. Al fin y al cabo, ¿por qué Gabrielle había venido a París? ¿Por qué no se quedaba, al igual que en otros años durante la Pascua, junto al rey? Y ¿por qué la habían traído a casa de Zamet?

Ballerini, a quien formuló esas mismas preguntas por la noche, tampoco supo darle una respuesta satisfactoria. Había oído que, para evitar el escándalo, el rey quiso alejar a la duquesa de Fontainebleau durante la Pascua. No era de recibo celebrar las fiestas en pecado. Vignac terció que en ese caso resultaba insólito que la duquesa se alojara precisamente en la mal reputada casa de Zamet, a lo que Ballerini alegó que esa casa era a fin de cuentas el único lugar donde la duquesa se sentía cómoda y segura cuando estaba sola en París. Nunca entraba en el Louvre si no era en compañía del rey. Y la casa de su tía estaba vacía, pues madame de Sourdis se hallaba en Chartres. De modo que sólo quedaba la mansión de Zamet, con la que la duquesa asociaba recuerdos agradables de las horas que había pasado allí con el rey.

Lo que Vignac observó a la mañana siguiente pareció confirmar la hipótesis de Ballerini. La duquesa fue llevada a la iglesia del Petit-Saint-Antoine donde ella quería asistir a misa. Pasó a pocos metros de él. Su rostro estaba pálido; sin embargo, toda su figura estaba envuelta en una luz sagrada. Le pareció que ya estaba bendecida, como si ya hubiera recibido los honores de reina. Debido a la fiesta religiosa, el cabello castaño claro carecía del adorno habitual de perlas y piedras preciosas, pero estaba trenzado con tanto arte que el propio pelo parecía una rara joya. Al igual que en las pocas ocasiones en las que la había visto de cerca, Vignac estaba de nuevo como hipnotizado por su aspecto. Tanto más doloroso fue para él tomar conciencia de que con cada hora que pasaba su sueño de encontrarse alguna vez frente a frente con ella se hacía más inalcanzable. Nunca conseguiría obtener una audiencia para verla. Una vez logrados sus propósitos, con toda seguridad no habría nada más lejano a sus deseos que recordar ese infame cuadro que, buscando hundirla en la miseria, finalmente había sido su salvación. Independientemente de cómo daba vueltas a las cosas, él, Vignac, siempre llevaba las de perder.

Sin saber muy bien qué hacía siguió al séquito hasta la iglesia. Se escurrió entre las personas apretujadas y se abrió paso hasta el interior del templo repleto hasta conseguir ver a Gabrielle en su palco reservado. El calor en la pequeña capilla era insoportable. Constantemente, la gente de fuera empujaba hacia dentro para poder escuchar la bella música y echar una ojeada a la futura reina. Gabrielle permaneció inmóvil en su palco, escuchando las cartas llegadas por la mañana desde Roma que mademoiselle de Guise le leía.

Luego, justo cuando el coro acababa de comenzar a cantar, hubo movimiento en la galería. Los guardias bajaron la escalera empujando brutalmente a la densa concurrencia para abrir un pasillo a la duquesa y a mademoiselle de Guise. Vignac vio el sudor en la cara de Gabrielle y los espasmos que recorrían su cuello. Por poco no cayó al suelo al entornársele los ojos. Fuera volvió a sentirse mejor y sonrió aliviada cuando el palanquín comenzó a andar en dirección a la mansión de Zamet.

Por la noche, Ballerini lo informó sobre el estado de la duquesa: al volver a la casa de Zamet, dio unos pasos por el jardín donde, víctima de una repentina convulsión, se desplomó. Después de haberse recuperado un poco, se retiró a sus aposentos para descansar de la indisposición. Empezó a escribir una carta al rey, pero no consiguió terminarla porque sobrevino otro espasmo y esta vez con tanta violencia que la mantuvo encorvada en el suelo durante varios minutos. El ataque fue tan terrible que no consiguió incorporarse. Cuando remitió, la duquesa exigió enérgicamente que la sacaran de inmediato de la casa de Zamet y la llevaran a casa de su tía en la Rue de Polies. En cumplimiento de esa orden se la trasladó sin demora al decanato donde otro ataque de magnitud muy superior a los dos precedentes dio lugar a las primeras sospechas de que la duquesa sufría de un mal excepcional y corría grave peligro. A última hora de la tarde, no obstante, su estado mejoró y hacia las ocho se durmió.

Vignac dirigió una mirada significativa al médico. Pero éste sacudió la cabeza diciendo que aunque seguramente era un veneno lo que le provocaba esos espasmos, no creía que fuera uno que le hubieran administrado, pues no conocía ningún caso de envenenamiento provocado cuyos primeros síntomas no fueran vómitos. El mal que aquejaba a la duquesa, continuó, venía de dentro, era algo que producía su propio cuerpo.

Vignac no creyó una sola palabra. Sin esperar el final de las explicaciones de Ballerini, se echó a la calle y se encontró poco después en la plaza situada delante del decanato. La noticia de la enfermedad de la duquesa había corrido como la pólvora por París, llenando en pocas horas la Rue de Polies de curiosos. Los ciudadanos de París miraban incrédulos hacia la pequeña ventana iluminada allá arriba detrás de la que su futura reina se retorcía entre espeluznantes espasmos. Los soldados que ese miércoles aún guardaban las entradas no soltaban prenda. Al parecer, el miedo y el pavor los habían dejado mudos. ¿Acaso no debían garantizar con sus vidas la integridad física de la duquesa?

Cuando esa misma tarde no ocurrió nada más, la muchedumbre se dispersó pero sólo para volver a ocupar al día siguiente los alrededores del decanato en número aún mayor. Poco a poco se extendió la opinión de que tal vez un desenlace rápido en los aposentos del piso alto sería lo más deseable. A Vignac le recordó la fatídica mañana en que la diatriba contra Gabrielle había causado un furor exaltado entre la ciudadanía de París. Tuvo que escuchar de nuevo lo mucho que odiaban a la duquesa. No había nadie que quisiera verla junto al rey, por no mencionar la posibilidad de que accediera al trono. El rey, decían todas las voces, era un buen hombre pero su concubina y la familia de ella sangraban al país como vampiros insaciables. Hasta el rey lo sabía. Pocas semanas antes, cuando éste y la duquesa, disfrazados de campesinos y sin que nadie los reconociera, utilizaron la barca para cruzar el río hacia el Louvre, Enrique preguntó al barquero por lo que pensaba del rey. A lo que el hombre contestó que el rey no estaba mal; sin embargo, su amante no tenía medida y necesitaba más joyas y ropa que la reina de Saba, por lo que de cada doblón que ganaba con la barca le quedaba apenas suficiente para sobrevivir. Gabrielle, según contaban, se enfadó mucho y exigió que castigaran duramente al barquero, pero el rey se rió y dio orden de que se le concediera una exención de impuestos.

¡Al diablo pues con la mujer de allí arriba! Al parecer, Enrique de Navarra pensaba lo mismo, pues durante todo el día del jueves no hizo acto de presencia, quedándose de brazos cruzados en Fontainebleau y dejando que los acontecimientos siguieran su curso. Cuando por la tarde llegó el médico de cámara, para la mayoría la suerte ya estaba echada. Donde había un médico, el sepulturero no se hacía esperar. Y el sudor en la frente del señor La Varaine, que al atardecer se abría paso entre la multitud para dirigirse a Fontainebleau, era una señal inequívoca de que pronto habría grandes novedades.

En la noche del jueves al viernes, un extraño embrujo pareció afectar a la casa en la Rue de Polies, pues a la mañana siguiente no quedó ninguno de los guardias que la víspera aún estaban apostados en la entrada. El decanato amaneció como una nave sin tripulación: las puertas abiertas y las estancias vacías. Sólo en el piso superior, a un tiro de piedra del Louvre, que al mirar por la ventana tenía delante de los ojos, yacía Gabrielle, apenas consciente, casi acabada ya por esos espasmos que volvían a asaltarla inefables una y otra vez. Le esperaba un largo día y una larga noche en ese Viernes Santo al que no seguiría ninguna Pascua; eran sus últimas horas antes de Cuasimodo.

Por la tarde, después de gastar en ella los últimos recursos médicos, su cara empezó a ennegrecerse. Ahí se vieron desbordados incluso aquellos que hasta el momento habían aguantado a su lado con la esperanza de poder de alguna manera detener el mal. El caos era total. Criados, sacerdotes, cortesanos, lacayos, cocheros, doncellas, ayudantes de cámara, soldados y cualquiera que durante los días pasados había hecho acto de presencia en el aposento de la duquesa abandonaron el siniestro lugar persignándose con rapidez. En su lugar acudió en tropel el pueblo y se agolpó, con curiosidad morbosa en el ánimo, alrededor del cuerpo extrañamente encorvado de la mujer que agonizaba atada a su cama. Si se hubiera tratado de un animal, lo habrían matado con un golpe de gracia. Ella, no obstante, tenía que apagarse lentamente, a pequeños e imperceptibles impulsos, disminuyendo de ataque en ataque.

Fue en esas circunstancias que Vignac se presentó finalmente ante ella, cuando el viernes a última hora de la tarde se armó de valor y entró en la habitación fúnebre. La estancia estaba llena de gente y aun así reinaba un silencio casi total, un silencio que parecía irradiar de la cama y de la mujer que en ella yacía como de cuerpo presente. Vignac observó consternado la cara color berenjena, los labios mordidos y cubiertos de costras de sangre seca, que tenían un tono azul azabache, así como las órbitas oculares en blanco. Por un momento tuvo la sensación de que los ojos de la moribunda trataban de mirar hacia atrás y hacia dentro de su cuerpo para observar la labor destructora de la enfermedad que la devastaba sin remedio. Vignac sintió náuseas. Se dejó arropar de nuevo por la multitud de los presentes mientras respiraba con dificultad. Cuando recuperó el dominio de sus sentidos, se dio cuenta de que tenía los ojos llenos de lágrimas. Se las enjugó y estuvo un momento escuchando el murmullo que llenaba la estancia. Una y otra vez volvió a mirar hacia aquella cosa negra acostada en el otro extremo de la habitación y que de vez en cuando palpitaba o intentaba incorporarse con debilidad para volver a desplomarse de nuevo. Entonces expulsaba por la boca una mezcla de saliva, sangre y otros fluidos, como si en su interior pequeños diablos se dedicaran afanosamente a sacarle las entrañas.

De repente vio, como a través de la niebla, al ama de llaves de la duquesa postrarse ante la cama. «¿Había estado todo el tiempo en la habitación?», se preguntó Vignac, pues al llegar no la había visto. Cuando miró hacia la puerta, descubrió la cara de Sandrini que observaba impasible lo que estaba ocurriendo delante de la cama y que seguramente aún no se había percatado de la presencia de Vignac. ¿Por qué no sentía miedo? ¿No lo estaban persiguiendo? ¿Acaso la visión de esa muerte tan espeluznante lo había imbuido de una indiferencia anestésica? Pero ¿qué estaba haciendo el ama de llaves allí, junto a la cama? Vignac la oyó lamentarse de la horrorosa desgracia que estaba ocurriendo con la duquesa. La mujer abrazó el cuerpo exangüe de ésta, besó y acarició sus brazos que colgaban inertes para después, desbordada por el dolor de la tristeza, retirarse al consuelo de los brazos de su marido.

La escena tenía algo de irreal. Vignac vio cómo las joyas que madame Hermant acababa de quitar a la moribunda terminaron en el bolso de su marido.

A continuación, hizo su entrada otra dama de la corte que, igualmente afligida, se postró ante el lecho. Vignac no aguantó más y se deslizó fuera de la habitación sin que lo descubrieran.

Cuando Gabrielle finalmente murió el sábado por la mañana, Vignac se quedó todo el día en casa de Ballerini sin moverse del lugar. Las horas pasaron con viscosa lentitud. Valeria le hizo compañía. Tenía miedo. Le rogó insistentemente que la sacara de la ciudad y acabó por obtener la promesa de que el domingo se irían. Ella tampoco entendía ya qué podía retenerlo en París. Vignac se escudó detrás de un espeso silencio y no hacía caso a lo que le decía la chica. Al laberinto por el que erraba no le llegaban los consejos bienintencionados. Se quedó sentado junto a la ventana con la mirada absorta. A última hora de la tarde, cuando anochecía y el médico no había regresado aún, salió a la calle.

La ciudad estaba bañada por una penumbra fantasmagórica; el cielo, tapizado con un manto violeta muy oscuro. Las estrechas callejuelas estaban impregnadas de un calor inusual para la época del año. Se dirigió hacia la Rue de Deux Portes. Durante un rato observó la casa de Perrault desde una distancia prudencial. Cuando hubo anochecido del todo, entró. Fue al taller, cerró la puerta y esperó. ¿A qué? No lo sabía. Trató con gran intensidad de escuchar algún ruido procedente de la calle o del patio en el que estaba el cobertizo. Pero todo quedó en silencio. Algún ladrido de perro. El canto de los grillos. De tanto en tanto el relincho de un caballo.

Pensó en su vida y en su desmedido afán por la gloria y el reconocimiento. Le parecían sin sentido. ¿Qué demonio fue aquel que le había sonreído desde los cuadros de la Diana en el baño? ¿No debiera haberse conformado con el empleo que tenía y que, si bien no le daría la fama, al menos le proporcionaba unos ingresos seguros? ¿Acaso la vida no le había enseñado una y otra vez que por mucho que las buenas y bellas obras puedan darse como fruto del esfuerzo humano, las obras prestigiosas que trascienden las épocas son el resultado de un acto de gracia que va mucho más allá de las facultades humanas? ¿Quería Dios hacerle ver esa amarga verdad dándole un talento y negándole la gracia de su realización? ¿Estaba condenado de por vida a sentir dentro de sí una fuerza creadora que nunca debía explayarse del todo en alguna disciplina?

A las ocho, escuchó las campanadas. ¿Qué era lo que estaba haciendo aún allí? Recogió algunos enseres que cuatro semanas antes, en su precipitada huida, no se había llevado. Esos pigmentos tan costosos, ¿cómo los había podido dejar atrás? También podría seguir utilizando los tamices para el óleo. Pero tan pronto como había colocado los objetos en la mesa éstos ya le resultaban indiferentes. ¿Adónde iba a ir? ¿A buscar a Lussac en Clermont? ¿Volver al sur? París le estaba vedado para siempre. Mientras la duquesa estaba con vida, todavía quedaba alguna esperanza de que la mala jugada se volviera a su favor. Ahora, las cosas habían cambiado. Cuánto odio había acompañado a Gabrielle en sus últimas horas. Nadie la había querido. Todos despreciaban a su familia. Iluso de él que había vinculado su suerte con el éxito de ella. ¿No tendría razón Ballerini? El rey ni siquiera se había desplazado a París para estar a su lado en sus últimas horas. Dejó pasar tres días sin hacer nada antes de ponerse en camino, sólo para dar media vuelta a mitad de trayecto al oír que ella ya había muerto.

–Veo que estáis preparando vuestra marcha.

Vignac giró sobre los talones y vio a Sandrini en el marco de la puerta entornada.

El italiano levantó la mano en un gesto apaciguador y no se movió de debajo del dintel. Detrás de él, la casa principal estaba completamente a oscuras. Vignac no pudo ver si allí se encontraban otras personas. Reculó asustado y buscó inconscientemente un objeto que pudiera servirle de arma.

Sandrini lo observó con una mezcla de curiosidad y pena.

–No os asustéis. Soy un hombre débil y enfermo y, además, vengo solo. ¿Me permitís que entre?

Vignac escrutó en silencio al hombre, que cerró la puerta tras de sí y se sentó en una silla al otro extremo de la mesa.

–Comprendo vuestra desconfianza y vuestra actitud reservada. Con vuestra venia, me llamo Sandrini. Ya tuvimos el gusto, aunque en realidad nunca nos presentaron como es debido.

Le ofreció la mano, pero Vignac no se movió.

–¿Qué queréis?

–Nada, maître Vignac. Ya no queremos nada de vos. Habéis llevado a cabo a nuestra entera satisfacción todo lo que os encomendamos. El que la Divina Providencia haya desbaratado nuestro bien elaborado plan es una desgracia que nadie podía prever. Pero la cuerda se rompió. La duquesa ya no está entre los vivos. Sólo el cielo sabe cómo son estas cosas. Pero vos debéis saber que no nos hemos aprovechado de vos. Nuestra señora estaría profundamente infeliz si supiera con qué rencor abandonáis la ciudad. ¿Habéis encontrado su última gentileza?

El hombre arqueó las cejas con expresión inquisitiva y apuntó con los ojos hacia el lugar donde hacía algunos días Vignac había encontrado el saquito con el dinero. El pintor asintió en silencio. En su cabeza resonaba un enorme fragor. El miedo le alteraba los sentidos. Trató de seguir las palabras del hombre, pero sólo acertó a pensar que estaba atrapado.

–Entonces, este asunto ya está resuelto. Siento gran respeto por vuestro arte, maître, y lamento mucho que en el futuro ya no vayamos a poder hacer uso de vuestros servicios. Pero tal vez os consuele oír que mis días en la corte también están contados. Los criados de la duquesa han sido despedidos hoy mismo por el rey. Madame Hermant y su marido han sido apresados. La caída de los dos se veía venir. La lista de sus desatinos es bastante larga. Sea como fuere, debido a la repentina muerte de la duquesa, la situación en la corte es muy tensa. Comprenderéis que está en vuestro propio interés que abandonéis la ciudad.

Vignac estudió con detenimiento a esa persona que estaba sentada en la silla ante él. ¿A qué había venido? Observó la cara alargada y pálida y esos ojos oscuros que lo miraban con curiosidad. Por alguna extraña razón tenía las cejas rasuradas, lo que las reducía a dos finas líneas. La frente se levantaba alta y estrecha por encima de las cejas y terminaba en un cráneo macizo en el que quedaban sólo unos cuantos pelos.

El hombre parecía poder leer los pensamientos de Vignac.

–Pensé que os encontraría aquí. Hemos hablado mucho de vos, preguntándonos cómo reaccionaríais ante el uso que dimos a vuestro cuadro. La duquesa pretendía que se os revelaran todos los detalles del plan, pero fue fácil convencerla de lo contrario, cuando se le explicó que eso no hubiera sido muy prudente. Tal vez habríais rechazado el encargo o lo habríais considerado como demasiado arriesgado. Sin duda, a la hora de pintar, os habrían temblado las manos de estar al corriente del verdadero destino del cuadro. Mis respetos; habéis reproducido con verdadera maestría nuestra pequeña pieza de teatro.

Vignac fue incapaz de decir nada. Le temblaban las rodillas. ¿Qué clase de sermón le estaba soltando aquel hombre? Ese tipo de discurso ya le había nublado los sentidos en otra ocasión. Un sinfín de preguntas le cruzaron la cabeza, pero resistió la tentación de iniciar una conversación con el hombre, algo que sólo habría distraído su atención de la persona que tenía delante para concentrarla en el contenido ambiguo de sus palabras. Ya tenía experiencia en esas lides y no caería por segunda vez en esa retórica nebulosa.

Mientras, Sandrini continuó con sus disquisiciones:

–Me hago cargo de que no sentís gran simpatía por nosotros después de todo lo que ha ocurrido.

Se deslizó de la silla y dio unos pasos hacia el centro de la estancia.

Inconscientemente Vignac tensó todos los músculos.

–¡Quedaos donde estáis! –dijo, amenazante.

Sandrini se detuvo y sonrió.

–Vuestro miedo carece de todo fundamento, pero respeto vuestros deseos. Veréis, vuestro cuadro era el último recurso para hacer ver al rey la situación insostenible en que se encontraba la duquesa. Estaba ciego ante el peligro que sus lamentables vacilaciones creaban para su amada. Es cierto que nuestras maneras fueron un poco brutas pero, como debéis admitir, muy eficaces. De haber encajado esa difamación en público, habría admitido delante de todos que se desentendía de la duquesa. Dimos un paso osado, aunque en el fondo nunca dudamos que, llegado el momento, celebraría el enlace. La cuestión era cómo inducir a su majestad a que lo anunciara en público y de forma irrevocable. Estaréis de acuerdo conmigo en que el plan estaba diseñado milimétricamente a medida de la forma de ser vacilante pero al mismo tiempo espontánea de nuestro amado rey y señor. ¿Acaso podía asumir sin más una infamia de tal calibre? A todo esto, él no sabía que ella misma se había arrojado al hoyo del que él la tenía que salvar. En verdad, ¿quién iguala a las mujeres a la hora de concebir artimañas? ¿A vos se os habría ocurrido algo semejante?

La cabeza de Vignac desarrollaba una actividad febril. Intuía que el hombre que tenía delante estaba mintiendo. Nada de lo que decía se correspondía con la realidad. Sólo era una vaga intuición, pero estaba seguro de no equivocarse. ¿O eran las palabras de Ballerini que lo habían inmunizado ante semejantes patrañas? Si al menos supiera a qué había venido ese individuo. Le vinieron a la mente las palabras de Ballerini. «Todos se han equivocado», había dicho.

El hombre estaba a pocos pasos de él y lo miraba con curiosidad. Vignac notó que respiraba con dificultad y que aparentemente a duras penas se sostenía en pie. De repente, se tambaleó, se apoyó con una mano en la mesa y se desplomó pesadamente sobre la silla. Vignac se le acercó, pero el hombre hizo un gesto negativo con la mano, se la llevó al pecho y respiró hondo, achicando los ojos de dolor cada vez que tomaba aire.

–Dejadlo estar. Estoy bien. Sé que no me vais a creer. Pero ahora que todo ha terminado, ya no tiene importancia. –Sus palabras se ahogaron en unos incipientes estertores.

Su cabeza cayó hacia delante, volvió a levantarse enseguida y se mantuvo en una postura erguida y poco natural.

Vignac se acercó más.

–¿Os traigo un vaso de agua?

–No. No os molestéis. El pequeño diablo que está royendo mi pecaminoso corazón pronto se habrá saciado.

Pero si podéis abrir un poco la ventana, os lo agradecería. Como todos los malos espíritus, el mío también rehúye el aire puro.

Vignac empezó a trajinar con la ventana, subió el cerrojo que cedió con un chirrido y tiró del marco desencajado por la humedad. Cuando la ventana se abrió por fin, una ligera corriente de aire entró por entre los postigos cerrados.

Durante todo ese tiempo no había quitado ojo al hombre. Sandrini estaba encorvado en su silla y respiraba pesadamente. Vignac se volvió a retirar hacia el otro extremo del taller y se apoyó contra la pared. En fin, por el momento no tenía nada que temer del extraño visitante. Al parecer, Sandrini apenas se tenía en pie. Después de un rato la respiración del italiano se calmó.

–No creo una sola palabra de lo que decís –dijo finalmente Vignac–. Es verdad que ahora todo esto resulta indiferente. Pero nada de lo que pretendéis hacerme creer es verdad. Vuestro plan consistía en insultar a la duquesa delante de todo el mundo para que el rey se distanciara de este matrimonio. Sólo gracias a la reacción de Enrique de Navarra la jugada fracasó. Y vos teníais miedo de que yo le dijera a la duquesa quién estaba detrás de todo ello. Por eso sacasteis a la muchacha de la casa de Zamet en contra de su voluntad, pegándola y maltratándola para que os revelara mi paradero. Le arrancasteis del cuello la llave de esta casa y me acechasteis aquí. ¿En verdad creéis que soy tan necio como para que me podáis enredar con vuestras mentiras?

Sandrini sonrió.

–Ah, sí, la chica. Se llama Valeria, ¿verdad?

A Vignac se le heló la mirada. Tanteó con la mano detrás de sí y agarró un leño.

–La duquesa de Beaufort estaba exultante de alegría cuando la jugada salió bien. Pero, veréis, no conocíais a esa mujer, por lo que no podéis comprender su forma de actuar. De repente, sintió miedo de que alguien pudiera descubrir el montaje tan cuidadosamente preparado. Pretendía mandar buscaros al día siguiente para pediros que por el momento abandonarais la ciudad. Sin embargo, como no os encontré, a falta del pintor tuve que conformarme con la muchacha y exigirle que me dijera dónde os hallabais. Era terca y tozuda y no quiso soltar prenda. No estoy acostumbrado a negociar con miembros de la servidumbre. Ese par de bofetadas que le di no le habrán hecho daño. Cuando la duquesa supo que no podíamos encontraros sufrió un ataque de cólera y ordenó encerrar a la chica además de apresaros y llevaros ante ella sin más demora.

–Y vos cumplisteis de sobra con el cometido.

–Como os decía, no soporto a los criados tozudos.

–Ya basta. Ahorradme vuestros cuentos. Nada de todo esto es verdad.

Sandrini hizo una mueca.

–Sois un sujeto desconfiado, maître Vignac. En vuestro lugar tal vez yo también lo sería. Pero poneos por un momento en el lugar de la duquesa de Beaufort. Tenía su objetivo al alcance de la mano. La correspondencia llegada de Roma le era favorable. Enrique de Navarra había tomado su decisión y había anunciado públicamente la boda. ¿Acaso es de extrañar que en esas circunstancias la duquesa quisiera eliminar el más mínimo riesgo para los grandes planes que tenía? De no haberos ocultado, os habría colmado de oro y os habría hecho llevar lejos de París, eso es tan cierto como que yo estoy sentado aquí ante vos. Nunca tuvimos en mente perjudicar a quien debemos el éxito de toda esta empresa. En fin, aquel que reina sobre todos nosotros ha decidido de otro modo. La duquesa fue víctima de su estado de extremo nerviosismo. Hoy han abierto su cuerpo y han sacado muerto al niño que llevaba en su vientre.

Vignac se deslizó lentamente hacia el suelo. Sandrini se había encogido en su silla, lo observaba con ojos cansados y parecía volver a tener problemas con su corazón. Vignac se resistía enérgicamente contra la sensación que le causaba el forastero. Quería odiarlo, romperle los huesos por lo que le había hecho a Valeria y partirle la boca por sus infames mentiras. Sin embargo, el tono calmado de su voz y su forma tan sensata y razonable de hablar sembraban dudas en él. ¿Era verdad que lo habían perseguido? ¿Se habían mostrado hostiles hacia él o se había imaginado toda esa amenaza? La visita de Sandrini el Miércoles de Ceniza. Vignac había huido sin esperar explicación alguna por su parte. Habían maltratado a Valeria, pero ¿acaso no era comprensible el temor de la duquesa? Tal vez había creído que por miedo él pudiera cometer alguna estupidez, y por lo tanto insistió en que lo buscaran con mayor intensidad.

El movimiento fue tan rápido como el ataque de una serpiente. No fue hasta que el metal penetró con ardor en su hombro que comprendió que el hombre le estaba asestando puñaladas como un poseso. Cayó hacia un lado con un fuerte grito, giró sobre sí mismo y chocó contra la mesa. Se oyó un golpe sordo y acto seguido se apagó la luz. Una sombra le pasó a poca distancia de la cabeza. Sintió un fuerte golpe contra el jubón de cuero que llevaba. Sólo entonces fue cuando captó plenamente que el hombre quería apuñalarlo. La siguiente puñalada le dio en el costado y se enredó en su chaqueta. Vignac consiguió agarrar la mano del otro y la sujetó con todas sus fuerzas, se incorporó a medias, flexionó el brazo libre y dejó caer el codo con todo el peso de su cuerpo hacia la oscuridad que estaba debajo de él. El impacto produjo un crujido. La mano del hombre que sujetaba con la suya se quedó inerme. De repente, otra mano subió y le clavó los dedos en la cara. Vignac abrió la boca, encontró un dedo y lo mordió. Un chorro de sangre le salpicó la boca y la cara. Escupió y dio un cabezazo hacia abajo en la oscuridad. Luego, ya no sabía qué hacía. Se sumergió en una vorágine de rojo vivo de la que no salió hasta que el hombre yació en el suelo con el cráneo ensangrentado junto a él.

Lo demás fue como una sucesión de manipulaciones bien aprendidas. Se vio a sí mismo cómo desvestía al muerto. También se quitó la ropa y se la puso al cadáver. Sacó un tarro de un rincón, lo abrió y comenzó a untar el cuerpo con una espesa pasta negra. Era como si una voluntad desconocida se hubiera apoderado de sus actos. «Todo, todo tiene que desaparecer –se dijo a sí mismo en voz baja–. No debe quedar nada. Úntale la cara. Y las manos. Pero sobre todo la cabeza abierta.»

Giró el cadáver sobre el vientre y le embadurnó de pez también la espalda. Luego, tuvo otra idea. De golpe, dejó el cuerpo y rebuscó por todo el taller. Cuando hubo encontrado una cuerda gruesa, volvió hacia el muerto, le colocó dos vueltas de cuerda alrededor del cuello y anudó la soga. Subió el cuerpo encima de la mesa, lo incorporó, pasó un extremo de la cuerda por encima de la viga central y lo izó unos palmos. Con el cadáver colgando en medio del taller, Vignac impregnó las paredes del cobertizo con el resto de la pez. Finalmente distribuyó paja al pie de los tabiques. Colocó en ella varias velas de tal forma que asomaban un palmo. Las prendió y comenzó a vestirse con la ropa del muerto, y sólo entonces sintió un escalofrío ante lo monstruoso de sus actos. Con los pies y las manos temblando observó el resultado. El muerto colgaba de la cuerda y giraba ora a la izquierda, ora a la derecha, y vuelta a empezar. La viga central crujía bajo su peso. Sin volverse, Vignac cerró la puerta del cobertizo tras de sí y abandonó a toda prisa el lugar de los hechos.

Poco después estaba sentado ante Ballerini que lo miraba incrédulo. ¿Qué era esa historia que le estaba contando el pintor? Pero su aspecto no dejaba lugar a dudas en cuanto a la veracidad de sus palabras. Tenía la camisa empapada de sangre y las manos y los antebrazos negros de pez. La cara de Vignac estaba inexpresiva y su tono de voz calmo. Sólo quería pedir al médico un último favor: que los sacara a él y a Valeria lo antes posible de la ciudad. Por la mañana, al volver, debía ir a la casa de Perrault y decir que la persona que habían encontrado entre las cenizas era él, Vignac. Nada más. No, no quería explicar nada y no era culpable de nada. El médico le insistió en que antes de nada se dejara curar y vendar las heridas y que huyera de la ciudad a la mañana siguiente. Pero el pintor, firmemente convencido de que cualquier demora en abandonar la ciudad significaría de manera inexorable su ruina, no quiso ni oír hablar de tal posibilidad.

Tercera parte

La mano del pintor

UNO

Ya estaba anocheciendo cuando levanté la vista de los papeles. Había estado leyendo hasta altas horas de la madrugada antes de que, vencido por el cansancio, me quedara dormido. Al despertarme a las once de la mañana, había pedido que me trajeran el desayuno a la habitación y después no me había movido del escritorio en todo el día. Me puse en pie y miré el reloj: eran casi las ocho. Saqué una bolsita de rosquillas y una cerveza de la nevera y me tumbé en la cama.

Había dormido demasiado poco y me sentí al mismo tiempo emocionado y abatido. Koszinski tenía razón. Los documentos no eran ni mucho menos coherentes. Cogí el teléfono y marqué el número de su habitación, pero colgué antes de que sonara el primer timbrazo. Tomé las hojas en las que había anotado algunas preguntas durante la lectura y revisé mis notas. ¿Habían envenado a la duquesa o no? ¿Era Bonciani un personaje histórico? ¿Qué había del cuadro del Louvre? ¿Fue pintado más tarde? ¿Dónde y por qué?

Me lavé la cara y bajé al comedor. El servicio de cena había terminado hacía rato pero el camarero me dijo que en el bar todavía me servirían un tentempié. Sin embargo, de Koszinski ni rastro. Probablemente ya se había acostado. Pedí un bocadillo, del que sólo comí la mitad, y salí a dar un paseo por el parque. Me dolían mucho los ojos y, al sentirme de repente extremadamente cansado, volví a la habitación poco después. Algunas escenas inspiradas por lo que había leído fueron pasando por mi cabeza antes de caer en un sueño profundo. Dormí sin soñar hasta que a la mañana siguiente me despertó el sonido del teléfono.

–Creía que lo vería en el desayuno. –Era Koszinski.

–¿Qué hora es?

–Son las nueve. ¿Ha dormido bien?

–Sí, gracias.

–El restaurante cierra en media hora. ¿Nos vemos después en la biblioteca?

Dije que sí y me di prisa por ducharme. Después del desayuno volví a la habitación para recoger los papeles. Fui en busca de Koszinski y, tal como habíamos acordado, lo encontré en la biblioteca. Estaba inclinado sobre un tablero de ajedrez. Al verme llegar con el fajo de papeles debajo del brazo alegró la cara. Señaló su reloj haciendo girar el dedo encima de la esfera, gesto fácilmente interpretable como indicación de que esperara el final de la partida. Quedaban pocas figuras en el tablero, artillería pesada y algunos peones atascados; a mi modo de ver, una constelación que presagiaba una larga lucha terminal. Me dirigí al bar, pedí un té y me puse a hojear un periódico.

Sin embargo, al parecer la defensa de Koszinski no era tan fuerte como había pensado al echar un rápido vistazo al tablero, pues apenas me habían servido el té, lo vi salir de la biblioteca. Se acercó diciendo que ya era la tercera vez que ese dirigente de coro de Nuremberg le había tendido una trampa. Por cierto, continuó, una persona interesante que por su condición de no tener pelos en la lengua había pasado cuatro años de su vida en la cárcel germano-oriental de Bautzen donde se hizo un sitio en el Olimpo del ajedrez, algo que él mismo nunca conseguiría. De todas formas, concluyó, hacía un día demasiado bonito como para dedicarlo a elucubrar complejas estrategias ajedrecistas.

Recibió de mis manos los documentos y los depositó en la recepción. Abandonamos el hotel por la puerta que daba al parque. Pocos minutos después, nos rodeaba la fresca calma matutina de la Selva Negra. Mis pensamientos se adelantaron en el tiempo. Dentro de unos días estaría camino de Bruselas y andaría ocupado preparando mis clases. Respiré hondo y ahuyenté esas ideas que no me hacían ninguna gracia.

Seguimos el paseo durante un tiempo y luego nos adentramos por una senda más estrecha. Poco después, llegamos a una bifurcación y de nuevo elegimos el camino más arduo que al cabo de un rato nos recompensó con unas espléndidas vistas. Nos costó una media hora salvar la pronunciada pendiente y alcanzar un repecho de roca desde donde pudimos ver el paisaje que se extendía ante nosotros como una tela gigantesca. A excepción de un par de nubes borregueras, inmóviles encima de la llanura, el cielo estaba completamente despejado.

–¿Y? –me preguntó finalmente–. ¿Qué piensa de la historia?

–La he leído casi de un tirón –contesté–, pero tiene usted razón. Falla el final. Quedan abiertas todas las posibilidades.

–Estoy convencido –dijo– de que el final no es más que un primer borrador. La conversación con Ballerini habría podido dar mucho más de sí. Al fin y al cabo, es la incertidumbre acerca de quién le encargó realmente el cuadro lo que retiene al pintor en la ciudad. Creo que en principio el autor tenía intención de explorar más este motivo. Imagínese todo lo que se podría haber hecho con la escena que se desarrolla en la habitación de la moribunda. Vignac se sitúa delante del cuerpo de la duquesa y de repente aparece la mujer pelirroja que le ha gastado la mala jugada. Por cierto, es un personaje real. En las fuentes se cita en alguna ocasión una tal La Rousse, una mujer rodeada de escándalos que pertenecía al entorno de la duquesa. Después de la muerte de Gabrielle, esa mujer y su marido, Mainville, el capitán de la guardia, pasaron seis años como prisioneros en la Bastilla. Nadie sabe por qué. A lo mejor se acuerda usted de que en el interrogatorio del marqués de Rosny se hace una breve mención del asunto. Hacia 1605, los dos recuperan de repente sus cargos y honores, algo que tampoco tiene explicación alguna, aunque sí hay documentos que confirman este hecho. Y luego está la escena final en el taller. De lo que se trata es de eliminar al último testigo. Morstadt pone en boca de Sandrini la afirmación de que fue la propia duquesa quien encargó el cuadro para presionar al rey, lo que no deja de ser chocante. Vignac ya no sabe qué pensar. Un final bastante abrupto, una lástima. En fin, pensándolo bien, no hay final. Espero que no le haya decepcionado demasiado pero ya le dije que tenía la impresión de que Morstadt no consiguió terminar la obra.

Koszinski se quitó la chaqueta.

–Sí –dije–. Uno se queda con las ganas de saber quién encargó realmente el cuadro. Pero, además, otra cosa que no queda clara son las extrañas circunstancias de la muerte de la duquesa.

–Tiene razón; de hecho eso es lo que más me llama la atención en todas estas notas. ¿Hubo una conspiración contra la duquesa? ¿O es verdad lo que Morstadt dice por boca del médico? Tal vez el rey, en realidad, nunca tuvo la intención de casarse con ella. Porque si esto se pudiera demostrar, no hubiera sido necesario atentar contra su vida.

–¿Y? –pregunté–. ¿Qué es lo que piensa usted?

–Yo creo que la duquesa fue envenenada. Morstadt se equivocó. Por eso no consiguió terminar el libro. Se inventó una bonita teoría pero se enredó en ella y no logró salir de allí. No debería haber planteado el caso de un modo tan complicado porque la verdad es que podría haberle salido una buena novela policíaca.

–Pero tuvo que tener en consideración los hechos. ¿O es pura invención todo lo que figura en las notas?

Se encogió de hombros.

–Desde luego, no pude comprobarlo todo, pero la mayoría de los acontecimientos son históricos. Lo que ocurre es que el caso nunca fue aclarado. No obstante, para mí, es la hipótesis más probable. La muerte de Gabrielle, tan poco tiempo antes de la boda, no puede ser casualidad.

–Pero si el manuscrito dice otra cosa completamente diferente –objeté.

–¿Se refiere a Ballerini?

–Sí –contesté–. El médico afirma que la duquesa murió por su estado de extrema ansiedad y niega cualquier indicio de una intoxicación provocada por factores externos, como podrían haber sido vómitos después de comer en casa del italiano.

–Querido amigo, el médico es un personaje inventado por Morstadt.

–Sí, tiene razón, pero dentro de lo que es la narración resulta lógico lo que dice. Porque, al fin y al cabo, es inconcebible que la duquesa fuera envenenada con el consentimiento del rey.

–¿Por qué con el consentimiento del rey? –inquirió.

–Porque todas las partes del manuscrito que especulan con la posibilidad de un asesinato cometido con veneno apuntan indirectamente a la responsabilidad del propio rey. Mire: Enrique y Gabrielle se encuentran en el palacio de Fontainebleau. De repente, decide enviarla sola a París para que pase allí la Pascua. Es un hecho de lo más insólito. Gabrielle se sume en la desesperación total. ¿A santo de qué tiene que separarse de él dos semanas antes de la boda? Pero Enrique se mantiene en sus trece. La despedida en el embarcadero de Melun es horrible. Luego la llevan precisamente a casa de Zamet, que al parecer hace todo lo que le mandan los italianos. Nada más comer allí, sufre un colapso y es víctima de horribles convulsiones. Cuando el rey se entera de su enfermedad, deja pasar dos días antes de emprender finalmente viaje a París. A mitad de camino lo interceptan y le hacen creer que la duquesa ya ha muerto, aunque en realidad todavía le quedan un día y una noche enteros de vida. Y ese engaño no recibe castigo alguno. Todo indica que de alguna manera el rey tuvo su parte de responsabilidad en esa desgracia.

–Yo tampoco excluiría la posibilidad de que Enrique estuviera al corriente de la conspiración, pues a todas luces se sintió aliviado por cómo se resolvió todo el asunto.

Las palabras de Koszinski me parecieron una monstruosidad.

–Me resulta imposible creerlo –repuse–. Además, en los interrogatorios de Rosny y de La Varaine queda clarísimo: ninguno de los contemporáneos contempló seriamente la posibilidad de que se tratara de un asesinato con veneno.

Koszinski se rió.

–No me extraña. Estos dos se habrán cuidado mucho de no perjudicarse a sí mismos con sus declaraciones. Después de la inexplicable muerte de la duquesa, Rosny y La Varaine tenían muy buenas razones para disipar cualquier sospecha acerca de una posible conspiración. Rosny odiaba a Gabrielle con todas sus fuerzas. Además, temía por la legalidad de la sucesión al trono. La Varaine era un jesuita clandestino. Su orden fue expulsada del país después de que otro jesuita hubiera intentando atentar contra la vida de Enrique de Navarra. Si el rey se casaba con la católica María de Médicis, en su séquito los jesuitas podrían volver a Francia. De modo que el asesino de Gabrielle indirectamente habría hecho méritos para el regreso de la orden jesuita a Francia. Finalmente, ni siquiera el propio rey tuvo demasiado interés en investigar a fondo. A la postre, la muerte de Gabrielle debió de parecerle como un regalo caído del cielo.

–¿De verdad piensa eso?

–No quiero decir que Enrique mismo estuviera implicado, pero sí que puso conscientemente en peligro la vida de Gabrielle y no tomó medidas para evitar que atentaran contra ella. A todo esto, se sabe que el gran duque Fernando de Médicis mantenía en Florencia un laboratorio de elaboración de venenos.

Los argumentos de Koszinski no me resultaron muy convincentes pero me ofreció una serie de otras reflexiones a las que por lo pronto no sabía qué objetar.

–Para Fernando de Médicis, la situación estaba clara –afirmó–; una vez eliminada Gabrielle, no resultaría difícil colocar a su sobrina María en el trono francés. En el fondo, era la mejor solución para todos. Para Roma, para Florencia y desde luego para Francia. Después de todo, Morstadt también lo menciona en el manuscrito. El enlace de Enrique con Gabrielle hubiera significado una catástrofe desde el punto de vista dinástico. Así que, ¿por qué no darle un empujoncito al destino? Si quitaban de en medio a Gabrielle, nadie se entretendría preguntando por las razones, sino que todos se alegrarían por el hecho de que se hubiera puesto fin a una situación bastante precaria. De todos modos, no sería el primer asesinato por envenenamiento que corriera por cuenta de Fernando. Se sospechaba que había envenenado a su hermano Francisco junto con la esposa de éste, Bianca Capello. Es una historia extraña que, al igual que muchas muertes en esa familia, nunca fue aclarada. Fernando, su hermano Francisco y Bianca se encontraban en su palacio de campo. En pocas horas, los dos últimos murieron víctimas de una enigmática enfermedad. Todos sabían de la poca estima que Fernando tenía por Bianca, una mujer dada a las intrigas, y nunca se disipó del todo la sospecha de que junto a su poco apreciada cuñada quitó de en medio también a su hermano. Ese hombre era un asesino bastante experimentado en envenenamientos.

–Pero los síntomas de Gabrielle, ¿no eran atribuibles a una complicación en el embarazo?

–Para averiguar eso, habría que hablar con un médico forense. Sea como fuere, ¿usted cree que en aquella época era posible diagnosticar de forma inequívoca un envenenamiento? Ya ha leído sobre los recursos quirúrgicos de que disponían los médicos de entonces y, en cuanto a diagnósticos, la situación seguramente no era mucho mejor. Además, está esa extraña anécdota que ocurrió en Roma. Se acordará que al final del primer capítulo se cuenta que, en la mañana del sábado 10 de abril, el papa Clemente VIII salió repentinamente de su capilla particular anunciando que el problema estaba resuelto porque Dios había dispuesto. Al principio, pensé que se trataba de una invención de Morstadt. Pero no; lo he comprobado. Varios testigos contemporáneos confirman lo sucedido. En aquel entonces, un informe enviado de París a Roma tardaba por lo menos cinco días. Incluso una paloma mensajera que hubiese echado a volar desde la cama mortuoria de Gabrielle de madrugada no hubiera llegado a Roma antes de la hora de comer para trasladarle al Papa la noticia de que uno de sus más acuciantes problemas acababa de resolverse. Por el contrario, sí que se puede calcular de antemano cuánto tiempo pasa antes de que una persona sucumba a los efectos de un determinado veneno.

Las palabras de Koszinski me dejaron desorientado. Pero hasta cierto punto, de este modo la historia adquiría una lógica interna. La conspiración contra Gabrielle tenía su origen en Florencia. Al principio, habían ejercido su influencia en el Papa. Clemente VIII se negaba a divorciar al rey de Margarita si lo que éste se proponía era casarse a continuación con Gabrielle. Cuando Enrique se empeñó en sus propósitos, pusieron en marcha contra Gabrielle su maquinaria propagandística parisina. La duquesa fue insultada en público y sus hijos difamados como bastardos. Pasquines, diatribas y poemas de escarnio circulaban por toda la ciudad. Al final, sirviéndose de la pintura realizada por Vignac, trataron de dejar en evidencia al rey ante toda la corte al exponer el escándalo que suponía su amorío con Gabrielle. Y ¿dónde está hoy ese cuadro? ¡En el Palacio Vecchio de Florencia! Un bonito recuerdo de la intriga tan sofisticadamente tejida por Fernando. Pero, aun así, el rey seguía tercamente adelante con sus planes. Incluso fue tan lejos como para anunciar la fecha de la boda y encargó los vestidos. En ese momento, sólo quedaba un último remedio, y se lo administrarían a la duquesa en casa de Zamet. Independientemente de si el rey tenía conocimiento de todo ello o no, el caso es que no hizo nada por impedirlo. La pérdida de su amada le dolió tanto menos cuanto le facilitó la solución de un intrincado problema político.

¿Fue realmente así como ocurrieron las cosas? Pero, si había sido intención de Morstadt contar la historia de este modo, ¿por qué no lo había hecho? Al fin y al cabo, en su narración había reunido todos los elementos de la conspiración contra Gabrielle. Aun así, algunas partes del manuscrito no encajaban con esta hipótesis. Hacia el final, la historia tomaba un giro completamente distinto. Allí, el médico afirmaba que el rey nunca se iba a casar con Gabrielle. Y que, además, nunca subordinaría la seguridad de su reino a sus sentimientos. ¿Acaso el manuscrito no mencionaba en repetidas ocasiones la ambición desmedida de Gabrielle, que amenazaba con llevar a Francia de nuevo a la ruina?

Compartí mis pensamientos con Koszinski, pero él siguió defendiendo su opinión.

–Es cierto lo que dice usted –dijo–. Son precisamente estas contradicciones en las que el autor del texto se ha enredado. Perdió el control de la trama. Y eso que la historia del encargo simulado y del significado oculto del cuadro es muy original...

–... pero está sin terminar –apostillé.

–Sí –continuó él–, la estructura narrativa no se sostiene.

–Es verdad –exclamé–. No obstante, aún hay otra cosa que falta.

Koszinski se sorprendió.

–¿Ah, sí? ¿Qué es?

–¡El cuadro del Louvre!

Hizo ademán de contestar algo pero al final sólo me miró con expresión interrogante. Ni yo sabía de dónde me había venido la idea. Claro, debía de ser así. La historia estaba sin terminar porque el pintor aún no había terminado su obra. Los documentos guardaban silencio al respecto pero tenía que haber una pista que llevara hasta el último cuadro.

–Tal vez usted no encontró todos los documentos. A lo mejor, en una de las otras cajas había más.

Koszinski hizo una mueca consternada.

–Sí, tal vez. Pero a estas alturas ya deben de haber sido destruidos. –Quedó en silencio por unos instantes antes de añadir–: Lo cual sería un enorme fastidio, ¿no le parece?

Yo apenas presté atención a lo que decía. Se me había ocurrido otra cosa que me tenía exaltado. De repente, vi el cuadro ante mí: las dos damas en el baño, una tocándole el pezón a la otra, el anillo, la doncella al fondo y el cuadro del que sólo se veía la mitad encima de la chimenea. Una vaga intuición fue creciendo en mi interior. En todo caso, la narración no podía más que detenerse en este punto. Era imposible que hubiera otros documentos porque lo que se relataba en el manuscrito no era suficiente como para seguir llevando el hilo conductor hasta el último cuadro. Morstadt también había intuido algo. Eso se notaba. Lo que debió de ocurrirle fue que se quedó atascado poco antes de llegar hasta el final. El pintor, sin embargo, sí había dejado una última pista. Allí, en aquel cuadro del Louvre, en algún lugar entre las dos damas en el baño, la historia continuaba. Pero ¿dónde exactamente?

DOS

Esa misma tarde volví a Friburgo para hacer fotocopias de los documentos. La despedida de Koszinski fue cordial.

–Si averigua algo nuevo, hágamelo saber –me pidió–, y mándeme los originales directamente a Stuttgart.

Antes de nada, me dirigí a la residencia de profesores invitados para recoger el resto de mi equipaje. Por si acaso, pregunté si podía alquilar una habitación durante unos días, pero el portero me dijo que, lamentándolo mucho, eso no era posible. Devolví el coche y encontré un hotel a pocos pasos de la oficina de alquiler de coches. A la mañana siguiente, lo primero que hice fue encargar la copia y encuadernación del manuscrito para después pasar el resto del día en la biblioteca universitaria buscando las fuentes a las que se remitía Morstadt. Sin embargo, los resultados fueron bastante magros. Entre los fondos de la biblioteca estaban sólo los diarios de un tal Pierre de l'Estoile que Koszinski había mencionado. Pedí los tomos correspondientes y, para hacer algo mientras esperaba, fui a la sección biográfica. En el *Diccionario de mujeres célebres*[1] encontré una entrada referida a Gabrielle d'Estrées:

«... famosa cortesana francesa, marquesa de Monceaux y duquesa de Beaufort. Nacida en 1573 en el castillo de La Bourdaisière. Muerta en 1599. Su padre era el marqués Antoine d'Estrées, su madre, una bella dama que a los cuarenta años de edad abandonó a su marido e hijos para unirse al marqués d'Allègre. Según algunos autores, Gabrielle ya había sido amante de Enrique III, del cardenal de Guisa, del duque de Longueville y de muchos otros antes de conocer a

1. En castellano en el original. *(N. del T.)*

Enrique IV. El rey se enamoró apasionadamente de ella, aunque tardó dos años en convertirla en su concubina. Para tapar el escándalo de su amorío con Enrique, su padre, el marqués d'Estrées, la casó con Nicolas d'Amerval, monsieur de Liancourt. No obstante, Enrique IV consiguió inmediatamente la anulación del enlace bajo el pretexto de la incapacidad matrimonial del cónyuge. Desde 1593, Gabrielle y el rey ya no se separaron. Su pasión parecía inagotable. Su primer hijo fue reconocido por Enrique IV, quien se disponía a divorciarse de Margarita de Valois para casarse con Gabrielle. Ella tenía bastante influencia en el espíritu y el carácter de Enrique quien la colmó de toda clase de honores imaginables: títulos, propiedades, joyas, dinero... Todos los cortesanos la consideraban como la consorte del rey y de hecho habría alcanzado ese rango de no ser por una rápida y misteriosa enfermedad que acabó con su vida. Al principio, se decía que la habían envenenado por encargo del gran duque de la Toscana, pero es de suponer que sucumbió a un ataque de eclampsia, pues estaba embarazada de seis meses. Enrique sufrió mucho por esta pérdida. Gabrielle le había dado dos hijos varones y una hija: César, duque de Vendôme, Alejandro y Catherine-Henriette. Gabrielle era rubia, de tez clara y ojos azules, y poseía una belleza extraordinaria, como una Venus flamenca. Tenía un gusto muy femenino y un carácter alegre y simpático. *Délicieux*, como decían los franceses.»

Debajo de la entrada había unas cuantas notas bibliográficas:

v. ALBRECHT, J. F. E.*: Die schöne Gabrielle. Leitenstuck zu Lauretta Pisana. 1795.* - (ANÓNIMO)*: Amours de Henri IV. Avec les çettres galantes à la Duchesse de Beaufort et la Marquïse de Verneuil.* Amsterdam, 1754*; Lebens- und Liebes-Beschreibung der weiland, wunderschönen Gabrielle d'Estrées.* Estrasburgo, 1709.

Repasé las demás entradas:

CAPEFIGUE: *Gabrielle d'Estrées.* París, 1859. - COULAU: *Les amours de Henri IV.* París, 1818. - CRAUFURD, Q.: *Notices sur Agnès Sorel, Diane de Poitiers et Gabrielle d'Estrées.* París, 1819. - DE LERNE, E.: *Reines légitimes et reines d'aventure.* París, 1867. - DESCLOZEAUX: *Gabrielle d'Estrées.* París, 1889. - LAMOTHE-LANGON, E.: *Mémoires de Gabrielle d'Estrées, Duchesse de Beaufort*, 4 tomos, París, 1829.

Ninguna de las obras mencionadas constaba en el catálogo de la biblioteca. Me dirigí al mostrador de préstamo a distancia y entregué mi lista a la bibliotecaria. Introdujo los datos en el ordenador para poco después devolverme la lista con un gesto negativo. Me dijo que en Alemania esas obras no figuraban en ninguna biblioteca. Sólo el nombre de Desclozeaux arrojaba un resultado procedente de Berlín. Me explicó que en un plazo de cuatro a seis semanas podrían traerme el libro. Decliné la oferta dándole las gracias y volví a la sala de lectura. «¡Habráse visto: de cuatro a seis semanas!»

Entretanto, las memorias de Pierre de l'Estoile habían llegado del almacén. Llevé los tomos hasta mi sitio, busqué la entrada correspondiente al 10 de abril de 1599 y leí las frases redactadas en un farragoso francés antiguo: «*Le samedi 10e de ce mois, à six heures du matin, mourust, a Paris, la Duchesse de Beaufort; mort miraculeuse et de conséquence pour la France, de laquelle elle estoit désignée Roine, comme elle-mesme, peut auparavant, disoit tout haut qu'il n'y avoit que Dieu et la mort du Roy qui l'en peust empescher*».

Hice la siguiente anotación: «El sábado, día diez de este mes, a las seis de la mañana murió en París la duquesa de Beaufort; una muerte enigmática y de consecuencias para Francia de la que se había designado reina, como ella misma había declarado poco antes en voz alta que sólo Dios o la muerte del rey podrían impedirlo».

En una de las páginas anteriores descubrí el original del poema de escarnio que Morstadt había incluido en su manuscrito. Por lo visto se había servido generosamente de esa fuente. También traduje la correspondiente entrada y copié el poema:

«MARZO. El lunes, primero del mes, en el contexto de los rumores que circulaban por doquier afirmando que el rey se casaría con su amante, la duquesa de Beaufort, las malas lenguas en la corte, donde no se cotilleaba sobre nada más que esa boda, pusieron en circulación los siguientes versos que, según se decía, se habían hallado debajo de la cama del rey.

Mariez-vous, de par Dieu, Sire!
Vostre lignage est bien certain:
Car un peu de plomb et de cire
Légitime un fils de putain.
Putain dont les sœurs son putantes
Comme fut la mère jadis,
Et les cousines et les tantes,
Horsmis madame de Sourdis!

Il vaudroit mieux que la Lorraine
Votre roiaume eust envahi,
Qu'un fils bastard de La Varaine
Ou fils bastard de Stavahi.»

A continuación de los versos se relataba la escena ocurrida en la plantación de naranjos:

«En su visita a la plantación de naranjos en Saint-Germain-en-Laye, el rey volvió a encontrar los versos, pues alguien, sabiendo que su majestad pasaría por allí, los había fijado adrede en el tronco de uno de los árboles. Después de haberlos leído exclamó:

–*Ventre saint-gris!* ¡Si encuentro al autor de esto, no lo injertaré en un naranjo sino en un roble!»

Seguí leyendo con creciente desasosiego. Morstadt no se

había inventado nada. Seguro que en los tomos que tenía delante encontraría otras entradas que él había utilizado. Sin pensármelo dos veces llevé el tomo que abarcaba los años 1598 y 1599 a la fotocopiadora y fui copiando página tras página. Sin embargo, cuando las tenía apiladas junto a mí, me entraron dudas. Estaba claro que encontraría huellas de la búsqueda de Morstadt por todas partes. Al fin y al cabo, fue historiador, aparte de miembro de una sociedad historiográfica a la que quizás había informado sobre sus pesquisas. Con toda seguridad estudió con detenimiento las fuentes contemporáneas así como la literatura secundaria disponible. Yo, lo que tenía que hacer, era continuar la búsqueda en el punto en que él había fracasado y en donde había dejado lagunas en su manuscrito. Devolví los libros al mostrador de entrega y salí de la biblioteca. Friburgo yacía desierta bajo la calina veraniega. Debido a la ausencia de los estudiantes, que normalmente pululaban por los alrededores de la biblioteca, el entorno me recordaba las desangeladas universidades americanas durante las vacaciones de verano. Los aparcamientos de bicicletas donde a lo largo del resto del año colgaban, como de un gigantesco imán, innumerables vehículos de dos ruedas estaban completamente vacíos. Aparte de algunos turistas y de unos pocos lugareños reacios a viajar, no quedaba prácticamente nadie en la ciudad. Fui a recoger el manuscrito y la copia encuadernada. Compré un gran sobre, metí los documentos originales dentro y me dispuse a buscar una estafeta de correos. Antes de cerrar el sobre y entregarlo en el mostrador, coloqué en su interior una hoja con los versos de oprobio originales que citaba Estoile. Estaba seguro de que Koszinski disfrutaría con su lectura.

De vuelta en el hotel, pensé en los próximos pasos. Estudiar en profundidad las diferentes fuentes me tomaría semanas o incluso meses. El manuscrito tenía unos cien años de antigüedad y los acontecimientos a los que se refería se remontaban a casi cuatrocientos años atrás. La literatura secundaria al respecto debía de ser ingente. Sin embargo, sería fácil averiguar si desde finales del siglo XIX se habían hecho nuevos descubrimientos sobre el caso Gabrielle d'Estrées. Lo más sencillo, no obstante, sería preguntar a un especialista, a un historiador o a un biógrafo de Enrique IV. Si hablaba con un historiador, éste también podría indicarme el grado de veracidad de los detalles relatados en el manuscrito. Encontrar a las autoridades en este ámbito de investigación histórica no costaría mucho tiempo. Era algo que ya había hecho muchas veces. Seguro que encontraría a algún experto dispuesto a concederme una breve entrevista sobre Gabrielle d'Estrées. Pero antes tenía que precisar mis preguntas.

En una hoja esbocé de nuevo las dos posibilidades que en el manuscrito de Morstadt coexistían de un modo tan incompatible. Estaba en primer lugar la teoría del asesinato por envenenamiento a la que se había apuntado Koszinski. Hice una lista con sus argumentos. Sólo la muerte de Gabrielle podía impedir su matrimonio con Enrique IV. Las circunstancias en que murió eran cuando menos insólitas. Los médicos nunca habían visto nada parecido. Gabrielle tomó sus últimos alimentos en casa de un italiano considerado como un vasallo de Fernando quien, al parecer, ya había resuelto otros problemas por medio del veneno. Y el Papa consideró el asunto Gabrielle d'Estrées como zanjado antes de que por medios naturales le pudiera haber llegado cualquier noticia sobre el desenlace.

Sin embargo, Morstadt había introducido en su manuscrito elementos que contradecían la teoría del envenenamiento, aunque por otro lado se trataba de afirmaciones puestas en boca de personajes ficticios. Por esta misma razón, Koszinski las había desestimado. Pero ¿qué fin perseguía Morstadt con ello? Tal vez Koszinski tuviera razón y Morstadt se había empeñado en una teoría que daba lugar a contradicciones irresolubles. De todos modos, ¿adónde se suponía que tenía que llevar esta historia? La idea de que Enrique mandara a su amante a París para entregarla a los conspiradores me seguía pareciendo totalmente absurda. Aun en el caso de que hubiera cambiado sus planes de boda, ¿por qué llegar al extremo de hacer envenenar a Gabrielle? Era posible, pero altamente improbable. ¿Por qué haría una cosa así? No, esta hipótesis carecía de sentido. Luego estaba la afirmación de Ballerini de que el rey nunca cometería la estupidez estratégica de supeditar la seguridad de su reino a los asuntos del corazón y que semejante boda sería una locura política. Fue desde esta perspectiva que Morstadt desarrolló la historia de la intriga en torno al cuadro que fue encargado a Vignac. Lo interesante era que para este caso también existían dos posibilidades. O bien fue la propia Gabrielle quien lo encargó para ilustrar al rey la situación insostenible en que se hallaba y forzarlo a declararse públicamente por ella; o bien el cuadro formaba parte de la campaña de difamación orquestada por los italianos para hacer frente a las desmedidas pretensiones de Gabrielle.

Asombrado, observé la peculiar simetría de las posibilidades que había apuntado en el papel delante de mí. Las circunstancias no aclaradas de la muerte de Gabrielle y los misteriosos retratos formaban una ecuación con cuatro variables y dos soluciones posibles. O bien Enrique realmente quería casarse con Gabrielle y el envenenamiento lo había impedido; en ese caso el cuadro habría sido encargado por los italianos con fines propagandísticos. O bien Enrique había engañado a Gabrielle, dándole largas y no diciéndole la verdad; en ese caso no era necesario atentar contra la vida de Gabrielle, pues de todos modos la boda nunca se celebraría. Bajo esta segunda perspectiva cobraría sentido que la jugada fuera realizada por la propia Gabrielle. Tal vez intuyó que el rey albergaba cada vez más dudas respecto a su matrimonio con ella, perdió el control y escenificó el escándalo durante el banquete de carnaval. Sí, sin duda alguna, ese eje narrativo estaba presente en el manuscrito. Sandrini hablaba de ello en la última escena, mientras que Vignac no le creía ni una sola palabra. Pero ninguna de las dos posibilidades llegaba a un desenlace en la narración.

Y eso tampoco era extraño, pues para ello habría que demostrar que Enrique había engañado a Gabrielle. No la mandó envenenar. ¡No, mucho peor! Le mintió en público, delante de toda la corte. Todo lo que siguió –los preparativos para la boda, los vestidos y los muebles– no fue más que teatro, una pieza cruel, había que admitirlo, puesta en escena por el rey para guardar las apariencias, las ensoñaciones de un rey que fue demasiado cobarde como para aceptar la realidad.

Pero esta idea era tan poco creíble como la sospecha de que Enrique expusiera conscientemente la vida de su amada a un atentado. Con desánimo me quedé mirando el esquema que había dibujado.

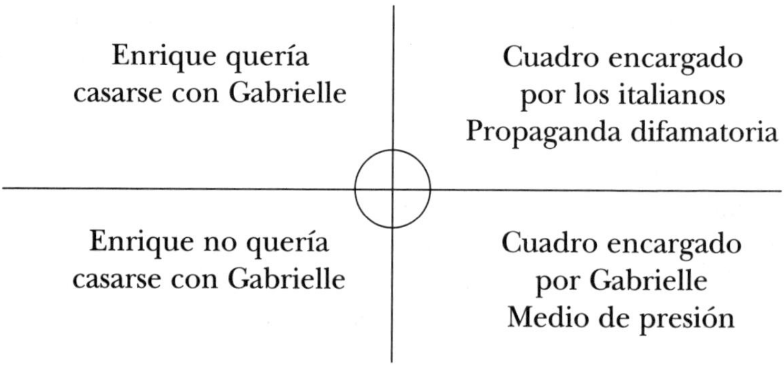

Las líneas entre las cuatro posibilidades tenían forma de diana. Durante un rato me quedé mirando el conjunto sin saber qué pensar. Al final, me recosté en la silla y dibujé resignadamente un signo de interrogación sobre el cruce de las líneas.

TRES

En contra de lo que esperaba, a la mañana siguiente necesité varias horas para sacar de las bibliografías pertinentes los nombres de los expertos que tal vez pudieran ayudarme. Dediqué el resto de la mañana a averiguar sus direcciones y números de teléfono. La publicación más reciente era una obra exhaustiva y en dos tomos sobre el reinado de Enrique IV de un historiador de la Sorbona de París. Otra monografía, de un solo tomo pero aun así bastante voluminosa, llevaba el sencillo título *Enrique IV de Navarra* y la había escrito un tal Kurt Katzenmaier de Zúrich. Las demás publicaciones editadas en los últimos años, que conseguí localizar a pesar de las prisas, eran ensayos o informes sobre estudios. Fue en ese momento cuando empecé a darme realmente cuenta de en qué me estaba metiendo. Y eso que conocía las interminables y frustrantes ramificaciones de la literatura secundaria por la experiencia con mi propia disciplina en la que no existía ningún tema, por muy rebuscado o estrafalario que fuera, que no estuviera ya enterrado debajo de un montón de estudios al respecto. No quería ni pensar en lo inabarcable que tenía que ser la avalancha de libros y artículos sobre sociedades historiográficas.

Finalmente me decidí por el biógrafo de Zúrich y hubo suerte. Resultó que daba clases en la Universidad de Basilea, en donde me recibiría al día siguiente durante la pausa del mediodía. Al teléfono fingí que había leído su libro y le comenté que me gustaría charlar con él sobre algunos detalles del enlace frustrado entre Enrique IV y Gabrielle d'Estrées. Me explicó que había tocado ese episodio sólo al margen porque las fuentes no eran claras, pero en un momento dado sí que podría aportar algún que otro dato adicional.

Pasé la tarde con la lectura del libro de Katzenmaier en el que me encontré con muchas escenas que Koszinski me había descrito tan gráficamente unos días atrás durante nuestro paseo por el bosque. ¿Unos días atrás? ¿De verdad hacía tan sólo tres días que me había enterado de esta historia? Pude comprobar que lo que Koszinski me había contado era apenas un boceto del trasfondo histórico y, ante el enorme panorama de la época de las guerras de los hugonotes que se desplegaba ante mí, la mayoría de las figuras y anécdotas del relato de Koszinski no parecían más que estrellas fugaces que sólo brillaban por un instante en el torbellino de acontecimientos y personajes que el estudio de Katzenmaier hacía revivir en mi imaginación.

La verdad es que leí las casi seiscientas páginas en diagonal. Era una técnica que había perfeccionado en mi época de estudiante. El índice me remitía rápidamente a las partes del texto que realmente me interesaban. A la vida de Gabrielle, sin embargo, dedicaba sólo un poco más de media página. Su muerte repentina aparecía aquí como un episodio sin importancia y se fundía en el capítulo consagrado a las negociaciones matrimoniales con Florencia. Una nota al pie de página que mencionaba la incongruencia de las fuentes pretendía justificar el tratamiento tan escueto del asunto:

> La cuestión de si la duquesa de Beaufort fue víctima de un envenenamiento o de una enfermedad se sustrae, a mi modo de ver, al tratamiento histórico-científico. Desde Loiseleur (1878) y Desclozeaux (1889) no se han aportado datos fundamentalmente nuevos. Estudios más recientes suelen incluso quedarse por debajo del nivel de conocimiento alcanzado por las obras mencionadas recreándose en especulaciones sin fundamento científico (véase, p. ej. Bolle, J.: *Pourquoi tuer Gabrielle d'Estrées?* Florencia, 1955).

Con Loiseleur y Desclozeaux ya me había encontrado con anterioridad. Pero ¿quién era J. Bolle? Anoté el nombre y acudí al catálogo que volvió a fallarme. Con el ordenador en el mostrador de préstamo a distancia tampoco tuve suerte. Estaba decepcionado. El título del libro sonaba prometedor. *¿Por qué asesinar a Gabrielle d'Estrées?* Al parecer carecía de sentido proseguir con la búsqueda en Alemania. En París seguro que podría conseguir todos estos títulos.

Cuando la biblioteca cerró, había leído suficiente como para estar preparado ante la entrevista del día siguiente. Cené en un restaurante, hice algunas llamadas desde la habitación del hotel y finalmente también marqué el número de Koszinski.

Contestó después del segundo timbrazo.

–*Ah, monsieur Michelis. Quoi de neuf?* –preguntó en broma.

–Me voy a Basilea mañana para charlar con un historiador.

Se rió.

–¿Quiere decir que realmente va a investigar el asunto? Espero no haberle puesto la mosca en la oreja.

–Todavía no sé exactamente por qué –respondí–, pero no me quito de la cabeza la idea de que Morstadt creía que la solución estaba en el cuadro del Louvre. Por cierto, he encontrado el original de los versos de escarnio; en las memorias de Pierre de l'Estoile.

–No me extraña –repuso secamente–. Al parecer se ha servido generosamente de esa fuente.

–Uno de los cuadros se encuentra en Basilea, ¿verdad? –pregunté.

–Sí, uno de los tres cuadros que salen en la escena del banquete.

–¿Usted sabe dónde?

–Creo que está en la Öffentliche Kunstsammlung. Sí, seguro. En la Öffentliche Kunstsammlung.

Anoté el nombre del museo.

–Está a diez minutos de la estación. ¿Tiene intención de visitar también los otros museos?

–Todavía no lo sé. Debe de haber reproducciones de los cuadros, ¿no?

–Sí, por supuesto. ¿No se lo dije? *Les Dames de Fontainebleau.*

He olvidado el nombre del autor, porque no tengo el libro. Pero seguro que lo encuentra en cualquier librería de arte bien surtida. El editor se llama Franco Maria Ricci. Lástima que el común de los mortales no nos lo podamos permitir. A excepción de una de las escenas de Acteón, están todos los cuadros.

Tomé notas a toda prisa.

–¿Y después? –preguntó finalmente.

–¿Después de qué?

–Después de Basilea.

–Probablemente París. Siento una necesidad urgente de visitar el Louvre. Además, en Alemania no consigo el material que necesito.

–Conque viejos documentos –dijo después de un silencio y añadió con un ligero dejo burlón en la voz–: Buena suerte, entonces.

CUATRO

Basilea me encantó. Pensaba que iba a una ciudad plagada de zonas peatonales y me encontré por sorpresa con una joya urbana. Sólo lamenté que en esos momentos yo era presa de otro encantamiento que me impedía estudiar en detalle los tesoros que ofrecía. No veía el momento de llegar al museo y, cuando finalmente estuve delante del cuadro, sentí que esa extraña serie de retratos empezaba a embrujarme seriamente.

Anónimo. Dama en su tocador. Sin fecha. Debí de quedarme mirando el cuadro durante una buena media hora. En él ya estaban presentes la mayoría de los elementos de los demás cuadros. Como rezaba su título, representaba a una dama en su tocador. Un velo transparente caía sobre sus hombros y dejaba el torso desnudo a la vista. La mesita estaba cubierta por un mantel de terciopelo rojo. El brazo derecho de la mujer se encontraba flexionado y la mano flotaba en el aire a la altura del ombligo, sujetando un anillo con las yemas de los dedos. De otro lado, los dedos de la mano izquierda jugaban con un collar que colgaba entre los senos de la mujer. A su izquierda había un espejo esplendorosamente elaborado que reflejaba el perfil de la bella dama. El pie del espejo estaba formado por la figura de una pareja fundida en un beso. Al fondo, una ayudante de cámara estaba de rodillas ante una ventana abierta y trajinaba con un arcón. La mirada de la retratada se fijaba en el espectador y me resultaba al mismo tiempo recatada y desafiante. La entrada que figuraba en el catálogo era tan informativa como vaga:

> La composición acusa la influencia de obras italianas conservadas en el palacio de Fontainebleau (Rafael y Leo-

nardo) o bien se remonta a otros precursores famosos (Ticiano). También recuerda a un original de Clouet, que actualmente está desaparecido. Se conoce la existencia de varias imitaciones, copias y variantes, siendo las más bellas las versiones de Worcester, Dijon y la presente, probablemente realizada por un pintor alemán.

Nos encontramos ante un retrato idealizado en el que no se puede identificar con certeza absoluta ni la modelo ni el pintor. Éste, sin duda, fue influenciado por la lírica de su época. Así, Ronsard describe a su amante que delante de él se mira desnuda en el espejo. La temática presente, sin embargo, es mucho menos frecuente (el Museo de Chalons posee una copia).

En los cuadros de Dijon, Worcester y Basilea, la joven mujer representada de medio perfil detrás de una mesita de tocador acaba de elegir un anillo de su joyero. Está enjoyada con perlas y delante de ella se encuentran esparcidas unas rosas, flores que se atribuyen a Venus, con la que sin lugar a dudas pretende establecerse un paralelismo. En el presente retrato, no obstante, faltan esas flores. El espejo a la izquierda refleja el rostro de la dama. La mano izquierda, que descansa entre los senos de tal modo que resalta su firmeza así como la distancia que hay entre ellos, oculta o bien una pequeña cruz (referencia a la fe católica de Diane de Poitiers) o bien un medallón. En algunos casos, como en el que nos ocupa, detrás de la mano no se esconde ningún objeto. Al fondo del cuadro, una criada está preparando los vestidos; sin embargo, no está cosiendo el vestido de bautizo como en el famoso retrato de Gabrielle d'Estrées y una de sus hermanas (Louvre).

Aquí estamos asistiendo a los últimos preparativos, pues la bella mujer ya se encuentra peinada de forma sofisticada y elegante. Alrededor de los hombros lleva un velo ligero y transparente y, en torno al cuello, un encaje de escote con hilos de oro que deja sus encantos femeninos al descubierto. Los tres cuadros muestran cada uno a una mujer distinta. Son obra de diferentes pintores desconocidos hasta el momento que, sin embargo, despliegan el mismo sentir pronunciado de lo femenino y una adoración casi religiosa a la hora de enaltecer a la dama en cuestión. Incluso si algunos gestos, en particular la mano que sujeta el anillo, pueden interpretarse como insinuaciones eróticas, su carácter seductor está representado con una elegancia y un desapego ajenos a cualquier vulgaridad. Los estudiosos han pretendido detectar en estos cuadros una referencia al motivo cristiano de la vanidad. La cara reflejada en el espejo permite semejante interpretación. Pero, si bien está presente este motivo, en estos atractivos cuadros la simbología moral queda relegada por la belleza de lo que aparece en ellos.

Recordé la conversación que había tenido con Koszinski sobre los títulos de cuadros y las entradas en los catálogos de arte: «decían tan poco como el epitafio en una lápida».

Veinte minutos más tarde me encontraba frente al edificio de la universidad. El bedel me explicó cómo llegar al despacho del señor Katzenmaier y poco después me senté ante él: un hombre de unos cincuenta años de pelo gris y complexión atlética que vestía un amplio traje gris claro. Al parecer se sentía halagado porque alguien se desplazara expresamente a Basilea para hacerle algunas preguntas sobre su libro. Dije mi nombre y expliqué en pocas palabras que me dedicaba a los estudios literarios y que normalmente vivía en Estados Unidos. Cuando mencioné las universidades en las que había trabajado en los últimos años, se le iluminó la cara y me preguntó por colegas amigos suyos que, sin embargo, yo no conocía. Después quiso saber cómo, siendo americanista, me había extraviado al siglo XVI francés.

Le hablé del manuscrito de Koszinski sin mencionar los cuadros. Continué enumerando brevemente las cuestiones que me había ido planteando al leer el documento. Cuando me referí de paso a las circunstancias que rodearon la muerte de la duquesa, mi interlocutor hizo una mueca de desagrado. Me acordaba muy bien de la nota a pie de página de su libro y por ello me apresuré a añadir que sin duda se trataba de un falso problema histórico. Dije que yo tampoco creía en la historia del asesinato por envenenamiento y que por eso había venido a verlo con la esperanza de que me pudiera aclarar el caso con unos cuantos datos adicionales.

–Verá, señor Michelis –me dijo–, sobre este tema se han malgastado ríos y ríos de tinta. Desde hace cuatrocientos años están a la caza del asesino de esa mujer y a nadie parece habérsele ocurrido que cada asesinato necesita su móvil correspondiente. Lo que ocurre es que en este caso no lo hay. Todas esas especulaciones no son más que una especie de juego de la gallina ciega con el que pasan el rato unos pocos historiadores.

Me hizo gracia la comparación y le contesté entre risas:

–No obstante, Enrique quería casarse con la duquesa y lo habría hecho si ella no hubiera muerto de repente. En ese sentido, Gabrielle era un obstáculo para María de Médicis, ¿o no?

–Es cierto –repuso sacudiendo la cabeza–, pero nadie podía saber en abril de 1599 que Enrique acabaría casándose con María de Médicis; todo lo contrario. Las relaciones entre París y Florencia se encontraban bajo mínimos en ese momento.

–¿Me lo puede explicar?

–Sí, pero eso tomará un tiempo. ¿Quiere un café?

Acepté agradecido. Hizo una breve llamada de teléfono y cuando colgó le pregunté si no lo estaba entreteniendo demasiado. Me contestó que a las dos de la tarde tenía una cita pero que mientras tanto me pusiera cómodo, pues con mucho gusto atendería mis preguntas.

–En principio toda la historia nos plantea dos cuestiones, ¿verdad?

–Sí: ¿quería el rey casarse realmente con Gabrielle?

–Y ¿la envenenaron por ello?

Asentí.

–Veamos –comenzó diciendo–. Empezaremos por la primera pregunta. Si nos basamos en los documentos oficiales, en la primavera de 1599, Enrique estaba empeñado en divorciarse de Margarita y en casarse con su amante. También queda demostrado que el enviado de Enrique, Brulart de Sillery, salió de París el 20 de enero para dirigirse a Roma. Pocos días después, el rey escribió una carta al Papa para preparar la llegada de su enviado. El tono de la misiva es al mismo tiempo servicial e insistente y no deja duda alguna sobre sus intenciones. Enrique le dice al santo padre que por medio del señor Sillery va a confiarle algo que afecta más que ninguna otra cosa a su persona y a su reino desde que su santidad tuviera a bien otorgarle su gracia y bendición. Ruega de todo corazón al papa Clemente que le conceda el favor que le va a pedir por boca de su enviado.

El 28 de enero, el rey envía otra carta en la que ofrece dinero. Promete construir un albergue para los peregrinos franceses que deseen visitar los santos lugares de Roma. Para financiar el proyecto propone gravar con un 2% los ingresos de la iglesia, los llamados impuestos consistoriales. Suena lógico. Enrique está haciendo ofertas, lo cual quiere decir que el divorcio es muy importante para él. Así que nos vemos obligados a creer que el deseo del rey consiste en anular su matrimonio con Margarita para poder casarse con Gabrielle. Sólo en ese caso tiene sentido la hipótesis de una conspiración. Y esto nos lleva a la segunda pregunta, la de si Gabrielle murió envenenada. Y si fue así, ¿quién lo hizo? ¿Quién hubiera podido planear y ejecutar un atentado contra la vida de la duquesa?

–Bueno, pues, ¿tal vez los jesuitas, con el objetivo de colocar en el trono francés a una princesa católica? –insinué.

–De acuerdo, admitamos esa posibilidad. Usted sospecha de ese La Varaine, ¿verdad?

–En todo caso le hubiera sido fácil, puesto que el rey le había confiado la protección de la duquesa.

–Sí, es verdad, pero para ello hay que saber que el enviado de Enrique llevó a Roma algunas ofertas más. En el equipaje de Sillery había también pasaportes para los jesuitas. La cuestión de los jesuitas envenenaba desde hacía años las relaciones franco-romanas. Seguramente sabrá que, después del atentado contra el rey cometido en 1595, la orden de los jesuitas fue expulsada de Francia. Mientras que los parlamentos en el norte del país ejecutaron la expulsión, las ciudades del sur, en particular Burdeos y Toulouse, se negaban a aplicar el edicto real. De todos modos, era muy difícil hacer cumplir ese edicto en contra de la voluntad de los parlamentos regionales.

»Como era incapaz de zanjar esa cuestión, Enrique la utilizó como moneda de cambio con vistas a un trato de mayor alcance. En el fondo, lo que proponía era lo siguiente: si el Papa le concedía el divorcio, el rey levantaría en contrapartida la prohibición que pesaba sobre los jesuitas. De ello se deduce a la inversa que los jesuitas, ante una situación de negociación tan precaria, difícilmente se hubieran atrevido a protestar públicamente contra el escandaloso enlace del rey con Gabrielle d'Estrées, por no hablar de una hipotética conspiración para acabar con la vida de ella. El riesgo de que los descubrieran y de que de este modo se jugaran la retirada del edicto de expulsión era muy elevado. En aquel entonces, es decir, la primavera de 1599, la muerte de Gabrielle hubiera significado para ellos la pérdida de la baza que les abría la posibilidad de regresar a Francia.

–Pero a todo esto la muerte de Gabrielle hubiera allanado el camino a María de Médicis y, así, también hubiera hecho posible la vuelta de los jesuitas.

Katzenmaier sonrió.

–No. Y ahí está el error. Visto desde el presente puede dar esa sensación, aunque ya le he dicho que hacia el año 1599 el matrimonio con María de Médicis no estaba sobre el tapete. Y es fácil demostrarlo. Pero cada cosa a su tiempo.

Llamaron a la puerta y nos sirvieron el café. Cuando las tazas humeantes estaban delante de nosotros en la mesa, pregunté:

–¿Qué hay de los otros interesados? Rosny, por ejemplo. Al fin y al cabo, Gabrielle fue un problema no sólo para los italianos.

–Sí, para Rosny, Gabrielle fue un mal mayúsculo. En sus

memorias lo dice muy claro. Nadie que tuviera un poco de visión política comprendía las pretensiones de Enrique. Pero todos se plegaron a sus deseos por la simple razón de que en marzo de 1599 nadie podía esperar un beneficio real para el caso de que no se materializara ese matrimonio. Como decía, la opción Médicis no existía en ese momento. Lo que Francia sí necesitaba urgentemente eran herederos legítimos de la corona. Enrique tenía que volver a casarse. Los protestantes de moral rígida tenían sentimientos ambiguos con respecto a Gabrielle; no obstante, tenían más interés en ver en el trono a una reina francesa, que en su corazón abrazaba la causa de la reformación, antes que a una princesa extranjera y por más señas católica. Además, Gabrielle había trabado amistad con dos influyentes aristócratas protestantes, a saber, madame Catherine, la hermana del rey, y la princesa de Orange, que como viuda del almirante Coligny, asesinado en la noche de San Bartolomé, estaba libre de toda sospecha. Si esos dos personajes realmente apoyaban a la duquesa casi se podía dar por supuesta la aprobación por parte del bando reformado.

–Pero, en cualquier caso, ¿los católicos estaban en contra de Gabrielle?

–Claro que sí –contestó–. En el bando católico había dos grupos: los así llamados *politiques,* es decir, los moderados, y los ultracatólicos, antiguos adeptos de la Liga. Ambos grupos estaban en contra de ese matrimonio. Las mismas razones por las que los protestantes confiaban en Gabrielle forzosamente debían provocar desconfianza en los católicos. Los *politiques,* es decir, gente como Rosny, temían por la legalidad de la sucesión al trono. Y los fanáticos creían que Gabrielle haría valer su influencia sobre el rey para que, más allá del edicto de Nantes, hiciera otras concesiones en cuestiones de fe. Bien mirado, sin embargo, todas estas objeciones carecen de fundamento. La sucesión al trono estaba regulada de forma inequívoca, al menos desde el punto de vista jurídico. Mediante la anulación ab initio de los matrimonios de ambos, del rey y de la duquesa, los hijos de Gabrielle se hubieran convertido en herederos legítimos de la corona después de que Enrique los reconociera de forma oficial y consiguiera el divorcio de la reina Margarita. Un proceso judicial celebrado muchos años más tarde para dirimir litigios de herencia y que se ocupó precisamente de esta cuestión concluyó con este mismo efecto jurídico. Todos los hijos que Gabrielle tenía con Enrique, después del divorcio de éste, habrían pasado a ser legítimos tanto en el derecho civil como en el eclesiástico, circunstancia que tal vez los coetáneos no tuvieran del todo claro.

»En lo que se refiere al trato preferencial cara a los protestantes, a lo mejor existía en la imaginación de los católicos fanáticos; los hechos, no obstante, mostraban una situación totalmente opuesta. Enrique vigilaba con mucho celo que sus antiguos compañeros de armas protestantes cumplieran con su contraprestación al Edicto de Nantes y volvieran a permitir el libre ejercicio de la fe católica en sus zonas. Al mismo tiempo prometió a Roma que Francia pronto acometería la publicación del Concilio de Trento, un acto que llevaba retrasándose desde hacía varios años. Nada en la actuación política del rey indicaba que favoreciera al bando protestante o al católico. Todo lo contrario. Todas sus decisiones tenían por objetivo mantener el estado de paz que tantos esfuerzos y sacrificios le había costado. Las acciones de Gabrielle apuntaban en la misma dirección. Ninguno de los dos grandes partidos religiosos tenía nada que temer de su parte. No hay documento alguno que pruebe que después de la promesa de boda hecha en marzo de 1599 alguno de los partidos tratara seriamente de disuadir al rey del matrimonio anunciado. Es más, un atentado contra la vida de la duquesa por parte de los católicos hubiera supuesto un alto riesgo político.

–De modo que sólo nos queda Fernando de Médicis como sospechoso principal –apostillé.

Katzenmaier sonrió.

–En fin. Aunque con esta sospecha suya se encuentre en buena compañía, no es sostenible. Pero bueno, sigamos esta pista. Era un secreto a voces que Fernando de Médicis quería ver a su sobrina María de Médicis en el trono francés. En 1592 ya había habido negociaciones al respecto que, no obstante, terminaron sin resultado. En el siglo pasado, dos famosos historiadores, el suizo Sismondi y el francés Michelet, acusaron abiertamente a Fernando del asesinato de la duquesa. Sismondi dijo más o menos que las negociaciones para el enlace entre María de Médicis y Enrique IV ya estaban en curso y que Gabrielle constituía un obstáculo insalvable para una conclusión exitosa de las mismas. Añadió que Gabrielle había muerto en casa de un italiano y que no había sido la primera vez que Fernando eliminaba a alguien por medio del veneno.

–¿Se refiere al caso Bianca Capello?

–Sí. Otra historia que no se ha podido probar. Michelet defiende la misma causa. Afirma que, sin duda, el gran duque estaba bien informado, pues estaban en juego sus intereses. Rosny, que según Michelet era aliado de Gabrielle, estaba expulsando a los italianos de las finanzas francesas. Y la propia Gabrielle impedía a la sobrina de Fernando el acceso al trono. Después, Michelet vuelve a la carga con el cuento sobre Bianca Capello diciendo que no sería el primer asesinato que corriera por cuenta de Fernando y que éste era más que capaz de ordenar un envenenamiento muy bien disimulado.

El desdén que Katzenmaier sentía por este tipo de teorías se reflejaba en sus gestos. Se quitó las gafas y se frotó los ojos con los dedos.

–Y usted, ¿piensa que todo esto son tonterías? –pregunté tímidamente.

Abrió los brazos como buscando mi comprensión.

–¿Qué quiere que piense si los datos no son los correctos? He de admitir que a primera vista sí que parece probable que Fernando tuviera algo que ver. Hay muchas pistas que apuntan hacia él. De modo que Sismondi y Michelet no tenían problema alguno en afirmar que Fernando era un presunto asesino envenenador. Pero ¿qué hay de las demás tesis? Que

Gabrielle muriera en casa de un italiano no se corresponde con los hechos. Sí es verdad que tomó su última comida en casa de Zamet y cada cual es libre de sacar de ahí sus propias conclusiones. Pero ¿cómo justificar la afirmación de Michelet de que Rosny, posteriormente duque de Sully, era aliado de Gabrielle y que acabó con la influencia italiana sobre las finanzas francesas? Si bien Rosny reformó el sistema tributario y sustrajo los ingresos del estado francés a la intervención directa de Fernando, es absurdo afirmar que en esta labor se apoyara en la duquesa. Probablemente no había nadie que odiara más a Gabrielle que Rosny. Y en lo que a la complicada situación financiera se refiere, desde la primavera de 1598 todo se había ido resolviendo para plena satisfacción de Fernando.

Fruncí el ceño a modo de interrogación y mi interlocutor me ofreció inmediatamente la explicación correspondiente.

–Fernando llevaba años apoyando a Enrique. Al igual que el Papa, pensaba que solamente una corona francesa fuerte podía acabar con la supremacía de los Habsburgo. Con este fin no escatimó esfuerzos a la hora de enfrentar a España y Francia siempre y donde fuera posible. Apoyó secretamente a Enrique facilitándole ingentes préstamos para la guerra. En su calidad de antiguo cardenal tenía buenas relaciones con Roma y desempeñó un papel clave en las negociaciones que concluyeron con la absolución de Enrique. Cuando éste se dispuso a sitiar París, Fernando le envió cuatro mil soldados suizos. Más tarde siguieron otros mil y, además, Enrique le pidió un crédito de doscientos mil doblones, que necesitaba urgentemente ya que sus vasallos empezaban a abandonarlo. Después hubo otros préstamos. Y Fernando exigió intereses y garantías: un ocho y cuarto por ciento y una hipoteca sobre los impuestos de la sal. Enrique se ofendió, pero aceptó. La guerra era demasiado importante y no le quedaba otra opción.

»Aun así, el gran duque quería más. Hacía tiempo ya que le había echado el ojo a Marsella, pues temía que la ciudad pudiera caer en manos de los españoles o del duque de Saboya, que ya estaba extendiendo sus manos hacia Saluzzo. De ahí que en 1591 Fernando empezara a fortificar el castillo de If en una de las islas situadas delante de la costa marsellesa.

»La situación se hizo cada vez más tensa y en 1597 Fernando ocupó por la fuerza las tres islas que están frente a Marsella expulsando a los franceses. Los habitantes de Marsella pidieron ayuda al rey, pero éste no podía hacer nada, por lo que los marselleses amenazaron con entregarse a los españoles si el rey no los liberaba de los conquistadores italianos. Enrique de Navarra estaba fuera de sí y exigió a Fernando la devolución de las islas. Éste le replicó que lo haría solamente cuando el rey pagara sus deudas. Se dice que Enrique, presa de la ira, desenvainó la espada cuando recibió ese mensaje, pero donde no hay poder, hay que conformarse con la diplomacia. Se negoció un tratado que preveía que Fernando abandonaría las islas en un plazo de cuatro meses previo pago de las deudas de las que se hacían garantes doce duques regionales franceses, además del reembolso de los costes de la fortificación. Se firmó el 1 de mayo de 1598.

»Ante todos estos acontecimientos cabe preguntarse por los sentimientos que Enrique asociaba con la casa de los Médicis. Es difícil imaginar un contraste más grande que el que mediaba entre el alma de negociante y mercader de Fernando y Enrique de Navarra. ¡Qué humillación para un rey verse expuesto al capricho de un comerciante arribista! Además, ¿olvidaría Enrique alguna vez el pavor de la noche de San Bartolomé a la que sobrevivió por los pelos? ¡Médicis! Ese nombre estaba salpicado por la sangre de miles y miles de inermes hugonotes masacrados. Durante aquella noche, por orden de Catalina de Médicis fue vilmente asesinada la flor y nata de la aristocracia protestante y Enrique acababa de comprobar en sus propias carnes de lo que era capaz el florentino.

–Y aun así se casó con la sobrina de Fernando.

–Sí, es cierto. Pero el hecho de que Enrique, una vez fallecida Gabrielle, aceptara finalmente el enlace con María de Médicis sólo se explica por su preocupación de asegurar la continuidad del reino que tanto le había costado unir. El miedo ante un rebrote de la guerra civil y la perspectiva de pagar las deudas de Francia pesaron más que su aversión contra la casa de los Médicis. Sin embargo, antes de la muerte de Gabrielle, nadie podía imaginar que esa unión todavía se tuviera en consideración. Los asuntos financieros estaban resueltos, pero las relaciones diplomáticas eran demasiado tensas. La verdad es que en esos momentos no existían relaciones diplomáticas entre Florencia y París. La correspondencia secreta entre Fernando y su agente en la corte francesa incluso se interrumpe el 2 de diciembre de 1598 y no recomienza hasta noviembre de 1599. Por ello nadie podía estar seguro de sacar provecho de un atentado contra la vida de Gabrielle.

Katzenmaier se inclinó hacia delante y dio un sorbo a su taza de café.

–¿A qué correspondencia secreta se refiere? –quise saber.

–Fernando tenía varios espías en París. El mejor situado era un tal Bonciani. Sus informes se conservan, pero no fueron publicados hasta el siglo pasado por un tal Desjardins. Sin embargo, para la época en cuestión, es decir, casi todo el año 1599, no hay ni rastro de correspondencia. Otra prueba de que las negociaciones con Florencia no se retomaron hasta meses después de la muerte de Gabrielle.

¡Bonciani! Otra pieza del mosaico del manuscrito que resultó ser auténtica.

Katzenmaier se levantó, se dirigió a la estantería situada detrás de su escritorio y recorrió los lomos de los libros con el dedo.

–Ya veo que no me cree, pero he de decepcionarlo. No hubo ninguna conspiración contra la duquesa. Es casi seguro que murió de una enfermedad corriente, provocada por el embarazo, que se llama eclampsia. Lo único extraño de su muerte fue el momento en que ocurrió. Pero, espere un momento, en alguna parte tengo un par de obras que le probarán hasta el último detalle todo lo que acabo de esbozarle. ¿Dónde están esos libros?

Su mirada se deslizó sobre las filas de la estantería. Cuando puso los dos tomos fotocopiados en la mesa delante de mí, reconocí enseguida los nombres de los autores: Loiseleur y Desclozeaux.

–Ayer en la biblioteca también me topé con estos nombres –dije–, pero en Alemania sus libros no se pueden conseguir.

Arqueó las cejas.

–Claro que no. Si es que el caso ya no interesa a nadie desde hace más de cien años. Encontré los libros en París e hice copias. Lo malo es que sólo tengo estos ejemplares, pero en la Bibliothèque Nationale aún deben de tenerlos. Este Loiseleur ha reunido y analizado con gran habilidad todo lo que se sabe sobre el caso Gabrielle d'Estrées. En cuanto a las circunstancias de su muerte, Desclozeaux lo copió casi todo de él. No obstante, hace una interesante reflexión sobre las otras fuentes, en particular sobre la fiabilidad de las memorias de Rosny. Un momentito, le apunto los títulos.

Al parecer, esta amable oferta debía entenderse también como señal de que nuestra entrevista estaba llegando a su fin. Le di las gracias por el tiempo que me había dedicado y Katzenmaier contestó que había disfrutado con la posibilidad de hablar por una vez ante un oyente interesado. Me dijo que si tenía más preguntas, no dudara en volver a ponerme en contacto con él, pero en esos momentos tenía que acudir ya a otra cita.

–Aquí tiene las notas bibliográficas. ¿Tiene acreditación para la Bibliothèque Nationale?

Le miré desconcertado.

–¿Acreditación?

Se rió.

–Ha estado demasiado tiempo en Estados Unidos, querido colega. Sin una carta de recomendación le va a ser difícil entrar allí. Si se espera un momento, le digo a mi secretaria que le prepare el documento.

Quería rechazar su oferta agradeciéndosela, pero él ya estaba al teléfono y desestimaba mis protestas gestuales con un movimiento conciliador de la mano.

–¿Señora Galian? Katzenmaier al habla. ¿Le quedan formularios de visitante para la Bibliothèque Nationale de París? Sí, en francés. –Colocó la mano sobre el auricular y dijo –: Son cinco minutos y le ahorra discusiones interminables con la administración allí... Sí, para el señor Michelis. Ahora pasará.

Salimos del despacho y recorrimos un pasillo de paredes blancas. Llegados a la escalera me indicó dónde se encontraba la secretaría y me estrechó la mano para despedirse.

–Realmente me ha ayudado mucho –le dije.

–No es nada. Lo normal entre colegas.

–En su libro menciona otro nombre; un tal Bolle.

–Sí –dijo con algo de resignación en la cara, que al principio creía que era la reacción ante mis interminables preguntas. No obstante, era el nombre del autor que le provocaba la expresión de fastidio–. A ése también lo encontrará allí. Redactó un estudio bastante rebuscado acerca de la teoría del envenenamiento y sobre supuestas lagunas en la correspondencia secreta. Nunca comprendí cómo conseguía que alguien lo citara. Pero bueno, cosas de la ciencia. Seguimos incubando cualquier huevo que alguien en algún momento ha puesto. Incluso los huevos de cuco.

Con estas palabras bajó la escalera y desapareció de mi vista.

CINCO

El tren nocturno llegó a París al alba. Tomé una habitación en un hotel de la Rue Rameau, cerca de la Bibliothèque Nationale y poco después me encontraba delante del imponente portal encajado en el alto muro que rodeaba la biblioteca como una fortificación. Faltaban casi dos horas para que abrieran, de modo que recorrí la Rue Richelieu hacia el sur en busca de un café. París se estaba despertando. Las panaderías exhalaban el olor a pan recién hecho como si de nubes de un perfume rústico se tratara. Coches de aspecto museístico pasaban por mi lado con su carga de paquetes de periódico o *baguettes* amontonadas como gavillas. La humedad hacía brillar las aceras y, con los primeros rayos del sol que se deslizaban desde los tejados hasta las calles, el rocío se desprendía del empedrado y el aire adquiría por un momento una claridad mediterránea.

Encontré un café en la Place du Palais Royal y desde allí disfruté de los últimos momentos de esta ceremonia del *levé* de la gran dama París. A sólo un tiro de piedra de donde estaba sentado se levantaba la maciza fachada norte del Louvre y en algún lugar detrás de ella colgaba el cuadro con las dos hermanas en el baño. Estuve haciendo tiempo hasta las diez, repasando las notas que había tomado durante mi entrevista con Katzenmaier. La carta de recomendación redactada en un francés rebuscado y con el membrete de la Universidad de Basilea parecía más bien un acta diplomática pero, cuando poco después crucé el patio de la biblioteca y atravesé la pesada puerta giratoria del edificio principal, tuve que comprobar que efectivamente necesitaba estas referencias.

Me dieron un pase en el que figuraba el número de un

asiento. Todo el procedimiento tenía un aire a prohibido. Fui a la sala de catálogos, rellené las solicitudes de préstamo, las entregué en el mostrador y me senté en el lugar que me indicaron. En la sala de lectura reinaba el silencio solemne de un escritorio monástico. De vez en cuando un empleado de la biblioteca cruzaba la sala llevando voluminosos tomos encuadernados en cuero a uno de los usuarios que tenía que firmar el correspondiente recibo. En cada puesto de trabajo había una lámpara de escritorio con pantalla de cristal verde. La madera de las mesas parecía tener siglos de antigüedad. Generaciones y generaciones de científicos y escritores se habían sentado allí, inclinándose encima de los libros con el fin de encontrar la respuesta a alguna pregunta.

Mientras esperaba, me sumí de nuevo en mis notas y me sobresalté cuando alguien me tocó el hombro. Un joven depositó tres tomos a mi lado y me invitó a firmar los recibos. En voz baja me dijo que uno de los libros que había pedido estaría a mi disposición en la sección de los ejemplares raros. Le di las gracias y recibí de sus manos la correspondiente solicitud de préstamo: Abel Desjardins, *Négociations diplomatiques de la France avec la Toscane.*

Dos horas más tarde había leído por encima dos de los tres libros. En *Gabrielle d'Estrées,* de Desclozeaux, no encontré nada realmente nuevo. Lo que sí tenía cierto interés fue la descripción de las negociaciones de divorcio entre Gabrielle y su primer marido, Nicolas d'Amerval, monsieur de Liancourt. Al parecer, desde el principio se trataba de que, una vez disuelto el matrimonio, más adelante los hijos de Gabrielle y de Enrique pudieran ser legitimados. Me acordaba de que Gabrielle abandonó a D'Amerval en 1592 para unirse definitivamente a Enrique. Leí que dos años después, a la hora de redactar su testamento, D'Amerval hizo constar lo siguiente con respecto al divorcio:

> ... como debo obediencia al rey y temo por mi vida estoy dispuesto a aceptar la disolución de mi matrimonio con la mencionada D'Estrées de acuerdo con el procedimiento

ante el magistrado de Amiens, pero declaro y juro ante Dios y los hombres que este divorcio se ha producido en contra de mi voluntad, bajo obligación y por respeto ante el rey, y que es incorrecto si yo mismo en un momento dado afirmara o declarara que carezco de capacidad y habilidad para el acceso carnal y para engendrar descendencia.

«Qué raro –pensé–, ¿por qué tanta historia por una amante?» ¿O había desde el principio algo más que un mero amorío? Era cierto que entretanto Gabrielle había dado un hijo al rey y que quería disolver el matrimonio al que dos años antes su padre la había forzado. Pero ¿por qué no se conformaron con un simple divorcio? ¿Por qué razón insistieron en la nulidad ab initio, aunque la anulación podía justificarse únicamente con subterfugios tan endebles como la supuesta impotencia de D'Amerval? Si al fin y al cabo, éste había engendrado catorce hijos. Esa forma de proceder en realidad sólo tenía una justificación: querían excluir de antemano cualquier posibilidad de que se cuestionara la legitimidad de los hijos que Gabrielle tuviera con el rey.

Desclozeaux explicaba la situación: los derechos civil y eclesiástico de la época permitían una legitimación posterior de los descendientes naturales sólo en el caso de que los hijos ilegítimos no fueran resultado de un adulterio. ¿Fueron los descendientes de Gabrielle y de Enrique fruto de un adulterio? Ambos aún estaban casados en el momento de nacer su primer hijo César: Gabrielle con D'Amerval y Enrique con Margarita de Valois. Igual que en nuestros días, en aquel entonces, cabía la posibilidad de declarar nulos los matrimonios cuando se alegaba la ilegitimidad de los mismos. Razones que se podían aducir que se encontraban tanto en el derecho natural y civil como en el eclesiástico. Matrimonio forzado o impotencia estaban en la primera categoría, la pertenencia a diferentes religiones o el parentesco de hasta cuarto grado se encontraban en la segunda. Una sentencia de divorcio que se basaba en una o varias de estas razones no sólo disolvía el matrimonio, sino que lo anulaba con efecto retroactivo, lo que significaba que desde el punto jurídico tal matrimonio nunca había existido.

De modo que los matrimonios anteriores de Gabrielle y del rey fueron declarados nulos para que los hijos nacidos de la unión extraconyugal entre Enrique y su amante pudieran ser posteriormente legitimados. A pesar de que D'Amerval tenía catorce hijos de su primer matrimonio, Gabrielle adujo en su solicitud de divorcio que su marido era incapaz de cumplir con sus obligaciones matrimoniales. Las partes acordaron renunciar a la habitual prueba pública de la alegación y en su lugar se aportaron dictámenes de un médico y de un cirujano que confirmaron la certeza de las afirmaciones. A esta acusación principal se añadió una segunda que resultaba del supuesto parentesco entre los dos cónyuges. Gabrielle era familiar de tercer grado de Anne Gouffier, la primera esposa de D'Amerval. Aunque ambas alegaciones eran más que cuestionables, la unión matrimonial entre Gabrielle d'Estrées y Nicolas d'Amerval se declaró contraria a las leyes de la iglesia y por ende nula con arreglo a derecho. El documento oficial concluía con las palabras: *«Praetensum matrimonium inter dictos d'Amerval et d'Estrées, contra leges et statua Ecclesiae attentatum, ab initio nullum et ideo irritum, declaravimus et declaramus»*.

Me quedé desconcertado. Esto lo cambiaba todo. Significaba que la cuestión de la sucesión al trono no era ningún problema. Katzenmaier tenía razón. Después de la muerte de Enrique, el primer hijo de Gabrielle se hubiera convertido en el heredero legítimo de la corona. Las premisas jurídicas en el proceso de divorcio entre Gabrielle y D'Amerval perseguían precisamente este fin. Es decir, Enrique contemplaba seriamente la posibilidad de casarse con Gabrielle.

Pero, entonces, ¿cómo podía Morstadt poner en boca de Ballerini la afirmación de que Enrique nunca se casaría con la duquesa? Más aún cuando al parecer tenía conocimiento del libro de Desclozeaux.

Poco después pude comprobar que también había consultado la obra de Loiseleur. Los interrogatorios de Rosny y

La Varaine reflejados en el manuscrito de Morstadt eran casi calcados de los que figuraban en este estudio. Era como una investigación policial, algo que el título ya indicaba: *Gabrielle d'Estrées: est-elle morte empoisonnée?* ¿Murió envenenada Gabrielle d'Estrées? El resultado de la investigación ya lo conocía de mi entrevista con Katzenmaier. Loiseleur probaba de forma minuciosa lo que mi interlocutor ya me había esbozado en Basilea: no existía un móvil convincente para un atentado contra la duquesa. Además, los síntomas que Gabrielle mostraba en su agonía se correspondían completamente con el cuadro clínico de la eclampsia. Leí la definición del *Dictionnaire des sciences médicales* que Loiseleur citaba para fundamentar su tesis:

> Durante el embarazo, y en particular poco antes del parto, las mujeres a menudo son víctimas de convulsiones... Sin embargo, también existen espasmos peculiares que se asemejan a ataques de histeria o epilépticos sin que sean ni una cosa ni la otra. Si los espasmos son débiles y ocurren poco antes del parto, van acompañados de la sensación de una opresión en la garganta o de un nudo que se desplaza desde la zona del ombligo hacia el pecho o la faringe. Si los espasmos son muy violentos, casi siempre conllevan la pérdida de conocimiento, un síntoma que se considera como característico de los ataques epilépticos. No obstante, aquéllos se distinguen de éstos no sólo por su a veces larga duración, sino también por los fenómenos que los acompañan como delirio febril, somnolencia, hipo, etc.

La descripción de un ataque semejante en el párrafo siguiente parecía un relato de las últimas horas de Gabrielle:

> A veces se oía crujir todas las articulaciones al mismo tiempo y de repente sus miembros se retorcían; en otras ocasiones el cuerpo se enroscaba y la paciente fue sacudida de un lado al otro de la cama, de modo que hubo que atarla para que no cayera al suelo. Cuando uno menos se lo esperaba,

la cabeza saltaba hacia delante hasta las rodillas o los pies, o se doblaba hacia atrás hasta alcanzar los talones...

Me vino a la mente la observación de Ballerini. Busqué el lugar en el texto del manuscrito: «... aunque seguramente era un veneno lo que le provocaba esos espasmos, no creía que fuera uno que le hubieran administrado, pues no conocía ningún caso de envenenamiento provocado cuyos primeros síntomas no fueran vómitos. El mal que aquejaba a la duquesa, continuó, venía de dentro, era algo que producía su propio cuerpo.

Vignac no creyó una sola palabra...».

Sin embargo, Ballerini parecía llevar razón. Tanto los antecedentes como los primeros síntomas coincidían con el cuadro que presentaba Gabrielle: cansancio, escalofríos y dolores musculares, ataques de asfixia, cefaleas, distorsión de la vista, mareos y pérdida de la vista y del oído. Después de leer la última parte de la entrada del diccionario médico no me quedó ninguna duda acerca de la conclusión de Loiseleur, en el sentido de que la duquesa había fallecido por un ataque de eclampsia:

> Los espasmos parciales no deben ser motivo de alarma. Son los espasmos generalizados los que a menudo resultan fatales y muchas mujeres mueren como consecuencia de ellos. Mauriceau considera como mortales especialmente los espasmos que ocurren después de la muerte del feto en el seno materno.

Abandoné la biblioteca y fui en busca de un restaurante. Había estado persiguiendo un fantasma. El manuscrito de Morstadt era exactamente lo que Koszinski había definido como una panoplia de textos y un fragmento de novela parcheado con fuentes históricas cuya estructura fallaba. Por eso se le había desmoronado al final. Enrique se habría casado con Gabrielle, pero la duquesa sucumbió a una enfermedad que, si bien era horrible, no dejaba de ser conocida por la literatura médica. Fuera cual fuese el secreto de los cuadros, los últimos documentos que aún me aguardaban en la biblioteca, a saber, un estudio más que cuestionable y algunos informes polvorientos, zanjarían el caso. ¿El caso? En realidad, ni siquiera había tal caso.

Me repuse de mi decepción gracias a una comida excelente. Los efectos de una jarra de vino incluso arrojaban una luz más amable sobre los preparativos pendientes cara a mi futura labor en Bruselas. Sólo estaba a tres horas de tren. Y allí me estaba esperando un pequeño apartamento en la casa de un colega. Podía visitar Flandes: Gante, Brujas, Amberes... y seguramente ni siquiera la propia Bruselas sería tan terrible como Koszinski me la había descrito.

Sólo faltaba una breve visita al Louvre al día siguiente y con ella daría por concluida mi excursión a la historia francesa. Casi me sentí satisfecho de que las dos damas en el baño hubieran conservado su aura misteriosa a pesar de todos los datos que había conseguido reunir sobre ellas. No había logrado levantar el hermético velo que a lo largo de los siglos se había tejido alrededor de ellas.

Morstadt también había intentado resolver el enigma del cuadro, pero había fracasado por partir de hipótesis equivocadas. En dos puntos importantes su manuscrito contradecía la historiografía oficial. Afirmaba que Enrique en realidad no quería casarse con Gabrielle y que por eso no fue necesario envenenarla. Ninguna de las dos premisas podía demostrarse. Aun así, de alguna manera encajaban no sólo la pintura encargada a Vignac sino también el extraño retrato que estaba en el Louvre. Saqué mi esquema, observé de nuevo la peculiar simetría del mismo y me quedé con la mirada clavada en el interrogante en la intersección de las diferentes posibilidades. ¿En qué estaría pensando el pintor cuando realizó este cuadro? ¿Cuándo lo pintó? ¿Y por qué? ¿Acaso se trataba de una especie de respuesta a la obra que le encargaron? Y ¿qué fue lo que Morstadt pretendía al formular su tesis? Tal vez se me había escapado algún detalle del cuadro.

Me levanté. Tenía aún toda la tarde por delante y me

daba tiempo para hacer una breve visita al Louvre que estaba sólo a unos minutos andando. A lo mejor, un vistazo al cuadro original me ayudaría. Mi resignación se disipó totalmente al caminar por los largos pasillos del museo y se instaló en su lugar un leve nerviosismo que fue en aumento con cada paso que me acercaba a la sala de exposición que quería visitar. Cuando de lejos vislumbré el cuadro, aminoré inconscientemente la marcha.

Su fuerza misteriosa seguía intacta. Durante unos momentos guardé una distancia respetuosa. Después me acerqué, para observar como hipnotizado las dos figuras hasta que de tanta concentración empezaron a dolerme los ojos y nublarse mis sentidos.

De repente, descubrí algo que hasta entonces nunca me había llamado la atención. Cuán pálido, cuán cadavérico estaba el cuerpo de Gabrielle en comparación con el tono más cálido, más colorado de la otra dama. Esa ligera diferencia de color no se apreciaba en las reproducciones que había visto con anterioridad. Donde más clara se veía, era en las puntas de los dedos. En el caso de Gabrielle, tenían un tono mucho más blanco que los dedos de la otra mujer, cuyo rosáceo color carne destacaba ante el blanco cadavérico del cuerpo de la duquesa. Y ¿no resultaba extrañamente vacía la expresión de su rostro? Es más, ¿no estaba todo su cuerpo en una postura rígida y sin vida? El fondo lúgubre del cuadro reforzaba aún más esa sensación. El fuego agonizante en la chimenea, la mesa cubierta por una tela verde y el espejo negro al lado de la ayudante de cámara, que flotaba de forma irreal ante el fondo del cuadro; nada en la composición era vivo, a excepción del gesto triunfante de la dama desconocida que al lado de Gabrielle miraba desafiante y segura de sí misma al espectador. Al mismo tiempo, el aura cadavérica de Gabrielle y su rigidez de muñeca o disfraz le daban un aire melancólico.

Me vinieron a la mente las últimas escenas del manuscrito de Morstadt. La lucha de Vignac con Sandrini. El incendio en la Rue de Deux Portes. El cadáver colgado y embadurnado de pez. La huida precipitada de Vignac de París. Vignac debió de pintar este cuadro más tarde, mucho después de la muerte de Gabrielle. Yo estaba convencido de que en algún lugar de la pintura que estaba ante mí, oculto entre los gestos de las dos damas o tal vez escondido al fondo, el pintor tenía que haber dejado un comentario de los enigmáticos acontecimientos ocurridos en París. No obstante, la pintura nada me indicaba, al igual que el manuscrito de Morstadt tampoco ofrecía respuestas acerca de las incógnitas del destino de Gabrielle. Aun así, en algún punto debía de haber una intersección, un cruce detrás del que aparecerían esas respuestas. Tal vez era sólo cuestión de encontrar la perspectiva adecuada para que el cuadro y el manuscrito encajaran. Pero ¿cómo?

Volví a repasar mentalmente todo lo que había leído y oído. Mi mirada se fijó en la leyenda situada debajo del cuadro. *Gabrielle d'Estrées y una de sus hermanas.* ¿Una de sus hermanas? Pero si la mujer de al lado de Gabrielle se parecía muchísimo a la dama que aparecía en el cuadro que encargaron a Vignac. Y ¿acaso Ballerini, al describir lo ocurrido durante el banquete, no dijo que sin duda alguna se trataba de la misma bailarina que había embrujado al rey con sus encantos? Una tal Henriette d'Entragues. Rememoré la interpretación que Ballerini había hecho del cuadro difamador: «Mirad, parece clamar, las putas del rey se están pasando sus anillos de boda imaginarios, pero el rey nunca se casará con ninguna de ellas. A aquella de allí no le queda mucho juego, sin embargo, la siguiente ya está esperando...».

Di un paso atrás. Por supuesto. Aquí, lo que se mostraba era que Gabrielle había muerto. No había logrado su objetivo. El anillo de la promesa de matrimonio aún colgaba como una prenda sin valor de sus dedos blancos como la muerte, mientras que la siguiente amante del rey se disponía triunfante a ocupar su lugar. ¿La siguiente amante? ¿Realmente podía haber ocurrido así?

Me arranqué del cuadro y volví a toda prisa a la biblioteca. ¿Cómo no se me había ocurrido antes? ¡Una nueva amante! Era algo en que hasta el momento no había caído. En la biblioteca de consulta encontré un ejemplar del *Diccionario de mujeres célebres* y poco después leí con los ojos abiertos como platos por el asombro lo que decía sobre Henriette d'Entragues:

> Entragues, Catalina Henriette de Balzac de:
>
> Marquesa de Verneuil. Bella dama de la aristocracia francesa. Favorita de Enrique IV. Nacida en 1579, muerta en 1633 en París. Muy culta, pero de carácter frío y oportunista. Dos meses después de la muerte de la bellísima amante del rey, Gabrielle d'Estrées, Enrique IV se enamoró apasionadamente de la hija de monsieur d'Entragues. La joven no vaciló en convertirse en amante del rey, pero exigió para ello la suma de 100.000 doblones y una promesa por escrito de que el rey se casaría con ella si antes de que acabara un año le daba un hijo varón...

Volví a leer el mismo pasaje del texto. ¿100.000 doblones por un amorío con Henriette dos meses después de que falleciera Gabrielle? ¿Una promesa de matrimonio por escrito? Enrique aceptó el trato. El diccionario ofrecía el texto original del documento fechado el 1 de octubre de 1599. En él, Enrique juraba solemnemente que se casaría con Henriette d'Entragues con todos los honores reales si le daba un hijo en el plazo de un año. ¿Cómo era posible si en esos momentos Enrique ya estaba negociando de nuevo con Florencia sobre su posible unión con María de Médicis? No obstante, el documento era auténtico. El número de archivo era correcto y figuraba en el catálogo de manuscritos de la Bibliothèque Nationale. Sin embargo, Enrique nunca tuvo la intención de casarse con Henriette. Entonces, ¿la promesa de matrimonio que hizo a Gabrielle fue igualmente falsa?

Sin saber qué pensar me quedé un rato con la mirada absorta. Los libros de Loiseleur y Desclozeaux estaban junto al estudio realizado por el tal Jacques Bolle que hasta entonces ni siquiera había abierto. Eché un vistazo a la primera página. El desdén que Katzenmaier había mostrado por esta obra publicada en 1955 en francés, pero por alguna extraña razón impresa en Florencia, parecía justificado. El prefacio pomposo y triunfante no presagiaba un estudio serio, pues no anunciaba un tratado histórico sino una especie de novela policíaca que pretendía romper con todas las tradiciones establecidas de la investigación histórica. Por mucho que lo intentaba, no se me ocurría ninguna razón por la que el autor hubiera podido querer hacer una presentación tan presuntuosa de su obra y además con un propósito tan dudoso. A todas luces, el autor pretendía demostrar la teoría del envenenamiento, algo que ya figuraba en el título: *¿Por qué asesinar a Gabrielle d'Estrées?* Después de todo lo que había leído, esta hipótesis me parecía totalmente descabellada. ¿Cómo había dicho Katzenmaier? «Un huevo de cuco.» Malhumorado, aparté el libro.

Mis ojos se toparon con la solicitud de préstamo para la correspondencia secreta que podría consultar en la sección de libros raros en el sótano. *Salle de la réserve* estaba escrito con letras de imprenta rojas en el papel. Después de un rato de búsqueda encontré el mostrador de entrega. Eché un vistazo rápido a las instrucciones de uso para el manejo de libros antiguos, firmé y llevé los tomos a una de las pocas mesas. *Négociations diplomatiques de la France avec la Toscane. Documents recueillis par Giuseppe Canestrini et publiés par Abel Desjardins. Paris 1859-1886.* Apilados, los cinco tomos más el índice, medían casi medio metro. Con bastante disgusto tuve que comprobar que casi todos los documentos que me interesaban estaban en italiano. Era lógico que Bonciani escribiera en su lengua materna. Así, ni siquiera pude verificar con exactitud si los escritos del agente recogidos en el manuscrito de Morstadt procedían de la edición que tenía delante. Hojeé los diferentes tomos encontrando aquí y allá un párrafo que mal que bien pude traducir gracias a mis conocimientos de latín, pero pronto renuncié a esa labor inútil. De todos modos, para el período que más me interesaba no había cartas. El último informe recogido por Desjardins databa del 27 de septiembre de 1598. Adjunta a la misiva había una nota a pie de página del editor:

> Pocos días después se anunciaba la muerte del rey de España. Bonciani confirma esta noticia en un informe con fecha del 8 de octubre al que adjunta entre otros documentos las actas de la audiencia que la asamblea clerical tuvo con el rey. En su último informe del 2 de diciembre, el enviado vuelve a mostrarse preocupado por las consecuencias que el amor loco del rey por Gabrielle pueda provocar: *«E da questo amore estraordinario si può dubitare che alla fine non nascano de'mali d'importanza»*.

Pasé la página, pero no había otros informes de Bonciani. Aun así, la recopilación no parecía completa. El informe del 8 de octubre ya sólo se mencionaba de paso. La última frase del agente me llamó la atención: «Es de temer que de este amor extraordinario aún nazcan grandes males».

Lo escribió el 2 de diciembre de 1598, cuatro meses antes de la muerte de Gabrielle. O sea, que Florencia sí observaba con atención todo cuanto ocurría en París. Además, la eventual unión de Enrique con Gabrielle parecía alarmar al agente. Había algo que no encajaba. Regresé a la sala de lectura y busqué en el manuscrito de Morstadt el capítulo dedicado a Bonciani. Encontré los correspondientes párrafos y volví a leerlos: «Allí estaba, un informe de hacía un año en el que describía el estado de las cosas. Echó un rápido vistazo a las breves líneas que redactó en su día: "Sin la presencia de la duquesa de Beaufort, el asunto del matrimonio de su sobrina María con el rey podría resolverse en cuatro meses. El amor del rey por su dama, empero, aumenta de día en día. Aquí está surgiendo un mal incurable, a no ser que intervenga la Santa Mano Divina"».

Más adelante encontré por fin una vaga indicación de las fechas en que ocurrían los hechos:

«El espía pasó todo el verano escribiendo, tenía sus oídos en todo y trataba de descifrar las líneas maestras de la incipiente lucha de poder, teniendo siempre presente que Enrique se había convertido en el rey más poderoso de la cristiandad».

Tomé el manuscrito y regresé al sótano. Bonciani había mencionado que la corte se encontraba en Nantes por lo que los informes databan del verano de 1598. Busqué en el último tomo de la edición de Desjardins y encontré el correspondiente texto en un informe fechado el 10 de junio en que Bonciani había escrito: *«Ricordando che questo è il più potente re del Cristianismo»*. Morstadt había copiado la frase palabra por palabra. Repasé rápidamente las siguientes misivas fechadas en junio y julio. No había ninguna que no hablara del creciente amor de Enrique por la duquesa. Al parecer, Fernando nunca perdió la esperanza de influir en beneficio propio sobre los planes matrimoniales del rey de Francia. Las relaciones diplomáticas de ninguna manera se habían interrumpido. El litigio acerca de Marsella se resolvió el 1 de mayo de 1598. En los meses siguientes, Bonciani escribía cada vez más a menudo desde París que el único obstáculo para una unión entre Enrique y María de Médicis era Gabrielle. En otoño de 1598, seguía informando regularmente desde la capital francesa y ventilaba las posibilidades de un matrimonio de Enrique con María. El agente no paraba de indicar que tal unión era impensable mientras que el rey se enamorara cada vez más de su amante. Al mismo tiempo comunicaba su impresión de que cualquier intento de disuadirlo de sus propósitos estaba condenado al fracaso. Con estos antecedentes, ¿cabía imaginar que Fernando no estuviera informado sobre los acontecimientos ocurridos en París en la primavera de 1599? La promesa de matrimonio hecha por Enrique en marzo, los preparativos para la boda y la muerte repentina de Gabrielle, que a Fernando debió de parecerle un regalo caído del cielo. ¿Todo esto se suponía que había ocurrido sin que en Florencia supieran nada?

Como si me hubiera dado la corriente, salté de la mesa. ¿Qué era eso de las lagunas en la correspondencia secreta? Dejé mis cosas como estaban y subí corriendo a la sala de lectura. El pequeño y anodino opúsculo de Bolle seguía en el lugar donde hacía un rato lo había dejado sin prestarle más atención. Lo abrí precipitadamente y de repente tenía ante mis ojos el ilegible facsímil de una carta. La leyenda al pie de la reproducción cayó sobre mí como una bomba: «Carta de Bonciani del 17 de marzo de 1599, descifrada por nosotros con ayuda de la clave secreta del gran duque».

¿17 de marzo de 1599? Pero ¿el último informe no databa del 2 de diciembre de 1598? Pasé las páginas con impaciencia; sin embargo, los párrafos carentes de estructura y compuestos de una forma abigarrada no se dejaban leer por encima. Abrí las últimas páginas del libro con la esperanza de encontrar un índice. En su lugar me topé con un listado de cartas y un párrafo que me dejó plantado en mi silla, desconcertado:

> Desjardins dice en una nota a pie de página: «En su último informe del 2 de diciembre, el enviado vuelve a mostrarse preocupado por las consecuencias que el amor loco del rey por Gabrielle pueda provocar». Según la nota, hasta noviembre de 1599 no envía más informes desde París. Es decir, existe una laguna de entre once y doce meses. De acuerdo con nuestra investigación, no obstante, hemos detectado solamente para el período entre diciembre de 1598 y mayo de 1599 los siguientes mensajes cifrados que se ocupan exclusivamente de los temores suscitados por el probable matrimonio entre el rey y Gabrielle d'Estrées.

Incrédulo, clavé los ojos en el listado. 18 de enero de 1599: Bonciani desde París. Después, una misiva fechada el 31 de enero. Tres cartas en el mes de febrero. Otras tres en un solo día, el 9 de marzo. Cinco del mes de abril, una de ellas del 10, el día en que falleció Gabrielle. Para el mes de mayo había otras dos en la lista. En un epílogo, Bolle explicaba por qué Desjardins probablemente no incluyó estas cartas en su edición: en su día, los documentos acababan de llegar al archivo de los Médicis en Florencia. Al parecer, ante el ingente tamaño de la colección, el editor había optado por recopilar en un primer momento sólo las cartas enviadas por los personajes más conocidos y limitar a extractos lo escrito por personajes menos destacados. Aparte de ello, el cifrado de los textos se hacía por lo visto cada vez más complejo.

Retrocedí al facsímil que estaba en la parte delantera del libro y observé la reproducción de la carta fechada el 17 de marzo. La fotografía en blanco y negro mostraba un pergamino ajado y con roturas en los bordes, cubierto de arriba abajo con cifras minúsculas sin que hubiera huecos entre los renglones que pudieran marcar el comienzo de una palabra o frase.

O sea, que sí había habido más informes y Bolle los había encontrado. ¡Un descubrimiento increíble! La agitación que en su día tenía que haber invadido al joven historiador ante este hallazgo único se notaba en cada línea de su publicación de apenas unas cien páginas y se me contagiaba conforme avanzaba en la lectura de los diferentes capítulos. Por doquier, había erratas tipográficas y errores evidentes. La estructura del estudio era completamente ilógica y todo parecía escrito a salto de mata. Daba la sensación de que el autor temiera que, si no lo apuntaba enseguida, todo lo que le venía a la mente pudiera perderse. Sí, su forma de proceder recordaba a la de un detective inexperto que encuentra una maleta llena de indicios y, nervioso como está por el hallazgo, toma sin ton ni son los diferentes objetos en la mano para observarlos y anotarlos en una lista, sin darse cuenta de que cada vez que altera la disposición original de los indicios disminuye su fuerza probatoria. Totalmente exaltado por su descubrimiento, Bolle lo había anunciado a bombo y platillo y, como lo que decía sonaba a balbuceo incoherente de un testigo en estado de shock, nadie le hizo caso. No me extrañaba que los estudiosos ignoraran el estudio redactado por él. Además, ¿no me había dicho Katzenmaier que desde hacía cien años nadie se interesaba por este tema?

Con asombro leí línea por línea las cartas de Bonciani dispersas en el texto y las copié palabra por palabra en una hoja de papel. De repente todo cobraba sentido. Gracias a estas cartas, todas las conjeturas, todas las incongruencias, todos los finales abiertos y las pistas que no llevaban a ningún sitio terminaron por formar un conjunto. Un conjunto que a su vez remitía a una pintura que, a menos de quinientos metros de donde me encontraba, colgaba en un rincón de ese palacio cuyas puertas se cerraron para siempre en los últimos días antes de Cuasimodo, no sólo para Gabrielle d'Estrées, sino también para el pintor desconocido que tal vez se llamaba Vignac.

Ya no recuerdo cuántas horas me quedé sentado allí, absorto en la lectura de los informes de Bonciani pero al mismo tiempo presa de una tensión cada vez más grande y apenas soportable. Cuando finalmente levanté la cabeza para echar un vistazo a mi alrededor, la sala estaba casi vacía. Recogí mis notas, devolví los libros, por los que me dieron el correspondiente recibo, y abandoné la biblioteca cansado y agotado.

Sin levantar la vista eché a andar por las calles. El tráfico de la tarde pasaba zumbando por mi lado mientras caminaba por la acera ajeno al río interminable de peatones presurosos. Crucé la Rue Rivoli y la seguí hacia el este hasta llegar a la plaza situada delante del Louvre. Allí se levantaba, igual que en tiempos remotos, la iglesia de Saint-Germain-l'Auxerrois. Observé la filigrana de la fachada iluminada por el sol del atardecer y paseé la mirada también por los edificios adyacentes que por lo visto databan de épocas más recientes. El decanato con la habitación en que Gabrielle había muerto ya no existía desde hacía tiempo. Atravesé el Quai du Louvre y me apoyé en la balaustrada sobre el río.

A cierta distancia, el Pont Neuf cruzaba el Sena y en su centro, en la punta de la Cité, vislumbré como una sombra la estatua ecuestre de Enrique IV. Allí, a sólo un tiro de piedra de donde la mujer a la que pretendía elevar al trono encontró la muerte, habían erguido el monumento a Enrique de Navarra, seguramente el rey más popular de Francia. Pues allí estaba, a caballo por supuesto, soldado en el fondo de su ser, pero con el adorno más bien molesto de una corona. El jinete daba la espalda al antiguo decanato y al Louvre. Casi parecía que durante un primer momento hubiera reflexionado sobre qué dirección tomar. Pero, finalmente, dio la vuelta a su caballo, decidiéndose no por el decanato sino por su ciudad y por su reino.

SEIS

¿A quién sino a Koszinski debería haber contado el final de la historia? En un principio, pensé en escribirle, pero luego decidí hacerle una última visita antes de que finalizara su estancia en el balneario. Cuando el tren entró en la estación de Kehl, recordé que Koszinski había hecho el mismo recorrido unos cuatro o cinco años atrás, con la diferencia de que yo sólo hacía transbordo y no iba a visitar la sede de una antigua editorial.

En mi regazo tenía abierto *Les Dames de Fontainebleau* editado por Franco Maria Ricci. Otro ejemplar de la lujosa edición se encontraba envuelto en papel de regalo junto a mi bolsa de viaje en el portaequipajes. Mientras el tren se aproximaba a Friburgo, yo contemplaba las reproducciones de gran formato de los cuadros y, aunque ya conocía perfectamente su sentido iconográfico en todas sus ramificaciones, no me parecía que ello hubiese disminuido un ápice su aura misteriosa. Las damas y sus gestos manieristas me habían hablado, pero mantenían al mismo tiempo un silencio melancólico y pensativo. Koszinski también se quedó un momento sin habla cuando desempaquetó el regalo que le había traído de París. El panorama que nos rodeaba tenía el mismo encanto que la semana anterior. El césped delante de la terraza bajaba por una ligera pendiente, rodeaba los primeros árboles y daba paso a un paisaje en el que estaba presente cualquier tono de verde. No sé por qué en mi recuerdo siempre aparece ante mis ojos ese color. Tal vez es porque era *su* color, el favorito de Gabrielle d'Estrées, duquesa de Beaufort y marquesa de Monceaux, la mujer más bella de su época.

Koszinski escuchó con atención mi relato sobre las diferentes fases de mis pesquisas. Le conté por qué las incongruencias en el manuscrito de Morstadt y la escasez de fuentes en Friburgo me llevaron a viajar hasta Basilea para consultar a un historiador. En un gesto de reconocimiento asintió con la cabeza, cuando le resumí la entrevista en la que me habían probado que la tesis del envenenamiento no se sostenía.

–Pues parece ser que me dejé engañar por el manuscrito de Morstadt.

–No, para nada –repliqué–. Después de todo, el manuscrito deja abierta esta cuestión. Ahí está lo raro de toda esta historia. Todo parece apuntar a un envenenamiento. Pero es una pista falsa. Aunque eso tampoco aclara las cosas, pues hay otra pista que es errónea.

–¿Sí?

–Hay dos incongruencias en el manuscrito de Morstadt. Por una parte, hace afirmar a Ballerini que la duquesa no fue envenenada. De hecho, es casi seguro que murió de una enfermedad provocada por el embarazo. Lo que ocurre es que la segunda afirmación resulta aún más extraña. ¿Se acuerda?

Koszinski reflexionó por un momento.

–Decía que Enrique de Navarra nunca tuvo intención de casarse con Gabrielle.

–Esta acusación es algo inaudito –señalé–. Nadie había establecido nunca esta hipótesis. Así que, ¿qué fue lo que llevó a Morstadt a poner esa frase en boca del médico?

Koszinski se reclinó con satisfacción en su silla.

–Entonces, yo no estaba tan desencaminado. Morstadt se equivocó.

–No tan deprisa. Ahora tiene que rememorar los cuadros. El que encargaron a Vignac y el que está en el Louvre son tan parecidos que debe de haber una conexión entre ambos. Eso es precisamente lo que Morstadt intuía. No obstante, no encontró una explicación lógica para el cuadro del Louvre. Empecemos por el cuadro de encargo. ¿Quién lo encargó? Sólo hay dos posibilidades: o bien Gabrielle con el fin de presionar al rey, o bien los italianos para difamar a la duquesa.

–Hasta ahí le sigo.

–Como propaganda difamatoria, el cuadro sólo tiene sentido si la boda de Enrique con Gabrielle estaba realmente prevista. En ese caso, se plantea la pregunta de si, una vez fracasada la propaganda, los Médicis no hubieran intentado impedir la boda con medios más drásticos.

Koszinski frunció el ceño.

–O sea, ¿afirmativo lo del veneno?

–No –contesté–. Hicieron una autopsia al cuerpo de la duquesa y éste presentaba todas las características de una muerte producida por complicaciones en el embarazo. De veneno sólo hablaron aquellos que eran ajenos a los acontecimientos. Las declaraciones de los testigos presenciales y el diagnóstico de los médicos pueden interpretarse con toda seguridad en el sentido de que Gabrielle murió de eclampsia.

–¿Eclampsia?

–Sí. Son espasmos repentinos, a menudo fatales, que aparecen durante el embarazo o en el parto. Recapitulemos un poco lo que sabemos sobre los últimos días de Gabrielle. Estaba en Fontainebleau en compañía del rey. En ese momento estaba de seis o siete meses y el embarazo le causaba bastantes molestias. Sufría pesadillas, nerviosismo y estados de angustia alimentados por los oscuros presagios de los astrólogos. ¿Qué le pasaría por la cabeza? Se sabe a pocos pasos del trono. En Roma se está negociando el divorcio del rey. Sólo faltan unos días para Cuasimodo, fecha para la que el rey ha anunciado el comienzo de los esponsales. La corte está de vacaciones y se prevé que, como todos los años, Gabrielle pase la Pascua con el rey en Fontainebleau. ¿Como todos los años? De repente, el rey decide enviarla a París durante los días santos para evitar un escándalo. Al fin y al cabo, todavía no es su mujer, argumenta, y da mala impresión si el rey pasa la Pascua en compañía de su concubina. Pero ¿por qué ese giro tan drástico? En los años anteriores, jamás se ha mencionado siquiera este tipo de precaución. Además, todos saben que van a casarse. Todo el mundo se ha conformado con el hecho y comprendería muy bien que el rey quiera tener a su lado a la mujer debilitada por el embarazo. A pesar de todo, Enrique decide en otro sentido.

»Gabrielle sufre un colapso; ruega, insta, pide y llora. El rey tarda horas en calmarla y, aun así, ella sólo se tranquiliza en apariencia. En su alma hacen estragos malos presentimientos y amargas dudas. Por la noche hay un incidente. Ambos tienen el mismo sueño. Gabrielle se ve a sí misma devorada por un gran incendio y el rey sueña que su amada es víctima de las llamas sin que él pueda hacer nada por impedirlo. Se cuentan sus sueños y se echan a llorar. Desde el otro lado de la puerta, el ayudante de cámara los oye sollozar. Pero la decisión es inamovible. Por la mañana emprenden la marcha hacia Melun donde cenan y pasan en Savigny su última noche juntos.

»Cuando a la mañana siguiente la barca está lista para zarpar, Gabrielle sufre otro colapso. Está segura de que nunca volverán a verse. Su despedida tiene todos los visos de un adiós para siempre. El rey vacila. Ella está terriblemente pálida y debilitada. La abraza con cariño, aprieta el cuerpo tembloroso de la mujer contra el suyo y le susurra el juramento de su amor eterno al oído. Gabrielle se agarra cada vez con más fuerza al cuerpo de su señor, le encomienda el cuidado de sus hijos y le asegura su amor. Los juramentos y afirmaciones se ahogan en lágrimas, que tiñen de oscuro el jubón del rey. Después, él se suelta y la sigue con mirada triste mientras Bassompierre, La Varaine y Montbazon la acompañan a la barca. Los caballos arrancan y la barca se pone en movimiento. Gabrielle se apoya sobre la barandilla. Hasta el final su voz atraviesa el agua, pero se hace cada vez más débil y Enrique la acompaña con los ojos hasta que la barca desaparece en el horizonte. Hasta el final la ve de pie en la barca, un pequeño punto blanco encima del agua, acallada por la distancia, la figura minúscula de su Gabrielle, la mujer a la que él ha amado como a ninguna otra.

»Ya conocemos el final. Empieza con cefaleas y angustia. Siguen pérdidas de conocimiento que dan paso a las primeras convulsiones. Padece trastornos de la vista y del oído. El sufrido cuerpo está fuera de control. Los músculos se tensan. Las articulaciones crujen. Las mandíbulas golpean una sobre la otra y destrozan la lengua y los labios. Los ojos se salen de las órbitas. La cabeza gira casi completamente hacia atrás. Sigue el coma y finalmente la muerte. El feto seguramente murió ya durante el primer ataque. Como no había manera de extraerlo por medios quirúrgicos, fue envenenando el cuerpo de la duquesa, provocándole la muerte. La autopsia confirma este diagnóstico. El feto fue sacado muerto y a trozos del útero. Los pulmones y el hígado de la duquesa estaban deshechos. Los riñones, duros como una piedra. El cerebro también estaba afectado.

–O sea, ¿que también encontró el informe de la autopsia?

–Sí. Los dos autores que leí en París citan declaraciones de testigos presenciales.

–Quiere decir que efectivamente no había ningún tipo de veneno –constató.

–Depende de cómo se mire. ¿Acaso no fueron los miedos y temores de Gabrielle los que provocaron las convulsiones y por eso la muerte del feto y de la madre? Sin duda alguna fue arriesgado enviar a Gabrielle a París en el estado extremadamente nervioso en que se encontraba. ¿Por qué insistió el rey? El argumento de que no era decente pasar la Pascua junto a su concubina nunca se había utilizado en los años anteriores. ¿Por qué precisamente ese año? ¿Acaso Gabrielle intuía algo? ¿Qué fue lo que movió al rey a echarla de Fontainebleau? Cuanto más tiempo lo pensé, más convencido estuve de que el comportamiento de Enrique de Navarra era completamente inexplicable. A no ser que hubiera algo más que yo no supiera. ¿Acaso sí estaba negociando con Florencia al mismo tiempo? ¿O los asesores de Enrique habían impuesto su criterio y convencido al rey de que sólo su unión con María de Médicis podía garantizar la seguridad de Francia?

–No me diga que cree eso.

–No, la verdad es que no lo creo. Pero el manuscrito sí que menciona esa posibilidad. Y así, el cuadro encargado a

Vignac de repente cobraría sentido. La idea de que los Médicis se hubieran servido de ese cuadro para difamar a Gabrielle de todos modos no resulta muy creíble. ¿Qué efecto se habría conseguido con un simple cuadro? Y si realmente hubiera habido una conspiración contra Gabrielle, después del asunto del cuadro, los conspiradores seguramente no se habrían detenido hasta llevar sus planes hasta las últimas consecuencias.

–Aún no estoy convencido. Al fin y al cabo, su suposición de que no había veneno no es más que una hipótesis que no se puede probar.

–Lo admito –contesté–. Probar, no se puede probar nada. Pero pongamos por caso que Ballerini tenía razón. El médico está totalmente convencido de que la boda nunca se va a celebrar. Y supongamos también que Gabrielle intuía algo así. Por eso encarga ese cuadro ofensivo para ella y fuerza al rey a comprometerse públicamente con ella. Sentía que Enrique la estaba engañando y como último recurso ideó esa intriga que le obligara a hacer una promesa que no pudiera incumplir sin perder la cara. Si Enrique hubiera estado negociando con Florencia a espaldas de Gabrielle, no hubiera sido necesario atentar contra su vida, ¿no le parece?

–Sí, está bien. Pero ¿cómo se supone que Morstadt lo supo?

–Ahí es donde está el problema –contesté–. Mientras Morstadt vivía, no existía ningún documento que apoyara semejante tesis. Como decía usted, se imaginó una bonita teoría pero, como historiador que fue antes de nada, seguramente le causaba bastantes problemas no poder demostrar sus conjeturas. Supongo que por eso no encontró un final satisfactorio. Lo curioso es que tuvo que ser el último cuadro de Vignac el que sembró esa intuición en él. No obstante, no pudo demostrarla y eso hizo que no consiguiera terminar la historia. Igual que el pintor, que tampoco se enteró de quién le encargó el cuadro en última instancia. Para enlazar ambas perspectivas habría que aportar una prueba de que Morstadt estaba en lo cierto con su suposición.

Koszinski frunció el ceño, después se echó a reír.

–Ahora sí que estoy intrigado.

–Cada cosa a su tiempo. Esa incongruencia no me dejaba en paz. Katzenmaier, el historiador de Basilea, me confirmó que Fernando tenía a un tal Bonciani como espía en París y que se conservaban los informes que había enviado. De modo que en la biblioteca de París pedí la correspondencia secreta entre Fernando y su agente Bonciani. La parte conocida en su momento, que sigue siendo la misma que hoy en día, fue descifrada y publicada por un tal Desjardins. Por cierto, Morstadt debe de haber conocido las cartas, pues en parte las ha recogido en el capítulo dedicado a Bonciani. La correspondencia en cuestión se interrumpe de repente en otoño de 1598. En los meses anteriores, Bonciani informa con regularidad desde París y ventila la posibilidad de una unión de María de Médicis con Enrique de Navarra. El agente insiste una y otra vez en que es impensable tal acontecimiento mientras el rey caiga cada vez más a los pies de su concubina. A su modo de ver, no cabía ninguna esperanza de disuadirlo de sus propósitos matrimoniales. Su último informe del 2 de diciembre concluye con las alarmadas palabras de que del amor loco del rey por Gabrielle, grandes males podrían surgir. Y ahí se corta la correspondencia. A partir de esa fecha, ni rastro de más informes. ¿Florencia ha tirado la toalla? ¿Retiraron a su enviado? No es hasta el otoño de 1599, medio año después de la muerte de Gabrielle, que Bonciani vuelve a retomar la correspondencia. Se inician las negociaciones con Florencia y al año siguiente se celebra la unión con María de Médicis.

Koszinski me miró sin comprender.

–No veo qué es lo que esto demostraría. Lo más probable es que, después del anuncio público de boda, Florencia se hubiera resignado ante la decisión de Enrique. Creo que el manuscrito lo tiene a usted completamente confundido. Si usted mismo dijo que nunca nadie afirmó que Enrique no quisiera casarse con Gabrielle. Hágame caso, mi difunto antepasado se equivocó.

–No, no, espere un momento. Imagínese el cuadro del Louvre. Las damas son idénticas a las del cuadro encargado a Vignac. Supongo que se acordará de quién era la dama representada al lado de Gabrielle.

Koszinski parecía sorprendido.

–¿Se refiere a esa bailarina?

–Sí, Henriette d'Entragues. Es decir, la situación es la siguiente: Gabrielle ha muerto por fin. El trono francés queda libre de nuevo. En otoño de 1599, las negociaciones matrimoniales con Florencia vuelven a retomarse. Pero, mientras tanto, ha surgido otro problema. ¿Recuerda la escena del banquete?

–¿El asunto de los cuadros cambiados?

–Sí. Pero yo me refiero a las bailarinas, sobre todo a la tal Henriette d'Entragues, que tanto encandiló al rey.

–Sí, sí, ya ha mencionado a la chica. Y eso, ¿qué tiene que ver con la historia que nos ocupa?

–Mucho. Imagínese: pocas semanas después de la muerte de Gabrielle, Enrique estaba prendido de un amor tan pasional por Henriette d'Entragues que casi había que esconderla de él. Le hizo la corte durante meses, la colmaba de regalos y la perseguía dondequiera que pudiera. Finalmente, el padre de ella tomó cartas en el asunto y comunicó al rey que su hija sólo correspondería a sus proposiciones bajo la condición de que el rey la tomara por esposa. El rey estaba loco por ella. Y ahora, escuche lo que he encontrado en la Bibliothèque Nationale.

Saqué mis notas, busqué la hoja correspondiente y leí en voz alta lo que era una traducción sin pulir de la promesa de matrimonio del rey:

> Nos, Enrique IV, por la gracia de Dios rey de Francia y Navarra, prometemos y juramos ante Dios, dando Nuestra real palabra de honor al señor François de Balzac, monsieur d'Entragues, Caballero de Nuestra orden, que tomaremos por compañera a su hija, la señorita Henriette-Catherine de Balzac y que, para el caso de que dentro de un plazo de seis

meses a contar a partir del día de hoy quede en estado de gracia y dé luz a un varón, la tomaremos por legítima esposa, celebrando los esponsales pública y solemnemente ante Nuestra Santa Iglesia de acuerdo con los ritos y festividades necesarios y habituales en estos casos. Para reforzar la presente promesa prometemos y juramos como al inicio que confirmaremos con Nuestro sello esta Nuestra promesa y la renovaremos inmediatamente después de que Nuestro Santo Padre el Papa Nos haya concedido la anulación de Nuestro matrimonio con Margarita de Francia con el permiso de desposarnos de nuevo como Nos plazca. Para que conste, escrito y firmado por Nos. Dado en el bosque de Malesherbes a día de hoy, 1 de octubre de 1599.

Alcancé a Koszinski la hoja con la traducción y la copia del original y me quedé observando su reacción. Miraba incrédulo el papel, lo que no me extrañaba, pues pocos días antes en París mi reacción había sido la misma.

–¿Y esto de aquí es realmente auténtico? –preguntó finalmente.

–El manuscrito original sigue estando archivado en la Bibliothèque Nationale, pero no lo he podido consultar. Seguramente ni siquiera sería capaz de descifrarlo. Lo que sí es verdad es que lo he visto reproducido en diferentes libros. No hay ninguna duda.

Me devolvió el papel.

–¿Imagino que naturalmente no se casó con la chica?

–Pues, no. Nunca lo hizo. Las negociaciones con Florencia estaban a punto de concluir. Por mucho que Henriette se creyera más lista que Gabrielle pidiendo la promesa de matrimonio por escrito, desde luego Enrique nunca tuvo intención de cumplirla. Firmó para meterla en su cama. De todos modos, el plan de Henriette fracasó, porque perdió a su primer hijo durante el embarazo, con lo que el contrato era nulo. Aun así, siguió siendo su concubina. Enrique desposó a María de Médicis y en los años siguientes tanto la nueva reina como su concubina dieron a luz a hijos e hijas en intervalos regulares. Enrique de Navarra estaba orgulloso de las dos y sólo comentaba que mientras que una le daba herederos, la otra le brindaba fieles servidores. Pero ésta es otra historia.

Koszinski encendió un cigarrillo y exhaló pensativamente el humo.

–¿Y ahora usted cree que con Gabrielle también jugó un doble juego?

–Esa sospecha se impone, ¿no le parece? Tal vez él no pensaba en casarse con ella y ella había comprendido que nunca alcanzaría el trono y que siempre desempeñaría un papel secundario. A lo mejor el comportamiento del rey le rompió el corazón en los dos sentidos de la palabra. A falta de pruebas, me quedaba con esas conjeturas. No me cabía en la cabeza que Fernando no estuviera al corriente de lo que ocurría en París durante la primavera de 1599. Y tampoco que no tuviera agentes sobre el terreno que le informaran regularmente. ¿Por qué no había rastro de correspondencia alguna? Esta circunstancia un tanto extraña parecía no haberle llamado a nadie la atención y por eso nadie había buscado semejantes documentos. ¿Era posible que a todos se les hubiera pasado por alto una laguna tan evidente en las fuentes? La verdad es que ni yo mismo lo creía posible. Los historiadores son gente diligente y metódica. Si hay documentos, tarde o temprano algún avispado investigador los saca a la luz. ¿Por qué este caso tan famoso y sonado iba a ser diferente?

–¿Y?

–Por supuesto que no era así. Los documentos fueron descubiertos y descifrados en parte durante los años cincuenta. Pero la casualidad quiso que si bien fueron parcialmente citados en una publicación completamente confusa del año 1955, que no volvió a editarse, nunca recibieron un análisis y tratamiento profesionales. La pista se la debo a Katzenmaier que menciona este libro en una nota a pie de página, descalificándolo como un estudio poco serio. Su contenido es algo fantástico, pero la forma es tan inaceptable que simplemente cayó en el olvido. El autor, un joven historiador belga con el nombre de Jacques Bolle, se ocupó en los años cincuenta de la cuestión de por qué la correspondencia secreta recogida en la edición de Desjardins se interrumpe tan de repente en diciembre de 1598. Se desplazó a Florencia y fue al archivo de los Médicis en compañía de un colega italiano. Un primer cotejo de la edición Desjardins con los informes cifrados originales, que se encontraban en el archivo, reveló que ésta sólo recogía una selección de dicha correspondencia. La razón fue bastante simple: el cifrado se hacía cada vez más complicado.

»Como era de suponer, la correspondencia no se interrumpe realmente el 2 de diciembre, sino que cubre también los meses del año 1599 en los que Bonciani parecía haberse callado. Desjardins simplemente había omitido esas cartas. Con mucho esfuerzo, Bolle consiguió descifrar una parte de los documentos y publicó los resultados de su investigación en 1955 bajo el formato de un modesto trabajo titulado *¿Por qué asesinar a Gabrielle d'Estrées?* Es un librito bastante raro, redactado a toda prisa y llevado rápidamente a la imprenta en la misma Florencia. Además, Bolle se atascó con hipótesis completamente erróneas. Por extraño que parezca, el autor trata de demostrar que la duquesa fue víctima de una conspiración, aunque en realidad él había descubierto una fuente que sugería que un atentado contra la vida de Gabrielle ya no era necesario.

–¿Qué fuente es ésa? –preguntó Koszinski.

Saqué otra pila de notas de mi cartera y coloqué las hojas delante de nosotros en la mesa. Seleccioné una en particular y se la alcancé a Koszinski.

–Mire. Bolle cita una carta de Bonciani que refleja claramente que el día 9 de marzo de 1599, es decir, sólo una semana después del banquete de carnaval, el agente ya no alberga ninguna duda de que Enrique de Navarra se casará con la princesa María de Médicis. Aquí, lea usted mismo lo que Bonciani comunica en esa fecha de París a Florencia.

Lleno de curiosidad, Koszinski se inclinó sobre el papel.

Lo observé un instante para después dejar vagar la vista por el bello paisaje. Hubiera podido recitar la misiva de memoria; la había leído tantas veces en los últimos días:

Bonciani a Su Excelencia,
El Gran Duque de la Toscana
Mediceo Filza 4613 (inédito)

Esta mañana he ido a la casa de monsieur de Rosny por cuenta de la carta que escribió a Su Alteza. Allí encontré a su secretario que, al margen de lo que yo ya sabía por monsieur de Villeroi, me comunicó lo que habían escrito a monsieur de Sillery. Éste debía sondear ante el cardenal de Florencia y ante el cardenal D'Ossat si el papa tenía a bien dar curso a las pretensiones del rey. Si el papa, temiendo la ira de los españoles, no estuviera dispuesto a examinar la causa del rey, éste, con el objetivo de preservar su reputación, desearía no ser informado de ello de forma oficial, sino que simplemente le dijeran cómo podía casarse con la princesa. Desearía, además, que el cardenal hablara del asunto con Su Alteza. He vuelto a hablar con monsieur de Rosny sobre el tema de la dote. Me ha dicho que estaba a vuestro servicio en todo lo que pudiera. Me ha pedido, además, transmitir mediante mis cartas a la princesa que por su palabra de honor monsieur de Rosny es y será siempre su fiel servidor. Ha añadido que el rey estaba satisfecho con los servicios que he aportado a Su Alteza y que le había preguntado si creía que yo debía quedarme en Francia con la princesa. Según sus palabras, Rosny contestó al rey que no lo sabía, pero que recabaría esta información. Al respecto le he dicho que haría lo que Su Alteza tuviera a bien ordenarme y lo que fuera de su provecho, pues sois mi señor y amo...

Por lo visto, Koszinski tuvo que leer la carta varias veces hasta captar su significado.

–Esto es increíble –logró finalmente decir.

Me recliné en mi silla con satisfacción.

Koszinski sacudió la cabeza.

–El 2 de marzo promete el matrimonio a Gabrielle y una semana más tarde pregunta por la dote de María de Médicis.

–Hay que ver: el 2 de marzo tuvo lugar el banquete en el que el rey dio oficialmente a conocer sus planes de boda. El incidente con los cuadros del que habla el manuscrito no figura en las fuentes. Pero el anuncio tuvo lugar ese día. Los versos de escarnio también son históricos. Una semana más tarde, Bonciani informa a Florencia de que ha debatido el tema de la dote de María de Médicis y afirma que por iniciativa del rey, Rosny ha querido saber si Bonciani va a quedarse en Francia con la princesa después de que ésta llegue. Aquí, en el original en francés, lo dice bien claro: *«Il a ajouté que le Roi est satisfait que j'ai bien servi a Votre Altesse, et lui a demandé s'il croyait que je dusse rester en France avec la Princesse»*. Otro indicio que invalida la teoría de la conspiración. De este modo, Fernando queda exculpado. En fin, ¿por qué ocuparse de la amante si el rey ya está negociando la dote de María? Aunque esto tampoco prueba nada. A lo mejor, dichas negociaciones no eran más que una maniobra táctica de Enrique para obtener el divorcio. ¿Quién sabe?

Con la mirada absorta Koszinski reflejaba su desconcierto. Parecía estar pensando y miraba una y otra vez las hojas llenas de mi letra que estaban sobre la mesa delante de él. Apagó su cigarrillo, sonrió de repente y comentó:

–O sea, que realmente fue Gabrielle la que encargó el cuadro para el banquete a Vignac. Todo el tiempo sospechaba que Enrique de Navarra la iba a traicionar. El escándalo durante el banquete y todo el montaje alrededor del cuadro sólo debían servir para presionar al rey y sonsacarle una promesa de matrimonio de la que ya no pudiera desdecirse.

–Sí –dije–. Eso es lo que debió de ocurrir. Y Morstadt concibió su libro con este final, a pesar de que no encontró las pruebas para su teoría. Siendo historiador, seguro que eso le daba más de un quebradero de cabeza y en última instancia no se atrevió a enfrentarse a sus compañeros del gremio con un proyecto narrativo muy audaz, pero no demostrable. El manuscrito acabó en un cajón.

–Sí. Enrique IV no sale muy bien parado de la historia. Siempre ha sido muy popular y los colegas franceses seguro que habrían puesto mala cara ante la teoría de Morstadt.

–La situación en la que Enrique de Navarra se encontraba –maticé– en el fondo no le dejaba elección. La verdad es que la historia con Henriette d'Entragues es algo muy gordo; aun así, el destino que tuvo Gabrielle no es culpa suya. ¿Qué podría haber hecho? No podía casarse con ella bajo ningún concepto; sin embargo, fue superior a sus fuerzas decirle la verdad. Seguro que la quería por encima de todas las cosas, pero ¿qué importancia tienen los sentimientos si es cuestión de un reino entero? Y además, ¿quién era Gabrielle d'Estrées? Una joven encantadora arrojada, por culpa de su familia y de un rey enamorado, al torbellino político entre las grandes potencias europeas. Desempeñó su papel lo mejor que pudo. Cuando presintió cómo iba a acabar todo, abandonó la escena. Nadie la lloró. Bueno, tal vez el rey, pero tampoco por mucho tiempo, como revelan las fuentes.

–Una historia realmente triste.

–Sí. Aunque no ha acabado del todo.

–¿Cómo?

–No sólo engañaron a Gabrielle sino también al pintor, Vignac.

–No me diga que realmente existió.

–Desde luego que no sé si se llamaba así. Todo lo que tenemos de él es su último cuadro: el retrato que está en el Louvre. ¿No le parece que gracias a todo este contexto revela por un momento su mensaje? Casi tengo la sensación de que el pintor engañado reunió en él todos los motivos que se conjugaron en el enigmático final de la duquesa. Me pregunto cuál sería su visión de las cosas después de haber huido de París. Tal vez haya intentado a su manera poner un punto final pictórico a su fracaso.

Tomé entre mis manos el libro que le había traído a Koszinski de París y lo abrí donde estaba la reproducción a doble página del cuadro.

–Observe el juego de las manos, la parca pelirroja al fondo, la mesa con el mantel verde y el fuego que está a punto de apagarse. ¿No le dan ganas de dar nombres a las personas retratadas? Sabemos que es Gabrielle d'Estrées la que con las puntas de los dedos sujeta el anillo que debía de ser su alianza con el reino. Enrique se lo dio durante el banquete de carnaval como símbolo de su promesa de boda. Pero ¿quién es la mujer que está a su lado? ¿Una de sus hermanas como indica el catálogo? ¿Qué sentido tendría eso? ¿No es más probable que al igual que en el otro cuadro se trate de Henriette d'Entragues, la siguiente amante de Enrique de Navarra y a la que también traicionó? ¿Y qué hay de la mujer del fondo? Gracias a su pelo rojo podríamos identificarla como la mujer que sus coetáneos llamaban La Rousse: Marie Hermant, ama de llaves de Gabrielle, la que recibió a Vignac en el mes de octubre de 1598 para encargarle el cuadro para el banquete. Para él, esa mujer fue el único punto de referencia, pues no sabía quién estaba realmente detrás del encargo. Sin embargo, esa incertidumbre acerca de los verdaderos encomendadores en la representación ha quedado plasmada en la figura de la mujer pelirroja. Como una monja ensimismada se sienta al fondo de la pintura y teje los hilos del destino. Pero está extrañamente encogida y parece flotar como una sombra irreal y tenebrosa delante del espejo ciego tocado con un crespón de luto. Y encima del fuego, en el cuadro medio oculto apoyado en el repecho de la chimenea, ¿no vemos a Bellegarde? El primer gran amor de Gabrielle, ese hombre que en el otoño de 1590 condujo al rey al castillo de Cœuvres y perdió de este modo a su amante en favor de Enrique de Navarra. Las malas lenguas afirmaban que él era el padre de los hijos de ella. ¿Es por eso que se nos oculta su cabeza? El féretro que se introduce en la estancia por la derecha está cubierto por una tela verde. Verde. Es el color favorito de Gabrielle. ¿Aún le parecen un enigma los dedos que sujetan el pezón de Gabrielle como tanteando? ¿Qué significa ese gesto? Apunta a un embarazo. Y ¿cuándo fue que Gabrielle quedó embarazada?

–Dios mío –susurró Koszinski–. En octubre, cuando operaron al rey.

–¡Exacto! –exclamé–. Al fin y al cabo, Morstadt describió bastante exhaustivamente la escena en la que Bellegarde y Gabrielle son cogidos por sorpresa, cuando el rey regresa de forma inesperada.

–Y la operación –apostilló Koszinski– la describió con tanto detalle para mostrar que en ningún caso Enrique podía ser el padre de la criatura.

–Sí. ¿Para qué, si no? ¿Por qué otra razón se habría explayado tanto a la hora de describir la intervención? Probablemente sólo para indicar que en aquel momento Enrique de Navarra no estaba físicamente en condiciones de engendrar otro hijo con Gabrielle. Entonces, ¿cómo fue que ella quedó de nuevo embarazada en octubre de 1598? El rey acababa de superar una grave operación en la zona de los genitales y los médicos temían incluso que pudiera perder su capacidad reproductora. En ese sentido, el hecho de que Gabrielle quedara embarazada por esas fechas era un signo inequívoco de su infidelidad. A lo mejor, su encuentro amoroso con Bellegarde constituía un intento de fingir ante el mundo que la virilidad de Enrique seguía intacta o una tentativa de atarlo a ella mediante otro embarazo. Y ¿acaso el cuadro no censura amargamente esa circunstancia?

»Por medio de Ballerini, Vignac había oído bastante sobre la operación practicada a Enrique y también conocía las posibles consecuencias. Por otro lado, nunca supo a quién debía en última instancia el fracaso de sus ambiciosos planes. ¿Fue Gabrielle o La Rousse, la duquesa o una conspiración de los italianos? Por eso, en su última obra puso a las dos en esta escena grotesca y ensombrecida por la muerte. Mirad, parece gritar el cuadro, con su embarazo, Gabrielle creyó cazar al rey y obtener la alianza del reino. Y lo único que ha conseguido es delatarse a sí misma. Al fondo veis el verdadero padre y al lado de ella misma, la siguiente concubina del rey, Henriette d'Entragues, cuyo escarceo con el rey fue la comidilla del reino entero sólo medio año después de la muerte de Gabrielle. Ésta estaba embarazada de seis meses cuando murió el 10 de abril de 1599. Por eso el niño debió de haber sido concebido después del 13 de octubre de 1598, pues en las semanas anteriores estaban separados Gabrielle y Enrique. Él estaba en Fontainebleau en la reunión del Consejo de Estado, mientras que ella se encontraba en Monceaux.

»Las fuentes confirman que, estando enfermo y febril, Enrique de Navarra regresó a Monceaux de forma inesperada a última hora de la tarde del día 13 de octubre de 1598. Le habían diagnosticado retención de orina y un absceso. Unos días más tarde lo operaron. No fue hasta mediados de noviembre que Enrique se recuperó un poco. De haberse producido la concepción en esas fechas, en el momento de su muerte Gabrielle habría estado como mucho en el quinto mes de embarazo. Es decir, seguro que el hijo que se llevó a la tumba era de Bellegarde, quien pasó los meses de septiembre y octubre en Monceaux al tiempo que Enrique se encontraba lejos del castillo. No sabemos si Enrique sospechaba algo. Pero alguien de su entorno se lo insinuaría. El cuadro aborda este tema de forma burlona. ¿He dicho el cuadro?

»Casi estoy tentado de utilizar en su lugar el nombre del pintor. Sí, después de su huida de París lo imagino regresando a La Rochelle con Valeria. Allí, lejos de los acontecimientos de París, rememora sus vivencias y elucubra sobre su fracaso, que va comprendiendo sólo poco a poco. Pasan los meses. Oye hablar del nuevo amorío del rey y de la boda con María de Médicis. Se estruja los sesos y trata de hacerse una idea clara de los eventos que en última instancia desbarataron sus planes de convertirse en pintor de la corte. Reflexiona sobre la vida de Gabrielle en cuyo destino supuestamente extraordinario había puesto tantas esperanzas. Pero no estaba escrito que con Gabrielle diera comienzo un nuevo linaje de reyes ni que la púrpura real adornara la cola de su vestido. ¿Había caído víctima de una conspiración de los italianos? ¿Le había dado Enrique la espalda por razones políticas, observando con lástima los intentos desesperados de Gabrielle por comprometerlo con ella porque sabía que todo era en vano? El embarazo de ella en ese momento tan poco propicio, el escándalo escenificado durante el banquete de carnaval, ¿acaso todas estas conjeturas no se encuentran reunidas en el cuadro?

»El pintor no encontró las respuestas a sus preguntas, pero les dio una forma a cuyo enigmático efecto seguimos siendo sensibles. El verdadero sentido del cuadro que le encargaron no dejó de resultar para él una incógnita insoportable que no lo dejaba descansar. De modo que cubrió la incógnita con otro secreto. En algún momento después de la muerte de Gabrielle debió de empezar con los primeros bocetos. Luego siguió la imprimación de la tabla de madera y el moler de los pigmentos. Blanco de plomo, verde de pátina, rojo oscuro de bermellón, etc. La intuición le dictó la línea a seguir. Se le difuminaba ante los ojos y aun así la siguió como si creyera que a su final encontraría la respuesta. Pero no la había. La solución se le resistía y acabó por solidificarse en forma de emblema: dos damas en el baño, una parca y, apenas visible en el borde superior del cuadro, el bajo vientre desnudo de un hombre cuyas entrañas están cubiertas por una sábana roja. Tal vez el pintor veía converger los hilos en ese punto, en el cuadro pequeño dentro del cuadro grande en el que no se ve más que el regazo de un hombre y los pliegues de una tela roja, casi imperceptible a simple vista, apenas una línea púrpura.

Epílogo

¿Debo añadir que camino de Bruselas volví a hacer una parada en París con la idea de presentar una última vez mis respetos a las dos damas en el baño? Me dirigí a la pirámide de cristal en el patio del Louvre, compré la entrada y di un paseo por las diferentes galerías. Poco antes de llegar a la sala de exposición objetivo de mi visita, tuve un acceso de nerviosismo como si de un momento a otro fuera a encontrarme con una novia de mis años mozos. Sin embargo, cuando realmente me encontraba ante ella la tensión interior ya había dado paso a una calma solemne.

En la penumbra, débilmente iluminada por la luz tamizada del museo, su mirada me esquivaba para dirigirse a la sala que se extendía a mis espaldas. Se situaba a mi derecha y parecía incluso más quieta que el cuadro inmóvil. Por encima de su desnudo cuerpo blanquecino y resaltado por una fuerte luz lateral portaba bien alta la cabeza. Debajo del alto peinado al estilo de una peluca, su cara mostraba sorpresa y causaba la sensación de que un instante más tarde podría haber aflorado en ella la expresión de un sentimiento. Pero el pintor no nos la había querido mostrar.

Permanecí largo tiempo delante de la pintura y repasé mentalmente los diferentes pasos que al final habían desembocado en este retrato, empezando por las escenas de Acteón que dieron a Vignac la idea de utilizar el retrato de la aristócrata en el baño a modo de homenaje al grandioso futuro que esperaba a Gabrielle. Pensé en el peculiar cuadro que le encargaron –la boda imaginaria de las dos damas en el baño– y que hoy en día se encontraba en Florencia. Sin embargo, Vignac nunca se enteró del verdadero significado de su propio cuadro. No podía creer, ni tampoco saber, que esa representación insultante constituía el intento desesperado de Gabrielle de hacer ver al rey su insostenible situación y de sonsacarle la promesa de casarse con ella, promesa que él, por otro lado, nunca pensó cumplir. Y con todos estos imponderables, el pintor compuso este último retrato que, aunque no constituía una respuesta al misterio del cuadro que le fue encargado ni a la muerte de Gabrielle, sí les dio forma. Y en ese sentido descubrió un secreto distinto, el del arte que maneja enigmas para los que no ofrece soluciones, sino formas que los contengan. Sería exagerado si dijera que este cuadro y los caminos laberínticos que condujeron hacia su realización me cambiaron como persona, pero sí puedo decir que me hicieron volver a apreciar los misterios del arte. A veces, cuando veo el cuadro y me represento su historia, por un momento me imagino haber alcanzado el mundo *detrás* de la pintura, haber llegado a ese taller de La Rochelle donde Vignac, después de su huida de París, trató de encontrar un final pictórico a todo lo que había vivido. Me proyecto en un destartalado cobertizo donde el olor de las velas humeantes se mezcla con el aroma penetrante de los barnices, una noche silenciosa del año 1600. Incluso creo ver ante mí la cara del pintor y percibir en la tabla de madera los lugares en los que se posaba su esforzada mirada inquisitiva e investigadora. Y, cuando esta ensoñación ya ha desaparecido, todavía oigo en mi fuero interno el raspar apenas audible de un pincel que con sumo cuidado da los últimos toques a los personajes, sellando para siempre jamás el secreto de su historia y fundiéndolo con la magia de las formas.

Anexo

¿Un caso criminal en la historia del arte?

Desde que en 1996 se publicó *La línea púrpura* me han preguntado a menudo si todo lo que cuento en la novela es verdad.

No resulta fácil contestar a esta pregunta.

Todos los detalles históricos que se refieren a los acontecimientos en torno a la misteriosa muerte de Gabrielle d'Estrées proceden de textos de la época. Son auténticos también los tratados científicos mencionados en la novela así como el hallazgo probablemente más sorprendente en la materia: la correspondencia secreta entre Bonciani y Fernando de Médicis.

La parte central de la novela, la que llamaríamos «El manuscrito de Kehl», se ha ido componiendo a partir de fuentes históricas. La descripción del sitio de La Rochelle se basa en declaraciones de testigos que presenciaron las guerras de los hugonotes. Las anotaciones en el diario de Vignac se inspiran en los libros de viaje (1598-1600) del estudiante de la Facultad de Medicina de la Universidad de Basilea Felix Platter.

El trasfondo científico, médico e histórico-social de la novela es fruto de un estudio de fuentes históricas que se prolongó durante varios años. Las instrucciones detalladas para la extracción de un cálculo vesicular se encuentran en *Diez libros sobre cirugía* (1563) de Ambroise Paré y el conocimiento de las técnicas de amputación habituales en la época procede de *De Gangraena et Sphacelo* (1617) de Fabricius Hildanus, por citar sólo dos de las obras más interesantes.

En lo que a la intrigante serie de retratos se refiere, no me he inventado prácticamente nada. Todo lo contrario. La dificultad residía más bien en reducir la gran cantidad de material a una dimensión abarcable.

Expresándolo con una fórmula un tanto paradójica para describir adecuadamente lo polifacético del caso Gabrielle d'Estrées podríamos decir que hasta cierto punto todo es verdad... pero ni muchísimo menos es todo.

¿Cuadros o mensajes cifrados?

En octubre de 1986 pasé un mes en París para mejorar mis conocimientos de francés. Un domingo, cuando visité el Louvre, de repente me encontré delante de ese cuadro peculiar que figura en la tapa del libro. Asombrado y un poco desconcertado ante la extraña escena, en los siguientes días y semanas me dediqué a buscar una explicación de esta representación que a primera vista me resultaba incomprensible. Pero en las obras de consulta sobre historia del arte sólo encontré los datos habituales, que de un modo elegante disimulan el hecho de que en realidad no se sabía nada concreto. Incluso el título del cuadro no hacía más que suscitar preguntas:

Gabrielle d'Estrées y una de sus hermanas.
Escuela de Fontainebleau. Hacia 1600.

Un pintor anónimo. ¿Hermanas que se tocan el pecho? Fecha incierta. «Qué raro», pensé. Allí empezó todo. Aunque yo todavía no lo sabía.

Continué mis estudios literarios en Berlín y al año siguiente me fui con una beca doce meses a Estados Unidos. Volví a Berlín para terminar la carrera, pero dondequiera que fuese colgaba encima de mi escritorio una gran reproducción del cuadro. Siempre que tenía algo de tiempo libre rebuscaba en bibliotecas y archivos para averiguar lo que había detrás de ese inquietante retrato.

Pronto había agotado la poca información disponible en Alemania y me planteé que, para realizar un estudio serio de las fuentes, debía trasladarme a Francia. Terminé la carrera, aparqué el doctorado, que en ese momento todavía tenía en mente, y me mudé a París hasta nuevo aviso. Para entonces, descifrar el significado del cuadro ya era algo más que una idea fija. Tenía que resolver ese enigma costara lo que costase y luego escribiría un libro sobre ello. Pero en vez de la explicación de *un* cuadro lo que encontré al principio fueron: más cuadros.

Los lectores de la novela ya conocen estos dos cuadros (figs. 1 y 2).

La siguiente versión procedente de Azay-le-Rideau (fig. 3) es una copia del original que en su día se encontraba en el castillo de Chenonceaux, pero que hoy está desaparecido.

Hay, o mejor dicho había, una buena docena de otras versiones de esta escena en el baño; no obstante, la mayoría de

Fig. 1. François Clouet (?), Dame au bain, *Washington.*

Fig. 2. Anónimo, Dame au bain, *Chantilly.*

ellas desaparecieron o fueron destruidas y constan únicamente en descripciones históricas. Sólo han sobrevivido cuatro o cinco ejemplares. Se encuentran en colecciones particulares o entre los fondos de museos que por falta de espacio no suelen exponerlos.

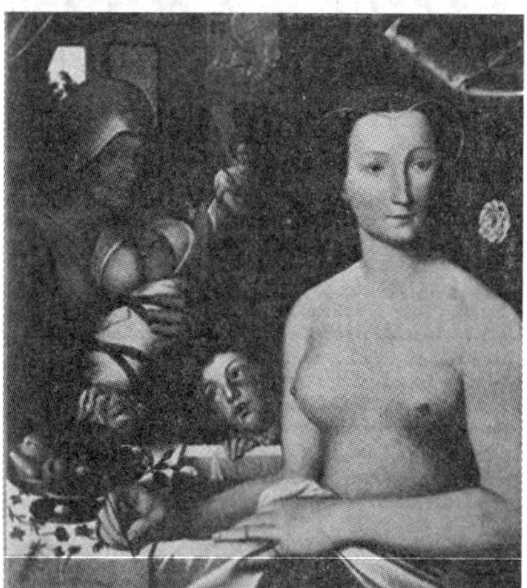

Fig. 3. Anónimo, Dame au bain, *Château d'Azay-le-Rideau.*

Sin duda alguna, el motivo de las dos damas de la corte en el baño fue muy popular en su día, si no, no habría inspirado tantas copias ni habría alentado durante siglos la imaginación de pintores y dibujantes.

Poco después me topé con otras dos representaciones.

Estos dos cuadros –de los que por cierto existen otras dos copias (Lyon, Collection Dr. Trillat y París, Hôtel Drouot)– fueron los que me dieron por primera vez la idea de que quizá no se tratara de retratos en el sentido estricto de la palabra, sino más bien de «montajes» al estilo manierista, es decir, de enigmáticos conjuntos de símbolos y gestos que apuntan a un contexto más profundo y sólo accesible a iniciados. A principios del siglo XVII y en todo el período manierista en general, era muy popular ese procedimiento. El mundo se representaba en jeroglíficos. Incluso Enrique IV cayó víctima de esa moda e hizo cubrir el revestimiento de madera de las paredes de Fontainebleau con signos cifrados de su amor por Gabrielle (fig. 6).

Lo que llama la atención es que los diferentes artistas vuelven a recomponer la escena en el baño cada vez que la tratan. En una ocasión, las dos damas se encuentran acogidas en el seno de la familia feliz (fig. 4). En la versión de Montpellier (fig. 5), una mano –probablemente llevada por la moral sexual burguesa del siglo XIX y preocupada por la castidad y la decencia– cubrió la desnudez de las damas debajo de unas blusas añadidas con posterioridad. Con el tiempo, el aspecto enigmático y –si se quiere– licencioso de la versión que está en el Louvre se va suavizando. Desaparece el tocamiento del pezón. El fondo de aire tenebroso –la criada encorvada, el fuego que se está apagando y el hombre sin rostro encima de la chimenea–, todo esto se va eliminando y se sustituye por una nodriza con un niño, una criada con una jarra de agua y una Gabrielle que juega absorta con un collar de perlas. Es decir, que se trata de unos así llamados *pasticcios*, cuadros en los que se imitan las maneras de los admirados precursores y

Fig. 4. Gabrielle d'Estrées et la duchesse de Villars. *Anónimo, sin fecha. Collection Faucigny-Lucinge.*

Fig. 5. Gabrielle d'Estrées et la duchesse de Villars. *Anónimo, s. XVI (?), Musée Languedocien, Société Archéologique de Montpellier.*

*Fig. 6. Marquetería de pared en Fontainebleau. Jeroglífico del apellido «Estrées». «M» (Majestad) queda enmarcado por: Un **S** percé d'un **trait** (una ese atravesada por una flecha) → ESS - trait → Estrées.*

se copian y recomponen elementos sacados de otras obras, tal como se muestra a continuación de forma esquemática.

La mayoría de estos «imitadores» no se limitaban a copiar el modelo, sino que también lo interpretaban a su manera como muestra la figura 7. El autor, también anónimo, de este medallón que data del siglo XVIII o XIX no deja ninguna duda sobre cómo «lee» la escena en el baño: el hombre sin rostro de la versión del Louvre adquiere inequívocamente los rasgos de Enrique IV. Está mirando desde detrás de una cortina y, como quien no quiere la cosa, no observa a su amada Gabrielle, sino a la otra mujer.

¿Trata el artista desconocido de insinuar que el rey le ha echado el ojo a la hermana de Gabrielle? El «galán verde»,

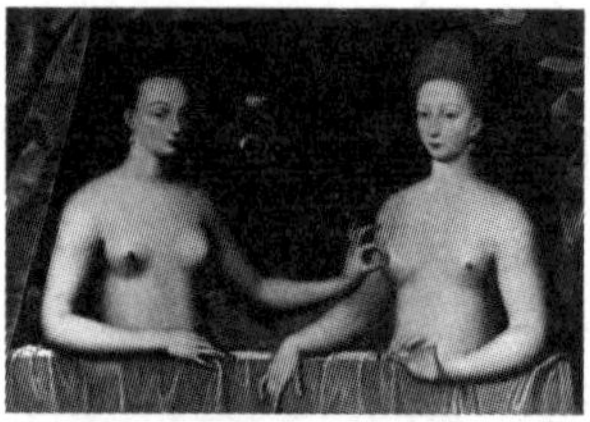

Versión Louvre

+ *Versión Washington*

igual a

Versión Montpellier

como se le conocía popularmente, tenía una debilidad muy acusada por el género femenino. Existe abundante documentación sobre sus incontables amoríos. Sin embargo, está demostrado que las hermanas de Gabrielle le traían sin cuidado. A excepción de Gabrielle, a la que amaba con locura, más bien detestaba a la familia D'Estrées.

¿La mano de la hermana?

Este medallón me produjo más de un quebradero de cabeza y me devolvió a la pregunta inicial: ¿Cuál habría sido el desencadenante de esta serie de retratos realizados por manos anónimas? ¿Por qué razón una futura reina de Francia tenía interés en verse representada de este modo? Me costaba creer que la misma Gabrielle pudiera haber encargado el cuadro. Tampoco se podía hacer referencia a ninguna le-

Fig. 7. Medallón *(Louvre, Sección de grabados). N.º de inventario R.S. 221, hacia 1800 (?).*

yenda de la mitología que explicara la desnudez de las retratadas. Bien mirado, ni siquiera quedaba claro de quién era el niño que la nodriza del fondo llevaba en brazos.

Entretanto ya llevaba unos meses estudiando intensamente las fuentes históricas en la bellísima Bibliothèque Saint-Geneviève y había leído bastante sobre la vida de Gabrielle. Estuvo a punto de convertirse en reina de Francia, lo que seguramente hubiera ocurrido de no haber muerto repentinamente víctima de una misteriosa enfermedad pocos días antes de su boda con Enrique IV. Desde hacía cuatrocientos años, los historiadores discutían la cuestión de si tal vez Gabrielle fue envenenada por encargo de Fernando de Médicis, ya que se sabía que éste quería ver a su sobrina, María de Médicis, en el trono francés. ¿Por qué Gabrielle murió tan de repente? ¿Fue víctima de un asesinato por envenenamiento o más bien de una enfermedad ligada al embarazo (eclampsia)? Este debate abierto y sin zanjar hasta nuestros días ocupaba varios tomos de libros que estudié con creciente intriga. Los defensores de las teorías opuestas sólo estaban de acuerdo en un único punto: en abril de 1599, Enrique IV tenía intención de casarse con Gabrielle y lo hubiera hecho si ella no hubiera muerto repentinamente, ya sea envenenada, ya sea de enfermedad.

Desde el punto de vista político, los planes de matrimonio de Enrique eran un hierro candente y provocaron enormes tensiones tanto en la propia corte francesa como en el extranjero. Sería lógico pensar que quienquiera que fuera el autor o comitente de estos extraños cuadros quisiera referirse con ellos a la delicada situación política.

No obstante, un cuadro es demasiado susceptible de interpretación como para hacer las veces de una fuente histórica. Pero la idea me parecía muy atrayente, de modo que no quise descartarla de antemano: tal vez los intrigantes retratos contenían pistas ocultas que pudieran aclarar los acontecimientos que rodearon la misteriosa muerte de Gabrielle.

Dicho de otro modo, ¿fue sólo la alta política la que influyó en el destino de Gabrielle d'Estrées o simplemente tenía que ver también otra mujer, extremo que algunos cuadros parecían dar a entender? ¿Tenía Gabrielle una rival?

Después de todo, en ningún punto de ese complejo enmarañado de conflictos de intereses en torno al matrimonio de Enrique, alguna de las hermanas de Gabrielle desempeñaba un papel, aunque fuera secundario.

Así que, ¿qué pintaba una hermana en el cuadro?

Falsas inscripciones

La hipótesis de que la acompañante de Gabrielle en el baño sea una de sus hermanas se remonta a la versión Faucigny-Lucinge (fig. 4). Al fin y al cabo, en ese caso, se la llama por su nombre y título.

Tener cuidado con este tipo de inscripciones y etiquetas es algo que cualquier estudiante de historia del arte aprende en el primer curso. A menudo, estos rótulos son colocados posteriormente, con frecuencia para impedir que la identidad de la persona retratada caiga en el olvido o todo lo contrario: para conseguir precisamente eso. De este modo, algunos cuadros que resultaban bochornosos o poco honrosos cambiaron de designación y fueron elegantemente endiñados a otros.

A primera vista, este cuadro no contiene ningún elemento que pueda permitir fecharlo. Es realmente posible que fuera realizado después de la muerte de Gabrielle (10 de abril de 1599), bien para guardar su recuerdo, bien para regodearse en la desgracia de la difunta por medio de ulteriores versiones de retratos no precisamente halagadores o al menos ambiguos. No obstante, sí que se puede establecer un período aproximado en que fue realizado. Lo más probable es que fuera pintado en vida de Gabrielle o poco después de su muerte, digamos entre 1598 y 1600. En aquel entonces, el tiempo pasaba también muy deprisa. El ascenso estelar y la caída igualmente veloz de Gabrielle causaron furor. Pero una vez muerta, fue rápidamente olvidada. Pocas semanas más tarde, el rey ya tenía un nuevo amorío y al año siguiente se casó con María de Médicis. Ya bajo el reinado de la nueva reina y a más tardar, después del asesinato de Enrique en 1610, el tema «Enrique y Gabrielle» debió de pasar definitivamente de moda. De ahí que sorprenda bastante que en el cuadro reproducido en la página siguiente figure una inscripción que pudo haberse realizado como pronto en 1627 (!).

La dama situada a la izquierda, supuestamente la hermana de Gabrielle, Juliette Hippolite d'Estrées, queda identificada como duquesa de Villars. Ahora bien, Villars fue un condado *(comté)* hasta 1627, fecha a partir de la que alcanzó el rango de ducado *(duché)*. De modo que habían pasado al menos veintiocho años desde la muerte de Gabrielle, cuando una mano desconocida designó a la mujer a la izquierda de Gabrielle como su hermana; algo que por lo menos arro-

Inscripción en letras doradas:
Izquierda: JVLIETTE HIPPOLLITE DESTREES DVCHESSE DE VILLARS
Centro: CESAR DVC DE VENDOSME
Derecha: GABRIELLE DESTREES DVCHESSE DE BEAVFORT

ja ciertas dudas sobre dicha identificación. Si, además, comparamos la cara de la mujer retratada a la izquierda de este cuadro con otros retratos de la duquesa de Villars, nos damos cuenta de que no existe el más mínimo parecido entre ambas mujeres.

Entonces, ¿quién se suponía que era la mujer que aparece junto a Gabrielle en todos estos cuadros?

Cuitas reales

En la primavera de 1599, Enrique de Navarra declaró públicamente que tenía intención de casarse con su concubina

Gabrielle d'Estrées. Dicho propósito suponía un paso muy delicado por toda una serie de razones y ponía en peligro la paz interna del país, ganada después de treinta años de guerras religiosas con gran esfuerzo y con un enorme tributo de sangre. Aun así, nunca se pusieron en duda las intenciones del rey. Aunque también, ¿por qué? Palabra de rey, palabra de honor. El vestido de la novia estaba encargado y los balcones desde los que podía contemplarse la comitiva nupcial se encontraban ya todos alquilados.

Pero de repente ocurrieron cosas extrañas. Pocos días antes de la boda, Enrique ordenó a Gabrielle marcharse de Fontainebleau para que celebrara la Pascua sin él en París. La reacción de la duquesa fue tan violenta que varios cronistas dejaron descripciones trágicas del acontecimiento, pero no supieron dar más detalles acerca de la insólita decisión del rey. Al parecer, el padre confesor de Enrique se habría quejado de que no era conforme a las buenas costumbres que el monarca pasara la Semana Santa en compañía de su amante. Una objeción ridícula si tenemos en cuenta los tres hijos ilegítimos que ambos compartían, además de que muchas pascuas anteriores las habían pasado juntos y de que la boda estaba muy próxima.

Los últimos minutos que Gabrielle pasó junto a Enrique han sido descritos por muchos de sus coetáneos. La despedida tiene todos los visos de una separación definitiva. Al final, ella encomienda sus hijos al rey. Cree que va a ser sacrificada.

¿Cabe imaginar que Enrique no tenía intención de cumplir su promesa de matrimonio? O formulado de otro modo, ¿qué es lo que significaba en el siglo XVI la palabra de honor que un rey daba ante su amante? Para contestar a esta pregunta existe una fuente muy reveladora.

Pocas semanas después de la muerte de Gabrielle, Enrique IV se enamoró tan perdidamente de una tal Henriette d'Entragues que, al cabo de unos meses de cortejo infructuoso, le prometió por escrito que se casaría con ella si le daba un hijo varón. El interesante documento se ha conservado hasta nuestros días en la Bibliothèque Nationale de París y merece ser reproducido íntegramente:

> *Nous, Henry quatrième, par la grâce de Dieu roi de France et de Navarre, promettons et jurons devant Dieu, en foi et paroles de Roi, à messire François de Balzac, sieur d'Entragues, Chevalier de nos ordres, que, nous donnant pour compagne damoiselle Henriette-Catherine de Balzac, sa fille, au cas que, dans six mois, à commencer du premier jour du présent, elle devienne grosse, et qu'elle en accouche d'un fils, alors et à l'instant nous la prendrons à femme légitime épouse, dont nous solemniserons le mariage publiquement et en face de notre sainte Église, selon les solennités en tels cas requises et accoutumées. Pour plus grande approbation de laquelle présente promesse, nous promettons et jurons comme dessus de la ratifier et renouveler sous notre seing, incontinent après que nous aurons obtenus de Notre Saint-Père le Pape la dissolution du mariage entre nous et dame Marguerite de France, avec permission de nous remarier où bon nous semblera. En témoin de quoi nous avons écrit et signé la présente. Au bois de Malesherbes, ce jourd'hui premier octobre 1599.*

> Nos, Enrique IV, por la gracia de Dios rey de Francia y Navarra, prometemos y juramos ante Dios y damos Nuestra real palabra de honor al señor François de Balzac, monsieur d'Entragues, Caballero de Nuestra orden, que, si dentro de un plazo de seis meses a contar a partir del día de hoy su hija Henriette Catherine de Balzac, confiada a mí como compañera, queda embarazada y da a luz a un varón, la tomaremos por legítima esposa sin más demora; celebraremos los esponsales públicamente ante Nuestra Santa iglesia, de acuerdo con los ritos y festividades necesarios y habituales en estos casos. Para reforzar la presente promesa, aseguramos y juramos como al inicio que ratificaremos inmediatamente con Nuestro sello esta promesa y la renovaremos después de que Nuestro Santo Padre el Papa Nos haya concedido la anulación de Nuestro matrimonio con Doña Margarita de Francia, con el permiso de desposarnos de nuevo como nos plaz-

ca. Para que conste, escrito y firmado en el bosque de Malesherbes a día de hoy, 1 de octubre de 1599.

Para adelantarnos al final de la historia: Henriette quedó realmente embarazada poco después, lo cual ponía a Enrique en un buen aprieto durante los meses siguientes. Al margen de la citada promesa por escrito, las negociaciones con Florencia continuaban y ya se habían acordado los detalles de la dote de María de Médicis. En la primavera de 1600, fue anunciado oficialmente el casamiento con la florentina para el otoño de ese mismo año. La amenaza de Henriette de provocar un escándalo diplomático utilizando el documento comprometedor si el rey no se desdecía de su ruptura de promesa llevó a la corte francesa a hacer varios intentos de comprar el papel, aunque sin éxito. Todo el asunto quedó resuelto de nuevo por medio de una «increíble casualidad». Durante una estancia en el palacio de Fontainebleau, Henriette d'Entragues sufrió un aborto en el séptimo mes de embarazo. De acuerdo con la historiografía, en el transcurso de una tormenta un rayo impactó en su habitación y provocó el parto prematuro. La criatura, un varón, nació muerto.

Un rey sucumbe en sus años de vejez a los encantos de mujeres jóvenes y, por un amorío, es capaz de firmar un cheque en blanco hipotecando todo su reino. El mecanismo siempre era el mismo: las promesas de matrimonio pronunciadas a la ligera cara a su amante llevaban al reino al borde de una crisis de estado. Y «casualidades caídas del cielo» resolvían los enredos políticos. Gabrielle murió de forma «totalmente inesperada» a una semana de la boda, víctima de una «misteriosa enfermedad». Henriette d'Entragues perdió a su hijo, su «baza para el trono», por un «golpe de rayo».

¿Casualidad? Tal vez. A Henriette le mintieron, la humillaron y la traicionaron a la vista de todo el mundo. A lo mejor Enrique había jugado un juego parecido con Gabrielle, dejándola creer hasta el último momento en un matrimonio que él sabía perfectamente que no se iba a celebrar.

Dicho de otro modo: la cuestión era si estaban negociando con Florencia al mismo tiempo que Gabrielle aún se creía a pocos pasos del trono. Y si fuera así, ¿por qué estas negociaciones no aparecían en las fuentes?

¿Acaso fueron tan secretas que hasta hoy no se habían descubierto?

Marcapáginas

Entretanto llevaba casi cinco años dedicándome a esta materia y había llegado al final de un callejón sin salida. Ya tenía claro que el pintor o el comitente del cuadro del Louvre pretendía aludir al comportamiento bífido de Enrique con respecto a sus amantes.

No era la hermana de Gabrielle quien prendía con gesto triunfante el pezón de ésta. La mujer situada a la izquierda debía de ser Henriette d'Entragues, la sucesora de Gabrielle en la larga lista de las amantes del rey casadas con él «por la mano izquierda». Es la mano izquierda la que toca el pecho de Gabrielle y es la mano izquierda de Gabrielle la que sujeta el anillo. El cuadro expresaba burla y escarnio ante los amoríos de Enrique, ante las odiadas pero al mismo tiempo compadecidas víctimas de sus «matrimonios por la izquierda», quienes expuestas en fila como figuras de cera representan de forma emblemática su destino.

Pero ¿de qué me servía esta bonita teoría sin pruebas?

Me propuse volver a leer la correspondencia diplomática de los embajadores de Fernando de Médicis en la corte francesa. Ya lo había hecho en París en 1991, cuando pasé unas semanas en la Bibliothèque Nationale, rastreando los seis tomos de *Négociations diplomatiques de la France avec la Toscane.* No fue tarea fácil, pues muchas cartas estaban redactadas en italiano antiguo y llenas de fórmulas jeroglíficas para, cuando se trataba de cuestiones delicadas, ocultar de qué personas se estaba hablando realmente. Con decepción tuve que comprobar que la edición de la correspondencia, realizada entre 1859 y 1886 por Desjardins-Canestrini se interrumpía justo en el momento en que la cosa se ponía interesante, es decir, pocos meses antes de la muerte de Gabrielle. Y no recomenzaba hasta nueve meses después.

Si tenemos en consideración qué acontecimientos tuvieron lugar en el período de silencio diplomático (de diciembre de 1598 a octubre de 1599), es casi inconcebible que Florencia no tuviera información sobre lo que ocurría en la corte francesa. Pero ¿adónde habían ido a parar los correspondientes informes diplomáticos?

Circunstancias de la vida me llevaron por un tiempo a Bruselas. Afortunadamente, la edición Desjardins-Canestrini estaba disponible en la Biblioteca Real, de modo que no tenía que viajar adrede a París para consultarla y averiguar si no se me había escapado algo en la primera lectura. Claro que no imaginaba el increíble descubrimiento que me esperaba cuando llevé los seis voluminosos tomos a mi lugar de estudio. Si hubiera continuado mis pesquisas en París en vez de en Bruselas, tal vez nunca habría encontrado la clave de todas estas incógnitas. Lo que por azar cayó en mis manos en Bruselas fue tan fantástico que en vez de en una novela, pues las novelas no toleran que se hagan trampas con la verosimilitud, había que contarlo en una posdata.

Volví a leer las misivas de los embajadores toscanos que desde París informaban a Fernando. Sobre todo un tal Bonciani se ocupaba una y otra vez de un tema en particular: el amor loco de Enrique por Gabrielle. Sin desánimo y –eso sí–

con una frustración creciente, el enviado escribe desde París que, sin Gabrielle, el matrimonio de María de Médicis con el rey de Francia podría concretarse en cuestión de un par de meses. Pero el amor del rey va en aumento. En un momento dado Bonciani incluso deja entrever que sólo la desaparición de Gabrielle podría resolver el problema, pues, según dice, hay que temer grandes males si en este asunto Dios no interviene con su mano previsora.

El último informe reproducido íntegramente, con fecha del 27 de septiembre de 1598, vuelve a tratar el mismo tema y describe las gestiones de presión hechas por Bonciani en la corte francesa. Una nota de los editores a pie de página concluye la correspondencia con las siguientes palabras:

> En su último informe del 2 de diciembre el embajador se muestra de nuevo alarmado ante las consecuencias que pudieran surgir debido al amor loco del rey por Gabrielle: *«E da questo amore estraordinario si può dubitare che alla fine non nascano de' mali d'importanza».* (Y cabe temer que de este amor extraordinario nazcan grandes males.)

Con ello concluye la correspondencia y no se retoma hasta el otoño de 1599. ¿Cómo podía ser eso? ¡2 de diciembre de 1598! Después, los acontecimientos se precipitan. En diciembre, el hijo de Gabrielle, Alejandro, es bautizado con las pompas de un potencial heredero a la corona. En enero de 1599, Enrique subió la presión sobre Margarita para que aceptara el divorcio. En febrero, envió un embajador a Roma para obtener el acuerdo del Papa para la anulación de su matrimonio. En marzo, anunció públicamente que se casaría con Gabrielle. Y en abril, ella muere inesperadamente. ¿Y Bonciani sin informar sobre todo ello? ¡Inconcebible!

Pasé la página. Ahí empezaba otra correspondencia pero, por contenido y cronología, esos documentos no tenían nada que ver con mi tema.

LE MINISTRE DE L'INSTRUCTION PUBLIQUE

PRIE M Monsieur et Madame Jacques Bolle

DE LUI FAIRE L'HONNEUR D'ASSISTER AU VERNISSAGE PRIVÉ DE L'EXPOSITION

LA FEMME DANS L'ART FRANÇAIS

QUI AURA LIEU AU PALAIS DES BEAUX-ARTS DE BRUXELLES LE VENDREDI 13 MARS À 20 H. 30, EN PRÉSENCE DE S. E. MONSIEUR JEAN RIVIÈRE, AMBASSADEUR EXTRAORDINAIRE ET PLÉNIPOTENTIAIRE DE FRANCE.

TENUE DE VILLE.

ENTRÉE : RUE RAVENSTEIN.

Fig. 8. Tarjeta de invitación - anverso.

L'EXPOSITION
LA FEMME DANS L'ART FRANÇAIS
EST ORGANISÉE DANS LE
CADRE DE
L'ACCORD CULTUREL
FRANCO-BELGE.

Fig. 9. Tarjeta de invitación - reverso.

Alguien había dejado un marcapáginas en ese punto del libro o simplemente lo había olvidado allí. Cogí la tarjeta para examinarla de cerca.

Se trataba de una invitación a la inauguración de una exposición. No figuraba ninguna fecha, pero el cartón ya estaba bastante amarillento. Por lo visto ya llevaba unos cuantos años metido entre las páginas. Monsieur y madame Jacques Bolle. El nombre me hizo vacilar sin que supiera por lo pronto por qué. Miré el dorso de la tarjeta.

LA FEMME DANS L'ART FRANÇAIS. Parecía que el señor Bolle tenía intereses parecidos a los míos. Había unas notas escritas con lápiz en los márgenes. Giré la tarjeta y traté de descifrar lo que ponía. Y cuando lo conseguí, me quedé unos segundos sentado sin conseguir moverme. Creía estar soñando (fig. 10).

Es fácil imaginar lo que en esos momentos pasaba en mi interior. Recuerdo que la perspectiva triunfal de tener pronto en mis manos esos informes y poder leerlos, después del primer impacto, me hizo soltar un grito de alegría que el vigilante de la sala reprobó con una mirada severa. Trataría de encontrar a Jacques Bolle y estudiaría su hallazgo. Y, por fin,

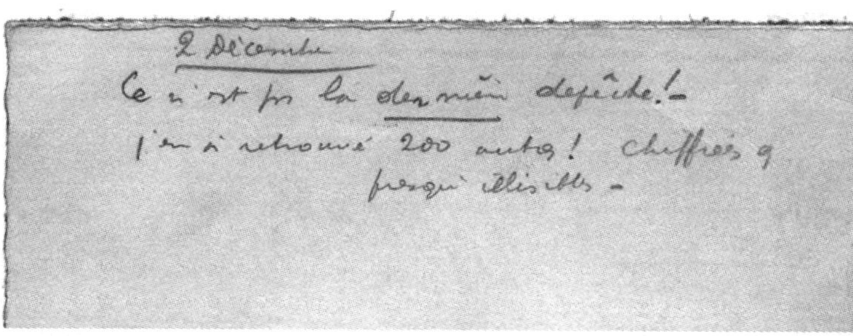

Fig. 10. Tarjeta de invitación - detalle.

2 Décembre	*2 de diciembre*
Ce n'est pas la <u>dernière</u> depêche! -	*¡No es el último informe! -*
J'en ai retrouvé 200 autres!	*¡He encontrado unos 200 más!*
Chiffrées y presque illisibles -	*Cifrados y apenas legibles -*

podría concluir mi novela, pues los informes en cuestión debían resolver todas las cuestiones abiertas.

En mis notas constaté que ya me había topado con Jacques Bolle tres años antes, durante mi investigación en París.

Fig. 11. Facsímil de la correspondencia secreta cifrada.

Pourquoi tuer Gabrielle d'Estrées? se titulaba el librito que se había editado en Florencia en 1954. Una solicitud de préstamo usada confirmaba que el estudio había pasado por mis manos junto con muchos otros de la Bibliothèque Nationale. No me acordaba del libro. Probablemente lo había pedido sólo por curiosidad y había husmeado un poco en él, para luego ignorarlo porque trataba de probar una teoría que yo consideraba equivocada. Entonces yo ya estaba bastante seguro de que Enrique había engañado a Gabrielle como hizo después con Henriette d'Entragues y de que por eso no había habido necesidad de asesinarla, al contrario de lo que el título de la obra de Bolle proclamaba con ahínco. A lo mejor, ésa fue la razón por la que la había descartado después de un breve vistazo.

La Biblioteca de Bruselas disponía de un ejemplar del estudio y con asombro pude leer que, a comienzos de los años cincuenta, el historiador belga había hecho una búsqueda en el archivo de los Médicis en Florencia y había sacado a la luz los informes que faltaban. Una explicación de por qué estas cartas no figuraban en la edición Desjardins-Canestrini se encontraba en la posdata: a partir del 2 de diciembre, Bonciani y los otros agentes de Fernando comenzaron a cifrar sus informes. Al parecer, los editores que revisaron la correspondencia casi trescientos años después desconocían este hecho, por lo que los informes cifrados no entraron en la publicación. Jacques Bolle encontró tanto esos informes como el código secreto del gran duque Fernando. Aun conociendo la clave de descifrado, pareció una labor de gigante transcribir las cartas. En todo caso, el historiador belga se limitó a decodificar unos pocos informes sobre cuya base redactó un estudio muy poco ortodoxo que debía servir para despertar el interés de los investigadores en el tema. *¿Por qué asesinar a Gabrielle d'Estrées?*

Sí, después de todo, ¿por qué? ¿Por qué Jacques Bolle trataba de demostrar precisamente esta teoría, cuando su fantástico hallazgo en las fuentes insinuaba que Gabrielle no contaba para nada en los proyectos nupciales del rey?

Las cartas descifradas probaban que, durante la primavera de 1599, Enrique estaba llevando en secreto negociaciones matrimoniales con Florencia. Al parecer, Bolle se había empeñado en una teoría de conspiración y había dejado de ver el bosque de tanto árbol. Su estudio un tanto confuso no fue tomado en serio. El hallazgo sensacional simplemente cayó en el olvido.

En la ampliación se puede apreciar la naturaleza del código; las letras están reemplazadas por cifras (fig. 12).

La razón por la que el marcapáginas había caído en mis manos precisamente en la Biblioteca Real de Bruselas se aclaró pronto. Bolle era natural de Bruselas. Por desgracia había muerto durante los años ochenta en un accidente de tráfico. Con bastante esfuerzo conseguí entablar contacto con su viuda, pero ante mi pregunta, si aún se conservaban sus escritos póstumos y si se podían consultar, la respuesta fue que todos los documentos de su difunto marido fueron destruidos poco después de su muerte.

La mayor parte de los 200 informes secretos que Jacques Bolle enumera en su libro están archivados hasta el día de

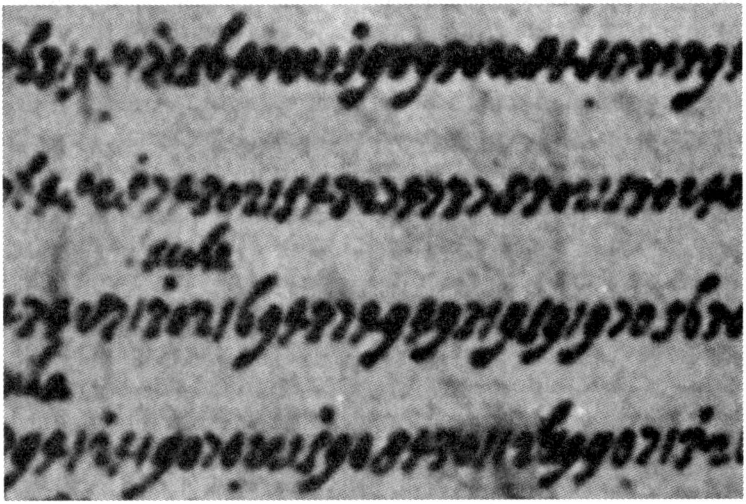

Fig. 12. Detalle.

hoy en el archivo de los Médicis en Florencia sin que se hayan descifrado ni publicado. Una de las pocas cartas que Jacques Bolle decodificó y tradujo del italiano antiguo aparece en una cita al final de mi novela. Data del 9 de marzo de 1599 y demuestra que, tan pronto como una semana después de anunciar públicamente que se quería casar con Gabrielle, Enrique negociaba con Fernando de Médicis los detalles de la dote de María de Médicis; tras años de búsqueda llegó la confirmación de una vaga intuición que el cuadro del Louvre me había sugerido en su día.

La Historia y las historias

La verdad es que esas cartas tampoco reflejan la conjunción de circunstancias que sellaron el destino de Gabrielle. No puede excluirse un resto de duda en el sentido de que el rey sólo negociaba pro forma para tranquilizar a Roma y hacer prosperar la causa de su divorcio. Aquí estamos llegando a los límites de la historiografía: ninguna fuente histórica –por muy sensacional que sea– nos revela el interior de los corazones humanos ni el secreto de sus motivaciones. Quien quiera llegar hasta allí debe cambiar de disciplina.

Esto quiere decir que no puedo ofrecer una verdad última, sino solamente aportar una pieza perdida y hasta ahora olvidada de este rompecabezas. Sin embargo, esta nueva pieza permite una visión diferente sobre una obra de arte que he recapitulado en forma de novela. Coloqué dos enigmas, uno encima del otro –el de los cuadros y el de los informes secretos–, y descubrí los contornos de un drama psicológico y político que constituye el hilo conductor de esta narración. Sobre la cuestión de hasta qué punto es verosímil, deben decidir los historiadores del arte y los estudiosos de la Historia en general. Quién sabe, tal vez haya un historiador del arte que lee novelas a quien le entren ganas de descifrar y publicar esa correspondencia apócrifa conservada en el archivo de los Médicis en Florencia.

Yo seguí una intuición e hice algo que los científicos por regla general no deberían hacer: creer en la imaginación y desconfiar de los así llamados hechos. Sirva esto también como respuesta a la pregunta frecuente de por qué no escribí o por qué no escribo un artículo científico sobre el tema. Esa pregunta siempre me ha dejado un poco desconcertado y algo triste, pues llevaba implícito el reproche de que en el fondo era una lástima haber «desperdiciado» un hallazgo histórico tan chocante con una obra de ficción.

Normalmente no contesto a la pregunta, pero siempre pienso lo mismo.

Si al fin y al cabo, es un ensayo de historia del arte lo que he escrito. Lo único que pasa es que tiene forma de novela.

Una interpretación novelesca de una obra artística.

No, prefiero no colocar un sombrero de doctor a la imaginación. El ala le taparía el amplio horizonte. Y ¿acaso no están de acuerdo conmigo: tratar una historia así en una publicación especializada, con notas a pie de página, lista bibliográfica y dirigida solamente a un puñado de catedráticos y doctorandos, eso sí que hubiera sido una lástima? ¿A que sí?

Genzano di Roma
Noviembre-diciembre de 2001

Cronología

En la segunda mitad del siglo XVI se acentúan las diferencias entre los católicos y protestantes franceses. Comienza la época de las guerras de los hugonotes.

1572

Al final de la cuarta guerra de los hugonotes se establece una primera tregua. Lo que se pretende es tratar de garantizar la paz mediante un matrimonio. El protestante Enrique de Navarra se une a la católica Margarita de Valois, hija de Catalina de Médicis y de Enrique II. La boda se celebra el 17 de agosto. Entretanto, el bando católico decide aprovechar el momento propicio para acabar de un solo golpe con los hugonotes reunidos en París. El 22 de agosto se produce el atentado contra el líder hugonote Coligny. Durante la noche siguiente, la del 23 al 24 y conocida en términos históricos como la noche de San Bartolomé, en París son asesinados con alevosía entre tres y cinco mil protestantes, mientras en toda Francia el número de protestantes masacrados se eleva a veinte mil. Enrique de Navarra queda apresado en París.

1573

Sitio del feudo protestante de La Rochelle abortado en julio. Nace Gabrielle d'Estrées en el castillo de La Bourdaisière.

1574

Carlos IX, empujado a la locura por sus complejos de culpa, muere en estado de enajenación mental. Enrique III se convierte en el rey de Francia. Comienza la quinta guerra de los hugonotes.

1576

Enrique de Navarra consigue huir de París.

1584

Debido a la muerte del duque de Alençon, Enrique de Navarra se convierte en pretendiente al trono francés.

1585

En detrimento de Enrique III, la Liga Católica elige al cardenal Carlos de Borbón como sucesor al trono.

1588

El Edicto de la Unión establece que el rey de Francia debe ser católico. Comienza la «guerra de los tres Enriques» que se disputan París. En diciembre, asesinato del líder de la Liga, el duque Enrique de Guisa, y de su hermano, el cardenal Luis de Guisa.

1589

Enrique III busca aproximarse a Enrique de Navarra y en abril ambos se reconcilian. El 1 de agosto, Enrique III es víctima de un atentado. Por la muerte del último de los Valois, Enrique de Navarra se convierte, como Enrique IV, en heredero legítimo de la corona francesa.

1590

Enrique sitia París, que está ocupado por los españoles, pero en agosto tiene que replegarse ante el avance de las tropas católicas. Durante la tregua invernal, el duque de Bellegarde, Roger de Saint-Larry, lleva al rey a Cœuvres para presentarle a su nueva amante. Primer encuentro entre Enrique y Gabrielle.

1592

En junio, el padre de Gabrielle, Antoine d'Estrées, la da en matrimonio a Nicolas d'Amerval. En el mismo mes, son asesinados en Issoire la madre de Gabrielle y su amante. En septiembre, Gabrielle abandona a su marido para convertirse en amante oficial del rey.

1593

Enrique se convierte a la fe católica.

1594

Enrique entra en París. La población lo aclama. El ejército de ocupación español evacua la ciudad sin ofrecer resistencia. Gabrielle da a luz a su primer hijo (César). En diciembre se anula su matrimonio con D'Amerval.

1595

Enrique recibe la absolución papal.

1596

Gabrielle se convierte en marquesa de Monceaux. El poderoso mariscal católico Mayenne depone la resistencia contra Enrique IV. Firma de la paz en el Castillo de Monceaux.

1597

Gabrielle se convierte en duquesa de Beaufort.

1598

Abril: como último de los mariscales católicos, el duque de Mercœur depone las armas. César es unido en matrimonio a la hija de éste. Gabrielle da a luz a su segundo hijo, Alejandro.

Mayo: firma del tratado de paz con España en Vervins y del Edicto de Tolerancia de Nantes, que regula la igualdad de derechos para las dos confesiones. Fin provisional de las guerras de los hugonotes y cisma religioso.

Octubre: Enrique cae gravemente enfermo. La posibilidad de que fallezca provoca revueltas en todo el país.

Noviembre: después de sanar, Enrique consolida su reinado. Se inician las negociaciones con Roma para obtener el divorcio.

Diciembre: el segundo hijo de Enrique y Gabrielle, Alejandro, es bautizado con los honores propios de un príncipe heredero.

1599

Enero: Margarita de Valois da su acuerdo al divorcio de Enrique. Pocas semanas después revoca su decisión.

Febrero: Viaje de Brulart de Sillery, enviado de Enrique, a Florencia y Roma para obtener del Papa la anulación de su matrimonio con Margarita de Valois.

Marzo: circulan por París versos difamatorios contra Gabrielle d'Estrées. Durante el banquete de carnaval, el 2 de marzo, Enrique anuncia públicamente que se casará con Gabrielle después de Cuasimodo (el domingo blanco).

Abril: según los deseos del rey, que se queda solo en Fontainebleau, Gabrielle celebra la Pascua en París. El miércoles, 7 de abril, es víctima de unas primeras convulsiones que aumentan rápidamente de fuerza y frecuencia. El viernes, 9 de abril, interceptan al rey unas millas antes de llegar a París, cuando está camino del lecho de la moribunda. Se le hace creer que la duquesa ha muerto ya. Enrique regresa a Fontainebleau. Gabrielle muere tras una espantosa agonía y completamente desfigurada a las cinco de la mañana del sábado, 10 de abril.

1600

El 2 de octubre Enrique IV, representado por el duque de Bellegarde, se casa en Florencia con la princesa María de Médicis.

1610

Enrique IV es asesinado el 14 de mayo en el interior de su carruaje. El asesino, François Ravaillac, es ajusticiado el 26 de mayo.

Índice de ilustraciones

Los cuadros reproducidos en las guardas del libro datan de la segunda mitad del siglo XVI. A pesar de que algunos sean muy conocidos, hasta hoy en día no se han aclarado ni su origen ni su significado iconográfico.

En la cubierta figura un detalle del cuadro *Gabrielle d'Estrées y una de sus hermanas.*

1. Anónimo: *Gabrielle d'Estrées y una de sus hermanas.* Óleo sobre madera. París. Musée du Louvre.

(Dos damas en el baño. Al fondo, una nodriza y una mesa cubierta por una tela verde. Encima de la chimenea, el retrato medio oculto de un hombre.)

2. Anónimo (atribuido a François Clouet): *Dama en su tocador.* Óleo sobre madera. Washington, The National Gallery of Art.

(Escena de baño con nodriza, dos niños y criada al fondo. La dama no lleva collar.)

3. Anónimo: *Gabrielle d'Estrées en su tocador.* Óleo sobre tela. Chantilly, Musée Condé.

(Escena de baño con nodriza, dos niños y criada al fondo. La dama [Gabrielle d'Estrées] lleva collar.)

4. Anónimo: *Damas en el baño.* Óleo sobre madera. Florencia, Palazzo Vecchio.

(Dos damas en el baño delante de una cortina roja. La dama a la derecha [Gabrielle d'Estrées] coloca un anillo invisible en el dedo de la dama a la izquierda.)

5. Atribuido a François Clouet: *Diana en el baño.* Óleo sobre madera. Rouen, Musée des Beaux-Arts.

(Diana rodeada de ninfas en una fuente. Al fondo, un caballero vestido de rayas negras y blancas. Al fondo a la derecha, un ciervo abatido.)

6. Anónimo (inspirado por François Clouet): *Diana en el baño.* Óleo sobre madera. Tours, Musée des Beaux-Arts.

(Diana rodeada de ninfas en una fuente. Al fondo, un caballero con pañuelo rojo. Al fondo a la derecha, un ciervo abatido. Diana tiene los rasgos de Gabrielle d'Estrées.)

7. Anónimo: *Dama en el espejo.* Óleo sobre madera. Basilea, Öffentliche Kunstsammlung.

(Dama en su tocador. En este caso, la criada se halla al fondo a la izquierda delante de la ventana abierta. El pie del espejo representa una pareja que se abraza.)

8. Anónimo: *Dama en el espejo.* Óleo sobre madera. Worcester, Art Museum.

(Dama en su tocador. El suelo sobre el que la criada se arrodilla al fondo del cuadro es de baldosas claras. La pared del fondo se encuentra forrada de brocado.)

9. Anónimo: *Dama en el espejo.* Óleo sobre tela. Dijon, Musée des Beaux-Arts.

(Dama en su tocador. Al fondo a la izquierda, se ve un jarrón. Entre los senos de la dama se aprecia una diadema que los dedos de la mano izquierda no ocultan del todo.)

Todas las reproducciones, incluidas las que figuran en el anexo, fueron facilitadas por el autor.

Índice

Título de la edición original: *Die Purpurlinie*
Traducción del alemán: Jakob Gramss,
cedida por Roca Editorial de Libros, S. L.
Diseño: Winfried Bährle
Ilustración de la sobrecubierta:
Gabrielle D'Estrées y su hermana desnudas en el baño,
Escuela de Fontainebleau. © The Bridgeman Art Library/Getty Images

Círculo de Lectores, S. A. (Sociedad Unipersonal)
Travessera de Gràcia, 47-49, 08021 Barcelona
www.circulo.es
1 3 5 7 9 5 0 1 0 8 6 4 2

Depósito legal: B. 35455-2005
Fotocomposición: Fotoletra, S. A., Barcelona
Impresión y encuadernación: Printer industria gráfica
N. II, Cuatro caminos s/n, 08620 Sant Vicenç dels Horts
Barcelona, 2005. Impreso en España
ISBN 84-672-0615-2
N.º 33548

5

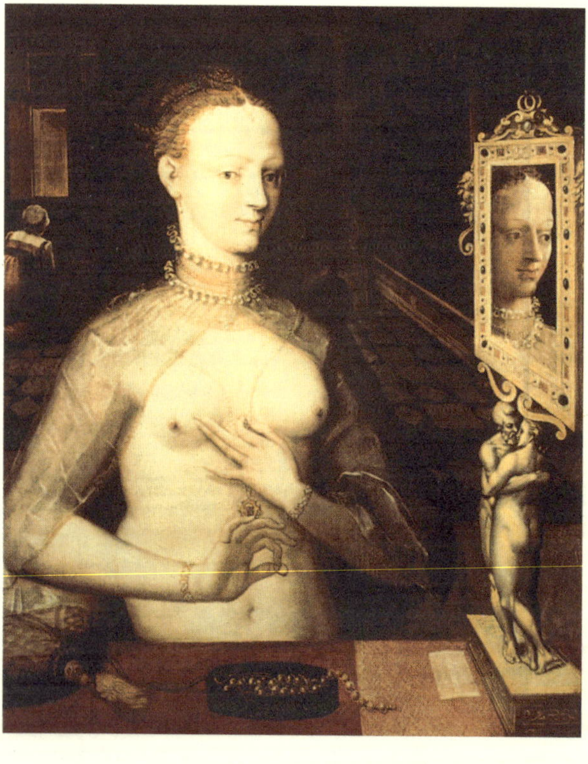

7